中缅当代文学互译丛书

The Wait For The Bloom Time

等待
花开之时

〔缅甸〕布尼亚钦（Ponnya Khin）　著

计莲芳　严修莹　译

漓江出版社

·桂林·

图书在版编目（CIP）数据

等待花开之时 /（缅）布尼亚钦著；计莲芳，严修
莹译 . —— 桂林：漓江出版社，2025.4. —— ISBN 978-7-
5801-0025-2

Ⅰ . I337.45

中国国家版本馆 CIP 数据核字第 2024TF0654 号

等待花开之时　DENGDAI HUAKAI ZHI SHI

〔缅甸〕布尼亚钦 著　计莲芳　严修莹 译

出 版 人　梁　志
策划编辑　霍　丽
责任编辑　李　慧
装帧设计　刘瑞锋〔广大迅风艺术〕
责任监印　杨　东

出版发行　漓江出版社有限公司
社　　址　广西桂林市南环路 22 号
邮　　编　541002
发行电话　010-85891290　0773-2582200
邮购热线　0773-2582200
网　　址　www.lijiangbooks.com
微信公众号　lijiangpress

印　　制　北京中科印刷有限公司
开　　本　880 mm×1230 mm　1/32
印　　张　14.625
字　　数　280 千字
版　　次　2025 年 4 月第 1 版
印　　次　2025 年 4 月第 1 次印刷
书　　号　ISBN 978-7-5801-0025-2
定　　价　68.00 元

致　谢

动手写本小说，收集、研究素材的过程中，承蒙各方学者、朋友以及为我的克钦邦之行提供种种帮助的人士的支持，在此一并致谢。他们是：

——娲露大夫：密支那市戒毒专科大医院心理健康专治大夫。

——丁奈大夫：密支那市戒毒专科大医院院长。

——密支那市戒毒专科大医院的男女医生、员工以及患者。

——觉泰多大夫：致瘾药物研究所心理健康咨询和专治大夫。

——吴[1]提清仰：克钦邦密支那市邦区法院院长。

——吴觉刷昂、杜钦妙缪婵：帕敢镇镇区区长以及夫人。

——吴敏凯、杜意意飘：帕敢镇镇区副区长以及夫人。

——册音道基（野生动物保护机构）和册音昂堆：缅甸最北地区达杭丹村向导。

——杜辛堆堆爱：葡萄镇高级中学初中部女教师。

——哥昂缪温：葡萄镇迈立开旅馆地区向导。

——哥考贵钦（又名约才钦）：葡萄镇登山向导。

——杜堂亚：克钦邦传统文化委员会歌舞作曲家。

——宝姗：青年文艺工作者。

——吴埃觉：内比都宣传和人民联络局副局长。

——克钦邦文宣办公室工作人员。

——吴索泰：总统办公厅局长（为我出席旁听彬龙和平大会作出安排）。

在此还要特别感谢我的一位同侪文学之友以及莱沙镇的一位爱好文学的友人，同意我在小说中采用了两位友人有关和平协商会议和前线见闻的材料。

---

[1] 缅甸人没有姓，一般称呼时按照他们的年龄或者地位在名字前加上不同的冠词，以示正式和尊重。男性名字前加"貌"（儿童、少年），"哥"（青年），"吴"（年长或地位高的人）；女性名字前加"玛"（青少年），"杜"（年长或地位较高的人）。所以每个人的名字会因为说话人的不同而不同。

译者的话

布尼亚钦出生于 1972 年，是 20 世纪末在缅甸文坛上崭露头角的新锐女作家，著作颇丰。《等待花开之时》出版于 2018 年 11 月，是一部花了 8 个月才写成的现实主义长篇小说。小说以缅甸北部的克钦邦为背景，这里与中、印两国接壤，老百姓多数信仰基督教。小说主人公是克钦族女大学毕业生姗娆班，通过描写她的一家以及她的三个发小的不同人生经历，反映了数十年来缅甸政府军与克钦独立军的内战造成克钦邦老百姓颠沛流离、苦不堪言的生活状况。

小说情节引人入胜，作家通过生动细腻的描写，揭示了数十年来阻碍缅甸国家经济发展的痛点——国内战争以及由此派生出来的毒品泛滥问题。由于占缅甸人口大多数的缅族与克钦少数民族之间的矛盾和隔阂，缅甸政府国防军与克钦独立组织之间几十年的内战得不到和平解决，而且因为外部势力的插手，矛盾错综复杂。面积 8.9 万平方千米、盛产翡翠的克钦邦，沦落为缅甸内战和毒品泛滥的重灾区，长期得不到发展。1994 年，缅甸政府国防军曾与克钦独立组织达成停火协议，但停火 17 年之后的 2011 年，双方战火再次燃起。小说中，2018 年 7 月，姗娆班曾以观察员身份参加了在首都内比都举行的 21 世纪和平会议。老百姓对此会议寄予厚望，但却无果而终。缅甸的内战似乎走入了一条死胡同，国内形成了长期割据状态。

小说反映了缅甸老百姓要求结束内战、实现国内和平，制止毒品泛滥的强烈愿望。不过，正如作家通过小说人物之口所说的那样，国内战争问题已成为缅甸国内政治"一个解不开的结"，老百姓感到茫然、无奈。他们并不清楚究竟"谁跟谁打""为什么要打"，又觉得"和平只是像旋风中随风飘荡的小小树叶……想抓也抓不住"，小说主人公只能用翡翠雕琢的白鸽寄望于国内和平早日到来，盼望和平之花早日盛开！

  中国读者通过该小说多少可以看出，我们的西南近邻、自然资源如此丰富的缅甸，至今还是内乱不停、发展缓慢的基本原因。这也许正是这部小说的难能可贵之处。此外，小说还涉及环保、战争、吸毒、防艾等现实问题，值得人们深思。

计莲芳

2022 年 2 月

伊洛瓦底江、长江和《等待花开之时》

　　我的《等待花开之时》小说即将在中国出版。当漓江出版社要我为中文版作序时，我手头正在写一部新的小说，有意思的是，这部新小说谈到了古代缅甸王朝时期，中国商人曾经来缅甸进行商务贸易。小说还包含了我国美丽的伊洛瓦底江的内容，也谈到了中国美丽的长江。在中国的古籍《蛮书》中，曾经提及唐朝时期，中国人把伊洛瓦底江和长江的上游都叫作"丽水"。"丽水"的意思，就是美丽的江河。在很多年以前的古代，伊洛瓦底江和长江就都是同样美丽的。我喜爱江河，不论它们在哪个国家，我都喜爱。江河对于包括我们人类在内的一切生命体的生命延续、生活、来往和商贸都至关重要，而江河的美丽、清澈和凉爽也总是让我们心旷神怡。

中国与我们缅甸之间的胞波关系源远流长。数千年以前，就有中国人经过缅甸前往印度经商。从中国的游记中就可以看到，大约2000多年前，在今缅甸国内曾经出现过骠国的城镇。根据《新唐史》的记载，骠国时代，骠国的音乐艺术家曾经应邀到中国唐朝首都长安演出过。那时演出的曲目中，包括了一首寓意深刻的曲子——《白鹤之旅》。

当听说我在2018年写的小说《等待花开之时》将译成中文出版时，我很高兴。听我的中文翻译者说，此次出版我这本书的漓江出版社在中国南方的桂林市，那里也有一条美丽无比的河流——漓江。我对伊洛瓦底江的热爱之情，将通过漓江之畔的漓江出版社传导给广大的中国读者，这让我非常愉快。

这部小说是经我深入研究、实地考察之后，才写出的有关我国克钦邦优美的风景、人们的生活以及当地老大难问题的小说。

在这部小说中，我塑造的一些人物仿佛跨越了既美丽而又狂暴的江河和山峦，终于来到了行程的十字路口，他们也正努力克服因战乱、无安全感和相互缺失友爱而造成的精神痛苦。

我认为不同的人们虽然生活在不同的国家，但是他们都能感受到月光与微风、江河与山川、相互友爱与和平，以及美景与花香。只要热爱自然环境的美丽，珍视相互友爱与和平相处，就能消除分歧，实现全人类不分彼此，相亲相爱。

本小说描绘了人们尝到相互友爱的味道，和平的味道，还谈到了珍惜自然环境美景的重要性，因此，我衷心祝愿阅读本小说的各国人们，齐心协力发扬相互友爱的精神！祝愿持久和平！愿月光长久明媚，绿色自然环境永远苍翠！

谨致友爱之礼！

布尼亚钦

2024 年 4 月 6 日

我很冲动，因而在序言中就恨不得马上一吐为快。其实我的这种冲动就是文艺创作的冲动，是想充分而细腻地把小说发生的当地背景以及构成小说基础的情节都写进去。

当我考虑要以克钦邦为背景来创作小说时，就冒出了要写有关克钦邦的三种基本情况的想法，即有关毒品、自然环境以及和平三方面的情况。小说既要反映这三方面情况，还要不失其艺术感染力，我该怎么写呢？一时，我陷入了自我冲动而不知如何落笔的状态。就在考虑这三方面情况还未有决定之时，又冒出了小说还应涉及一点缅甸传统文化艺术的想法。这样一来，三方面情况变成了四方面，这就使自己更繁忙了。

虽说构成小说基础的情节越细腻，小说就越生动，但也还得特别注意它不致掩盖了小说的情趣。我在酝酿小说情节时，脑海中曾长时间涌现出小说中的那些人物，却反反复复始终定不下来。

在考虑写小说时，有时会先把人物的特性作为中心，然后去设计周围的环境。有时候则是在先有故事情节的情况下，再渐渐设计出人物。之后，将人物慢慢引入，使其更加丰满。本书的创作手法正是先有情节，再构思与情节相匹配的人物。

酝酿本小说的情节之前，我先造访了克钦邦。在旅行的过程中，就在想象中渐次生动地蹦出了故事中的一个又一个人物。

为了完成本小说，我曾去各地采访过许多人。采访过程中，我的创作冲动，让我不仅向他们刨根究底地提问，而且想方设法让他们透露当时的身心感受。这又往往使我对他们十分过意不去而感到非常自责。在此，我特请这些朋友们谅解，并向他们表示感谢！

我从事小说创作已有20余年，然而，写作本小说花费的时间却最长。这是我已完结的作品中部头最厚，同时也是让我感到最累人的一本。

但令我感到惊奇的是，就在我写作本小说期间，居然在日常生活中，遇见了我想象中的小说里的人物。在刚动手写这部小说后不久，无意间我好像遇见了书中的人物——一位克钦族姑娘！其名字、模样、性格和习惯都与小说人物很相似。她与她的奶奶的故事，就像我的小说中的情节那样！这样，就能使我创作中设计的一些情节更为生动可信。其实，还有其他一些蹊跷的遭遇，为避免文字过于冗长，就不在此赘述了。还有一件令人惊喜的巧遇之事是，密支那市戒毒专科大医院过去从未有过却又与我小说中的人物相似的一个人，在我的小说脱稿之时，来到了该戒毒专科大医院。

在本小说中，无论是对克钦地区人物的塑造，还是对学界人物的塑造，我都努力尽我所能去理解他们的切身感受，然后才落笔，我衷心希望克钦邦的人民，都能与我书中所塑造的人物感同身受。

作为我的读者，在阅读这部小说时，遗憾也好，愉快也好，也都同样是我本人的遗憾和愉快。因为在创作本小说的八个多月时间内，小说中人物的身心感受，已深深打动了我的内心。

写作本小说期间，出现了诸多令人惊奇的巧合、意外的顺利，也巧遇了许多为小说提供所需素材的人士。对此，一位克钦族朋友曾对我说："这都是天主保佑的缘故。"不管是他们所说的天主保佑，还是我们所说的佛祖庇护，本小说终于经历了诸多艰难时光后完成了。

我愿与本小说中努力生活的人们同舟共济，也祝愿读者们，继续怀有充满希望的美梦！

顺致友情祝福！

布尼亚钦

2018 年 9 月 14 日

目 录

第一章...001

闪光宝贵的花朵.......................................002

那位白衣姑娘.......................................027

对面楼的光...039

寻找龙山...048

心中初升的月亮...................................063

密松往事...076

盛开的十二月花...................................095

姗娧班的童年.......................................099

短暂的幸福...120

三个圆圈...133

龙山的消息...155

姗娧班的新工作...................................160

内心震动...185

会跳蝴蝶目瑙舞的佳亚告...............197

前往帕敢镇 224

重　逢 239

心灰意冷 252

第二章 261

喜马拉雅的氤氲 262

初　见 298

清晨的寄生兰 314

不再迷茫 353

再见希达 368

月圆夜 383

尾　声 435

译名对照表 446

Chapter 1

第一章

闪光宝贵的花朵

2017 年 12 月

曼德勒市

  正沉睡之际，班猝然醒来。也不知究竟醒了多少回，没记住，也不去记它。一个晚上，酣睡、自然醒来各一次，该多好！但对她来说，漫漫长夜总是频频醒来，又难以入眠。换句话说，是不是可以称之为兴奋之夜呢？到了夜晚，人往往跟死了一般，一动不动，昏昏沉沉，但是，假使遇到了不如意的人生，就是睡觉也不能安然，不是吗？

  半夜三更惊醒，班往往蹑手蹑脚推开屋门，到院子里呆呆地眺望远处曼德勒山顶闪烁的灯光，寻找放松之道。况且，还能仰望星空呐！每当仰望可爱明亮的星星时，就会感激阿爸和阿妈，他们给自己起了姗妴班这样美丽的名字。就这样，自己心里即使有痛苦，也会去寻找感恩的事。凡有爱心的人，就会懂得感恩，感恩能掩盖悲伤的心情，会感恩就会愉快。

  克钦族语中，"姗"指宝贵的东西，"妴"是闪光，"班"意指花朵。所以姗妴班这个名字的含义就是闪光宝贵的花朵，这是多么富有诗意而美丽的名字啊！但是，名字归名字，生活实际却未必如此。不知道这朵小花，已有多长时间未能闪光了呢？

什么时辰了？天亮了吗？房外传来啪啪的脚步声和窸窸窣窣身体摆动的声音，想必是努巴大姨醒了。努巴大姨不是天大亮了才起床，她总是清晨四点来钟就起床，一起床就去厨房，叮叮当当地忙活起来。今天她要回莫宁了，一定很开心。阿妈去世后，阿妈的大姐努巴来曼德勒陪班一起住，已有个把月了，她说她想回莫宁去了。大姨虽然对外甥女班多少还有点放心不下，但心里也还牵挂着她自己的一大家子人呐！没关系，对班而言，一个人独自生活没有什么难的。就算父母都还在家的那会儿，也常有孤独冷清的日子，都习惯了，没有什么大不了的……

班伸手从床头柜上拿起手机，看了看时间，清晨四点半，还早着呢！起床去帮努巴大姨整理东西好不好呢？心里很想去，但感到浑身乏力，呼吸也不畅。眼前猛然闪现龙山弟的小脸蛋，顷刻间胸口感到空荡荡的，啊！阿龙！小弟啊……你究竟在哪儿啊？

因为龙山是阿爸去帕敢开采翡翠那年出生的，阿爸给弟弟起名为"龙山"，也就是小翡翠石的意思。那是全家人十分珍爱的小翡翠般的心肝宝贝啊！现在却……班中断了思绪，转身过去，面前似乎看到阿妈那张带着微笑而又惨白的面孔，不禁潸然泪下。她赶紧闭上眼，似睡非睡、迷迷糊糊间突然又看到阿妈的脸庞，霍地从床上坐起，心咚咚猛跳不已，好像又看到了阿妈垂下那双苍白而细长的腿，班感到晕眩起来。

班不断调整呼吸，努力放松心情，重新躺回床上。这样，再看不到阿妈的笑脸了，但还能看到龙山弟在微笑。这次运气好，经自己努力居然还行。

班闭目养神，放慢呼吸，努力想让自己再入睡。她想起书中的一些说法，有的说，在关系不和睦的家庭里成长的一些孩子，长大以后，易患抑郁症且占比不低；又说，无论家里多么有钱，或有多么骄人的成就，他们对自己的生活却始终不满意，也说不上快乐。他们难以相信别人，也难以对人有爱心，一遇到生活中的一些困难，就很容易患抑郁症。不过，班可不同意这些观点。不管客观上有多少条件会让自己患抑郁症，但班自有办法——克服，肯定可将抑郁症拒之门外。为了让内心平静，班可以为自己安排一些健身活动，不是还可以默念冥思吗？

可这么一来，那龙山弟怎么办？对龙山，可得另想办法……喔！不想再往下多想了……

班一边努力想让自己尽快重新入睡，一边沉下心来。这一次，天亮之前，还会醒多少回啊？难道还是必须被枪声惊醒吗？或许，这一回的惊醒，是因为听到龙山弟发毒瘾时声嘶力竭的呼喊声？还是又听到了阿妈在哄劝、乞求龙山弟的声音？还会不会因倏然看到阿妈那张惊慌失措的脸，而猛的一下子惊醒，从床上坐起来呢？班将注意力集中到自己的鼻尖，又默念着自己的呼吸次数，终于渐渐入睡了，但马上做起梦来。

那是在非常美丽的蔚蓝色天空下，阵阵山风使草木摇曳不停，山花五彩缤纷，异常美丽的花朵，一望无际，美不可言。但令人难以置信的是，漫山遍野开的竟全都是毒花！是美得妖艳的罂粟花啊！

班醒来，已是红日高照。上午 10 点，阳光已照进班的卧室。她很喜欢在充满阳光的早晨醒来，因为阳光能使人神清气爽，精神振奋。人们都说阳光对心理健康有帮助，人在情绪低落时应该去晒晒太阳。这是班在哪本书里看到过的呢？班倒确实看过不少有关如何缓解心情抑郁的书籍，太多了，看了也就忘了。有时照着做，确实有点效。比如，心里感到压力很大时，早晨在阳光下散散步，人就会精神焕发。有几天情绪很低落，就在下午淡淡的阳光下去散步，也可让心情放松下来。是因为晒太阳人体获得了维生素 D，还是因为身体活动以后产生了多巴胺的缘故呢？反正，确实有效果。

班起床，坐在一张有阳光的沙发上，沙发很软且有弹性。是啊，很柔软，那价格就不菲啦！像班这样的人家用的家具不会是低劣品。可是物质富有的人，精神却不振，而且已有很长时间了。阿妈，何止精神萎靡，压根儿就是垮塌了，垮得很彻底，只剩下碎粒、尘埃，已消失在另一世界，见都见不到啦！至于龙山，虽然已从自己眼前消失，但还有望他活在这个世界的某个犄角旮旯里。阿爸呢，一定还在某一个地方待着呢。

阿妈的葬礼，阿爸是到了场的。阿爸有模有样，显得很年轻。他一身黑色西服，在雨季快结束时的细雨蒙蒙中，坐了进口汽车来的。阿爸身后一位身穿西服的人，为阿爸打着雨伞，其场面简直如同王子参加葬礼一般。丧事办得很热闹且有民族特色。阿爸站在阿妈遗体一侧，班则站在另一侧。蒙蒙细雨中看到阿爸隐隐有点神情伤感，但还算比较平静。

班目不转睛地凝视着阿爸。喔！想当初，阿爸真是胡作非为啊！住在村里时，熬鸦片脂，制作"鸦片布"。童年时自己就曾在绚丽多彩、非常美丽的罂粟花丛间，也同现在一样注视过阿爸，当时阿爸在班的心目中是位勇士。可现在呢？阿爸好像完全变成了另外一个人。现在的阿爸已经不是过去的阿爸了，班见了阿爸也不是过去那种心情了。阿爸现在的妻子还是原来那个吗？听说他可不止在两处有家呢！阿爸啊，我也不忍心说这样的风凉话，只要你能养得起就养吧！所谓爱情也可能不止一次，阿爸做出榜样，我只好默认了。但有一件事我可绝不同意，还要请阿爸原谅。阿爸曾经说过这样的话：

"班啊！如果大伙儿染上毒瘾，那是因为你妈太差劲了！"

真想请阿爸收回这句话。虽然不忍心这样责怪阿爸，可正是因为阿爸的这句话，才让阿妈得了抑郁症。

"阿班！阿班！醒了吗？还好吗？"

随着敲门声，传来了努巴的喊声。努巴是这样一个人，如果到了上午阳光高照而仍未见班走出卧室，她就会慌慌张张来敲门，唯恐班会想不开，也走上阿妈那条路……看到努巴那双惊慌失措的眼睛，班也会因此产生心理压力。班心里在说，努巴啊！别老这样瞧着我，我是不会自杀的。但她的嘴却紧闭着，不愿做出保证，怕保证了又做不到。自杀，无论是对躯体还是对内心，都是很痛苦的……然而，要是遇到比自杀更加痛苦的事，就只有直面（自杀）这种痛苦了，不是吗？不忍心责备阿妈呀……如硬要责备，那就用其他办法委婉地表达，要说出口是很艰难的。

"阿班！阿班！还没醒吗？"

努巴的喊声更加颤抖了。如果再过一会儿听不到班的回应，努巴说不定就会破门而入了。阿妈活着的时候，不是就发生过这样的事吗？

"努巴，我已醒了。稍等，我一会儿就出来！"

"哎，哎！我给你做了鱼面，还热乎着呢，快出来趁热吃吧！来了客人，我得去陪客人说说话。"

客人？是哪儿来的客人？自从阿妈去世后，不管是关系亲近的人还是不那么亲近的人，都不断上门来打听消息，还要接待那些不熟的人，也真是够烦心的。

姗娩班把散在后背的头发梳到前面来，使之蓬松着。在阳光下，头发蓬松飘逸，相比起湿漉漉的头发来，干燥蓬松更为舒适宜人。班用手指按摩着头皮，设法让自己的身子轻松而精神饱满。这么做，既有利于心情也有利于身体健康。

曼德勒的初冬尚无一丝凉意，晚上穿的白色上衣有点厚，感觉有点闷热。轻轻推开窗子，阵阵微风吹进房间，风虽不算清凉，却使人神清气爽。

不一会儿，阳光移出班的房间，班起身去洗脸、换衣。等她走出房间，已是上午十点半了。

"阿班！有鱼面、米饭，想吃什么自己随便挑。"

正在客厅与客人聊天的努巴转身，朝班看了一眼说。努巴是个不善言辞的人，能说的缅语也有限，出生在达末坎那个地方，后来嫁到了莫宁。她除了克钦邦的小镇、小村之外，没到过任何别的地方，到班家人所在的曼德勒来，对努巴而言是头一次长途旅行。

在曼德勒大学上过学的班，缅语讲得很地道，也很熟悉缅族的风俗习惯，这是因为她带点缅族血统的缘故。[1] 阿爸是地道的克钦族，阿妈虽带有一点缅族血统，却从小在克钦邦的小山村长大，在阿妈身上，只看到克钦族人的习惯。努巴不也是这样吗？人总是会倾向亲近的一边。被克钦族人称为"阿班"的姗娥班，在曼德勒大学的年轻朋友亲切地叫她"班班"，于是她也就习惯自称为"班"了。

班在餐桌边坐下，朝客厅看了一眼。餐厅和客厅挨得很近，中间也没有屏风或帘子隔开，可以清晰看到客厅，还能听到说话声。班对那位与努巴一起说话、上了年纪的妇女，可有点不待见，

---

[1] 缅甸共有135个民族，主要有缅族、克伦族、掸族、克钦族、钦族、克耶族、孟族和若开族等，缅族约占总人口的65%。官方语言为缅甸语，各少数民族均有自己的语言，其中克钦、克伦、掸和孟等民族有文字。

认为她太多嘴了。哪里来那么多话啊，还爱管别人家的闲事！刚才，她向班投来的目光，充满了想探听别人私事的意味。她必定会瞎琢磨班的情况，说不定还会对班家里的事有意无意添油加醋呢。是啊，班所见过的那些邻居们，不都是那样吗？这家的孩子，一定也染上毒瘾啦！他爸是个翡翠玉石富商，讨了许多老婆，钱是多了，但一家人却不见得开心……班一家的情况，说不定会成为他们餐桌上津津乐道的谈资呢！难道一些没有钱的人，也想品尝一下有钱人因富有而不愉快的烦恼，从中得到一些安慰不成？如果真是那样，那你们就请自便吧！我家虽然有点钱，心情却不愉快，那倒也是事实。

班静静地盛了一勺鱼面吃起来。她原本很爱吃鱼面，现在却觉得味道寡淡了许多。虽然肚子很饿，却毫无食欲。已经几天没睡好觉了，一大堆负面想法，老想发脾气。是不是自己真的得了抑郁症？唔……不会的吧！我可是要及时警惕，自己振作精神，也不想老依赖安眠药、镇静剂之类的药物。

班的理智开始有些失控，客厅里那位上了点年纪的女人说话声似乎越发响亮起来。想当初，龙山弟每回叛逆出走，自己赶紧跑到院子一把扭住龙山时，她不就是那个老从窗户探出脑袋看热闹的人吗？真想问问她，是不是闲得发慌啦？班现在只希望跟周围邻居疏远些，但这个女人却总会找种种理由来探听消息。努巴来了之后，她就更加容易探听到消息了，因为努巴人太老实，问什么就答什么，这样就让她全部了解班家里的私密情况了。这个女人在帕敢住了多年，是克钦族和缅族的混血儿，努巴与她好像很谈得来。

班又盛了一勺鱼面吃着，感到嗓子眼有点发堵，从客厅传来的说话声更加响了。

"大妹子！染上了鸦片瘾，要戒掉可不易啦！一辈子也戒不断的！有戒了的，那也就是一阵子的事。要戒，别提多难啦！过去我在帕敢待过，那里的人常说，在帕敢旁边有一小村，有一个人因为染上鸦片毒瘾，说要戒，就离开了村子。一天，他在乌余河边坐着，瞧见一只拖鞋漂在水面上。瞧着瞧着，觉得那只拖鞋就像是他年轻时卖鸦片给他的大婶的拖鞋。嘴上嘟囔着真是像啊！嘀嘀咕咕，就又勾起了他抽鸦片的念头，控制不住，一回到村子，马上又抽上了鸦片。所以要是染上了鸦片毒瘾，不要说是见了鸦片，就是看到了与鸦片有关的东西，一下子就会勾起抽鸦片的念头，于是就会眼泪鼻涕，浑身疼痛，哈欠连天，毒瘾就上来了。"

这些话犹如突然在班的胸口猛击了一下。她的耳朵和胸口都发热了，原本吃进去的热乎乎的鱼面又冲回到了嗓子眼。

"有些人到了像新加坡这样不易买到鸦片的国家去居住了好长时间，戒了毒，但只要一回到他曾经抽过鸦片的老家，就会复抽！有的人，甚至只要一看到'密支那市欢迎您！'的条幅，毒瘾就上来了呢！"

她的说话声如同铁锥一般，激发了班内心的怒火。

"我对大妹子讲这些，并不是想伤你的心。那些染上毒瘾的人，对他最初染上毒瘾的地方，不是会念念不忘吗？所以说，龙山从家里出走，恐怕不会到别处去，一定是去了他最初染上毒瘾的密支那。那就去密支那找他呗，只要见到他还活着，也就可以了，戒不戒得了毒嘛……"

"给我滚出去！"

班霍地站起身，一只手碰掉了一只瓷碗，咣当一声，碗在地上摔得粉碎。

"阿班……"

努巴颤抖的阻拦声，也无济于事。

"大婶！请你现在就走！"

班发出了咆哮声，再也无法控制。

"哎哟！我可是好心好意才说的哦！你自己要生气就生呗，可不要把气往别人身上撒！一个有文化教养的人，怎么就这么蛮横无理啊！真是怪事！"

那个大婶不满地咕哝着，走到屋外，而班的全身却还在瑟瑟发抖。

"阿班……阿班……孩子啊，忍一忍吧！别生气，阿班不是这样的孩子！我们阿班可是个很文雅的姑娘啊！"

努巴走到班的身边，拽住她的一只手摇晃着提醒她。怒气消退，让位给了羞耻，她因为心理失去了控制而自己生自己的气。抑郁症！听说，抑郁症就是因不能控制住自己的怒气而诱发的。

不！我可不能让自己得抑郁症！不能像阿妈那样。家里有人吸毒，家里人就必须心理坚强，不是吗？只有这样，才能找到龙山，照顾他，不是吗？

班猛然把手从大姨手中抽出来，快步跑到了楼上。楼上已好久没住人了，到处是一层薄薄的灰尘，令人窒息。把前面的玻璃窗打开后，便能看到阳光照射下的健身房。在充足的阳光下，摆放着跑步机、杠铃、台球案、健步器等，一应俱全。在举重、台球等健身器材的旁边，还有许多加重的杠铃配件。这间房是班为了龙山弟专门配置的，也是作为控制毒瘾的一种手段而配备的。为了减轻心理压力、消除抑郁情绪，自己不是也曾常常在这跑步机上跑得大汗淋漓吗？阿妈去世后，自己感到身体乏力，稍许活动一下，就感到疲惫，因而来得少了。

班走到房间墙角边，从柜子里取出健身服和健身鞋，穿好后走上跑步机，打开启动按钮，就在上面跑了起来。过了一会儿，跑步速度慢慢加快。班满脑子就想让自己体内多产生些多巴胺激素，好使自己内心平静下来。

班快速跑动起来，就在她感到喘不上气来的一刹那，脑海中一阵一阵出现了五彩缤纷的罂粟花，还有小孩在罂粟地飞跑着。他们懂什么呢？怎么知道这些是毒花呢？是付出了一条条宝贵鲜活的生命，才懂得它们竟是毒品！只见一个小女孩，手持一把长刀，挥舞着跑进罂粟地，举刀将罂粟植株砍成数段，之后脚步声伴随着阻拦的叫喊声……

"阿班！阿班！你要干什么？别这样啊！"

"阿班！你这是要让我们都挨饿啊！"

为了从脑海驱除这种叫喊声，班加快了跑步速度。她为了忘掉该忘掉的一切而奔跑着，为了使沉重的心情变得轻松而奔跑着。班汗流浃背，头部正中向两边分开的卷曲长发都散开了，被脸上的汗水粘连着。班用双手整理了一下头发，将散开的头发收拢归置好后，又开始在跑步机上提速跑起来。过了一会儿，觉得累了，放慢了速度，走下跑步机，此时班已浑身湿漉漉。虽然喘着气，人也很累了，但烦恼却好像得到了缓解。

"阿班……"

努巴走到班的跟前站着，忧心如焚。班很不愿意面对这种眼神。不管是谁，都不想看到这种眼神，也不愿想起总是忧心忡忡的日子。

"努巴！你别老这样看着我好吗？我没事。请你原谅啦！我刚才动粗让你没有面子。尽管我一直很注意，但还是控制不住自己爆发了。"

"不用说原谅什么的啦！我心里全明白。看你老是这种心情，我也放心不下啊！"

"放心，放心，回去吧！努巴，我这么发作也是偶然的，平时一般都能控制住自己的。"

"阿班！我要你给我作出保证。"

"我知道你要我保证什么，不就是要我保证不发生阿妈那样的事吗？"

"是的！阿班，我很担心哪！"

"放心吧！努巴，不管有多大的心理压力，我一定坚强面对！为了大家，我一定得好好活着，大家就是我活下去的意义！不过就是有一点，努巴哟！有了想要自杀这种毛病，那又有什么办法呢？只好尽量努力去克服呗……"

"阿班啊！"

努巴泪眼婆娑地看着班。班呆呆地望着玻璃幕墙外边那片蔚蓝色的天空一言不发。

"什么时候去找阿龙啊？阿班！"

"我这儿还有些没有办完的事，再过一两天，就去呗！"

"是不是就去密支那？"

班边点头，边长长叹了口气。每每想起龙山的事，就感到气不顺。

"在那儿，龙山的一个朋友曾见过他，传话说，龙山一定是去了那儿。我也认为龙山去了那儿，他以前也说过想回密支那的……我知道他待在这儿不开心。"

"你也要注意自己的身体啊！阿班，你们娘儿俩为了家里的事，糟心糟了多年了。你阿妈就是因这糟心事死了，你要是再有个三长两短……"

努巴的直率之言使班微微一笑，说：

"我一定努力争取不倒下，努巴！也会注意自己的健康的。

我对你们一家人也有点担心，听到你们那儿打仗的消息，我好担心哪！有什么事就给我打电话啊！"

努巴点了点头，长长地舒了口气。对努巴一家人而言，打仗就是一场噩梦。一旦男孩子到了年龄，就会担心被强征去当兵打仗。班所热爱的克钦大地，简直充满了噩梦啊！

"过一会儿，我就要去火车站了，还要去整理一下东西。"

努巴的话让班想起离去火车站的时间已很紧了。就在努巴整理东西的时候，班也匆匆洗了个澡，准备送努巴去车站。

去车站的一路上，努巴因为对班不放心，叮嘱再三。

"你叫上一个朋友晚上陪你一起睡噢，阿班！"

为了让努巴放心，她点了点头，但她心里并不打算叫别人来陪她。班已经有多长时间一个人睡了？对谁都不信任又有多长时间了呢？一个人把阿龙送进医院；一个人请心理医生到家来，想让阿龙戒毒；他每次从家里出走，总让人急得几乎发疯；阿龙犯毒瘾时，要想尽办法把他控制住、看住……她的青春年华，就是这么一个人过来的。由于怕人知道阿龙的情况，班与周围邻里也都尽量疏远，与朋友也中断了来往，几乎对谁都不信任，对什么事都疑心重重。

想想过去，那时候的龙山是个多么可爱的孩子啊！在他四岁那年，作为富商的代理商，以阿爸为首的开采翡翠玉石矿的公司发展顺风顺水，阿爸开始可以享受了，因此全家移居密支那。龙山这孩子，从小要啥有啥，样样不缺，唯一的不足是阿爸和阿妈的婚姻亮起了红灯。在密支那，到十年级毕业时，班没把龙山的不愉快放在心上，只想到自己的不愉快，因而就一个人跑到曼德勒上大学。这个决定让班一辈子都追悔莫及。

龙山这孩子只能和阿妈待在一起，他是多么孤立无援啊！阿爸回家时，阿妈就会与阿爸大吵大闹；阿爸不在家时，阿妈的情绪就会消沉。可是阿妈的荫庇真能让小龙山获得安全感吗？阿爸只能在钱的方面满足小龙山，而在心智方面却不能给他一点保护。最终，毒品就成了龙山这孩子的庇护所。每当班一想起龙山的遭遇，就自责不已。就这样，忽而自责，忽而焦虑，忽而消沉，忽而又振作，日子一天一天过去，好累人哪！

以前，比班小七岁多的龙山，有时会对班这个姐姐撒娇，有时又与她像朋友一般相处。每当父母吵架时，姐弟俩就相依为伴，不是一起暗暗哭泣，就是一起跑到外边躲开。龙山穿的衣服，总是姐姐给买的，姐姐也总会特地买他喜欢吃的。而阿妈则在无穷无尽的苦恼中挣扎，不能自拔，对班姐弟的事，已无暇顾及。

就连龙山染上毒瘾之事，阿妈都是很晚才知道的，等阿妈告诉班就更晚了。班得知后，就把密支那西大铺的家门锁了，叫上阿妈和龙山一起去了曼德勒。在曼德勒心理疾病医院，想尽办法让龙山戒毒，同时班也通过了大学毕业考试。

治了多年，龙山的病情却始终不见好转，戒了又复抽，反反复复。只要毒品没有了，龙山就完全变了一个人！要是有人不让他吸毒，阿妈也好，亲姐也罢，立即都成为他的敌人！班已经多次挨过他的拳脚，他还曾一脚把阿妈踢得从楼梯上摔了下去，阿妈因此小腿骨折。当他服药后，又恢复正常，连连向阿妈和班下跪，哭哭啼啼，请求宽恕和原谅，口中不断发誓以后决不再这样了，还说今后一定改正，奋发图强，重新做人。当时班还年轻，听信了他的保证，宽恕了他，甚至还傻乎乎地心存幻想，总以为他这只是"一时的事"。之后，他毒瘾又发作，不像人样，对人粗暴，凶神恶煞。灰心丧气之时，班总是以"这大概也是一会儿的事"来安慰自己，而内心却在无数次地苦笑。可是，被毒品欺骗受害的，又岂止龙山一个人？姗娖班也是，阿妈也是啊……

"火车大概到了。"

班把汽车停在车站前，伸出头看着从车站里出来的人说道。班帮努巴拿行李，一直把努巴送进车站。

"阿班！要开心喔！还要注意身体！"

直到快上车了，努巴还不放心地叮嘱班。班淡淡一笑，点了点头。火车开动了，班站在站台上，看着火车慢慢远去，而自己似乎心不在焉，只感到周围的人与自己都不相干，好像都是来自不同世界的陌路人！

出了车站，班没有马上回家，而是开着车漫无目的地瞎逛。开车时，她感到自己心情好像会平静些。每当长时间关注某件事情时，心情就会放松，但是要长久精神集中于某件事，也并非易事。

绕着护城河开车，也不知已经绕了多少圈，定下神来才想起要到用竹匾装饰的克钦族餐饮店去看看郭加。

班拐进那家店所在的马路，然后把车开进了那家餐饮店的院子。这家小店是班的朋友——康楠姐开的。在密支那西大铺，康楠姐家的院子与班家的院子紧挨着，她对班一家的情况也基本了解。康楠姐嫁给了一个曼德勒人，就在曼德勒安了家，她经营的这家克钦族小店也颇为成功。康楠姐心地善良，做事也循规蹈矩，把郭加托付给她，是可以放心的。

班走进店堂，见客人很少，因为午餐时间已过，而晚餐还早了些。班边走进店里，边找康楠姐和郭加。看着用许多克钦族传统手工艺品装饰的小店，心里一下子暖洋洋的。每当想起密支那，就会到这个充满自己民族传统气氛的小店来用餐，同时也就见到了康楠姐……于是，这个小店就成了班散心解闷的地方。

"班姐！"

听到叫自己，班回过头去看，只见郭加举着一只放满了饭菜的匾，很轻快地走到了班的面前。

"班姐！您是到这儿来吃饭，还是来看我，或者是来看大姐的啊？"

"三个原因都有！"

班边微笑边回答。郭加笑得眼睛眯成一条线，又说：

"等等！班姐，我还要去送饭菜。大姐也在，我会叫她来。请先坐会儿！"

"行啊！郭加，你有事就去忙你的事好啦！"

班找了一个靠墙角的位子坐了下来，远远看着郭加。郭加看来已长大成人了，是班把她从万莫战争避难营领过来的，那时，她才不到十三岁。已经过去了四年，她现在该有十七岁了。

班曾经向万莫战争避难营捐过毯子、衣物等，也就是在那儿见到郭加母子的。在一堆黯淡无神的目光中，班见到了郭加那与众不同、坚定明亮的目光，那目光吸引着自己。这个当时约十三岁的小女孩，怀抱着一个三岁左右的小孩，她抱孩子的姿势有模有样，完全像一位母亲抱着自己幼儿一般，双眼也完全是母亲守护幼子的眼神。在她身旁，是一个比她小三四岁的小女孩；再旁边，是一个面色憔悴、目光呆滞而又疲惫不堪的妇女。

一见到郭加那与其年龄很不相称、成熟的目光，就可以估计到她具有坚强的毅力。班后来隔三岔五去看郭加，了解了郭加的梦想是什么。郭加的梦想不仅仅是为她自己，而是为了全家。她想让学习优秀的小妹妹进一所好学校念书，让她心灰意冷的母亲脱离这个环境，让她年纪尚小的弟弟吃得好一点，穿得暖和一些……她想通过自己的劳动来达成这些目标。

班征求了家长的同意，把郭加叫到了曼德勒，推荐给了康楠姐。那时的郭加很瘦小，而现在，她已出落成一个水灵、健壮的年轻人。四年时间，她已长大成人了！

"班姐！大姐正跟客人说话，您稍等会儿。您喜欢吃点什么？吃克钦焖肉饭吗？"

郭加走到了班的面前问她。班微笑着伸手拽着郭加的手："班姐不吃了。郭加，来！到姐这边坐一会儿，要跟你说个话。"

郭加在班的对面坐了下来。

"再过两三天，姐就要回密支那了。郭加，你有什么事要托我转告土曼他们的，还有什么人要我替你去看看的吗？"

郭加的眼睛立刻闪闪放光。

"我给露迈买了很漂亮的圆珠笔、学生校服、图书，还给小弟和阿妈买了点东西。班姐，您能帮我捎给他们吗？"

"当然可以啊！郭加，我就是来问问你有什么东西要我替你捎带的啊！"

"班姐是坐飞机回去吗？"

"嗯！"

"买了一纸箱的东西，能方便捎东西的人不多，真不好意思！"

班微微笑了笑，拽住了她的手说：

"别那么客气！你要把我当成你自己的姐姐一样，我早就说过了，你忘啦，郭加？"

"忘倒是没忘。"

"把我当成你自己的姐姐，就不用客气啦，对吗？"

"是的，是的！那么……还有我积攒了一点钱，还有信，也想一起捎去。"

"行啊！姐都给你捎！"

"那姐还要去万莫吗？"

"如果郭加没熟人，我就去那儿，顺便捐点什么。"

"班姐在密支那待的时间不会长吧？"

"要去就不会是一会儿啦！会住上一阵子。会不会回来都说不定呢！"

"啊……那为什么啊？"

"阿妈也死了，龙山也还得去打听寻找。再说班姐我在曼德勒也没有合适的事可做啊！"

郭加注视着班的脸，过了一会儿，接着问：

"班姐……您身体还好吧？"

"我什么病都没有，挺好的！郭加，怎么啦？"

"您看上去与平时不一样，眼眶有点塌陷。"

"我啥事都没有，郭加。"

郭加担心地注视着班，班对她微笑着说：

"你有些什么事要我转告你阿妈的吗？"

"要说的，我在信里都写了。班姐，见到露迈就要她好好念书，她很聪明。她要是能读到十年级，我会攒钱供她上大学的。还有，就是希望大战早点结束……"

"大战……"

班低声地念叨着。大战？这种说法似乎在什么地方听到过……班想着想着，想起曾在读过的一本书中看到过。那本书里写道，但愿第二次世界大战快点结束。大战结束之后……哦！

这是特指世界大战时常用的词汇。但对郭加而言，在她们小村子里发生的战争，也就看得如同世界大战一般，挺大。

"班啊！你来了好久了吗？我因为来了客人，话没说完，现在客人刚走呢！"

"没事！姐姐！"

康楠姐来后，郭加就走开了，继续干她的事去了。

康楠姐拉着班的手，请班一起到她的办公室。郭加对班而言如同妹妹一般，而康楠姐则如同班的姐姐一般了。

走进康楠姐的办公室，坐到沙发上，康楠姐关心地看着她。面对这种关心的目光，班似乎既有点喜欢，又有点不喜欢。她不喜欢自己处于被人怜悯的状态。

"班！你已经好久没来姐这儿了。现在不是努巴跟你住一起吗？她到你这里来住，你就有伴儿了。"

"努巴今天下午已回莫宁了，姐！"

"啊！这么说，你现在又是一个人啰？要不要我去陪你？要不，让郭加去陪你？"

"不用啦！姐，我就要去密支那了，所以我是来告辞的。另外想问问，是否收到了我让他们加工的翡翠坠子，我是来拿那些坠子的。"

"哦！那些坠子已经收到快有一星期了！班，我忘了跟你说了，等一等！"

康楠姐起身走到房间角落的橱柜边。康楠姐的丈夫在曼德勒从事翡翠加工业，班曾请他加工了一些翡翠坠子。

康楠姐打开橱柜门，取出一个扁平的丝绒盒。

"坠子都已打好眼，还穿好了丝线。听说是一种新颖的设计，样子像小白鸽，所以加工时十分细心。你看看吧！是否满意喜欢啊？"

班伸手从康楠姐手中接过盒子，打开盒盖看。盒子里有六个翡翠制作的小白鸽，整整齐齐地排列着。因为是用水头上乘的白色翡翠琢磨而成，洁白，晶莹剔透。白鸽是和平的象征，可它们却是用连年战事不断的克钦邦盛产的翡翠琢磨而成，这真是令人苦笑不已呀……

"喜欢吗？班！"

"喜欢！姐！"

"有六颗呢！打算做什么用呢？"

"想送给三个发小，剩下的两颗就留给我们姐弟俩。"

"这么说是五颗呀，还有一颗呢？"

"哦！那就……那是秘密啊！"

"OK……OK……"

康楠姐不再追问。班用手指触压着排列整齐的翡翠坠子，索昂、伦康和希达莎尔几个人的脸庞立刻在眼前时隐时现。希达莎尔是一个可爱的亚旺族女孩，她有一张圆圆扁扁的脸，细长的眼眶和白皙的肤色，样子总是那么文静。据说，她的名字在亚旺语中是"月亮"的意思。原来，希达莎尔的父母给女儿起了一个像月亮一般宁静明亮的名字啊！索昂虽然是一个男孩，却心肠软，是个胆小怕事的克钦族男孩。伦康是劳瓦地区正宗克钦族土生土长的孩子，虽然很懒，但很憨厚，诚实正派。班不清楚他们现在究竟都在哪儿，即使知道他们在哪儿，也不知道怎样才能见上面，如何才能把翡翠白鸽送给每个人啊？班爱他们，他们与自己没有血缘关系，却胜似有血缘关系，可现在他们已在班的生活中消失。最亲的亲骨肉阿妈已从班的生活中彻底消失。阿爸虽然还健在，却也已从自己内心中消失。

"班……你身体好吗？怎么瘦啦？"

康楠姐也问起与郭加同样的问题。难道班的脸色看起来真的病恹恹了吗？虽然自己没有想要去美容的念头，但感到真该化妆修饰一下了。

"我挺好，姐！我也很注意保养身体的！"

"龙山有消息了吗？班！"

"消息倒是有，姐！听说他可能在密支那一带！"

康楠姐呆呆地看着班，又深深叹息了一下后说道：

"我们这边的人也都快成大烟鬼啦！另外，帕敢不仅盛产极其宝贵的翡翠，同样，也能糟蹋宝贵的生命！对我们密支那的年轻人来讲，帕敢简直是个滋生噩梦的地方！"

康楠姐小声地嘟囔着。

"岂止是对密支那的人，康楠姐！帕敢对各地来说，既是个大噩梦，又是个让人怀揣希望之地。不是吗？我阿爸就是在噩

　　　　　　　　　　　　等待花开之时

梦中捕捉到了希望。"

班从康楠姐的店里出来后，已是黄昏时分，她还带了一包克钦焖肉饭。虽然胃口不好不想吃，但为了增加营养，还是强迫自己吃下去。为了不让别人看到自己硬着头皮吞咽食物的难看模样，班已好长时间没到外面店里去吃饭了。

班沿着护城河开着车，天色渐暗。只见护城河堤岸上有成双成对散步的，有坐在长椅上谈情说爱的，班莫名其妙地笑起来。爱情！这应该是差不多每个人都会有的经历，那班难道不是人，她与爱情无缘吗？想到此，不禁扑哧一笑。对争取爱情缺乏充足的心理准备，究竟已经有多长时间了呢？内心根本不关心如何去争取爱情，究竟有多久了呢？说变就变的心，忽起忽伏，空落落的，神不守舍。有时，自己总算安下神来，可是看到与自己同一屋檐下的阿妈和龙山，内心又变得乱糟糟的，是不是因为自己的心理承受力太差了呢？

想到这儿，班突然想去水疗馆，于是就改变了路线。她不想让那么多人都问自己你还好吗，只有精神抖擞的姿态，才能掩饰自己的心理感受，她想努力用健康的体魄来战胜精神上的苦闷。

班把车开进了她曾来过的曼德勒度假酒店的院子。天色已黑，只有酒店内还灯火通明，让人以为它是黑暗中的一座宫殿。

之后，她走进了漂亮、香气扑鼻的高档水疗馆。先把蓬乱卷曲的头发洗了洗，吹干，又做了脸部按摩，还做了全身按摩。因为这里是要用美金付费的地方，一切都是高档服务，非常享受。但是，她也想到，不知道有多少人也像她那样，想通过按摩、高级享受来驱除精神上的苦闷呢。花钱倒是可以短暂抚平内心的苦闷，但不可能彻底驱散啊！

当享受着按摩女孩手指轻柔触摸按摩她的全身所带来的惬意时，她却还要竭力去忘掉那片盛开着罂粟花的地方，忘掉阿妈那双垂在空中惨白的双腿，更想忘掉自己被龙山弟一脚踢晕过去的那个夜晚，以及虽然没有失去知觉却浑浑噩噩活着的许许多多日子，她想把这些统统抛在脑后。但是，自己也清楚，虽说竭力想抛开这些事，但真要忘记一切，谈何容易！真能忘记的话，她自然而然就会全忘了，难道不是这样吗？

从水疗馆出来，全身都感到轻松，还微微散发着香气。坐在浅蓝色池水的泳池边，向远处眺望，看到了灯光璀璨的曼德勒山。心想今夜就在酒店订个房间住上一晚，好吗？家里充斥着阿妈和龙山令人窒息的气息，这个家对她来说，一半是感到暖心，另一半是让她触景生情，好折磨人啊！

班在泳池旁坐了好久。

有的人为每天填饱肚子而苦苦挣扎，晚上却睡得很香；而有一位姑娘花了美金到高档旅馆里享受一番，却难以入眠，找不到安神的地方。

那位白衣姑娘

2017 年 12 月

密支那市

"凉凉的雾珠，让我心中平静，

让心田安宁，

圣诞的歌声荡漾在雪花飘飘的天空，

美好的福音传遍全世界！"

　　一走进密支那大医院的内科病房，就听到护士们合唱着圣诞赞美诗歌，欢迎定苗刚大夫。大医院的圣诞节年年都很热闹。三年前，他刚来这家医院不久，就遇上过圣诞节。每年十二月一整个月，这个大医院的每个病区都排好日子，轮流举办圣诞节聚会。所以，一到圣诞节，他就到每个病区去转转，跟病人一起欢度圣诞节。

　　"啊！定苗刚老师，您来了！来来，老师也一起来跳舞呀！"

　　一个由女孩装扮的，穿着大红袍、戴着眼镜和一把白胡子的圣诞老人，伸手拉住他的手，把他拉进病房。声音也分辨不清究竟是谁，但他笑着一起走进病房。

　　"老师！我是媛尼啊，呵呵！认不出来了？"

"你啊！化了装啦！我怎么认得出来啊？"

一个名叫媛尼的小护士边笑边把他推进了人群。

"哎！老师，定苗刚老师来了！"

"啊！老师，来来！快来跳跳舞，就不冷啦！"

大家手拉着手围起了圆圈，随着手风琴伴奏声，开开心心跳起舞来。奈文大夫把定苗刚大夫拉进来跳舞。奈文大夫是个全科医师，性格很活跃，像个年轻人，爱热闹，爱跟人开玩笑。

病房里飘荡着歌声，还有大夫们兴高采烈跳舞的身影。天主教修女杜狄达宁嬷嬷微笑地看着他们。小护士们托着装有鱼面的木质长盘款待大家。

舞跳累了，定苗刚大夫就坐到了一张桌子旁，津津有味地吃起鱼面来。面条是用鱼汤浇洒后盖上素菜浇头，暖暖和和的，十分美味。

奈文大夫走过来坐在他的身边。

"定苗刚老师！没见到娩露老师啊？"

"大姐去旅游了，老师！"

"这么说，她病房的工作，交由定苗刚老师您管啦！"

"是的！老师，大姐不在时，戒毒专科医院和大医院这边就只剩我在了。"

定苗刚大夫对前来打招呼的人一一答应着，边说边吃。也不知吃了多少盘了，直到吃得肚子鼓鼓的，才整整衣服，打算回去了。

他从内科病房出来，已是上午十点半了。密支那的冬天还是有点冷，他沿着木栅栏围挡着的走廊朝心理健康病房走去。走廊很幽静，他很喜欢在这条既有阳光又有微风吹拂的走廊散步。现在他已经喜欢上了自己的工作。之前，他刚参加工作时，一走进戒毒专科医院，特别是一踏进医院的嗜酒病人和心理疾病患者康复治疗室，就感到心烦意乱，一看到嗜酒患者，总会联想起父亲。现在，他已经可以轻松地面对自己的患者了。

定苗刚大夫拐进了自己要查看的病房，无意中看到了大门前挂着的那个小告示牌。告示牌已经挂了有些年头了，显得发黄和破旧不堪。牌子上分别用缅、英、巴利文三种文字写着：

如要敬献上帝，就请捐助老人和病人！

看到此牌，他就心情激动而满意。

"早上好！老师！"

"早上好！护士长！"

护士长杜钦宁汉微笑着打招呼。他与护士长一起查看了按常规方式治疗的患者后，又朝单间病房（患者躁动、需加管束的病房）走去。单间病房的门是上锁的，房内患者一见到他，都拥到门口，抓住铁门摇晃着。

"大夫！这……这……干吗锁上门啊？开门哪！开门！"

"要是把门打开了，你不就乱跑啦！你要是好好待着，就可以开门，听见了吗？"

"我是好好待着，可有人要追杀我！不逃不成啊！大夫，死活也得逃啊！"

这些话倒真不是病人在胡说，这是他在说出他的切身感受，只是他看到的人，其实并不存在。定苗刚大夫看了看身旁的护士长说：

"他是因酒精中毒来这儿的，是不是？"

"是，大夫！他总说有人在后面追他，就瞎跑一气，是他村里的乡亲们把他捆绑了送来的。因为在山野里乱跑，全身扎了许多刺呢！"

"唔……这种情况，要是不抢救，可能会死！酒精中毒伤到大脑了。不是服了镇静剂了吗？"

"是的！已经给他服了，大夫！"

"如果还安静不下来，那镇静剂再加点量，再加点增强体能的，维生素 B_1 之类的补充剂吧！如晚上不睡觉瞎闹，还可打镇静剂。"

"好的！"

"在打针之前，别忘了要测一下血压，也还得听听肺部情况好不好，都没问题了，才能打针。"

"好的，您放心吧！"

他向护士长交代完之后，走到另一个病房。那是一些因嗜酒而产生幻觉的患者，这类患者病发时，会感到浑身有蚁走感，会用三个手指不断地抓挠自己的身体或是用手驱赶蚂蚁，又想从地面上捡起点什么，一个人总在那儿忙活不停。

定苗刚大夫站在那人的前面，猛然如切肤之痛一般，想起了自己的父亲。

父亲在世时也有过这种情况：似乎感到全身都爬满了蚂蚁，他只顾满身去找蚂蚁而忙得不可开交……

"你在忙点啥呢？是不是蚂蚁又爬身上来了？"

他微笑着问面前的病人。他对病人边微笑边开玩笑地问诊，那是常有的事。他所敬重的大姐娥露大夫也是如此轻松、亲切地与病人打交道的。他是大姐的助理专职大夫，从大姐那儿也学到了许多本领。

"喂！别问是不是有蚂蚁爬上身嘛，大夫啊！看来医院不干净，到处都是蚂蚁！"

那个病人，他身上什么都没有，但可能会感觉到有什么东西在身上爬，就好像看到了蚂蚁，把没有的东西说成有的，这就叫作幻视现象。

在嗜酒成瘾治疗室，可以见到许多因嗜酒过度，大脑和神经受损的各种类型的病人。谁说嗜酒成瘾不如毒品成瘾的后果那么严重啊！

他嘱咐了对病人的治疗意见之后，又去了单间病房。单间病房空间狭小，但有一扇窗户，阳光可以照进，还算好。将这些嗜酒成瘾的病人收住到如此窄小的单间病房里，他很是于心不忍，但是……不这么做也没别的更好办法。

对一些因服用了兴奋剂而心理反常、乱打乱闹的病人，就得交给监狱了，由警察帮着看管。

但凡遇到这种粗暴的病人，护士们也常常发牢骚，叫苦不迭。

"真是好恶劣的人啊！明知毒品会使人如此遭罪，干吗还自找苦吃啊！"

他们这些人之中，始终保持微笑的人，估计只有大姐娥露医生了。

"不要去责怪谁。谁都保不住走错一步，发生了预料不到的情况，患抑郁症的人也是如此。别以为这点儿事就抑郁上了？我们这些护士们，医生们，包括我自己在内，虽然今天身体都好好的，但谁也别说，以后我们这些人绝不会得这种病！我们以及我们周围的人，也许某一天也成了现在遇到和见到的那种病人。嘿，让我想一想……就是那位高僧，叫什么名来着，你们不是常常说的吗？那个名叫什么欧德……喔！欧玛……高僧曾经说过的，每个人都可能是疯子什么的……"

大姐急急巴巴，没把欧玛德哥高僧的名字说清楚，把大家逗乐了。大姐因为是基督教徒，巴利文说不清楚。但是，大家认为大姐的德行和心地与佛祖的教诲是一致的，都愿意亲近她，与她就像亲人一般。

"老师！他是震颤性谵妄症，会出现幻觉、妄想。"

由于护士的提示，他抬头朝单间病房的病人看了一眼。见有人来了，病人就朝铁门这儿靠过来。那病人的年龄四十出头的样子，要不是喝酒成瘾，不正是人生快乐的年龄段吗？工作稳定，也已成家，有儿有女，收入稳定，可是现在却被关在这么一个狭窄、冷冰的小间里，失去了行动自由。自己父亲也是在这个年龄段身体开始出毛病的。

病人手扒着铁门，害怕地说：

"大夫……天黑了，我可不敢一个人待在这里。从窗口向外瞧，看到有些大家伙在那儿。还有，每天晚上我都不敢仰面朝天睡，只要一睁眼，就看到天花板上盘着一条条蛇，真怕它们会掉到自己脸上来啊！"

定苗刚大夫抬头朝病人指向的天花板看了看。也真是的，原来是刚新安装在那里的一盘电线头！这让酒瘾病人产生幻觉，很容易看成是盘着的蛇。而他远远看见窗户外还有许多树，差不多天天晚上都刮风，树枝晃动，这些在病人眼里，就如同鬼魅一般在吓唬他们。

他吩咐该给病人治疗的治疗，电线圈也得叫人移走，窗户还得叫人关上。

查完了酒瘾患者病房后，他又去了心理疾病患者病房。他们与毒品无关，他们的病也不知是否可以称之为命中注定的病呢……

定苗刚大夫来到了躁动症—抑郁症患者的小病房前，病人都是年轻人。他朝病房里观察，只见一个年轻人身着一件看起来鼓鼓囊囊、脏兮兮的韩国式样夹克衫。定苗刚大夫对病人的情况有所了解，于是就对他微笑着说：

"现在感觉怎么样啊？还有人老来借衣服吗？"

"前一阵还经常来借，大夫！他借了我的衣服穿着，装成我的模样呗！"

"那现在呢？还来借吗？"

"现在倒是不来借了！大夫！我是他的学生，他是不会再跟学生借衣服了。"

病人说话一本正经的样子，引得他微微一笑。

一位女护士微笑着说："前一阵躁动，现在平静下来了！"

还有一个男病人，老戴顶军帽，约五十岁。据说是因为军官培训班没录取，心中闷闷不乐而发病的。他的毛病是一见到人就会滔滔不绝说话。

"啊！老师们都来了！正好要对你们说呢。北方省军区要任命我当军区司令。听说老师们要来，我就哪儿也不去，一直等着呢。宫貌少将是我哥，那就不知我还当得上军区司令不？"

可怜的人哪！精神已出毛病，脑袋里还始终纠缠着两者的矛盾挥之不去。定苗刚大夫跟病人们开开玩笑，对护士长交代了治疗要求，之后离开病房，去了戒毒专科医院。因为明天�露大夫回来，他还得向她汇报治疗情况。

他沿着栅栏围着的走廊悠然走着。现在，对常去巡视的三合土地面的病房内破旧的器具，他再也不会厌烦恶心了。一缕温暖的阳光照进院子，让他倍感舒心。

每当遇到像父亲那样年纪的病人，他就会回想起父亲。父亲长年累月酗酒，但是，还没有像电影里看到的酒鬼那样打妻子、揍孩子。喝点酒，父亲就会手舞足蹈，很开心。母亲则认为只要父亲高兴就好，还给他做下酒菜。所以说，父母的婚姻是美满的。然而，最后，没给家人造成痛苦的父亲，却因酒而病故。除了父亲酗酒这一点不好以外，自己的家庭生活是愉快的，为此，还是要感激父亲。

定苗刚走到走廊尽头，就朝着他停摩托车的地方走去，听到有电话铃声，就从夹克衫口袋里取出了手机，看到是朋友梭莫奈[1]打来的，这才发现自己把他给忘了。梭莫奈医生没有去当政府公务员，而是在一个非政府组织任职。半年以前，因为他调来密支那工作，两人重逢见面。此后就经常聚首。这个把月，因为定苗刚没空，就没见过面。

"喂！是哥莫吗？"

"喂！这家伙！定苗，你在忙什么啊？"

"哈，哈！没忙什么！我现在要管两所医院，病房的事只有我一个人管，工作有点忙。"

"今天下午在龙卡巴餐厅见面，怎么样？"

"下午诊所还有点事，等我诊所完事了再去，行吗？"

---

[1] 近年，缅甸人的名字流行采用三四个字，梭莫奈即后文中昵称的哥莫。

"你诊所什么时候完事？"

"按老规矩，八点半下班。"

"哎！那只好这样啦！我等你！"

哥莫是个急性子，可那也急不来啊，他没空也只好如此了。

定苗刚骑着摩托车到戒毒专科医院。在密支那开小型摩托车方便，在葡萄镇工作期间他也开小摩托车上下班，很方便。

当他驶进戒毒专科医院的院子，只见门诊楼那边领取美沙酮[1]药液的人开始少了。这个地方从上午八点到十二点，每天都人山人海，真令人心痛。那些想戒毒又不想住院的人，每天都按时来这里喝美沙酮药水。服用了美沙酮，他们就可以正常从事一般性劳动。要是他们得不到鸦片又没有美沙酮，就会犯毒瘾，给整个社会增添无穷的麻烦。定苗刚大夫刚调来这个医院工作时，每天都有六七百人蜂拥而来。每当他到医院上班，看到这种情形总有一种胸闷憋气、呼吸不畅的感觉，现在也已经习惯了。

他把摩托车停好，远远朝人群的地方望了望。他注意到负责病人登记的护士站旁的一张长椅上，有一位姑娘正静静坐着。这些长椅，每天都有许多人来坐，有的是来喝美沙酮的，有的是来医院戒毒的……每天有好多人来医院，但他从没见过像她那样的人。

女孩静静坐着，张望着发放药水的窗口。从她脸上可察觉出一丝隐约可见的忧虑，似乎也有些神不守舍。即便如此，她依

---

[1] 一种阿片受体激动剂，可用于海洛因成瘾时脱毒（称为"美沙酮疗法"）。

等待花开之时

然有一副令人瞩目的美丽仪表，一头卷发垂在脸旁，鼻尖微翘，突显出浓黑的眉毛。身材修长而略显单薄，瓜子脸，褐色的眼珠，黑黑的睫毛，小嘴上方，突显出高鼻梁。她穿着一身克钦族套装，白色克钦筒裙错落有致地绣上了小巧玲珑的彩色目瑙[1]柱，白色短上衣也绣上了目瑙柱花边，但是却脸色苍白，一副垂头丧气的样子。她的轮廓在昏暗中犹如一匹白布，人们被她的美貌所吸引，以至流连忘返。

他的目光从女孩身上移开，向医院内走去。经过查询处时，医院女员工们都跟他打招呼，他一边回应，一边从女孩坐的长椅前走过，朝她看了一眼，她的目光依然盯着某个地方，默不作声。她来这儿究竟干什么呢？如不是吸毒人员，难道是病人吗？

他走进医院，走进院长办公室，已是中午十一点左右了。病人都聚集到食堂那里，他们医院是早晨五点半就吹哨起床，吃完早餐，七点要排队集合；中午供应一餐午餐，下午四点再次排队集合，点名，并一起朗读保证书。想想在医院戒毒两三周后回家的人中，究竟有多少人能彻底戒了毒呢？他也只好无奈地叹息了。很多人出院回家后复抽，又到医院再戒，有的人反反复复，甚至达十四五个回合之多。在医院、家里来回打转的人，不在少数！在整个克钦邦，喝美沙酮的戒毒人员，不是已有三四千人了吗？

---

[1]　"目瑙"是缅甸克钦族的一种传统庆典，人们身穿民族服装，围着目瑙柱欢快地唱边跳目瑙集体舞。在克钦邦比较大一些的城镇都有跳目瑙舞的目瑙广场。

"老师！院长叫您呢！"

护士来叫他，他匆匆向院长丁奈大夫办公室走去。进了院长办公室，院长说：

"大夫！有个病人又逃跑啦！"

唔，这个消息不算新奇，甚至曾有过病人打破屋顶逃走的呢。

"是从德奈来的那个，是'五进宫'啦！昨天他领头，把留下的人集合起来，让他们排着队，还来请愿呢！"

"不是说过，想出院回家，签个字就可以回去吗，大夫？"

"但是，他们都是些自己管不住自己的人，如果达不到他们的目的，就会总是闹啊！"

定苗刚与院长一面讨论病人的事，一面心不在焉，分心想到那位白衣姑娘。她回去了吗？还是仍坐在原处？甚至想走出门去看个究竟。

他与院长谈完话后，就去了门诊部。那里人已很少，也不见那位姑娘的踪影。

他来到分诊台。

"小妹！刚才坐在这儿的姑娘，是新来的病人吗？"

"老师！您是问那个穿白衣服的吗？"

"是的，她好像是个新来的，以前没见过。"

"最近三天，她常来。老师您上午去了大医院，没有见到您。她是来打听一个叫龙山的人，问有没有来过医院。我们帮她查了医院的患者名单，已经告诉她，我们医院没有一个叫龙山的病人。可是，每天一早她依旧来这儿坐着，想从来医院喝美沙酮的人里寻找，一直到发放美沙酮的时间过后，她才回去。"

"有没有查过来喝美沙酮的人的名单？"

"也查过了，告诉她没有发现。老师！看样子她认为这个叫龙山的人，总有一天会来这儿的，所以天天到这里来等着。"

"那她有说那个叫龙山的人，跟她是什么关系吗？"

"那倒不知道，老师！"

他的问题，让那两个护士有点想发笑。由于自己急于想刨根究底地了解一个女孩子的情况，定苗刚自己也觉得有点不好意思了。自己可不是一个见了漂亮女孩就会心动的人。

奇怪的是，这一整天，自己脑海中，那个白衣女孩的形象始终时隐时现。

那明天呢？明天她还会来这儿吗？

对面楼的光

密支那的冬夜，比起仰光要冷清得多。

每晚八点左右，医院就再没病人来了。诊所的助手、小青年邦迎正在关诊所的门，护士助理女孩倩瑞在收拾诊所的医疗器具。

定苗刚大夫的小诊所开设在西大铺区。搬到这个区之前，因为他大舅经常提到西大铺，所以他对这个地方有点亲切感。妈妈的哥哥，也就是他的大舅，是一位国防军退伍军官，曾在密支那服过役，有一段时间还参加过与克钦独立组织的和谈。大舅与一个自己并不心仪的女子结了婚，与妻子维持正常而冷淡的婚姻关系，但对定苗刚却像亲生儿子一般，爱护有加。定苗刚的父亲去世后，他们母子俩都受到了大舅的照顾和庇护。大舅后来成了鳏夫，无儿无女，所以对他们娘儿俩很好。

按照大舅的说法，西大铺是廓尔喀人[1]当初的叫法。据说，好久以前此地曾是廓尔喀人聚居的一个小村，地处密支那北部伊洛瓦底江畔。昔日的廓尔喀小村，现在已变成了一个盖有许多大宅大院、高楼大厦的热闹市区了。他能在这个区有一栋矮小的楼房住着，也得感谢大舅。大舅的一位朋友全家去美国定居了，这位朋友在西大铺所拥有的房子，既不卖，也不出租，只是上了锁。大舅调来密支那工作后，那位朋友同意让大舅看管房子，于是大舅住进了他的小矮楼。后来定苗刚打算开个诊所，就申请在这院子的前面盖了个小屋。

诊所附近，都是一些带有大院、高两三层的楼房。这些楼房都很宽敞且相当漂亮。他的小屋就夹在那些高楼间，矮矮小小的。

---

[1] 英国统治时期从尼泊尔来到缅甸的移民，大部分最初是军人。

这块地方安静、人少，非常适合开一个诊所。来此就医的人中，不乏高官、名人和富豪，他们中也有人染上了毒瘾。其中很多人来就医，并不想让人知道。

"老师！我可以回去了吗？"

"啊，可以，可以啦！倩瑞，晚安！"

"晚安！老师！"

倩瑞告别后，走出了诊所。倩瑞的家离诊所不太远，她就骑一辆摩托车上下班。

倩瑞是南赛镇敢丹村人，她的父亲因踩上地雷被炸死。邦迎陪他60多岁的祖父到医院看病，因为祖父染上了毒瘾。他们从葡萄镇来，想在密支那戒毒专科医院戒毒，这祖孙俩对定苗刚大夫抱有很大希望。他们在医院里住了25天，爷爷戒了毒后回老家，就把孙子托付给了定苗刚医生，让孙子在定苗刚的诊所工作。

定苗刚来密支那工作后，从交往的许多人口中听到和了解到许多有关战争和毒品方面的情况，又是同情又是感叹。直到今天，克钦邦的情况，离他大舅一再提到的和平愿景依然遥遥无期。

"老师！要关门了！"

邦迎走到他面前说。定苗刚伸手看了看表说：

"先别关，我还得出去一趟，我跟哥莫约好了的。"

定苗刚从桌子上取了摩托车钥匙，走出了屋门。

"老师！外面凉，您怎么没穿厚点的衣服啊？给！老师的夹克衫！"

邦迎把他落在诊所的皮夹克递给了他。他伸手取了夹克衫，戴上头盔，开动摩托车离去，邦迎这才关上诊所门。

摩托车顶风行驶，密支那的冬天让他更感到了几分寒意，沿途一路都雾气朦胧。他的目光被他家斜对面一栋气派的楼房所吸引。去年他刚来这个区时，就注意到附近一带就这栋楼没住人。这栋楼虽然高大气派，却显露出长久没人住的痕迹，院子栅栏周围爬满了藤蔓植物，显得凌乱不堪。到了晚上，没有一丝动静，一片漆黑，慢慢地也就自然让人觉得这房子久已无人居住。

但是，大约一周之前，他却注意到这栋楼里有了灯光。由于他白天都在医院，没注意到是不是有人进出。

定苗刚以正常速度开着摩托车从这栋楼前经过，将拐弯时，一辆黑色越野车驶来，他只好靠马路边行驶。在靠近越野车时，借着路灯光一下子看清了对方的脸。

一位蓬松卷发的姑娘！在医院看到的会不会就是这位白衣姑娘呢？

他突然记起了什么，扑哧一笑。仅仅看到了蓬松的卷发，就认准是她，未免有点想多了。自己已是个三十出头的专科医师，为什么还会像个小伙子那样胡思乱想呢？

定苗刚准备拐弯时，回头又看了一下越野车。他断定那位开车人就是不久前才住进这栋楼的人，他看到她把车开进斜对面的院子里去了。他把那辆车的车主和那栋楼的房主联系起来考虑，感到十分有趣。

与哥莫约好一起就餐的龙卡巴餐厅就在西大铺，离家不远。他骑摩托车只花了 10 分钟左右，就到了伊洛瓦底江畔的龙卡巴餐厅。

摩托车在餐厅前停下，他走进餐厅。只见东边稍远处，目瑙广场里灯火通明，远远就可看到那根高大、庄重的目瑙柱。他每次来这个餐厅，总能看到这根柱子，联想到如今克钦邦依然战事连绵，心里就会感到无奈和痛心。这不知是因为小时候听大舅讲和平的故事太多的缘故，还是因为后来不断听到自己周围的人受苦遭罪的缘故。很久以前克钦邦很太平，只要一见到目瑙柱，就会联想起克钦邦的美丽景色。可是现在，只会让人立即联想到战争避难营。

定苗刚一边想着目瑙柱的威武雄壮与目瑙大地的战事格格不入，一边走到了伊洛瓦底江畔、他经常与哥莫聚会的那个固定的棚子。

"定苗！"

听到了哥莫从棚子里发出的喊声。

他走进棚子，只见哥莫大口地喝着威士忌，看来他已经微醺了。

定苗刚在哥莫对面落座时问：

"你都快吃完了呀！"

"我肚子太饿了，只吃了一点点。你啊！迟到啦！"

"今天还算好的啦，病人少，还算来得早的呢！"

"那你还想点什么菜就快点吧！"

"不点了，你已经点了那么多了，吃这些就够啦！"

"你不想喝点什么吗？"

"不喝啦，有水就行！"

"你倒一点也不傻，跟你约好来的，可就让我一人喝酒，好没劲！"

听了他的话，定苗刚嘿嘿一笑，伸手用筷子夹了些昔巴叶在碗里拌了一下。昔巴是用蔬菜、果子，不搁油配上调料和香料做成的克钦族菜品，很合定苗刚的胃口，因为它既有益健康又美味。

"你笑什么，有什么开心事？"

哥莫皱紧眉头问。定苗刚边笑边说：

"啊哦！我琢磨，到如今我是不是还不得不挣扎呢？"

"挣扎些什么啊？"

"你呢，就是个随遇而安的貌巴乌[1]，怎么会理解这些啊！"

"你自己挑肥拣瘦，还说我是随遇而安的貌巴乌？你可别坏了我的名声啊！"

"你是个跟谁都合得来，跟谁都能相处融洽的人。一起喝点酒，说说话，相处就越来越融洽。你是能喝酒的，我们的社交活

---

[1] 指二十世纪七十年代，一首名为《随遇而安的貌巴乌》的缅甸校园流行歌曲的歌名。歌词大意为貌巴乌这个人的生活很不如意，但他却能随遇而安。

动，喝酒的名目繁多，不是吗？边喝酒边谈生意，就能把生意谈妥了；什么工作啦，人情世故的事啦，通过喝酒都可以迎刃而解。在这样的社交圈子里，不喝酒的人，似乎自然而然被边缘化了。"

"我从长大成人起，就滴酒不沾，与社交环境一直是格格不入的。即使在年轻人的圈子中，也好像能喝酒的人才被人瞧得起。不喝酒，似乎就是个不成熟的男人。到了年龄大一点时，习惯了不喝酒，就会在某些人情方面吃点亏了。我们的社交大环境，被酒淹没并控制了，这有多糟糕啊！直到现在，我一直反对和设法摆脱这种酒文化！"

"你的说法也太夸张了吧！我对此的态度一直是不必过于认真。拿我喝酒来说，也只喝那么一丁点儿，跟吃点药似的，如此而已。"

"唔……你说是那么说，实际上，不知不觉把限量一点一点不断增加，加着加着，就染上酒瘾了！酒这东西，法律上不禁止，所以人们就以为酒没有像依法禁止的鸦片危害性那么大，其实没有多少差别。在我们医院，因酒致疯癫或致死者，多了去啦！如果酗酒或酒致瘾15年左右，这样的人是活不过60岁的。酒对人体的损害是全方位，从头到脚的。它损害大脑的功能，对食道和胃、肝等脏腑也有损害，还可能引发这些脏器的癌症，也会损害心脏。如果脾脏肿大，人很快就会没命！即使戒了酒，也会因为留下这样那样的后遗症，最后还是死于酒。"

"啊……你这样说就有点过分了，我也是医生啊！你说的这些，我也都知道。医生也是吃人间烟火的，喝那么一点点，不会老喝的。就是常常喝点啤酒罢了！"

"你现在喝的威士忌，酒精含量可是最多的。说到喝啤酒，你什么时候一杯就打住啊，三杯啤酒就相当于一杯白酒了！"

"咳！看来我一遇上了你，也不得不挣扎扑腾啦！难道我连自己能喝多少酒心里都没有数吗？"

哥莫叹了口气，挠挠脑袋，发了点牢骚。定苗刚哈哈一笑说："好啦，那就说说你们的工作吧！顺利吗？老兄！"

"是否顺利还不好说，但到了晚上，有人朝我屋子扔砖头呢！"

定苗刚耸了耸肩，微微一笑。对他来说，这种消息算不得是奇闻。哥莫是一个非政府组织项目的负责人，项目的宗旨是防止艾滋病毒在克钦邦扩散至吸毒人员。他的团队中的宣教人员会到吸毒人员常去的周边地区分发注射器。

"肯定是对我们分发注射器不满的人扔的。他们以为我们是在怂恿坏人，不管怎么解释都没用。"

"说真的，对吸毒成瘾人员，你们应该先要教育与医治相结合。给他们治了，治不好，他们也会慢慢明白过来，这时候再过渡到预防艾滋病毒阶段……"

"外国的捐助者也就是为分发注射器捐点钱，他们对我们国家的情况很不了解。他们是先对有关毒品的问题进行宣传教育，然后是治疗，这样做了大量工作后，再进行预防。而我们呢，前面阶段的工作力度很弱，那哪儿行啊！"

"不过，你们现在给吸毒人员分发注射器，让他们不致感染艾滋病毒，不也取得了一定的预防效果吗？"

"但是，有的人却不明白这些，这很麻烦啊！你是知道的，吸毒人员瘾头一上来，就会不顾一切。明明旁边是粪水，离他一步之遥就有洁净水，他也会等不及去喝洁净水而去喝粪水。只要毒瘾一来，就完全顾不得有无危害什么的了。要是没有新注射器，大家就共用一支注射器，情况不就是这样吗？人们在心理正常的情况下，你是什么情况，我是什么情况，很清楚，也分得清在人与人相处的环境下，哪些做法是体面的，哪些做法是下流的。但是一旦毒瘾发作，就搞不清楚对方是什么人，自己是什么人了，也没有高级和低级之分了。即使是腰缠万贯拥有私家飞机的富翁，只要他的毒瘾一上来，也会顾不得有无注射器了，逮着什么就会往自己身上扎……"

定苗刚停了一会儿，轻轻叹息，哥莫也沉默了一会儿。

"我们的老师曾说过，14 年前在腊戍那边进行过统计，因打海洛因而染上艾滋病毒的百分比为 78%，全世界比例最高！"

"那现在呢？"

"现在这个百分比是 35% 了。但是，世界公认只有 5% 以下才算低风险，差得还远着呢！明年还得努力争取降到多少呢？我们还会被人误解是在怂恿坏人呢！"

哥莫说到最后，深深叹了一口气。

"被人扔砖头这种事就别说了，不值得一提。我早就习惯了。"

"啊？难道你也被人扔过砖头？"

"虽然同样是被扔砖头，原因可是不同啊！有些人是有精神病，一发了病，就用砖头来砸我的诊室。唉！不过，我被砸的情况倒还没你的严重。一旦他们病好了，还会向我赔不是，来道歉呢！"

"那你真是还算幸运。"

"你也不必太烦恼，挨砸也只是偶然而已，以后就……"

"以后……就不会挨揍了吗？"

"哎哟！那大不了可能挨土制炸弹呗！"

"好小子！你咒我倒霉啊！"

两人都心情复杂地笑了起来。

那天晚上，他回到家已近十点钟了。

十二月，一路大雾漫漫。

他驶过颇感兴趣的那栋楼房前时，抬头望了望，发现对面楼的房间居然亮着灯，灯光明亮。

寻找龙山

密支那的冬日清晨，雾气弥漫，冷飕飕。班推开卧室的窗户，伸出头向大马路瞭望。这一带的房子都是宅大院大，跟过去一样，路上来往车辆和行人稀少。自己虽已多年没有来了，环顾四周，未见多大变化。要说有变化，也就是斜对面那栋矮楼房，还能看到一些进进出出的人。记得她刚来西大铺时，矮楼房里还没住人。而现在院子都围上了栅栏，清楚地看到砖墙上还生长着攀缘植物，有时还有人进出。

班返回密支那已有一周了。房子好久没人住，只见一层厚厚的灰尘在迎接她。一进屋，她就搞起了卫生，然后就搬进朝南带阳台的自己的房间，一个人安安静静地住了下来。是这个房间里的老照片让她有了勇气。她小心翼翼地拿着照片，擦拭干净上面的灰尘，心情放松了下来。

多年以前，班在私下里曾将此房间称为"希望小屋"。透过房间的窗户向外眺望，可以清楚地看到马路上川流不息的汽车，也可以看到院子大门和通向大门外的路。班从小就喜欢坐在窗口目不转睛盯着院门，等候阿爸的汽车进门的一刹那。只要一看到马路上阿爸的汽车，很快车就到了院门口，汽车鸣的一声，院门开了，阿爸的汽车徐徐开进院内。听到了停车声，她就立刻起身，飞奔冲下楼来。

小龙山长大成人以后，她也还是坐在这里等候龙山回家。所以，这栋房子楼上正面的小房间，成了班的希望小屋。

她返回这个家后的一连三天，每天晚上她都会坐在窗口，依旧看着窗户外面渐渐暗下来的马路。她明明知道不会有车开进这个院子……目前，阿爸居住在新加坡的家，不可能来这儿；不知去了哪儿的小龙山也盼不回来了。即便这样，从小就听惯了的汽车声，依然萦绕在耳际。在刚回来不久的几个晚上，似乎又听到了那种汽车声，让她在梦中惊醒。昨天晚上吃了安眠药早早就睡，今天一早就醒了，睡足了，精神很好。虽然自己不想依赖安眠药，但偶尔吃点还可以。

一切安顿好之后，想起要跟高中时的女友宝姗打个电话。本想叫上她给自己做个伴，可又觉得别让她为了自己增加负担了。宝姗就住在密支那通往密松路口的瑞塞区，班知道她是一所密支那市立学校里的老师。大家好久没联系了，不知有没有什么变化。

班每天都在慢慢收拾自己的房间，并且每天都会到龙山的朋友家去打听消息，也去戒毒专科医院打听，心想会不会有一天在来医院服用美沙酮的人群中找到龙山。就这样，每天去医院守候，同时，不时在医院一带转悠，这个戒毒专科医院也就成了班找到龙山的希望所在。

龙山从家出走时，并没有带很多钱，虽然戴了高级手表和钻戒，但现在怕是早已变卖花光了。按照龙山这孩子的犟脾气，想来他也不会伸手去向阿爸要钱，再说，就算龙山想向阿爸开口要，阿爸也已不在密支那了。心地善良的龙山，亲眼看到他的姐姐为了他而伤心难过。一天，龙山的毒瘾犯了，阿妈上去想摁住龙山，龙山猛地一推搡，阿妈就摔成小腿骨折。看到这种情景，无法原谅自己的龙山，一个人带着痛苦的心情悄悄离家出走了。龙山在外边很自由，想吸毒就吸毒，无人阻拦，这是原因之一；另一个原因是，在家，姐会把他捆绑着送进医院，从而让姐痛心疾首；还有，阿妈去世的消息，龙山可能已经知道……

她在想：阿龙啊，你知不知道姐一回到密支那就会住进这个家呢？班想着想着，感到无比惆怅。按照龙山朋友的说法，他们相信龙山就在密支那这一带。

"我看到他有两回了，一回，远远地看到他骑着摩托车经过。还有一回是在餐厅，面对面见到他，就跟他打了个招呼，可是他一转身就走了。"

阿龙既不来这个家，也不与朋友来往，只是听到了一些有关他的消息，渐渐，线索就断了。班去找曾见过龙山的一些朋友，他们都是不吸毒的，也许正因为这个原因，他也就与他们断绝来往了。于是班就设法找跟龙山一样吸毒的人，在那些人中打听。

班轻轻叹了口气，把目光转到床边的墙上。墙上挂着三幅照片，其中的人都与班的人生转折息息相关。有一幅已经有些褪色，是他们一家人的全家福，不仅家人齐全，也可以说是齐心协力，她特别喜欢这幅照片。那一天阿爸要去翡翠产地，从这幅照片中，可以清楚地看出阿爸对全家人恋恋不舍、情意浓浓、眼含泪光的情景。为了留下纪念，那天，阿妈专门请摄影师到家里来照了这幅照片，照片里，班全家人所穿的衣服虽然谈不上光鲜，但亲情很浓：阿爸抱着小龙山，小龙山的小脸蛋儿似哭非哭，小手拽住阿爸的衣领；班的双手紧紧拥着怀抱龙山的阿爸的手臂，阿爸的手又抚摸着阿妈的肩膀，由此可见全家人的互爱之心。不管今后的生活会怎么样，班都会永远铭记那一刻。

另一张是与希达莎尔、伦康、索昂一起拍的照片。班与这帮发小刚考完五年级考试的那天，希达的母亲买了一台相机。作为留念，班和他们一起照了这张相，照片中四个同学因高兴而双眼放光。在班今后的生活中，也许还会遇见一些朋友，但亲密程度估计再也不会超越与这三位发小的友情了。

那么，最后一张照片呢？

班凝视着最后一张照片，发起呆来。

照片中，一位看起来 50 岁左右的男人，身穿游击队服装，站在一群身着绿军装的人群中，笑容可掬，眼睛似乎眯成了一条缝。这张照片是一张有关和平谈判的新闻图片，是班从一本杂志上剪下来装进镜框的。

班虽然知道他在哪儿，但好像不能去看他，他也不能来看班。再说，只是班记得他，他现在未必还会认得班。班只是在孩提时见过他几次，一想起他的情况来，就如同想念父亲一般，给人以一种温馨而安全的感觉。但现在唯有在梦境中与他见面，模模糊糊，而且至今仍萦绕在梦境中挥之不去。

"嘀……嘀……"

院子门口传来一阵摩托车鸣笛声，打断了班的思绪。她目光从照片移向窗口，只见一辆摩托车停在了她家大门口。会是谁呢？只见一个穿着白绿两色学生服，骑着一辆摩托车，戴着头盔的女子。班心跳一下子加快，是宝姗吗？正在打量时，那人把头盔摘了下来。

"宝姗！"

班一边口里小声地呼唤着她的名字，一边快步冲下楼来，心想，她是怎么知道自己已经回来的呢？

班打开大门，宝姗骑着摩托车进了院子。她拉住班的手，不满意地敲打着班的胳膊和肩膀，责怪起她来。

"娩班！你这样干好吗？我是听龙山的朋友转告，才得知你已经回来有一星期了。就是你一个人在这里住吗？为什么事先不跟我联系？要是告诉了我，我就会来陪你啊！"

"你不是要上课吗？再说你家里还有一个老妈要照顾，也不能撂下她总到我这儿来住啊，宝姗！另外，我这儿找不到你的电话号码了，也不知道怎么去你在瑞塞的家啊！"

宝姗进了客厅，坐下后，环顾四周。

"你一个人打扫的房子？"

"是啊。"

"哎！你的汽车呢？就这么放在车库里，好长时间了吧！还开得动吗？"

"车吗，一定会让修车铺的师傅来检修后才开啊。阿爸还让他的伙计一年来两回看看房子，车大概也都仔细检查过。我开过了，倒还没什么事。"

"你阿爸知道你回到这儿来吗？"

"不知道，我没说。阿爸也不在这儿。"

"听说你阿妈去世了，真让人伤心呐……"

宝姗眼泪汪汪地边说边看着班。班转过脸去，她不想在两个朋友会面时都眼泪汪汪。虽然心里忧伤憋闷，但无泪可流已经很久了。

"听说龙山离家出走了，你回来是找他的吧？有什么消息吗？"

"线索有一点，听说肯定在密支那一带，但具体在哪一块，还不太清楚。我刚回来时，到他常去的地方找，又到处打听过去与他常有来往的人。他从家出走那会儿，阿妈的身体也出了状况，所以也没有精力去找他了，当时也可以报警。告诉了阿爸，阿爸让他的亲朋好友帮着找了，可至今没有什么结果……"

"有没有去戒毒专科医院查过啊？"

"想去打听，但还没那么多时间呢。也不会所有吸毒人员都去戒毒专科医院戒毒的。"

"他要是没了毒品，就有可能去医院戒毒了。"

"按我的看法，假使毒品没有了，又很难买到，他就会去医院了。在那儿发毒瘾，医院给治好了，就出院了。可是没过多久，又搞到了鸦片，很快又重新吸上瘾，就有这样在医院来来回回的人！"

"我也去过医院了，每天一早医院会有一段时间给病人发放美沙酮。我去过好多次，因为我想即使见不到龙山，哪怕是见到他的一个朋友也好啊！今天因为起床晚了，还没去医院……"

"服药不服药的比例，这种说法，我可不以为然。我只知道'药'是治病的，而不是致病的，意思完全拧了。不清楚为什么要用这种似是而非的词儿！"

宝姗发着牢骚，叹了一口气。

"现在我们学校的学生都学会用麻醉品了！娩班，我们女老师有时要到厕所外面蹲守，学校周边就有偷着卖毒品给学生的铺子。我向上面告了，可有什么用，还是解决不了问题。有时候我真生气啊，可不知道气往哪儿撒，生气也没用哪！"

宝姗的话让班的胸口隐隐发痛。她的家乡克钦邦，不知有多少该遭人指责、问责的事情发生——要问责的事，又何止一个克钦邦啊！

"娩班！你一个人住在这儿可不合适哦！要不要我来陪你啊？"

"不用你来了，我可以。你又没空，我一个人还行。"

"今天还要去学校，顺便来你这儿，到周六、周日，我就来你这儿好啦。"

"那好啊！"

"你都去戒毒专科医院好几次了，看见病人，一定心里不好受是吗？"

"每次到这样的环境，就感到心情沉重，宝姗啊！但这又有什么办法呢！"

班一边对宝姗说，一边叹了口气。

这个戒毒专科医院的环境，对班而言，既是个寄托希望之地，也是个让人灰心丧气的场所。一见到那些脸色苍白的染毒人员，就感到震惊，心里发堵。

去医院之前心态原本是积极、充满希望的，但回来时总会变得情绪抑郁，灰心丧气。要是可以的话，真不想与这样的环境沾边。但是，自己与这种环境纠缠不清，已有数年之久了。

宝姗走后，只剩下班一个人在那儿发呆。只听见宝姗的摩托车声音渐渐远去，直至完全消失。

只剩下她独自一人时，就更加孤独难熬，心跳忽快忽慢，很不平稳，刚才还欢欣鼓舞，一会儿又变得烦恼不已。总有一个念头在改变着自己的心态，一个让人担惊受怕的消息，正在把她的情绪拽向低谷。难道自己真是得了焦虑症或抑郁症了？不！恐怕还不像吧！回忆起在学校学过的心理学课，对比自己，审视自己的精神状态，觉得要警惕。抑郁情绪如果时间拖长了，一下子垮下来，才会被定性为严重抑郁的"病征"，也就是阿妈得的那种病。自己情绪抑郁的时间短暂，之后又能恢复正常，接着情绪再次低落，还算不上是病，只能算是有轻度抑郁情绪。这种情况，很多人的身上都有，这样一想，也就释然了。

班心情复杂，关上大门，走上二楼，只听到嚓嚓的脚步声伴随着自己。因为身心都很疲惫，只想到床上躺会儿，但是，此时正是戒毒专科医院分发美沙酮的时间，班必须得去，说不定可以获得一点有关龙山的线索呢……

还能用其他办法找到小龙山吗？

与希达他们三个发小，什么时候才能见面哪？

还有班的一位恩人，尽管都一起生活在缅甸，却如同远隔关山，又何时再能见到他呢？

即使自己决定离开人世，也还想在离世前，与自己所爱的人见上一面。

班一边胡思乱想，一边穿好了衣服，驾着汽车，驶上清晨浓雾笼罩下的大马路。

棕色的背景上，画着一个瘦骨嶙峋的男子，他坐在一把椅子上，手指间夹着一支香烟，吐出的烟雾末端，似乎形成了一连串的罂粟果。椅子底下有一根骨头，椅子上有一个标注号码的注射器盒。画的上方写着"麻醉品，害死人"几个大字。

画悬挂在医院门诊部墙壁的高处，已经很陈旧了。画的下方还有一块写着一行小字的牌子：门诊病人美沙酮服用处。这块牌子的下方有一个类似电影院售票的窗口，窗口前许多人排着队，里面有发药人，给排队的人每人一纸杯的药水，用过的药杯都被扔进一旁的绿色桶内。就这样，一个接一个，十个、一百个，一百又一百，四五六百……

班坐在靠墙的长椅上，看着这一群群人，深深叹息。因为与人群挨得很近，感到有点透不过气来。这些人是在嘲讽这个牌子吗？在这么多人的面前，这个牌子显得太小了。

班端详着这些人的脸，其中有中国人、印度人，掸族人、克钦族人、缅族人……从十几岁的孩子到垂垂老者，形形色色的人，看到这种情况，真让人不寒而栗。

这些人都是来服用美沙酮以替代海洛因的，一天都不能落下。每天一早，排队等着喝一杯美沙酮药水，已成为他们生活中永远不可或缺的组成部分，他们都已经堕落成海洛因的牺牲品。看到这样的场景，班悲痛欲绝。回想起小时候，自己几乎是在罂粟地中长大的，生活是在熬制鸦片酯的环境中度过的，这是多么令人后怕啊！

虽然班在密支那待过很长时间，但从未来过这家医院。一知道龙山染毒，就马上把他叫到曼德勒，自己就常往曼德勒心理健康医院跑。班虽然知道自己所在的地区是个毒品泛滥的地区，但未料到情况已如此严重，来了这个医院，才亲眼看见了严峻的形势。

这些日子里，班很注意观察排队人的脸，其中有常见的面孔，也有新来人的面孔。一天，班在人群中突然注意到一张脸。

那……那人，不就是龙山的朋友吗？

班霍地从座位上站起来，心也怦怦乱跳，她现在才知道这个孩子居然也染上了毒瘾。他会不会知道龙山的消息呢？他的名字叫绍兑康，龙山常叫他"绍绍"，是一个学习成绩优秀，人也老实，

　　　　　　　　　　　　等待花开之时

很有出息的孩子。龙山考十年级几次考不上，绍绍的成绩优异，已通过十年级考试。后来听说是因为他的父母做开玉石矿的生意，搬到德奈去了，也就中断了联系。

他似乎看出班一直在注视着他，就别过脸朝另一边低着头，让别人挡住他。

过去他的脸很饱满，现在却脸皮下垂，干瘦而苍白。曾经是一个俊俏、活泼可爱的青年，现在却显露出迟钝而萎靡的样子。看到他这副模样，就想起了龙山，班的胸口发堵。

班心情激动地走到他身旁。

"绍绍！姐有话跟你说，就一会儿。"

他呆滞的目光瞟了一下班。

"姐想问你点儿事，咱们去那儿谈！"

他一副麻木的模样，点了一下头，跟随在班后面。他们到了门诊部外面人比较少的走廊，面对面站着，班问他：

"龙山从家出走的事，你知道吗？他去过你家吗？"

"偶尔来过，是来要药的。我把自己服用美沙酮戒毒的事情告诉他，还叫他一起来医院，但是怎么劝都劝不动。"

"你知道他现在在哪儿吗？"

"姐！我不知道，他只来过一次，大概是一个月以前吧。我问他现在住哪儿，他不告诉我，也没有谈起他的情况。因为他要卖掉他的钻戒，还是我帮他去卖掉的呢！但我并不知道他已离家出走的事，以为他是回密支那来玩的呢！"

班深深叹了口气。她呆呆地瞥了绍绍一眼。

"你啊！怎么都变成这样了？小弟啊！怎么就这么蠢呢！"

班的问话，让绍绍苦笑了一下：

"其实，一开始倒也不是因为蠢，姐！一旦用上了，就自然而然会变蠢了，再后来就越陷越深，不能自拔了！"

他连连叹气。班向他要了手机号，又把自己的手机号告诉了他，嘱咐他，只要有了龙山的消息，一定马上转告她。随后他去了门诊部，班还留在医院走廊。走廊的铁篱笆外面，停着许多摩托车，也有行人。班远远看着他们，心怦怦直跳，因感到有点希望而突然兴奋起来的心，一下子又好像受到重击，连腿都迈不开了。班喘着气，在走廊边的凳子上坐了下来。

走廊上很安静，这一边没有病房，没有多少来来往往的人。班坐的地方离走廊尽头还相当远。

班闭上双眼想歇一会儿。就在此时，从远处传来了愈来愈靠近的脚步声。因为是水泥地，嚓，嚓，嚓的声音由远及近，到班附近停了下来。班睁开眼睛，只见一双天鹅绒鞋带拖鞋，双脚肤色白净。班再抬头看，是一位表情平静的男子，年龄似乎与班差不多。他具有一种耐看的清瘦，身材高挑，面容十分细嫩，讨人喜欢。

"我能帮你做点什么吗？"

咦？难道我被他看出有求于人的样子了吗？

"我是这个医院的医生，我注意到你这几天几乎天天都到这儿来，你一定有事吧？"

他说话温文尔雅，也尊重人，班似乎很受鼓舞。

"你是来找人的吧？"

"是的！"

"你就这样天天来等待，太费时间了。有些服用美沙酮的人，本人是不会来的。路远的人，没法自己来的人，可让别人替他来，或者只要他们的理由充分，就可以邮寄。如果你告诉我你要找的人的名字，我可以帮你在登记的名单中找一下。"

"他的名字叫龙山，年纪是二十四岁。父亲名叫×××。"

"你稍等，我去给你查一下！"

他到门诊部的分诊台去了，班的心里似乎感到轻松了些。

不一会儿，他回来说："名单中没这个名字。我会记住这个名字，如果你能告诉我手机号，就留个手机号吧！只要病人增多了，我就可以给你再查查是不是有这个名字。哦！这病人是你的什么人哪？"

"是我弟弟！"

"他是从家里出走了吗？别误会啊！我不是多管闲事，我只是想可不可以帮你打听打听。"

"他离家出走已经两个月了！"

他点了点头。

"如果来医院的名单中也没有的话，还可以在服药人的圈子里打听一下。"

"这样的环境，我一无所知。"

"我的朋友中，有人会了解的，我可以帮你打听一下。啊哦！你自己，身体还好吗？"

"你别问我这种问题，我不喜欢！"

班有点儿生气，猛然生硬地回答以后，自己又感到有些后悔。他是个想帮助自己的人，不该这么说，但是自己却脱口而出，没控制好自己的心情。

"对不起！"

"对不起！"

两人都静默了一会儿，又同时说了一句相同的话。

"对不起啊！刚才看到你有点头晕的样子，脸色苍白，就想你可能需要帮助，所以才问你的。"

"对不起啊！我也是经常被别人这么问，一下子就不耐烦了。我的名字叫姗娷班。"

班从口袋里掏出小小的记事本，撕下一页纸来，把自己的手机号写给了他：

"这……就是我的手机号。"

他伸手接过班递过来的纸条，又从自己的夹克衫口袋里取出一张名片递给了班。

"我的名字叫定苗刚，是心理健康助理专科医师。"

班接过名片，低头看了一下，看到上面最后一行印着他诊所的地址，她不禁眉毛一扬。

"你在西大铺开了个诊所？"

"还不完全是诊所，只是家前半部分开了个小小门面而已。"

"我……"

班本想继续往下说，可她话到嘴边留半句，没说出口。这个地址是她家斜对面矮楼房的地址，她本想告诉他自己家与他家离得很近，但没有说出口。跟一个男人的来往，她不想超出必要的界限而过分亲近。班现在的心理状态，很容易心烦意乱，这样，彼此的交往就不会融洽。

"不知您想说些什么啊？想说什么就说吧！"

"哦！没什么！我就想说我要回去了，告辞了！"

班跟定苗刚大夫告别后，沿着走廊走出医院。班的心情轻松了些，觉得找到龙山好像有了一线希望。

心中初升的月亮

哥莫驾驶汽车正徐徐驶过勃拉明廷大桥，朝着万莫市开去。

定苗刚坐在哥莫身旁，目光一直注视着伊洛瓦底江。伊洛瓦底江江水的流淌是一种"优美"，仅仅用这两个字形容，似乎太一般，其实已经足够了，完全不必夸张。缅甸因为有了伊洛瓦底江而美丽，而以她为生的人的生活也因此变美好了。伊洛瓦底江本身是美丽的，想破坏她的美丽的人，是绝不可能有那么大力量的。

定苗刚一边想着伊洛瓦底江的情况，一边又想起了姗娖班的情况。一眼就看出她心力交瘁，那张苍白而又美丽可人的脸，不时出现在他的脑海。那暗灰色的眼圈与她的美貌可是不协调啊！一定有某种忧虑烦恼的事折磨着她，她那略带忧愁的脸蛋，让他无法忘怀。

"太沉闷了吧！在想什么呢？"

因为哥莫发问，定苗刚转过脸来瞧着他说：

"东想想、西想想，瞎想呗！哎！我倒要问问你，你们在什么样的场合发放注射器？吸毒人员是在什么样的环境中？"

"有许多场合呢！如学校的周边，工人聚集的地方，当地人在这种环境中容易找到干活的人；还有，已被雇佣的人要戒毒，向与他们接近的人联系要药和注射器；正在吸毒的人，也需要注射器……你怎么想起要问这个啊？"

"我想找个失踪的人！"

哥莫感到有些吃惊似的，眉毛往上一扬。

"我朋友的一个弟弟，染上了毒瘾，从家里出走已经两个多月。如果他还在吸毒人员中鬼混，看能否让你们团队的联络人帮忙找找？"

"要是他是有钱人，要通过我们团队找，就不那么容易。"

"虽然是有钱阶层，但离家出走时间已不短，身上带的钱估计早花光了，那就不知道他会在什么样的人群中混啊！"

"唔！这倒说得也是，那就先提供他个人的信息。不过，这种情况主要靠当事人的照片啰！要一张五官清晰的照片，转发给我的员工让他们帮忙找，说不定找得到。"

"谢谢啊！我一定把需要的东西要来后转给你。"

"那么，你说是你朋友的弟弟的话，你的朋友是个女的啰[1]？"

"是啊！"

"是一般朋友吗？"

"初升的月亮啊！"

"什么，什么？"

"是我心中初升的月亮啊！"

"啊哈！瞧你多会比喻！"

定苗刚笑眯眯地说着，哥莫则哈哈大笑。

他们的汽车驶过勃拉明廷大桥，来到了万莫市。今天医院不值班，定苗刚可以随哥莫办事的车一起出来。

哥莫要去万莫市附近的战争避难营，了解一下那儿有没有兜售毒品的。定苗刚也想了解有无吸毒人员，便与哥莫一起来了。

虽然他只去过一次万莫市，但从小就听大舅讲过多次，听多了也就熟了。大舅还讲过，在万莫以东50英里[2]处，有一个叫

---

[1]　缅语中，女性称自己的弟弟与男性是不同的。
[2]　1英里等于1.6093千米。

册东工事的地方，英国人统治时期，当地民族领袖温都土司领导克钦地区各民族结成联盟，抗击过英国人。万莫就是克钦族领袖沙玛杜瓦（昆沙里）的故乡。

小时候，定苗刚就听到过克钦大地上抗击英国人的斗争故事，曾经被吓得一身汗毛直竖，现在却要去看因本国自己人互相打仗而躲避战火的难民庇护所。

定苗刚的外公也是位军人，外公讲述的战斗情况，也已经听多了。他刚来密支那，曾去找过外公常提到的曼肯村，这个村在英国人统治时期，是昂山将军为了各民族的友谊和团结曾到过的地方。昂山将军还与当地妇女一起合过影，看过这幅照片的人不计其数，他小时候就曾见过外公珍藏的这幅照片。从照片上，可看到昂山将军包着克钦族头巾，背着克钦族长刀，一脸微笑。虽然经常可看到将军的其他照片，可是没有一张比这张笑得更灿烂的了。

定苗刚以前只听说过曼肯是个村，他到了密支那以后，才得知现在的曼肯已经不是个村而是个城区了。这里曾经是昂山将军为号召大家团结起来，从英帝国主义者手中夺回自由独立而发表演说的地方。他曾从朋友家屋顶高处第一次看到了为纪念昂山将军来密支那演说而竖立的纪念碑。那座现在已在市中心区的纪念碑，孤零零地湮没在大片各式老旧市场建筑和镀锌瓦楞板屋顶房屋的中间，已陈旧不堪。越过大片屋顶，还可清晰地看到伊洛瓦底江平静地流淌，滚滚向前。

定苗刚就这样东想想西想想，"初升的月亮"的事情，也时不时萦绕在脑际。眼前又好像看到了清静的医院走廊一角坐在长椅上的她，那苍白疲惫的模样，让他有些心动。从她脸上可看出她心中的痛苦，那一头卷发和新颖的造型以及善良的眼神，既美丽，又令人同情。

"到前面拐弯就到啦，不太远。"汽车拐弯时哥莫说。

经过一条石子路，朝城外的广场驶去，不久，就看见背靠大山的一长排、一长排的棚屋。越过这些战争避难营再远望，群山逶迤，美丽的山峦后面，衬托着一片蔚蓝色的天空。然而，在这个避难营的人们会有享受这般美景的心情吗？这就不好说了。

哥莫把车开到棚屋与办公室之间停了下来。定苗刚先从车上下来，注意到有一辆黑色越野车也停在那里，这车是他家斜对面那家人家的，他还记得那辆车的车牌号。

走进办公室，定苗刚扫了一眼，除了他们没有别人。哥莫和他见了难民营负责人，了解了营里吸毒的情况。过了一会儿，哥莫留在办公室与他们继续谈着，定苗刚则沿着有棚屋的石子路走着，常抬头看看这些棚屋。从看到的情况来说，住在这个避难营的人生活似乎都已初步安定下来，但是，他们眼睛里没有神。无论是谁，虽然在吃喝住各方面都不愁了，还是想按自己的意愿，自由自在地过上想要的生活，希望与自己熟悉的群体，安定地生活在一起。

定苗刚抬头看着跑来跑去玩耍的孩子，他走过去看到有些棚屋里还开了小卖部,看到许多人的面部表情是不同的。边走边看,不知不觉已走得很远了。就在此时,一个棚屋前的情况,吸引了定苗刚的眼球。

一个坐在棚屋前的女子,牵着她面前小女孩的手,那小女孩看上去十岁左右。女子的脸被卷发遮住,看不清,但从侧面看到的模样,让他感到熟悉:会不会是姗娘班呀?

定苗刚朝她们俩走去。她正用手整理头发,把头发都撩到耳朵后面,于是露出了半个脸,原来真是姗娘班哪!

直到他走近她的身旁,她都没察觉,她只顾跟站在她面前的小女孩说着话。

"姗娘班!"

听到了他的叫声,她才抬头朝他看。她双眼显出惊讶的神情,然后就抿嘴一笑:

"老师!"

唔,是叫我老师吗?那天可没这样叫过我啊!唔!今天她和颜悦色,也有精神。

"老师!您来这儿有什么事啊?"

她问话的方式,使他稍感暖心,不再是刚认识时的那种生疏感。

"想了解一下有关毒品问题的情况。姗娘班,你呢?"

"班是……哎,我是来这里捐赠毯子的。"

"你大概习惯自称班,就按习惯称呼好啦!我也喜欢叫你班！"

哎……我的天！学舌学得好快啊！定苗刚对自己的快嘴快舌感到想笑，而她也悄声微笑。

"我本想今天下午给你打电话的。我的一位医生朋友，在有关毒品问题的非政府组织工作，我和他谈了有关你弟弟的情况，他需要你弟弟的个人信息和照片。"

"是吗？谢谢老师！我手机里就有我弟弟的照片和个人信息，现在马上可以通过电子邮件给他发去。"

"他今天跟我一起来了，我会将他介绍给你。你们见了面，向他要了电子邮件地址之后，晚上发也不迟。想了解什么情况，也可以直接问他。他是在预防吸毒人员间扩散艾滋病毒的组织中工作，手里掌握着大量信息。"

"真该好好谢谢老师！"

姗娧班很兴奋地说着。之后，她与棚屋里的小姑娘告辞，与他一起散步。

"老师，您经常到这儿来吗？"

"不，班！这是头一回呢！那班，你呢？"

"过去我住在密支那时经常来，来捐些东西，到了曼德勒以后就中断了一阵。回到密支那就又来这儿，已来过两次了。"

"你回密支那，好像还不久吧！"

"是的，老师！刚来才一个星期。"

"你弟弟是从曼德勒出走到这儿的吗？"

"是的，老师！他是在密支那开始吸上毒的，之后我们全家迁到曼德勒。龙山在曼德勒生活得不愉快，从家里出走后估计回到了密支那，而且有消息说他在这里。"

班的脸色又转阴沉。她叹息了一下，眺望着远处的山峦出神。他很想进一步了解她的情况，但又不想提出太多问题。

"班，我第一次到这儿，对避难营的生活情况还不太了解。刚才跟负责人聊了一下毒品的问题，别的方面的情况没有怎么问。这里究竟有多少难民，班清楚吗？"

"有2000多人呐，老师！"

"喔！相当多啊！"

"有将近500户。"

"那他们的吃喝生活，怎么解决？"

"非政府组织每月给每户补助15000缅元[1]，可哪儿够啊！有的人就到华人香蕉园去打零工，帮着抬香蕉，打药，但干不了多久，听说健康都出了问题。"

他们俩边聊边散步，看到一群小孩在玩耍，其中有的孩子只有两三岁。定苗刚呆呆地看着小孩。

"看来，这些孩子是在避难营出生的。"

"对啊，老师！他们躲避战争，到现在已进入第六个年头了……就在这儿结婚、生子，有的家庭甚至已生两个孩子了。"

"那他们在这儿生活，倒也习惯了。"

---

[1] 15000缅元按当时比价，折合人民币600—700元。

"表面上看是这样的，老师！但是，他们哪里会像在自己家乡一样，内心感到那么安全自在，自己的生活自己做主呢！有的已经是七十多岁的老人，就只能在这儿终老了。谁还想回老家？那里发生战乱，东躲西藏的。那些四五十岁的，倒还想回老家去生活。还有些素质低的人索性就到难民避难营来，趁机过那种等、靠、要的生活，如同猴子讨饭吃一般，这样的情况或多或少总是会有的啦！"

"那年轻人在这儿生活得怎样？"

"听说有大批学生涌进了附近的学校，结果，学校的教室、课桌椅一下子严重短缺。"

"据我所知，这样的避难营最长三年比较好，现在都到了第六个年头了，时间长了，就很困难啦！"

"现在已开始遇到困难啦，老师！提供资助的单位，时间长了也就不堪重负了，估计不久就会停止资助。要是他们回自己老家去，谁又能保证不会遇到危险，那里到处埋的地雷还没有清除呢！"

"他们这儿，生活用水够吗？"

"虽然有水井，但听说一到旱季，水井就干涸没水了，老师！听说红十字会到时会派水车来，但这终究不是长久之计。"

定苗刚长叹了一口气。

"不再打仗就好啦！"

他一说这句话，姗娓班用探询的眼光扫了他一眼。

"老师，您认为要实现和平，究竟还缺些什么？您认为究竟哪边错了，哪边对呢？"

她问这一问题时，似乎带了一点激动情绪，也有点心情复杂。她的问题，有点像孩子的提问。

"对眼前发生的战争，谁对谁错我不想评论，班！从对方的立场看，就认为对方是正确的；站在自己一方的立场看，就认为自己一方是正确的。现在，首要的是要找到解开双方都认为自己一方是正确的这一矛盾，可是至今还没有找到解决之道。所以双方要以理解、原谅、舍弃的精神来寻求解决办法……"

看起来，她的目光犀利而炯炯有神。

"老师！您不认为他们都是坏人吗？"

"他们……哦！我懂了！"

他一时间没有反应过来，后来才知道，她是意指少数民族武装这一方。定苗刚微微一笑。

"当然看起来是坏人呐！班！"他依然带着微笑说。

她盯着他看，却没有说话。

他又微笑着说："我说的是我小时候看到的情况。小时候看电影，把那些少数民族武装人员看成暴徒，因为扮演他们的演员都是蓬头垢面，满脸胡子拉碴的，像个暴徒。那时，我心里也把他们看成是坏人。后来慢慢懂事了，我就懂得无论任何人，总是想方设法使自己选择的一方继续发展壮大。懂了这一点以后，我就再也不想责备任何一方。后来我的大舅参加了和平谈判，看到了他带回来的一些少数民族武装领导人的照片，也了解了这些领导人的情况，才知道，原来他们也是些有教养，有文化知识的人。"

"那，您的大舅是……"

"我大舅是一名国防军退伍军官。"

"哦！"

她不再接话茬。他们一起走着，直到走近接待室时，她才小声说：

"我很感谢，您是缅族，能秉持这样的观点。"

他扬了扬眉毛："你可别分得那么清哦！我们大家都一样，不是每个缅族人都看法片面，班，你也别只站在一边去想事儿！大家都为国内和平着想，也就不会有片面的想法了。"

他们边走边聊，这时定苗刚远远看到哥莫从会客室走出来。他看着停在会客室前的黑色越野车："哎，班！那辆车是你的吗？"

"是的，老师！"

"这辆车我好像有点眼熟啊！"

"您当然会眼熟啦！车就停在老师家斜对面那个院子里。"

定苗刚转身看着她，她满脸笑容看着定苗刚。

"老师，您跟我是邻居呐！"

"瞧瞧，你刚才可没跟我说啊！"

"看了您的名片，就想说了，但还不熟吗，就没说。"

"那现在呢，熟了吗？"

"可以算吧！"

定苗刚听了，心里顿感轻松而满意。她的双眼虽然看起来还有些焦虑的神色，但比起刚见面时，已经轻松了许多。

"定苗刚！我要回去了，正找你哪！"

哥莫正好从对面走过来，对定苗刚说。

"我在难民营里边走边逛，遇上朋友，聊了一会儿。班！他是我向你说过的非政府组织的医生，梭莫奈大夫。哥莫！她叫姗娧班，就是我们一路上谈到过的，要让你找的就是她的弟弟。"

"姗沙杜拉[1]……"

爱逗笑的哥莫突然从嘴里蹦出这几个词，顿时，定苗刚的脸蛋有点发热。

"在说些什么呢？"

班不知其中含意，就问了一句，他也不知该如何回答才好。鬼机灵的哥莫立马就说："哦！我是说，我侄女名字叫姗沙杜拉，跟你的脸长得很像。"

哥莫掩饰得很好，他松了一口气。哥莫拿出一张名片来："我一定尽力给你打听。姗娧班！这是我的名片，可以按上面的电子邮件地址，把信息发给我。"

"好的，多谢啦！我一定给您和哥定苗刚两人都发去。"

---

[1] 姗沙杜拉，缅文与"初升的月亮"谐音。

"下周星期天，我们去密松有点事，听说那一带有些机船工人吸毒，我们要去那儿调查。姗娩班！你想跟我们一块去吗？那儿也可以打听打听！"

"好，我一定去！哥梭莫奈，我本来就打算要去呢！"

三个人一起聊着战争避难营的情况和毒品问题，聊得很投机，直到分叉路口才分手。太阳快落山了，班因为还惦记着一个名叫露迈的小女孩，跟她聊上了，继续留在了难民营。

回去的路上，哥莫笑眯眯的，打开了话匣子。

"我可是已给你铺垫好了，定苗！"

"不用你把她约出来，我们还是邻居，早就有缘分。"

"我把她约出来玩，一半为她，一半为你。她也很可怜，她很焦虑啊。吸毒人员的家属，是很令人同情的，你在医院里一定也亲眼见到过。"

"在医院里所见所闻，吸毒人员家属的种种痛苦遭遇，多了去了。我要是个作家的话，真是有无数故事素材可写啦！"

他们俩同时叹气之时，汽车正快速驶过勃拉明廷大桥，朝着密支那方向驶去。可是伊洛瓦底江并不知道在江畔发生的那些悲惨故事，江水依旧平静地向前流淌着。

密松往事

　　双脚踩在湿冷的卵石上，让人既感到寒冷，又感到无比怀念。

　　班呆呆看着眼前流淌的伊洛瓦底江，紧绷的心情似乎放松了些。发源于遥远的北端雪山，滚滚而下的恩梅开江和迈立开江在这里汇合成为伊洛瓦底江，继续向南流去。

　　"哪条是恩梅开江，哪条是迈立开江啊？爸爸？"

　　走向停靠在江边机船的人群中，一个十来岁的女孩问她父亲。

　　"左边是迈立开，右边是恩梅开，孩子！你就记住，左迈右恩，就对啦！大家把这两条江的交汇处称之为密松。"

　　"那它们最初是从哪儿流过来的呢，爸爸？"

　　"是从缅甸最北部雪山的源头那儿流过来的。"

　　"那么，这水一定很冷喔！"

　　"当然冷啊！"

　　"江里有鱼什么的吗？"

　　"当然有啊，孩子！靠雪山近的河里还有冰水鱼呢！"

　　说话声渐渐远去，但在班的脑海中，这些话音和景象却重新又清晰起来。

　　班十五岁那年，第一次来密松地区。班的全家都搬到密支那后，学校放假一个月，阿爸带全家人来密松玩。阿爸没具体讲到两条江的情况，但是班却早已知道了，而且比在学校书本上学到的还详细，这得感谢班十三岁时遇到的那位叔叔。

在一个浓雾密布的冬季上午，班跟着表舅去拉咱城。这个在18年前就已经很热闹的缅中边境小城拉咱，对于班来说像是乡下人进城，感到眼花缭乱，五光十色，目不暇接。而且，她还记得那天她非常伤心。当时，因为阿爸工作不顺当，没有钱给家里，又恰逢在种植的罂粟被捣毁，一家人肚子都吃不饱。最后，班不得不辍学，要到拉咱去打工。于是，班的表舅就把班带到拉咱，说是要她到一户富人家里去干家务活。从村里出来，去拉咱的路上，班一直在落泪，真想大声哭叫着跑回家。

到了拉咱，和表舅一起走进市场，班东张西望，落在了后面，跟表舅走散了。那时天气寒冷，心里又害怕，她全身冷得发抖，一个人漫无目的地走着，不知不觉走到了路人稀少的地方，两腿已沉重得无力再向前挪动。那时正好又淅淅沥沥下起了冬雨，她就跑到一栋房子的屋檐底下躲雨。房屋门窗紧闭，安静而不见人影。

班在屋檐下的走廊上，双手抱住膝盖，把头埋在两腿间坐在地上，想让自己暖和一些，等待雨停。就在这时，班眼前忽然出现一双穿了军鞋的脚。这双脚似乎有些熟悉，可又想不起来在哪儿见过。班微微抬头一瞥，看到一个穿游击队制服的男子，好像很威严，顷刻间，有点害怕。但是一看到他笑容可掬，就放松下来了。他看上去和班表舅一般年纪，让班心里产生了想依赖的想法。

"孩子！到这儿来干吗？"

这声音是班周围经常听到并很熟悉的克钦人的语调，而且他讲话的声音跟阿爸的声音极像。

"我……我是在避雨啊！"

"你是从哪儿来啊？"

"那个……那个村……村子的。"

"你一个人来的吗？"

"来的时候，是两个人，跟表舅一起来的，现在跟表舅走散了！"

"雨停了，他就会来找你的。你别坐在地上，那儿冷。我们一起到那个椅子上去坐，起来！"

他用手指着走廊拐角处的长椅。班就拉着他伸出的手，站了起来。她注意到，他的另一只手里拿了一本书。

他们俩一起走到了长椅那。班坐在椅子的一端，他就坐在另一端。班朝他看了一看，他对她笑笑。班胆子大了些，瞅了瞅他手中的书。

"叔叔！您是在看书吧？"

他笑笑，点了点头，并将手中的书递给她。

"孩子，你想看吗？看吧！"

"叔叔，您的书里写些什么啊？"

"是我们克钦邦的情况，还有关于伊洛瓦底江、恩梅开江和迈立开江，以及遥远的缅甸最北部雪山的情况，等等。"

"雪山？"

"对啊！那些雪山有照片，孩子你从没见过吧？"

"没！没见过。"

班连连摇头。他就打开书，翻页，手指着书中的一幅图片给她看。

"看这儿！这就是卡格博亚齐雪山，看到了吗？很美啊！"

班看着他指给她看的雪山，很有兴趣，就问：

"它……是在我们国家境内吗？"

"是啊！"

"真想去啊！是不是很远哪？"

"当然远啰！但是你们年纪还很小，时间还长着呢，可以努力争取去，总有一天可以希望成真的！"

班感到很受鼓舞，非常高兴。

"叔叔！那您到过那座雪山吗？"

"山上倒没到过，但到过可以抬头就看到雪山的那个地方。"

"一定很美哦！"

"那当然美啰！"

"叔叔！您看到雪山的时候很开心吗？"

"当然高兴啊！又高兴又惊奇！然后，一直在那儿观看了好久，舍不得离开呢！"

他一边说，一边打开书，给她看一张又一张的图片。

"看这儿，这是两江交汇处，这是恩梅开江，这是迈立开江，那是伊洛瓦底江。从遥远的缅甸最北部雪山流淌下来的恩梅开江和迈立开江，到了这儿汇合，成为伊洛瓦底江，继续一直往前流淌。由于是雪山上融化的雪水，所以江水水温很低！"

"那都是些冰水啰？"

"是啊！"

"那水里有没有鱼啊？"

"有啊，那都是些冰水鱼，颜色很白。鱼都待在很深的江底，要钓鱼，鱼线要很长才能钓到。"

"那叔叔您钓过吗？"

"当然钓过啦！"

"那钓到过鱼吗？"

"当然钓到过咯！"

"冰水鱼好吃吗，叔叔？"

"好吃！很鲜美噢！但是鱼刺很多。"

她问的全部问题，都得到了耐心回答。她坐在那位叔叔身旁，原本感到很冷，现在渐渐觉得温暖起来，原本那种伤心的心情也随之消失。

"来，孩子！看这儿，这就是水从高达 1 万多英尺 [1] 的雪山山涧流出来的地方。"

---

[1]　1英尺等于0.3048米。

班见到这些照片，饶有兴趣地埋头看起来。书里有白雪皑皑的雪山山巅的照片，还有江河以及大江两岸的美景照片，实在太美了。班低头呆呆地看着照片，心里既满足又愉快。

"从这儿，迈立开江就开始缓缓流下，迈立开，在景颇语中是大江的意思。它有 150 英里左右，流速比较慢，在丹佩村附近汇入恩梅开江。"

"从大老远的地方流过来，大江大河也会累哟，叔叔！"

班的提问，让他好笑不已。

"那恩梅开江比它还累噢，孩子！"

"咦？为什么啊？"

"迈立开江是缓缓流下来的，恩梅开江是从遥远的最北部的雪山上猛的一下子冲下来的，经过 220 多英里的路程，才与迈立开江汇合。"

"那它为什么不慢慢地流呢？"

"它是从陡峭的悬崖、狭窄的间隙中猛地挤冲出来的，当然水势很猛咯！所以也有人叫它坏江。但是，人们只关注到它坏的一面，没注意到它坏的原因。其实，它突破了重重险阻，好不容易才冲出来，所以才显得狂暴。"

应该说，当时的班虽然对这位叔叔所讲的话并不完全懂，但觉得引人入胜，也很有意思，直到现在还记忆犹新。

"那叔叔，您一定看过很多书吧？"

对班的这个问题，那位叔叔微微一笑。他每一次笑，都使班觉得与他更亲近了一些。

"叔叔看过很多书，也买过很多书，都收藏了。"

"那，叔叔您是大军官吗？"

他没回答这个问题，只是微笑着看着她。

"叔叔！您为什么收藏那么多的书啊？"

"我想有一天，开一家图书馆，连图书馆叫什么名我都想好了！"

"那图书馆叫什么名字啊？告诉我好吗？"

"就叫勃拉班莱。"

"勃拉班莱？"

"是的，孩子！用克钦话说是'勃拉班莱'，缅语的意思是'知识的海洋'。"

"勃拉……班莱……"

班还在小声咕哝的时候，大雨渐渐停了，只飘着蒙蒙细雨。那时，班的心里倒很盼望雨别停，因为雨一停，就得到处去找表舅了。就算找到了表舅，那时自己会不会就到拉咱有钱人家里当用人呢？这种想法折磨着班，所以，她想继续待在叔叔身边，还想继续听他讲关于书的故事，她还有想知道、想问的问题。班至今还清楚记得她当时作为一个孩子对叔叔依恋的感觉。

"孩子！你知道这个城市叫拉咱吗？"

"知道。"

班点点头，她饶有兴趣地等着听他接下去会说些什么。

"那边远处有一条河，看见了吧！"叔叔指着远处的一条小河说，"那条河叫莱沙河，莱的意思是穿过，沙是毁灭的意思。据说很早以前，凡是渡河的人必死无疑。"

"那为什么会死啊？叔叔！"

"因为水流太急了，人无法渡过。那硬要渡的人，当然就会倒霉了。"

"那对面是什么地方呢？"

"是中华人民共和国呀！"

"叔叔！您要开办的图书馆，打算开在哪儿呢？"

"想在拉咱河和濛莱河交汇的地方开。在拉咱城有一条叫濛莱的小河，这两条河汇合的地方，风景非常美！孩子！"

班津津有味地听着他所讲的一切，连自己为什么要来拉咱，也压根儿忘得一干二净了。

那天，班希望雨一直不要停，继续听叔叔讲下去。可希望归希望，没料到，雨还没停，班的表舅就找到了班。坐在长椅上的班看到，表舅与叔叔面对面站着说话。因为距离有些远，班没听到他们在说些什么，他们很可能在说班的事。过了一会儿，他们俩都走到班的面前，表舅要班跟叔叔道别。她抬头看着他跟他告别，难过得快要落泪了，他却微笑着跟班道了别。那种微笑，至今还一直深深留在班的记忆中。

也不知道是什么原因，那天原本班要去富人家打工，结果没有去成。表舅也没有把她留在拉咱，而是把她带回了村，第二天就又让她去上学了。阿妈和表舅一起到山上新开垦了一些地，种上了庄稼。第二年，班才得知是在拉咱偶遇的那位叔叔资助了她一部分学费，但是班始终不知道他的名字。她很后悔当时没问那位叔叔的名字，听说，连班的表舅也不知道他的名字。有两年时间，阿爸根本没有管家里，都是靠那位叔叔的资助，班一家人的生活才能勉强维持。

班长大成人后，有一天从报纸上刊登的和谈新闻照片中看到了那位叔叔的图片，还读到了有关他的消息，那时她才知道了他的身份。但是现在他要是见到了班，恐怕也记不得了。没有什么途径可以见到他，也不敢去见他啊。但是，直到今日，她一直惦记着这个人，也很感激他。但愿有一天，国内实现了和平，才有可能去看望他。

"密松也不如从前那么美了！"

"还没受到破坏就算是好的了。要是在密松建了水坝，那就更糟糕啦！"

一群要渡江的成年人的说话声，传到了班的耳边。江岸边，机船发出阵阵马达声，使班的注意力又重回现实。因为踩在潮湿阴冷的石子上，班的双脚也感到很凉。

不远处的岸边，定苗刚大夫的朋友哥莫正在给宝姗拍照。那个乐乐呵呵、爱开玩笑的梭莫奈大夫人缘挺好。

当天一清早，班就叫上宝姗做伴，与哥定苗刚[1] 他们一起来

---

[1] 缅甸人有名无姓，男性平辈或自称在名字前加"哥"。如哥定苗刚，即定苗刚。彼此熟悉后也可省略"哥"。

到了密松。与第一回来密松相比，感到景色不如原来那么美了。

班正站着等候的时候，只见哥定苗刚正向她们走过来，他穿着牛仔裤和夹克衫，这一身穿着，显得模样年轻了。在医院和战争避难营见到的他，看起来严肃、老成。但他的特点就是，无论穿什么衣服，面容总是平静而和颜悦色，就好像他的生活中从未受到过任何精神创伤。每当见到他那张和蔼平静的面孔，班心中就感到自己似乎也平静了些。

刚才在这江河汇合处，他与一群开机船的人聊天，谈到与毒品有关的事，他的提问也总是很冷静而严肃，而哥莫却是个急性子人，只要是他想了解的事，就会问个没完没了。

"班！太阳太晒了，咱们去店铺那儿去坐一会儿！"

"太阳还不算厉害，老师！像现在这种阳光，晒晒会暖和一些，心情也会舒畅些。我想在这儿再多待会儿，老师你们想去就先去，我待会儿再去找你们。"

"那我也喜欢暖和些。"

定苗刚笑眯眯地说着，仍站在班身旁，像班一样，朝伊洛瓦底江放眼望去，这使得班更增添了几分暖意。

"据我们了解，开机船的人差不多都来了，还有些在江里开着机船，没算在内。别灰心哦！班！我们已给了他们手机号，只要他们一有消息，就会打电话过来。戒毒组织帕特·约翰逊协会也会到这儿来，听说，只要见到有毒瘾的人，就会把他们叫去，强制戒毒。也可以让他们打听打听情况。"

"好的，老师！多谢啦！"

一想到有关龙山的事，又伤心不已。班大口呼吸着江面上的新鲜空气，努力想让自己心情放松下来。不知是从恩梅开江那边，还是从迈立开江那边吹来的一股微风，吹乱了班的头发，似乎要将她吹向伊洛瓦底江那边去。

"班！知道伊洛瓦底江的年龄有多大吗？"

班听不懂他的问题，无语地凝视着他。

"伊洛瓦底江的年龄啊，班！你知道这个大江有多大年纪了吗？"

"啊，不知道啊！老师！"

"已有 1500 多万年啦，班！"

班扬了扬眉毛："1500 万年……"

"是啊！伊洛瓦底江的年龄有 1500 多万年了。我们地球的年龄是 45 亿年。"

"哦！这我现在才知道。"

"伊洛瓦底江这一名称，有多少年了，班你知道吗？"

"不知道，老师！"

"据说，大约在 1600 年前后，才称呼这条江为伊洛瓦底江。"

班现在才知道这些知识，很是感谢他，饶有兴趣地聆听着。定苗刚一直看着伊洛瓦底江出神并接着说：

"伊洛瓦底这个词是从印地语伊亚瓦底这个词演变过来的，伊亚瓦底是大象大江的意思。因为它又长又宽，所以就用大象的大江来比喻了。另外，据说伊亚瓦底还有另一层意思，就是'爱的使者'。"

"爱的使者！"

班小声嘀咕着，觉得很有意思。

"伊洛瓦底江将爱的信息带到它所流经的地方，所以才被比喻为爱的使者，班！"

看来，这个名称深深刻印在了班的脑海。18年前一个人曾对她讲过形成伊洛瓦底江的恩梅开江和迈立开江的情况，现在由定苗刚来讲述伊洛瓦底江的情况。班笑了起来。

他把一直注视着伊洛瓦底江的目光转向班，微笑着说：

"哎哟，我是不是多少有点像个地理老师了。"

班小声笑了笑，他也就大笑起来："如果觉得像，我就给你上地理课，请多多包涵啊！"

"行啊，地理老师！我对地理课很感兴趣，您就一直把我教到硕士毕业吧！"

因为班开玩笑式的回答，他就用手抓了抓前额说：

"其实，我喜欢文科，从小就很喜欢地理课。譬如，很想知道我们的地球是何时起源的，缅甸的大地和江河是什么时候形成的，对历史也很感兴趣。"

"那你后来又为什么当医生了呢？"

"你是要我实话实说，还是像电影里宣传的那样说呢？"

他扬了扬眉毛问班。班什么也没回答，一直还在等他说下去。

"要是按一些宣传影片中说的那样来说的话，就是要用自己掌握的本领来回报人民，为国效劳。要是如实说的话，我八年级毕业时，我爸对我说，儿子！地理啦，历史啦，在我们国家不吃香，没有什么市场。要去读十年级，毕业后，就考理科，将来就可以当个医生什么的。"

他边说边笑了笑，班也笑了。

"十年级毕业后，就有资格上医学院当医生，以此为生了。就在那年假期，我父亲生了一场大病，在医院里我与医生们混熟了，从此就真正一心想当医生了。当上医生以后，荣誉、金钱就变成次要的了，第一位的是要有一颗善心。至于地理、历史，也就作为一种业余爱好啦，可以继续关注、研究。我刚才讲的这些，也都来自书本，哈哈！"

他说话，既伶牙俐齿，又风趣，说着说着，自己就先笑开了。班听完他的话后，也微微一笑。对班而言，似乎并没有像他那样有那么多的话可以坦然对别人说，班只想隐藏起自己的生活状况，也不想把自己的感受一股脑儿都对别人倾吐。班住在密支那的年头不算短，但密支那不是她的故乡，也不像定苗刚那样，研究过地理和历史。

"班！关于恩梅开江和迈立开江交汇处密松这一三角地带的情况，你知道吗？"

"这不是因江扬吗？比这更多的情况，我就不知道啦！"

"这个因江扬是缅甸最北部山脉山岗的末端地方了，就是英国帝国主义占领时期，进行土地测量时没测上、落下的那块三角地。我把我祖父和大舅对我讲过的，全告诉了你，那你一下子就可以成为地理和历史学科的硕士了！你肚子饿不饿啊？我可饿了！我们去叫些烤鱼之类的东西吃吃吧！"

"老师，您先去。我要等一下宝姗。"

"没问题，我去叫烤鱼啦！"

定苗刚大夫快步走向江畔的一个小店。班因要等宝姗而留在那儿，她正等着，只见一艘机船靠岸了，船上的人都下了船，只留下机船手一个人。

机船手把机船锚定后，就向班站立的江岸边走来。此人似曾相识，班正仔细端详的时候，那机船手与班的距离越来越近。

"拉珊！"

班记起了这个人的名字！她忽然兴奋起来，此人倒不是班很熟的朋友，但却曾是班的同村人，见到了他，就可以打听到希达他们的下落了。班来此本来就是要打听有关龙山的消息，却没料想到，有了失联朋友的线索。她的心兴奋得怦怦直跳。

班快步走到他的身边："拉珊！你是拉珊吧？"

"是啊！你是哪位？"

对方一下子没认出她来。

"我……是姗娗班啊！"

"哈！你就是娗班啊！你长得更漂亮了，我认不出你了！听说你们家一下子发了大财，变有钱人了！"

"不是我有钱了，是我父亲有钱了！"

"那还不是一样的啦！"

"不一样啊！那……你到这儿干活，时间很长了吧？"

"好久了呢！有十多年啦！你们搬走三年多以后，我们就搬到嘎迈村住了，那里有亲戚。后来，阿妈又担心在丛林里会被拉夫，把我从那儿转到叔叔家的丹佩村。住了没多久，说是有建密松水电站的规划，于是，我们村搬迁了，给我们建了一个昂棉达新村。但是新村里种的庄稼长不好。我叔叔说，这个地方要是下暴雨，山体会塌方滑坡，这就是早些年前不在这里建村的原因。"

"那你现在就住在这个昂棉达村吗？"

"在昂棉达，有水有电，只是回到那里睡觉，干活、吃饭还都在这儿啦。有的人索性又回丹佩村去了。"

"那你住在这儿，生活方便吗？"

"方便不方便倒不好说。我已结婚，孩子都生了两个啦！我老婆卖烤鱼，我开机船。哦！那你的弟弟呢？班！你那个从小就怕羞的弟弟呢？发起脾气来可了不得，现在他还那样吗？还是有变化啦？"

"他啊，吸上毒好久了，现在离家出走了，我正在到处找他呢！"

"啊！真的吗？"

"唉！要是看到他到这儿来，一定告诉我啊！稍等！我把他的照片给你看一下！"

班从双肩包里取出那张她一直带着的龙山的相片给他看。拉珊拿起照片看着说："龙山的模样跟小时候没怎么变，还那样。放心吧！我一定帮你打听。这照片我收起啦！"

"好啊！你拿着吧。喔，希达他们现在在哪儿？还有索昂和伦康呢？你跟他们有联系吗？"

"哎！是啊！他们三个是你最要好的朋友，最亲近的啦，你们四个人，总爱在一起，我记得的。大约在两年前，从我们村那边来的人听说了有关他们的消息，希达莎尔在葡萄当了老师，她母亲已去世好久了。伦康在德奈的翡翠玉石矿挖矿呢。索昂听说是参加了民族武装力量组织了。"

班听了这些消息后，猛然感到胸口憋闷。想起小时候胆子特小的索昂，居然成了命运的弄潮儿，参加武装斗争了。那个特懒惰的伦康，却到了遥远的玉石矿。再要与他们见面，那可不容易了，只有希达还有见面的希望。

"我真想跟他们联系啊！有什么别的联系途径吗？有手机号就好啦！"

"想见希达莎尔，就只能到葡萄去找。要与玉石矿那儿联系，可不容易啊。要跟索昂联系，就别想了，那是要犯法的。连我们那儿当地的头面人物，尽管与两边都有来往，也一会儿被这边来查，一会儿被那边来查，不得安生，难啊！受夹板气。你把手机号给我，我一有了他们的消息，就转告你。"

"好啊，多谢啦！你先告诉我你的手机号吧，我一打电话，你就知道我的手机号了。"

两人互留了手机号。

拉珊朝江那边看了看："你稍等会儿，那边等机船的人太多了，我要开船去把他们送走。你有一起来的人吗？你跟谁一起来的？"

"我是跟朋友一起来的。"

"哦，跟朋友一起来的啊！那你结婚了吗？"

"没有啊！"

"这么说，你是在等我儿子吧？你可以当我儿媳妇啦！哈哈！"

拉珊跟她开玩笑，班微笑了一下说：

"我们早就来了，一会儿就得回去啦！"

"哎，哎！那么说就请回，以后有空，咱们在电话上再好好聊聊！"

拉珊与班告辞后，去了机船码头。

不远处，正在拍照的宝姗朝班这边走来，她与班一起去了哥定苗刚订餐的那家烤鱼店。

小小烤鱼店里，大家坐定后，哥定苗刚看着班说：

"刚才看到你跟机船手说话了，是熟人吧？"

"是小时候同村的朋友，老师！我跟他打听我很想见上一面的三个好朋友以及龙山的消息。"

"有什么新的消息吗？"

"倒是了解到三个朋友的消息，但是要联系上可不容易。已嘱咐他，无论是见到朋友还是见到龙山，都尽快告诉我。"

班不想把所有的情况都告诉他。有关自己生活的情况，她只想尽量少说。虽然对他有些好感，但尚未达到能把自己生活的情况和盘托出的程度。对人的信任度留有余地，是她至今保持的处世信条。也许由于这种心态，才导致班至今孑然一身。她也明知这种一个人独处的日子长了，人就会产生抑郁情绪，但也想不出什么好办法去解决。这些天心情倒是还比较轻松，精神状态也不错，心里认为似乎有些希望重新见到龙山弟了，总有一天也可以把翡翠白鸽坠子送给三个发小。其实，人生就得有一个奔头，生活也就有了快乐和意义。

"烤鱼的骨刺可多啦！"

宝姗用筷子挑着烤鱼上的刺，一边抱怨。哥莫用一双筷子帮着挑去烤鱼上的刺。哥定苗刚则注视着大江，滔滔不绝地谈论着恩梅开江和迈立开江上游，因为挖金矿自然环境被破坏的情况，以及在密松建水坝可能会产生的危害。班只是静静地听着并暗自承认，有关克钦邦的情况，自己还真不如他清楚。

小时候，她想去遥远雪山的愿望曾经十分强烈。每当想起小时候遇到的那位叔叔，就会想起他谈起的雪山，好像除此之外，她也想不起克钦邦还有其他美景了。

班的头脑里，对克钦邦印象最深刻的是始终平息不了的战火，一眼望不到边的罂粟花……还有在罂粟地割罂粟脂的少年生活。眼前所见到的是沾上毒瘾的大批青年、中老年人，还有，已经沦为白粉奴隶而不可自拔的亲爱的龙山弟！

班还无法从自我焦虑、不光彩的过去经历中挣脱出来，也就谈不上热爱自然环境和一切美好的事物。学生时期，对一些男生班还曾经似乎萌生过爱意，又好像心动过，但他们最终未能赢得班的芳心。大学快毕业前，自己曾经有过一位男友，但后来因为要照料侍候龙山和阿妈，自己也忧愁焦虑，于是也就撂一边了。现在，他在自己心中已没有了位置，也用不着刻意去忘记，自然而然就慢慢淡忘了。从此以后，龙山的毒瘾以及阿妈的抑郁症，反反复复困扰着自己，姗娖班好像既无一颗柔软的心去接受别人的爱，同样也没有力量给予别人爱。

"听说克钦独立组织还反对中国方面的密松计划 [1]，是吗？"

哥莫问哥定苗刚。班一直在眺望江对面的山峦，对他们两人的谈话，有一句没一句地听着。然后她想到了那位叔叔，又想起了胆小的青年索昂。之后，那悲伤之心又油然而生。

快要回去了，班她们走到泊车处，又回头看伊洛瓦底江，只见游客一拨又一拨乘坐拉珊的机船来来往往于江中。

干燥而宁静的密松地区留在了炎热的阳光之下。

---

[1] 2009年3月，中缅两国政府签署开发修建缅甸克钦邦密松水电站的协议，工程于当年12月开工。2011年10月，时任缅甸总统吴登盛宣布搁置该项目。

等待花开之时

盛开的十二月花

宝姗还在舒舒服服地呼呼大睡，班已经睡了一觉醒来了。

因为学校放假，宝姗来陪班。与宝姗一起说说话，班心情也确实轻松开朗了些。晚上跟宝姗聊了聊后，没吃安眠药，很早就入睡了。但是到了后半夜，又像平时那样，睁大眼睛再也睡不着了。

夜里，除了宝姗的轻微呼吸声，一切都寂静无声。班卧室里有一盏夜明灯发出微弱亮光，因为侧身向墙壁，正好冲着靠墙床头柜上摆放的老照片。

班愣愣地看着她小时候与三个发小的合影照片，笑了起来。

"哎，给你！吃吧，等你爸成了富翁，可别忘了我哦！"

"给！给你圆珠笔，等你爸有钱了，可别忘了我哦！"

"嗨！你不冷吗？给！把这外套穿上，等你爸挖玉石矿发了财回来时，可别忘记我哟！"

那时她们之间讲的那些可爱、可亲、朴素的话语，班至今没忘。这类话，是他们四个小伙伴一边共享小零嘴一边经常说的。哪怕是一点点小东西都会大家分享，甚至衣服大家也互相换穿，在阿爸离家后那段生活艰苦的日子里，班就是在这帮小伙伴们的友情中度过的。就算是阿爸回来以后，他也只是给一些零花钱而已。离开村子后，就再没机会见到他们了。

这张照片里的班和小伙伴都是一副淘气的模样，穿的衣服都是棉袄之类的旧衣服，是大人穿过的肥肥大大的那种，而小脸蛋上却堆满了笑容。

班已经与他们多年没见过面了，但即使至今见不到他们，班也会以一种方式表示她并没有忘记他们，所以她想送他们每人一个翡翠小白鸽坠子。但是，究竟会在什么时候再与他们重逢，真是难以预料。

班轻轻翻身，改成仰面朝天的睡姿。她漫不经心地面对着天花板，却一下子出现了龙山的脸。

"姐！要是我们家，阿爸来住的话，该怎么办哪？"

"姐！我们该怎么做才能让阿妈高兴起来呢？"

"这一回，我一定要把毒戒绝了！姐！我好蠢哪！请你一定原谅我的过错！"

这些声音，这些话语好像有回响，使她惊慌失措，突然从床上坐了起来，把宝姗弄醒了。

"嗨！你到现在还没睡哪！几点啦？"

宝姗拿起床头柜上的手机，看了看时间。

"嗨……都快两点了，你到现在还睡不着啊？"

"睡了一觉醒了，对不起，我动作猛了些，把你吵醒了，你继续睡。我总是睡一觉醒了，再也睡不着，也习惯了。"

宝姗从床上坐起："班哪！你啊，还是跟哥定苗刚商量一下吧！"

"商量什么啊？"

"你的健康问题呗！你总是睡不好，心理压力太大了，时间久了可不好！"

"我知道，我可以自己想想办法。我虽然会情绪消沉，但还没有达到抑郁症的地步。一切正常，该做什么就做什么，没事！"

宝姗轻轻叹息。

"你继续睡你的，过一会儿，我也会睡的。"

宝姗重又躺下，不久就发出了均匀的呼吸声，睡着了。班从床上慢慢坐起，走到房前窗口。

她轻轻拉开窗帘，目光自然而然转向哥定苗刚的院子。

月光下，一眼就看到在偌大的院落中那栋矮矮的小楼。小楼一角的房间里依然亮着灯。这是哥定苗刚的房间吗？这个时候还没睡，难道还在看书？

班呆呆地看了一会儿那间亮着灯光的房间。

月光之下，雾气弥漫。朦朦胧胧之中，她盯着透出微弱灯光的那扇窗户出神，心想，难道自己已对哥定苗刚发生兴趣了？这一点连自己也说不清楚，但是，可以说自己已经把他放在比较突出重视的位置，这也是因为他是找到龙山的希望寄托啊！作为一个女人，自己内心困惑无助时，也曾出现过"有一个可以依赖的男人也未尝不可"的念头。但即使完全符合了可以依赖托付的条件，也未必就是可以相爱相守的那种。在自己感到沮丧时，似乎会产生依恋的想法，但心态一旦恢复正常后，又会有些生疏感。现在已到了连自己的心都捉摸不透的地步，也就没有勇气再找个男友。说到爱情，看来只有心理完全健康的人才有资格拥有。即使是心理健康的人，尚且由于爱情的多变、不可捉摸性，也不时会翻船。对于还在想方设法尽力控制自己心态的班来说，爱情是一个既不敢触碰，又无法驾驭的东西。

低头看，房前砖墙上盛开的十二月花[1]随风摇曳，花香四溢。看到摇晃的花枝，就知道在刮风。但是，这风却没让人感到凉爽，也享受不到浓浓的花香。那是因为隔着玻璃窗呢。对班来说，爱情犹如隔着玻璃窗看到的十二月花一般，虽然明知它香气四溢，却触碰不到，也闻不到。

班把窗帘拉上，走回房间。睡眠极差的班，怕回房间后产生窸窸窣窣的声音，吵醒睡得正香的宝姗，于是蹑手蹑脚地扭开门把，走出房间。

难以入眠的冬夜，班很容易想起童年时老家小屋的欢乐生活。阿爸给三弦长把提琴装上弦，拉起来，跳舞跳得很棒的奶奶佳亚告，打开双手就像蝴蝶一样舞动起来，还教班跳舞……

班带着怀念之情，踩着楼梯往下走，试着摁了一下楼梯边墙上的电灯开关，只见楼梯口墙上挂的一面银锣，灯光下闪闪发光。这面银锣是奶奶佳亚告的老一辈保护传承下来的。对班而言，这面锣不仅仅是供敲击之用，它可是一件珍贵的传家宝了。

---

[1] 缅甸冬季常开的花，属蔷薇科，正式学名为笑靥花（bridal wreath），开白色小花，花香浓郁。当地人们常以之送亲朋好友、供佛。

在孟莫附近小村老屋里，曾经有过三四面锣呢。在班的记忆中，他们的小村里自己家拥有的银锣最多，这表明，她们家曾经是村里经济最殷实的一家。

班走过挂银锣的墙，来到屋子深处饭厅旁的墙边，墙上挂着木制唢呐和三弦长把提琴。

班走向墙边，抚摸了一下提琴，回想起这提琴是阿爸和阿妈的爱情见证物。

有五个孔眼的唢呐和长把提琴，是成年的克钦族男女青年见面互相对歌时伴奏的乐器。阿爸把他年轻时追求阿妈演奏过的这两件乐器都作为纪念品珍藏，可现在已经物是人非，移情别恋，只有班一直对它们爱护备至，定期擦拭。

班拿起长把提琴，轻轻拨动了琴弦，随着那悠悠的琴声，好像有一只蝴蝶张开翅膀飞向了遥远的克钦小山村。

姗娩班的童年

1992 年

克钦邦

班的童年最难忘怀的事，就是将三个竹筒灌满水埋入地里后再刨出来了。

班记得那一天，她兴奋异常，心跳不已。与她在一起的有亚旺族姑娘希达莎尔，还有索昂和伦康。在班的小村里居住的，以克钦族人最多，还有部分掸族人，亚旺族人就只有希达母女两人。希达妈虽然出生在葡萄，但她生下希达后，就作为一名护士到班住的村里来任职。可爱的亚旺族姑娘希达莎尔，长着细长的双眼和漂亮嘴巴，总喜欢跟班待在一起。希达的脸犹如满月般，圆圆白白的，很是讨人喜欢。

长脸、眯缝眼的索昂，右眉骨上有一颗醒目的黑痣。虽然是男孩，他却还不如班她们勇敢、胆大，发生点什么事，总往后退缩，落在后面。再要把他找回来，往往很费事。伦康像希达一样也是个圆脸，人们都会以为他跟希达是姐弟，他与希达更加亲近、容让。

刨竹筒那天，那块地的周围围着不少大人，班这群小孩也都在。那时班才八岁多，却对那一天印象深刻。

六天前，在一片景色秀丽的山坡平地上，大人们把灌满水的三个竹筒埋到地里，这是班他们家打算盖房的地方。选址人是班家里德高望重的奶奶。

奶奶是守护克钦族民族传统风俗的长者。在班八岁那年，奶奶佳亚告已经五十多岁了，白白的皮肤，薄薄的细长嘴唇，身材瘦小。她动作轻巧敏捷，这使得她看上去颇为年轻。她笑的时候，会眯缝起双眼，更令人觉得可爱。已夹杂些许银丝且柔软的直发，从额头中间分向两边，在后脑勺挽成一束，凸显出双耳上大大的银耳环，耳垂也因长期戴大大的银耳环，而显得很柔软。奶奶左手腕一直戴着美丽而硕大的银手镯，穿着自己土织机织的土布衣，也织了布给班他们做衣服穿，有多余的话，还卖给村里人。

班记得，打算在那块地盖房前，班她们住的是个小小的高脚屋。希达家的屋与班她们家挨着，而伦康的家，与班的家相隔三间屋。索昂家的屋，则靠在班家的后面。班她们在屋外玩的话，就到村边山坡上的平地上。那山坡景色优美，周围常常开着大片不知名的各色野花。

奶奶说想在那块地上盖房，班听了很高兴。但是，坚持传统风俗习惯的奶奶却说，是不是适合在那儿盖房，还得先试一下。将三个灌满水的竹筒，在平地两侧各埋一个，中央再埋一个。六天之后再刨出来看，要是刨出的竹筒里还有水，那就可以在那儿盖房，如果水跑光了，那就不能盖房。

"娩班！你估计会怎样啊？竹筒里会有水吗？"

"我可估计不出，但是我希望里面有水哟！我喜欢这个地方！"

回答了希达的问题，班抬头看正在刨竹筒的大人。索昂走到班身边说：

"如果竹筒里面没有水，这个地方就不盖房了，对吗？娩班！"

"那当然啰！"

"那要是早知道如此，晚上不让别人知道，悄悄去把竹筒刨出来看看，如没水，再灌点水进去。"

"哎哟！哎哟！索昂啊！你是想在黑灯瞎火的夜里去刨，是吗？你胆子那么小，别走到半道，吓得要尿裤子了！"

希达对索昂说着，嘿嘿笑了起来。伦康插话说：

"索昂胆子小害怕，我可不怕！我可以去刨！"

"哎哟！你这个懒鬼！你啊，天一黑不是倒头就睡了吗？只怕你还嫌路远，要让别人去叫醒你！"

班至今还记得她和希达，怎么讽刺挖苦这两个男孩的情形。每每想起，还会好笑不已。

希达朝有大人在的地方张望了一下，说："娑班！你奶奶真是与众不同喔，别人家盖房，都没有这一套！"

"我奶奶的爸妈，以及他们的爷爷奶奶，都这么做，所以我奶奶继承了这个传统！"

"那传统是什么啊？"

"嘻嘻！我也不知道，听大人这么说，我就也跟着这么说呗！"

他们四个孩子正交头接耳说话时，看到竹筒从地里刨出。

"有水哎！"

奶奶从人群中发出清脆响亮的声音。班这帮孩子也都兴高采烈，跟着哇哇地欢呼起来。

此后，班也记不得大人为了盖房，又做了些什么。只记得，盖好房后，阿爸在一块大木板上画上了斑犀鸟、象牙、铜锣等图案，然后就把木板竖在大门口。不久，还举行了新屋落成典礼。那天晚上，无论是大人还是小孩，手拉着手环绕着新屋的中心柱子唱起了歌。班至今还牢牢记得，亲朋好友和村里人，欢庆新屋落成典礼，通宵达旦。

也就是在那个晚上，班第一次看到奶奶跳舞。

在弯弓似的明月和火堆的亮光下，佳亚告奶奶的双手就像蝴蝶的翅膀一般翩翩起舞，细长的双腿按节拍，跳出各种舞姿，奶奶身子也随着节拍扭动，惊呆了全场。班屏住气息，几乎忘却了呼吸。

那晚，看起来依然年轻的奶奶的脸庞和她那优美的舞姿，都不可磨灭地定格在班的眼睛里了。

据说，班的爷爷与奶奶结婚后两年就去世了。一直守寡的奶奶，在班的眼里就好像一个从未结过婚的老姑娘。这位比班长得还漂亮的佳亚告，是一位十分有魅力的女性。当班看到奶奶年轻时的照片，对她的美貌惊叹不已。

那天晚上，奶奶跳完舞，班就跑到了奶奶面前，拉起奶奶的手说：

"奶奶！奶奶！您跳舞跳得真好！我从来没见过这么好看的舞蹈。这是什么舞啊，奶奶？"

"阿班，这叫蝴蝶目瑙舞，也叫作钦杜德目瑙舞。但是，在我们克钦族的传统舞蹈中，没有专门把它叫作蝴蝶目瑙舞。因为这种舞里有些动作是模仿蝴蝶飞翔的姿态，最好是集体跳更好看啦！”

"村里的姑娘跳得都不如奶奶好，可差劲啦！"

班有些责备的意思，奶奶抚摸着班的头说："我们克钦族有一句老话，阿班！好狗对人不吼叫，好人对人不讥笑。所以要做好人，就别去讥笑别人。你说，阿班是好人还是坏人哪？"

"好人！"

"哎！那就别去讥笑别人啦！好吗？"

奶奶对班即使是批评，也是用个老话什么的来教育她。那天晚上，班一个劲儿缠着奶奶不放。

"奶奶……教我跳蝴蝶目瑙舞吧！我也想学！"

"唔！好！当然会教你，奶奶保证！"

班很开心。

那天晚上，希达、索昂和伦康三家也都来参加了新屋落成典礼。他们的父母也都很敬重奶奶。奶奶对他们来说，是有威望受尊敬的长辈。索昂的父亲对待奶奶，就像对待自己母亲一样敬重，打猎后得到野味，都首先分送些给奶奶。那天晚上喝的米酒，还是索昂父亲的手艺。那晚大人们喝着米酒，班这帮孩子就跑到大人们唱歌的地方去拿吃的东西，开心不已。

新屋落成典礼之夜的一切活动，班每每想起，总会笑容满面。

人们过去的经历有些不堪回首，有些却异常美妙。

此外，还有些记忆犹新的事，有些就令人毛骨悚然，胆战心惊。

如梦境一般，班记得阿妈把自己搂在怀里，钻到床底下。不懂得是什么声音，哒！哒！哒！近一阵，远一阵。但一直记得自己在阿妈的怀里是温暖的，而阿妈的手却冰凉，全身在发抖，不知出了什么事。那时自己还不足八岁，不太记事，所以对发生的事记忆模糊。

直到她满了八岁，才真正懂得，这"哒哒哒"的声音竟是枪声。那时，从山林边忽远忽近传来的枪声是很可怕的。据大人说，只知道是在打仗，但谁跟谁打，又为什么打，则一概不清楚。后来知道被枪打着是会死的，所以一听到枪声，就吓得无处躲藏。晚上因枪声而惊醒，自己就吓得直哭。因此，村子里有一段时间听不到枪声，就会感到很高兴。盖新屋前一年左右时间听不到枪声，于是奶奶就与阿爸商量决定盖新屋。这样，奶奶就可在这边村里终老了。

班有关奶奶佳亚告的一个记忆是，每次听到枪声，她就木然静静待着。别人很紧张，赶紧收拾东西，或者准备东躲西藏，而奶奶却像一尊石雕像一样，也不去关窗，一动不动静静待在那里。有时候，她会走出屋外，呆呆地看着山峦，双眼噙着泪水，就这样愣在那里。总是阿妈去把奶奶拽回来，又赶紧去关上窗户。

新屋盖起来后有相当长一段时间听不到枪声，渐渐地班他们一帮孩子也就淡忘了打仗这回事儿。

一个月色皎洁的夜晚，奶奶兑现自己的承诺，开始教班学舞蹈。

"阿班！你见过鱼儿在水中游吗？"

"当然见过啊！奶奶！村头那儿，小溪里水很清，可以看到水底成群游来游去的小鱼。"

"那，小鱼一群群游，究竟是怎样游的呢？"

"在石头缝之间，这样，这样转悠着游呗！奶奶！"

班移动着脚做着鱼群转来转去游的模样，奶奶笑起来。

"那么，鸟儿呢？鸟又是怎么飞的呢？"

"鸟是这样，这样扇动翅膀飞的呗！"

班将双臂向两边伸展，模仿着鸟儿展翅飞翔的样子。

"那，蝴蝶呢？怎么飞啊？"

"蝴蝶吗……是那么着，那么着快快地扇动翅膀。"

班又做出像蝴蝶展翅扇动的模样，奶奶大笑起来，轻轻捏了一下班的脸颊说："我们克钦族的传统舞蹈，就是要像鸟儿飞翔、蝴蝶展翅，像鱼儿一群群游动那样跳啊，阿班！要记牢，蝴蝶目瑙舞，就是模仿蝴蝶展翅飞翔的姿态，这样……的姿势！"

月光下，奶奶的双手，就像蝴蝶展翅一般，身子也随着脚步的节奏乘势晃动着。班一边看着奶奶的动作，一边学着跳。由于太高兴了，这个欢乐的夜晚，永远铭记在心。

那天晚上，奶奶还向班讲了克钦族青年登阳创作克钦舞蹈的故事。在明月高照的夜晚听故事的情景和感觉，是难以忘怀的。

"从前，在克钦邦的一个小山村里，有一个与孤寡婆婆一起生活，名叫登阳的有文化的克钦族青年。阿班！登阳这个年轻人特别聪明，他经常与村里的大人们打赌。有一次，大人们把他装进一个笼子里，并悬挂在一棵榕树的枝干上，以示惩罚。这棵榕树长在一条小溪旁，登阳看到小溪里的鱼群游来游去，看到蝴蝶在花丛中飞飞停停，还看到小鸟成群结队在天空飞过，他就仔细观察了鱼儿是怎么游动的，把鸟儿、蝴蝶的飞翔姿势牢记在心。相信阿班仔细看过后也会记住的。那鸟儿成群飞时，不会是同一个飞法的，各有各的样儿，蝴蝶也是如此。鱼儿成群游来游去也都有其各自的游法。哎！就在这个时候，登阳的村遇了一点儿小难题，要打开一个葫芦的盖儿，可全村人谁也无法打开。"

"那是什么样的葫芦打不开呢？奶奶！"

"就是有螺纹的葫芦啊！要旋转才能打开，如果不明白这一点，生拉硬扯怎么能打开呢？阿班！"

"嘻嘻！"

班笑出了声，奶奶就用手摸了摸班的脑袋，接着讲下去。

最后，村里的人就认为葫芦的盖必须得由登阳来开才行，就去找登阳的奶奶，让她把登阳叫来。

“咳！刚才就是你们对登阳惩罚的，现在又来找！”班噘起小嘴说。

奶奶笑着说：“是啊！登阳的奶奶也像你这样说的，你们已经给他惩罚了，现在又要叫他来，就这么去叫，怕是叫不来的，要举办一次舞蹈大会，才能把他请出来！于是全村就举办了一个舞蹈大会去请他来参加。就这样，全村人有的吹拉，有的弹唱，敲锣打鼓，把登阳请了回来。登阳来之后，把葫芦盖轻轻一拧就打开了。为了表扬登阳，村里举办了目瑙纵歌节。在舞会上，登阳把他研究琢磨的蝴蝶舞姿和飞鸟舞姿补充进目瑙舞，所以蝴蝶舞姿就是登阳创造的。”

班非常喜欢登阳的故事，她也因这个故事更喜欢这个舞蹈，跳得更来劲。班在月光下向奶奶学到了许多舞姿。她跳着蝴蝶舞，眼前似乎就有蝴蝶在飞舞；模仿鱼儿来回游动的动作时，眼前似乎就见到了登阳看着溪水里一群群鱼儿在游动的场景。

那天晚上，院子周围的地里开着许多小花。竖在屋前的大木板上画着的斑犀鸟、象牙和锣等，在月光下清晰可见。微风吹拂，一个听不到枪声的夜晚，显得更加美丽动人。

那天晚上，班上床时心中充满了喜悦，睡到半夜，突然被屋后传来的阵阵啼哭、呼叫声惊醒。

“是从索昂家方向传来的声音！不知出了什么事？得去看看！”

阿爸朝着索昂家跑过去，班他们心里惴惴不安地等待着。不一会儿，阿爸拽着索昂的手回家来。索昂已是泪流满面，阿爸也很伤心。

"怎么啦？什么事啊？"阿妈问。

阿爸低垂着头，小声地说："索昂的阿爸去山里砍柴，踩着地雷了！"

"啊！"

阿妈和奶奶都大惊失色。

"一清早上山砍柴，直到晚上也没回家，就进山里去找，找到了……"

"不是只伤了脚吗？"

"人没啦！"

听了阿爸的话，大家默默无语。班很伤心，拉住索昂的小手，还给他擦去眼泪。索昂和班都放声大哭起来。

那个夜晚，虽然没听到枪声，但是并不美好。月光虽美好，人却不得安宁。

从此以后，就经常能听到忽远忽近的枪声，有时离村很近，有时很远。

缅甸各民族团结一致把英帝国主义者赶出了缅甸，对于教科书上的这段历史，班烂熟于心，但她对眼前的枪声很不理解，所以就问奶奶：

"奶奶！是不是英帝国主义又回来了，是要打仗把他们驱赶出去吗？如果是那样，那就让阿爸领着大家去！"

奶奶笑了笑，眼里却含着泪水。对于当时才八岁的班来说，还无法理解这种事。班已经知道，领导大家反对帝国主义的是昂山将军，她还听到大人们说领导克钦族人民反抗帝国主义的领袖是沙玛杜瓦信瓦璠。但是，班不知道现在克钦邦是跟谁打，又是为什么打，她只知道无论是谁跟谁，为什么原因打，老百姓再也没有安稳太平的日子可过了。

听到稀疏的枪声后不久，希达给班这帮小伙伴带来一个消息：

"我昨晚听到大人们正在商量全村搬迁的事。我母亲要转到与掸邦交界的一个村子里去工作了，是这个村的一个人来通知的。听说，他们那儿，生活还比较容易，可以种能卖出好价钱的水果什么的。正在商量索昂妈、伦康妈，还有班的妈都一起搬过去好不好。还说，那里虽然也听得见枪声，但不像这里那么近，而且只是偶尔听到几声，也不会踩着地雷什么的。"

因为这个消息，班感到害怕。她看着自己与小伙伴们一起玩耍过的地方，又留恋不舍地看着刚新盖的房屋。

"我可不想搬！"

"我也不想搬！"

"我们大家一起都不搬，情况会怎么样？"

"我们要是一起搬了，到了那边又不会像现在这样挨得近了，那怎么办哪！"

"娩班，你们家还是崭新的，放弃太可惜啦！"

四个小伙伴你一言我一语说过后，都垂头丧气地默默无语了。过了一会儿，班想出了一个主意。

　　"要不要让竹筒算算命？"这么一说，希达他们都围过来好奇地看着她。

　　"竹筒算命是什么玩意儿啊？"

　　"听我奶奶说过，她小时候，人们只要有想预先知道的事，就拿一节小竹筒扔到火堆里，竹筒就会爆裂。请神汉看那些开裂的竹片，神汉就会告诉你先兆。"

　　"那，什么叫先兆啊？"

　　"我也不知道啊！只是听到大人说过。我们也可以这么试试呗！"

　　"要怎么试啊？"

　　"找一节小竹筒扔到火堆里，一会儿，竹筒开裂了，有的竹茬向上支棱着，那就表明我们村不能搬，要是向下弯，那就得搬了！"

　　"哎！那咱们试试！"

　　希达莎尔等三人都兴奋地建议。

　　寒冷的冬夜，院子里生起了火炉。大人们正商量着搬迁之事。班一帮小孩找来了一段小竹筒，走近火炉。大人们坐在离火炉稍远的地方，不知道这些小孩要干什么。

　　"嗨！往里扔啊！扔！"

　　班、希达和伦康从后背推了一下手里拿着竹筒的索昂。索昂惊恐地把小竹筒扔进了炉膛。

她还记得，当时炉子虽然已没有了火苗，但木炭火红。班他们提心吊胆地注视着炉膛内的情况，四人互相紧紧地拽住别人的手。待了一会儿，只听得"嘭"的一声，竹筒开裂，炸飞了！

"嗨！嗨！怎么啦？"

"没啥事！阿妈！柴里混进了竹子，爆裂了。"

班为了安大人们的心，解释了一下，然后就和希达一起跑到炸开的竹筒处。

"哈！看这儿！看这儿！竹茬子是竖着的！看到了吗？看到了吗？"

"哈！是啊！这么说，咱们村可以不搬啦！"

索昂赶紧跑过去捡了那根竹筒回来，四个人交头接耳，兴高采烈。

但是，一个月后枪声越来越密集，包括班的四个小伙伴在内的很多家庭，都不得不离乡背井，放弃了自己原先的家园。

那天，班牵着阿妈和阿爸的手，离开了温馨的小屋，一步三回头，恋恋不舍地放弃了自己的家园，伤心不已。

在这个浓雾弥漫的冬日之晨，孩子们带着狗和鸡鸭，一群男女老少，各尽所能，肩背、人挑、头顶，带着大包小包，沿着朦朦胧胧的乡村小道，频频回头，好像排着队向前移动……这一幕永远难忘。包括班家的新屋在内，那么多人用辛勤劳动换来的血汗钱盖起的家园，也都在这浓雾中渐渐消失不见了。

班的新屋门前，那块画着斑犀鸟、象牙和锣的大木板在浓雾中还依稀可见。班可爱的新家，是在按规矩用竹筒灌水测试过的那块地上盖起来的，也是村里家中锣挂得最多的。班留恋不舍的新家，现在也渐渐远去，留在了身后。

那个冬天的早晨，奶奶佳亚告双眼噙满了泪水。

1993 年
克钦邦

常常伴随着痛苦的回忆，回想起冬末的一天，蓝天下一眼望不到边，开着五彩缤纷花朵的地方。当然，当时还根本不懂得那是个令人痛心的事，还感到好玩，人很开心……

记得那时，姗娩班一家在一个刚搬去不久的村子里立脚未稳。有一天，阿爸和阿妈一清早就出门，到天快擦黑才回家。姗娩班问，"阿妈，你们出去干什么了？"阿妈迟疑了一会儿，轻轻抚摸着班的脑袋回答：

"我们到很远的地方去种地了，阿班！"

"去那儿种什么啊？阿妈？"

"唔……种花呗！"

"是种花啊！我真想去看哪！那我也跟阿妈一块儿去！"

"那种花的地方离村好远呢！阿班！在很远的山坳山坡上种

着呢，要去那儿就得翻过一座大山呢！"

对班来说，当时还没有想到要问花为什么种在大老远的地方，不过，她却知道，当时她们家里的经济情况开始有所好转。搬家之前，每当一听到枪声，全村人既不敢去地里干活，也不敢到林子里打猎，担心在砍柴、打猎、耕地的路上会踩中地雷，为此，几乎全村人的生活都难以为继。以前，阿爸除了种地，有时还会外出做点买卖，因此还能盖新房。不太平的日子里，就什么买卖都不好做了。

搬来新村后，生活倒反而宽裕了，还记得那时，经常能吃到好吃的饭菜。

就这样，没过几个月，阿妈怀孕了。快分娩之前，阿妈不能下地干活了，班就作为帮手，和阿爸一起去种地。

去农田的路很不好走，坑坑洼洼，还长着小灌木。只能沿着一条羊肠小道走进大山，离村越来越远。住在老村的时候，班也跟着大人一起去过农田，但不像现在那么远，路也没有这么难走。

走山路，翻过一座山，才远远看到在山的一面斜坡上，有一大片开着各种颜色花朵的花地。有白色的、紫色的，还有大红的，这种花，班从未见过。

"好漂亮啊！真美！阿爸呀！"

班高兴得大叫起来，快步跑进花地，只见许多花朵的中间，还混杂着一些绿色的小球球果实。一个个球状的绿色果实，长在枝干的顶端，上面还长出似花瓣或花萼的东西，既美丽又非常罕见。

"阿爸啊！我可以采一朵吗？"

"别采，阿班！花没有用处，刮开果实，流出的脂液才有用处，照阿爸的样子做！"

"好的，阿爸！"

班照着阿爸的样子，用刀割开圆圆的果实，把流出的脂液用竹筒攒着。有时候，罂粟脂没有流出，凝固在里面，过一两天就会流出，再把它们收集在竹筒里。过几天后，罂粟脂就发酵了。

明明种的是花，可不采花，却割取果实的脂液，这对一个孩子来说是难以理解的，但她还不会打破砂锅问到底，只是阿爸怎么说就怎么做。

过了一些日子，把竹筒劈开，取出罂粟脂，抹到阿爸买来的布上。先把白布摊开，把罂粟脂抹在这些布上，然后，将布卷成卷，既可以成卷出售，也可以要多少裁多少。也用不着去找顾客，就在田间地头，山脚下，都会有人来买。

班慢慢明白了，她们种的是罂粟花，割的是大烟土，制作的是"鸦片布"。但是，那时她尚不明白这鸦片是好东西还是坏东西！

就像班家一样，伦康的父亲和索昂的母亲也都种了罂粟。有时候，伦康和索昂也帮着来割罂粟脂。伦康吊儿郎当，不好好干活，多数的日子，在山脚下的茅屋内懒洋洋地睡大觉。

希达莎尔母女俩虽然不种罂粟，但希达常常随班他们一起去罂粟地。希达看着鸦片布，会不解地发问：

"娀班！这些布做什么用啊？"

"我也不知道啊！我就是跟着阿爸做，要是卖出去了，就有不少钱啦！"

"这我知道！"

伦康装得像个"万事通"一般，插话进来，班和希达好奇地异口同声说：

"你知道就说呗！"

"把这鸦片布重新再熬，熬出来的稠浆与切细了的芭蕉叶混合后，放到火上烤，我见过的！"

"干吗放到火上烤呀？"

"烤了以后就会变成一颗颗小圆粒了。这种小圆粒，我阿爸那儿有的是。阿爸要做那种小圆粒时，就总是让我去摘芭蕉叶。阿爸用不着去熬鸦片布，把自己罂粟地产的罂粟脂一下子直接混合好了，自己不种罂粟的人，才买鸦片布再熬呐。"

"等等！这些小圆粒，干什么用呀？"

"哈！你们不知道，就是边摇晃边吸啊！"

"摇晃……"

"是啊！摇晃……不懂吗？把那些小圆粒掰碎，放到竹筒顶上，下面点上火，就去吸那些冒出来的烟呗。我阿爸常吸，吸了之后人就会昏昏沉沉，一声不响，静静闭目养神。嗨！你的阿爸不吸吗？娆班！"

"不吸，他还叮嘱我别往嘴里搁呢！"

伦康谈到摇晃着吸毒之事，不当一回事，似乎也没有什么好大惊小怪的。有一天，班去伦康家借书，才亲眼看见伦康的阿爸为吸毒正手忙脚乱着呐。

正如伦康说的那样，她亲眼看到伦康的阿爸把小圆粒掰碎，放到竹筒顶端，下面点上火，正在吸毒。看到伦康阿爸这种情形，班又害怕又难过。她至今记得自己当时有一种厌恶的情绪，几乎是一种伤心欲绝的感受，但是她并不清楚这究竟是怎么一回事。

搬到新村后的一年光景，弟弟龙山出生。那时班已经九岁了，很懂事，也很知道疼人了。当阿妈和阿爸下地干活时，她就把龙山抱在怀里，照顾龙山。班去上学时就由奶奶照顾。从那时起，奶奶开始体弱多病。

新村的家，不如原来老村的小屋那么舒适了。旱季气候炎热，由于房子面积小，没有一个可以让孩子们玩耍的宽敞地方。就连奶奶的土织布机也是很勉强才搁下的。

就这样，通过辛勤劳动，生活开始有所好转的时候，班家的罂粟地被捣毁了。

大人们再也不敢去山坡种地了，只能静观等待。大家商量该如何谋生，为了维持生计，还有什么活儿可干？要是种别的作物来替代，大家又抱怨这样挣钱太少了。也有人主张等一段时间以后，换个地方还种罂粟。

正在此时，传来了好消息："停火了，据说正在商谈实现国内和平。"

那一阵，大家很关心收听广播。这个消息让班他们兴奋起来。

"双方不打仗了，我就回原来的村去，你们要是不愿意，就留下！"

就连健康情况已不佳的奶奶，说话的声音也好像硬朗了起来。

"也别希望太高，阿妈！我们克钦邦的战争已经打了30多年了！到现在才商谈实现和平，突然一下子，和平得了吗？"

阿爸却没有像奶奶那样乐观。

班和奶奶太想念老家了。差不多天天晚上念叨着回老家要带些什么东西，好像已在做搬家的安排。奶奶的健康状况也有所好转，对班讲她常讲的母乌鸦和母鸡的故事，狗不长犄角的故事。每晚，奶奶一讲故事，班就抱着龙山来听，龙山却不肯安宁。班抱着他时，就挣扎着下地，撕班上学用的课本，班不让他撕，去拉他时他就会暴跳如雷，乱揪班的头发。奶奶打他时，就放声大哭，而班反倒觉得弟弟如此大发雷霆更可爱，一笑了之。

班当时还完全是个孩子，罂粟地被捣毁之后，对间种在罂粟地的青菜被毁很感可惜。原因是间种在罂粟地的青菜，比以前种在老村地里的青菜更加好吃。将罂粟地里摘的青菜，跟猪肉一起炒，味道尤其鲜美可口，久久萦绕在舌尖上。

过了几个月，班放学回来，伦康愁眉苦脸地来说：

　　　　　　　　　　　　　　　等待花开之时

"我阿爸，不知怎么的，拉稀了。天天早上喊着肚子痛，阿妈就哭哭啼啼，说阿爸腹泻不止！"

伦康这么说，还以为他阿爸只是一般性身体不适而已。可没过几天，伦康哭丧着脸，跑到班家里来："叔叔！您来劝劝阿爸吧！阿爸不知为什么，说他不舒服，脾气好大，还动手打我和阿妈。"

"是吗？这家伙怎么啦！好，好，伦康，叔叔马上过去！"

阿爸跟着伦康一起去了他家。过了好久才回来，阿爸脸色好难看，摇摇头低声地说：

"伦康的阿爸已经鸦片成瘾了！"

几天之后，听到伦康家传来叫喊声、吵闹声。伦康的阿爸对于班来说，就像自己的亲叔叔一般，一听到有吵闹声就会快步跑到他家去。他阿爸不管买什么吃的，总也会为班多买一份，如此关爱自己的伦康的阿爸，现在变成一个胡闹、完全不讲理的人。看到这种情形，班被吓得全身起鸡皮疙瘩，惊恐不已。

前不久，希达曾对班小声说：

"娆班！你们种的罂粟，可是毒品啊！只要上了瘾，那人就倒了霉啦！"

班听了希达的话，真想大哭一场。

后来，听说染上大烟土毒瘾的伦康家的阿爸，因为很难搞到大烟土，就换成白粉（即海洛因），这样就背上了鸦片鬼的恶名。有的村民还把伦康称作鸦片鬼的儿子，不让他们子女与伦康来往。再过了几个月后，伦康的阿爸因注射海洛因过量而死。

那时，班阿爸新开垦的罂粟地，在山间的某处正开始扩种。

班呆呆地看着坐在其父亲遗体旁哭泣的伦康，突然间，她站起身，朝着阿爸新开垦的罂粟地狂奔而去。她跑一会儿，歇一会儿，浑身哆嗦，终于到了罂粟的新种植地。

"嗨！阿班！你来干什么？就你一个人吗？"

坐在山脚下茅屋里阿爸的朋友大声问道。

班好像既没有看到，也没有听到，径自爬进茅屋，把挂着的长刀抽了出来。

"嗨！嗨！阿班！你要干什么？"

班拿着大刀，跑进罂粟地，挥动长刀，见一枝砍一枝。只听见有人叫喊着阻拦她砍，后来她被人用绳子绑起来。班哭泣着瘫倒在地上昏厥了过去。

短暂的幸福

1994 年 2 月

克钦邦

班的童年生活记忆中，有过很特殊的一天。记得那时冬天即将过去，一个冷得瑟瑟发抖的夜晚，班全家正在吃晚饭，从收音机传来一个振奋人心的消息。班一家有收听新闻广播的习惯，对政府官员的名字颇为熟悉，对经常听到的消息，也有点耳熟能详了。开始还以为是一般新闻，没有多少兴趣。大约播了有一半的时事新闻后，一条新闻内容震撼了正在吃饭的一家子：

"首先，国家治安建设委员会第一秘书发表演说。今天，是国家治安建设委员会与克钦独立组织和平谈判取得成功的一天。这不论是对缅甸联邦，还是对全国同胞以及克钦邦和克钦邦全体同胞，都是吉祥如意的一天。是国家治安建设委员会与克钦独立组织，双方真心诚意的努力获得的和平成果。"

听到这一消息，正在吃晚饭的班一家，骤然停了下来。

"啊！和平啦！"

阿爸兴高采烈地大喊了一声，最意想不到的是奶奶佳亚告。奶奶听着听着，已热泪盈眶，可脸上还带着静静的微笑。阿妈突然从饭桌边站起来，快速跑出去，对着索昂家高兴地大声喊叫：

"索昂啊！你阿妈在家吗？赶快打开收音机！"

阿妈喊叫的同时，班家周围的家家户户也纷纷传出了收音机的广播声。

一开始，班只知道那晚是月圆夜，但并不知道是哪个月的月圆夜，听了奶奶的一席话，才知道那晚是缅历 11 月的月圆夜。

那晚，月光下静谧的小村，家家户户都传出了收音机的广播声。月光朦朦胧胧，一个个小屋传出了互相串门的说话声、呼叫声和笑声，顷刻间整个小村沸腾起来。索昂的母亲拉着索昂来到班家，不久，希达莎尔母女也来了。阿妈正想去叫伦康母子，只见伦康母子已经笑呵呵地到了家门口。

班一家搬来新村之前，就知道新村附近打枪，所以曾提心吊胆，以为什么时候又会听到枪声。现在，在新村听到了和谈成功的消息很高兴，班他们也为又能搬回老村去，过上自己熟悉的生活而满心欢喜。

那天晚上，大人们都聚在一起，商量搬回老家的事。班一帮孩子，坐在不远处复习功课。班一边复习功课，一边目光频频转向大人们商量搬家之事的地方。她看到奶奶目光如炬，在烛光下，就数奶奶的眼睛最为明亮。

那一晚后，大人们就安排搬回孟莫附近老村的事。希达却因为母亲工作离不开而不能一起搬回老村，这让班既高兴又失落。

班因终于要搬离种植罂粟的环境而感到高兴。在老村，他们一家又可以安安心心种庄稼了，阿爸也可以重操旧业，继续做木材生意，大概不必为钱操心了。

搬回老村的那天，班与小伙伴们彼此依依不舍，伤心至极。与希达特别要好的伦康，还伤心得号啕大哭，班和索昂也都在呜咽。希达一直把班他们送到村头，两眼泪汪汪地分手了。

班因与希达分手而感到难过的心情，一回到老家就消失了。到老村时天色已暗，远远就看到了竖在屋前的那块醒目的大木板，故土在欢迎班全家，也在安慰着他们，长途跋涉的疲劳也随之消失。

　　班从那时起开始懂得了故乡、老家的宝贵价值。在灰暗的天色下，远远望去，长长的连排小屋，很少有什么高大、气派的房屋，但却令人留恋不舍，让人感到温暖而愿意居住，它们好像在迎候着主人。要让人安安稳稳地生活，最重要的并不是追求房子的宽敞和气派，而是让一家人生活融洽，心灵感到温暖。班他们小小的新家谈不上宽大气派，但却是用卖了班参与栽种的水果的钱，以及奶奶编织土布换来的钱盖成的，它虽不大，却更加具有"家"的氛围。在这个小小的居所里，有自信满满的说话声，也有向家人讲述梦境所见情景的快乐笑声，还有谈到盖新屋遇到种种困难时的欢声笑语，新屋落成庆典上的歌声好像至今依旧回荡在屋内。

　　住在故乡的家，生活完全由自己做主，不必怕什么枪声，也不必担心生命安全，更不必指望别人的施舍。刚刚享受和平安宁的那段时间，在一个孩子的内心，留下了不可磨灭的记忆。

　　重新搬回老村后，奶奶的健康情况也有所好转。一直到班十二岁，一家人在那个小村的生活平静而安宁。

　　班十二岁那年，一家的生活出现了转机。阿爸与富人合作开采翡翠玉石，去了帕敢。阿爸临走前还安慰说，事业有成的话，可就成为富翁啦。虽然当时还不知道阿爸会不会成为富翁，但眼前，阿爸走了，一家子显得空落落的，班还感到自卑。庄稼收成不好时，家里生活拮据，奶奶总是病恹恹的，与阿爸也好长时间联系不上。

在此期间，班靠着阿妈的表弟，也就是班表舅的关系，在拉咱找到了一份工作，便跟着表舅去了拉咱。要感恩在拉咱偶遇的叔叔，让班得以继续上学。班十三岁那年在拉咱遇到的情况，让班终生难忘，叔叔儒雅安详的面容，即使班已成年了，仍深深刻印在脑海里。怕自己年纪大了忘记，班还特意凭记忆亲手画了一幅叔叔的画像。

直到班读到十年级时，阿爸才把班一家接了过去。

在班一家要去密支那的前一天晚上，班家的院子里举办了一个欢庆目瑙纵歌节的舞会。所谓欢庆目瑙纵歌节，就是谁家赚大钱发家了，就要请全村聚餐，给乡亲们发放红包并举办的舞会。这个舞会就由后来留在老村的希达莎尔母女来操办。

这一夜，真是令人不忍忘却。阿爸为全村人举办了极其丰盛的聚餐会，不仅如此，还给每个人发放了红包。欢庆会上吹拉弹唱，欢歌劲舞，热闹非凡，那一晚的音乐之声，至今犹在耳边回荡。

那晚，皓月当空，气候宜人。班太高兴了，不由自主地尽情起舞，人好像到了非常快乐的时候才会萌生想跳舞的念头。在欢庆目瑙纵歌节上，舞者先伸手向前，手指向内如同招手一般活动，而男子则要拿一把刀，由外向内挥动，似乎在收集什么似的，表示招财进宝的意思。

兴高采烈的班与村民们一起跳舞，跳累了，一个人走出院子，站在院子外的小路上，感到月光分外明亮。前方还有一个打谷场，还有花地，再前面一点，就是常跟小伙伴们玩耍的山坡平地，周边盛开着五彩缤纷的花朵。

这时，班想起了奶奶教过她的蝴蝶舞。她高兴得心怦怦直跳。

"喔……呀……喔……呀，喔呀！"

班开心地大声唱起来，像蝴蝶双翅飞翔那样，双手打开作飞舞状，跑进了花地。那晚，花儿也开得非常茂盛。她的双手使劲打开，如翅膀扇动一般，在花地里转圈，跳着蹦着，忘了童年时吓得发抖的枪声，也忘了那些罂粟地。她全身心沉浸在高兴、快乐的氛围中。就在这时，随着"喔……呀！喔……呀！"的欢歌声，希达与一群女孩子也跑进了花地，与班一起跳舞。被月光照亮的花地，响彻了"喔……呀！喔……呀！"的纵情高唱声，院子里也同时响起了大鼓声。

班当时并不知道，自己高兴得跳起蝴蝶舞，那晚竟然是最后的一次！当然，她也无法预知，过了不知多少年，自己再也没有高兴得情不自禁跳起舞来的心情，也正因为事先不知，反而让她更加高兴。

那夜，阿爸怀抱着龙山，与客人一一寒暄，打招呼。也不知道是不是因为有了钱的缘故，阿爸看起来容光焕发，更加年轻了。

"你男人好漂亮啊！是不是富了也就漂亮了呢？老板夫人也

得好好打扮打扮啊！不然男人要跟别人好上了！"

索昂妈和伦康妈都一起跟阿妈开玩笑，那时阿妈就会害羞似的瞟阿爸一眼。

屋子前的山坡上花儿都开了，站在花丛旁的希达和伦康彼此看着对方，班理解希达和伦康的不舍之情，也读懂了目不转睛注视着班的索昂的眼神是什么含义。

"娭班！你就要跟我们分手了，我真不想分手啊！"

索昂的双眼噙着眼泪，班对此也感到伤心，但是对班而言，他也就是个朋友，不会超越这种关系。她装作没有看见。

那天晚上，终于看到了奶奶仰望天空一轮明月出神时那种心旷神怡的模样。

离开小村，也就是与亲爱的小伙伴们告别的时刻，班再也忍不住，眼泪如断线似的流淌。站在村头挥手告别的索昂、伦康和希达三人，渐渐离自己越来越远。班他们坐着由阿爸驾驶的高档大汽车，朝密支那疾驰而去。龙山当时还完全像个小孩，因为坐上了好汽车而高兴得手舞足蹈。

在密支那，班一家过上了全新的生活。

到了班他们要住的新房子跟前，班和阿妈都张大嘴巴说不出话来，愣愣地站在那里，根本没想到阿爸竟然已经如此富有。阿妈颤颤巍巍，似哭犹笑。只有小龙山高兴得大叫起来，一溜烟跑进了楼房。

班上密支那的高中，接送她上学的汽车，竟是全城仅有的两

　　　　　　　　等待花开之时

辆豪车之一。班上十年级时，龙山开始上小学。姐弟两人的生活，可以说是要什么有什么。

不过，在富足的背后，渐渐出现了问题：阿爸不能按时回家，班感受到早就闷闷不乐的阿妈开始忧心忡忡。父母一次又一次吵架。班十年级毕业的那年，得知阿爸另组了家庭。

阿妈没办法管住阿爸，班姐弟俩也无能为力，奶奶也没有办法。

就在那一年，病恹恹的奶奶得了癌症，阿爸找来了许多药，都挽救不了奶奶。只过了六个月，奶奶就去世了。

奶奶的葬礼上，班又增添了一件痛心事。

在蒙蒙细雨中，奶奶的葬礼车队，朝乔蓬山下的墓地驶去。班隐隐约约看见月光下，奶奶犹如小蝴蝶飞动一般，伸出双手跳着蝴蝶目瑙舞的身影，这让她既伤心又痛心。

就在这个葬礼上，她第一次见到了阿爸的第二任妻子，这又是一件令人痛心的事。看来，那天在乔蓬山墓地，阿妈不只是为奶奶去世而痛哭。

奶奶去世后，班也不愿待在家里，也不想待在密支那。因为阿爸的第二任妻子就住在密支那，怕与她不期而遇。

曾经有一回，跟阿妈一起去市场买菜，正好遇上了那个女人，阿妈的脸色立刻气得苍白而毫无血色，让班永远无法忘记。还有，每当看到阿爸和第二任妻子在密支那出双入对时，她总是既伤心又自卑。

在那样的日子里，阿妈整天缠绵在床，心情抑郁。班曾努力想让阿妈的心情有所好转，却无计可施。每当阿爸回家，阿妈总会找碴，大哭大闹，自己也不知该如何安慰阿妈。见到这种情况，姐弟俩只会互相紧紧抓住对方的手，依偎在一起，睁大眼睛不敢出声。

班渐渐地开始感到，原先觉得又漂亮又气派的大房子，已变得毫无意义，门庭冷落，令人讨厌。这时，班又想起了过去在孟莫附近住过的那个小屋，眼前好像又看到了那一幕一幕的场景：看到地里刨出的竹筒里有水时既兴奋又高兴的脸蛋；把画着斑犀鸟的大木板竖在屋前，阿爸自豪的面容；奶奶把几代人珍爱传承下来的那些锣一一布置在墙上时那种开心的面容；新屋落成典礼的那天晚上，篝火映照下许许多多欢笑的面容……集中了美好记忆的那个小屋，给了一家人无限的温暖，而这栋气派、漂亮的大房子却冷若冰霜。

这栋大房子，没有值得自己留恋和记忆的地方。大房子是用阿爸的钱盖起来的，但它对于姗娩班她们母女而言，只不过是陌生的过客而已。

班现在也习惯了一个人孤独地生活。要说朋友，也只有宝姗一人尚能好好聊一聊。完美，却让她尝到了它的反面——不愉快的滋味。凡是阿爸回家的那些天晚上，她总会一个人关上灯，静静地待着。常担心不知什么时候又会听到吵架声。她不想见到阿爸，甚至连阿妈都不想见。经过冷静考虑，她决定离开这个家，

　　　　　　　　　　　　　　　等待花开之时

去曼德勒上学。

家人间虽然感情上疏远了，但是阿爸资助的钱却源源不断。班对物质生活很容易满足，父亲只给了她充足的物质需要，却给不了她需要的亲情，真是遭人讥笑。

班十多岁时已很会花钱，放纵自己。亲情关爱缺失，就用钱来弥补，用钱来寻找快乐。追求吃吃喝喝啦，穿着打扮啦，首饰啦，高级汽车啦，美容水疗啦，逛会所啦，等等，随心所欲地去消费、享乐。当厌倦了这样的生活时，就感到内心十分空虚。最后，一切都失去了感觉，生活失去了目标，只觉得人活在世间已毫无意义。

大学毕业，班又回到了情感所系的密支那。她发现自己不在家的这五年，龙山的神情变了，脾气比先前更大，暴怒之后往往又会感到羞愧、害怕。看到只有十一岁的龙山的举止行为，她对自己在曼德勒待了五年之久的做法真是捶胸顿足，追悔莫及。

对于阿爸的再婚，龙山感到羞愧。当小朋友取笑他时，他不仅感到羞愧，还大发脾气，甚至用拳脚回击。有时候他不愿去人多的地方，一个人闷在家中，足不出户。

班则努力让自己老练成熟起来，开了一个小小的翡翠饰物店，以使自己安下神来。虽然曾去孟莫附近住过的小村玩了一趟，但没打听到有关索昂的消息，也不知道希达搬到哪儿去了，三人失去了联系。

2011 年在克钦邦，缅甸国防军与克钦独立军和谈破裂，战火重新燃起。听说离班的老村不远的大采村，大采桥被炸断。此后就频频有战乱的消息传来，避难的人群一批又一批蜂拥到万莫。

　　那段时间，班在密支那和曼德勒来回奔波。对阿爸与阿妈吵架感到太烦心时，就干脆一个人躲到曼德勒去。阿妈心情抑郁以致卧床不起时，又赶回密支那照顾阿妈。这样，班的情绪也随之高一阵低一阵。

　　战争在克钦邦边缘地区打响时，班家里也发生了一场心理战。

　　十多岁的龙山染上鸦片毒瘾，是遭了报应，还是命运作祟？是大人管教不严，还是上梁不正下梁歪？苦苦思索，让人都快想疯了。

　　班把龙山从毒品唾手可得的环境换到了曼德勒，让他再想办法戒毒。但是，他总是戒了又复吸，反反复复。班慢慢也就明白，曼德勒也是个不难弄到白粉的地方。

　　整整七个年头，班一会儿设法让龙山戒毒，一会儿又去照顾患抑郁症的阿妈，两地来回奔波，还得频繁跑曼德勒心理健康医院。就这样，一年又一年过去了，姗娩班的情绪往往低落一阵，又重新振作一阵，尽量控制着自己。与此同时，自己与周围的朋友也渐渐疏远了。

　　就在这期间，班从一本杂志上看到了有关和谈的一则消息和一幅新闻图片，才得知曾在拉咱偶遇的那位叔叔，原来是少数民族武装的一位军官。但是……只是一面之交，几乎没有什么交谈，后来也没有联系。对于一看到枪就厌恶，一看到穿军装的人就战战兢兢的班来说，对谁跟谁打，为什么打的问题并不感兴趣，只希望像班那样的无辜百姓，无灾无难，不要被惊吓着。

刚刚重新开打时，密支那周边一带，难民如潮水一般涌入避难营，班就去避难营打听索昂一家的消息。找遍了难民营，没有找到索昂，但见到了班村子中的一些人，这些人还记得班。他们拉着她的手，诉说着逃难的经过，泪如泉涌。班安慰了他们，问到索昂的情况时，只知道他们已不在村里，信息就此中断。

班尽己所能，为难民们提供了捐助。由于对郭加母子十分同情，就将小郭加托付给了康楠姐。后来，因为自己深陷家庭事务，已无暇顾及难民的事，生活过得一年比一年枯燥乏味。

龙山离家出走后不久，阿妈突然去世。班痛心疾首，陷入了麻木、冷漠的状态。

此后，班的心情忽高忽低，再也难以恢复平静。

有时想自杀，一死了之。想想死了以后，还能在天堂与阿妈和奶奶相见，那多好啊！还想好了自杀的多种方案，心想即使自己要死，也要在死前跟自己所爱的人再见上一面，跟他们一个个见了面之后，再结束自己的生命也不迟。然而又舍不得、丢不下龙山，而且自杀总脱不了有罪的干系[1]。那么，就极力活

---

[1] 缅甸佛教徒占多数，他们相信自杀会被打入十八层地狱。

下去，跑得远远的，准备一切随缘了。

阿妈去世后一个月，班捧着阿妈的骨灰盒，踏上了回克钦邦的旅程。这是一次从未经历过的、孤独的旅程。她手捧骨灰盒，从飞机舷窗向外望去，看到了飘浮在空中的朵朵白云，白云间，只见阿妈好像在微笑着劝慰说，"挺住！阿班！别跟我来，要多多关心大家啊！"班似乎又有了勇气。

飞机降落前，她低头俯瞰，只见美丽的伊洛瓦底江江水平静地流淌着。更远处，是恩梅开江和迈立开江交汇之地密松地区。然后，是葱郁的山林。对于风景如此美丽、自然资源如此富饶的克钦邦，人们却不敢为之骄傲，反而要为内战而蒙羞。人们已经尝到了长达十七年之久的和平之果的滋味，之后又尝到了六年不太平的苦果。班猛然间意识到，打仗双方都会牺牲生命，同时产生战争难民的恶果，这样一想，又觉得自身的痛苦也就算不了什么。

班重返密支那。第二天就去了乔蓬山墓地，把阿妈的骨灰盒埋在奶奶的墓碑旁。阿妈和奶奶相见了，也许会谈到过去打仗的情况，实现国内和平后大家舒心的情况，可千万不要让她们知道现在又在打仗了。但愿她们不知道，也听不到故乡土地上后代人遭罪受苦的消息。

从乔蓬山墓地回来，班在一条路的尽头朝右拐，沿着乔蓬祈福山上山的路驶去。在祈福山上有一个祈福小房间，班进入房间后，就祈祷能快点找到龙山。祈祷许愿后，她增强了信心和精神力量，人也感到精神焕发。现在已结识了新朋友们，希望能努力以平静的心态进入社交圈子，过上正常人的生活，但是精神状态依然是好一阵坏一阵，无法控制。

班心里惦记并渴望见到她所爱的人们。她登上楼梯往上走，到了楼梯口，抬头透过玻璃幕墙看到月亮已西沉。

哥定苗刚家也已熄灯，十二月花还静静地开在月光下。

三个圆圈

2017 年 12 月

密支那市

定苗刚站在姗娬班家院落的大门口，正想按门铃，心里却有点儿犹豫。虽然两家离得很近，但还从未去过她家。只知道宝姗在学校放假时，才来陪她，平时班就一个人在家，所以打消了去她家串门的打算。但是他也担心，她总一个人窝在家，有事的话怎么办？如果她家里需要什么，自己倒可以帮帮忙，特别是每当看到她那双眼睛，他有些担心。

她的眼睛似乎总是饱含着担心和忧虑，即使她笑时，也仍带着丝丝惆怅。想来跟她聊聊天，说说笑笑，让她心情放松些，但又不知这样做是不是合适，所以就一直没来成。现在有了要转告她的话，就来了。当然，打电话也行，但因为两家挨得近，就直接来了，她不至于生气吧。他已了解她的精神状态，由于她有精神压力，容易敏感，所以跟她打交道，得注意着点。

他按了门铃正在等候，目光转向杂乱无章爬满围墙的藤蔓，心想该帮她整理一下，但是不知道她是不是乐意。再一看，原来墙上的十二月花被藤蔓盖住了，清理时得避开花，不要伤着它们。

他正在等待，班突然从院子的一角闪现。透过装饰着稀疏铁艺花的院子大门，她看到了他，面带微笑走过来。她这么一笑，使他心里宽慰了些。她走到院门前，打开了小门："老师，您是来我家玩的吧？"

"是来玩的，也有些消息来告诉你。"

他跨进院门，轻快地回答。然后他注意到，她的手上沾了些泥水。

"班，你是在院子里干活哪？"

"我在拾掇荷花池呢，老师！以前，我家旁边有个小荷花池，好久没管它，坏了，现在在修呢，打算修好以后再栽上荷花。龙山弟小时候可喜欢这个荷花池啦，老师！荷花刚开的第一天早晨，他总会兴冲冲跑到楼上把我叫醒，我可忘不了那天他那特别高兴的脸蛋。这孩子小时候可爱极了！"

她说话的时候，真是心旷神怡，但眼眶里却含着眼泪。他呆呆地看着她，心里不好受。班马上恢复了平静，仿佛刚才什么也没发生似的。

"哦！老师有什么特别的消息吗？"

"哥莫已经在密支那一带，还有万莫、帕敢和德奈等地方，通过他们的网络都发了电子邮件。我也在向有关地区附近的患者打听。"

"谢谢老师！"

"班！你想不想让警察帮着去找啊？"

"我不想通过警察找，老师！按照法律规定，吸毒人员要被逮捕，我不想让他给警察抓了。"

"是啊！有消息说要修改这条法律条文了，班！只要听到这条法律正式修改生效的消息，我一定告诉你。我也会尽我所能，帮你找到龙山。"

"谢谢！老师！"

"别总说谢谢啦！"

听了定苗刚的话，她笑了笑。

因为在家，她就穿了一条宽宽松松的针织长裤和一件黑色T恤，看上去比平时要更年轻些。松软而卷曲的长发都拢在额后，瓜子脸显得端庄秀气。双眼依然如同刚见到她时那样，憔悴无神，只是笑的时候还带点光彩，但依然无法消除憔悴的神态。

她脖子上，如同初次见到时那样，仍挂着翡翠白鸽坠子。

"班！荷花池在哪儿啊？我能看看吗？"

"可以啊！老师，跟我来！"

班朝院子旁边走，他就跟在后面。到了房子的一边，就看到了一个宽大的荷花池。

"是今天才灌的水，还没栽上荷花呢！"

"你想要荷花，我可以帮你定购。我有个朋友搞景观设计，他那儿有。"

"是吗？我以前经常去的那个店关张了，正不知该到哪儿去买呢！那多谢啦！"

"嘿！又来啦！班，你今天上午才跟我说了五分钟的话，已经谢过我三次了！"

她悄然笑了笑，说："OK,OK！那么我就不说啦！"就在这一刻，他看到了她轻松的模样，自己的心才放宽了些。他始终默默心怀一个祝愿，那就是祝愿一些老是向他诉说心里有压力高兴不起来、情绪低落的朋友们，千万千万不要有一天变成他的病人。

定苗刚帮着她把已经弄干净的荷花池注上水，又抬头看着爬满乱长着藤蔓的围墙，说道："看来该把墙上的藤蔓清理一下了，不然会有蛇呀什么的藏在里面。"

"我是打算要清理的。因为正好十二月花快开，怕拽藤蔓时伤到花，打算花开过了，再清理吧！"

她对花如此珍爱的态度，让定苗刚感到满意。就在这时，手机铃声响了，他从毛衣口袋里拿出手机。

"是哥莫来的。"

他对班说了一句，拿好了手机。

"哥莫，你说！"

"定苗！你到医院了吗？"

"还没呢！一会儿就去。有什么事？"

"我有病人要送过来！"

"唔！好啊，来吧！我一会儿就到。我正在班家的院子里，告诉她你们也在通过网络帮她寻找。"

"你的手机是不是就快没电啦？"

虽然知道这是哥莫在开玩笑，但因班就在一旁，就什么话也没说，悄声笑了笑。

"既然班也在场，那就跟她说吧。我们三个人一起去吃午饭，好不好？你把手机给她，我来跟她说。"

听哥莫这么说，定苗刚就把手机递给了班，说："班！哥莫要跟你说话。"

班接过手机，与哥莫聊了起来。她同意一起去吃午饭。她与哥莫通过话后，班向定苗刚提出问题：

"哥莫说的送病人来，那是不是因为要送的病人是他的朋友？老师！"

"不是他的朋友，班！是他们组织为了让他们那儿海洛因上瘾的人，彼此之间不传染艾滋病毒，分送注射器。有的人对此举很不以为然，认定这样做是纵容坏人，甚至有的还不让他们进村。之后，他们就在分发注射器之前，先对有毒瘾的人进行教育，让他们戒毒。有的人想戒毒，可自己没路费，就派车接他们去医院。实际上，到医院来戒毒，也不易戒绝。往往在医院戒了，出院回家后又重新染上，就这样反反复复，没完没了。渐渐地他们自己也明白，为了在戒不了毒的情况下，减少风险，当然就接受了打针。哥莫并没有要把病人送来医院的任务，这是他手下人的事。但是哥莫跟我很要好，有时候他会亲自把病人送来。"

"他们有关染毒人员的网络一定很大，老师！"

"是的，班！所以你是有希望的。再说，有毒瘾的人之间互相也有联系，所以有希望找到你弟弟。"

看到班脸上稍许有了点光泽，开朗了些，他心也宽了些。偶尔会看到她的眼睛放出光芒，非常美丽，但只是短暂的一瞬间。一般情况下，她那双眼睛看起来很漂亮，但未必神采奕奕。

"好啦！班，你也准备一下要出门的事，我先回去了。再过半小时，从家出发，行吗？"

"好的，老师，您就不必骑摩托了，就坐我的车一起去吧！"

"可是这样的话，下班回家就有点麻烦啦！"

"老师，您什么时候下班回家啊？"

"四点半左右吧。"

"那行，我可以开车去接您。我跟你们一起吃了午饭后还要去龙山的一个朋友家，再从那儿去接您，你看这样行吗？"

"有点不好意思，时间是可以的。"

定苗刚微笑着说，班也微微一笑。

刹那间的微笑，让她的双眼神采奕奕，真想让她笑口常开。

"班，请先坐一会儿，哥莫马上就到啦！"

"好的！老师，您有事就先去忙好啦！"

班在定苗刚的办公室坐着等候哥莫。还不时朝医院内张望。哥定苗刚却在医院里进进出出，忙活着看病的事。

班和哥定苗刚一同到达医院的时间，还差一点到中午十二点钟。医院门前分发美沙酮的护士台前，人还未散尽。虽然每次到这儿来，内心都很痛苦，但还是咬紧牙关硬撑着，不想躲开这个地方。再说，要想找到龙山，这个地方是怎么也躲不开的，自己已做好了充分的思想准备。

医院走廊外侧，有一块像运动场一样很宽敞的平地，医院的诊室和病房正好围着这块空地。班仔细观察，只见空地上聚集了很多病人，班马上想起龙山，不觉浑身不寒而栗。看看！那些不就是像龙山一般大小的孩子嘛！还有五十多岁、六十多岁的，虽然还算不上老弱病残，可是原本健壮的身体，现在却皮肤萎暗，双目无神，脸色憔悴。一看到这些无法驾驭自己身心的人，班就会感到心痛万分。听说，菲律宾的杜特尔特总统要处死所有吸毒者。杜特尔特总统认为，凡是染上毒品的人，对社会毫无用处，只会给社会带来麻烦，不配活在这个世界上！听到这个消息，班想到眼睁睁看着龙山染上毒瘾，不禁泪流满面。

为了给龙山戒毒，班曾多次来医院，对医院的诊室和病房的情况都很熟悉，但从未见过像现在这样大群吸毒者聚集的情景。班看到护士正在给一次性杯子里注入戒毒用的口服药水，把药片放进小杯，用大托盘装着，准备给戒毒病人领取。病人按号排队取药。他们一拿到药水，就急不可耐地一仰脖子喝了下去。

　　对于可用于戒毒的美沙酮口服药水，班已经非常熟悉了。但是，她知道这对龙山没有用处。班呆呆地看着眼前的这一幕幕，想到他们的明天，他们还能做一个真正体面的人吗？他们还能有美好的人生吗？她感到悲哀，又十分想念龙山，双眼不禁涌出了泪水。

　　"他们现在只要是药，也不管是什么药，都急不可耐地要喝，班！他们认为只要是药，喝了就会感到舒服些。"

　　听到身后哥定苗刚的说话声，她把目光从这些人那儿转向哥定苗刚，对他说：

　　"在曼德勒我多次送龙山去戒毒，可从没看到过有这么多吸毒者，老师！看到现在这种情景，心里很难过。有这么多人拥在发美沙酮的柜台前，让人好难受啊！情况竟然已这么严重了吗？现在才知道我们克钦邦竟有这么多吸毒的人！"

　　"在克钦邦，吸毒人员的人数，远比你现在看到的要多许多，班！有的人还能到医院来戒毒，那些戒而不断的人，就每天来喝美沙酮药水以代替吸食鸦片。说白了，美沙酮是与麻醉品同样性质的一种化学品而已。麻醉品是没有限量的，而美沙酮是

有限量的，不能喝很多，也不能想喝就喝，一点点地加量也是
不行的。"

"在克钦邦，要服用美沙酮的会有七百多人吗，老师？"

"喔！哪儿止啊！班啊，七百人也就仅是这一家医院的。在
克钦邦，提供美沙酮的医院有十五家，在隆钦、帕敢、山当，包
括莫岗、莫宁、和平那些地方，吸毒的人有一万多。在全克钦邦，
要服用美沙酮的吸毒者少说也有三千多人，全缅甸已经超过一万
多人了。"

"那为了每天供给这么多人用药，这美沙酮的钱，也不
少啊！"

"当然啦！就算一个人每天花两千缅元，那一万个人还不得
两千万哪！"

"那这是不是都由国家来负担呢？老师？"

"主要由国际上的捐款人资助。要是他们戒不了毒，那就一
辈子都得喝这个美沙酮，只要他们还活着，就要负担他们每天
服用美沙酮的花费。有的人就认为对待这些废人，每天还要为
他们白花费那么多钱，有什么用？倒不如让他们死了算了。菲
律宾总统杜特尔特，不就是把他们全都杀了就完事了！哦，对
不起……我的话说多了！"

哥定苗刚有点抱歉地中断了说话。班不断叹着气，又瞧了他
一眼：

"说吧，老师！我很想听。我在争取能听得进去，不听不行

啊！以前，我是不想听这些情况的，现在听惯了，听多了，就更加有承受能力了，老师！"

他点了点头，长长叹了口气："说真的，这世界上，一个人的身体健康不健康，靠的不是医学，班！"

因为他没接着说，班就目不转睛地盯着他。他又叹了口气："是由政治和金钱来决定的。"

他低声说着。此后，他与班各想各的，沉默不语。又过了一会儿，他接下去说：

"许多人管不住自己的心，班！我也不想责备那些吸毒者怎么就控制不住自己的心，我们没有设身处地替他们想过。有一些吸毒者，高估了我们戒毒专科医院，以为他们一旦染上毒瘾，大不了到这儿来一戒了事。可是，戒毒并不像用刀砍东西那样，一刀两断那么干脆。一百个人来戒毒，可能只有十个人能戒断。在我们这儿，对已经戒了毒的人进行心理康复的设施还不齐备。眼下，我们是用美沙酮来加以控制，同时，要设法防止他们发生刑事案件，要管控艾滋病毒传播。当然，这些人还能靠劳动维持自己的生计，为了实现这个愿望，还得花钱。为了让他们不想重新服用毒品，想想有时我们做的工作，简直就像是让男同性恋者去重新喜欢上女孩儿那样。但是，不管怎样，哪怕一百个人里只有十个戒了，也就算是有成绩了，就这么想呗！希望这十个人里有龙山就好啦，我们一起努力吧，班！"

他正在安慰、鼓励班时，门口传来哥莫的声音。

"定苗刚！抱歉，我有点迟到了！刚要出门，就来了一位客人。"

哥莫一边对哥定苗刚说着，一边坐到班的一旁。

"班！抱歉，让你久等了！"

"没关系，哥莫！我是个闲人，你们都是上班的。喔！那个病人是要来戒毒的吗？哥莫！"

"是的！班！他倒不是密支那的，是德奈那边的，虽然是从德奈那儿被叫来的，但人不住城里，是开采玉石矿的，老家在葡萄，是傈僳族。"

哥莫回答完班的问题，就跟哥定苗刚继续说话。班抬头愣愣地看着坐在病人候诊处的那个小青年。

那个年轻人看来比龙山可能大个四五岁，皮肤白皙，是个漂亮的傈僳族青年，但他脸色苍白，眼神呆滞。接待病人的医院工作人员正翻查他带来的衣服，之后又在他全身上下都搜查了一遍。医院工作人员看到班很关注的样子，就笑笑对班说：

"在接受他们入院前，要对他们仔细检查，大姐！有的人自己并不想来医院，只是别人硬要他来才勉强来，很可能身上藏着白粉、药片一类的东西。"

之后，他们又问了问那个年轻人还要些什么，就让他稍等，便去了诊室。哥莫和哥定苗刚正谈着有关工作的事，班乘机就朝傈僳族青年走去。

因为听说傈僳青年从葡萄来，她就很想知道他会不会知道希达莎尔的消息；还因为说他来自德奈的玉石矿，那他会不会见过伦康啊！但估计龙山不会去德奈的玉石矿区。

班不动声色地坐到青年就座的长椅的一头，瞧着那青年。那年轻人也有点想探询的模样，看着班。那眼神，与龙山的眼神太相像了，这让班简直想哭出来。班向他和蔼地笑了笑，对方报以淡淡一笑。

"小弟！是从德奈那儿来的吗？"

"是的！德奈到这儿，相当远呐！从德奈乘机船和汽车得五小时，我是从那儿的玉石矿区来的。"

"我的一个朋友也在玉石矿那儿干活。"

"在哪个玉石矿干呢，大姐？"

"只知道在玉石矿干活，却不知道玉石矿叫什么名。"

"玉石矿有许多，有南宫矿、昂巴矿等等，大姐您朋友的名字是？"

"叫伦康！"

"哦！我认识的朋友中倒没有这个名字。"

班没继续问下去。歇了一会儿，又问：

"你的朋友中有家在密支那的吗？他们中有吸毒的吗？"

"葡萄的一些朋友，搬到密支那去了，其中有些朋友是服药的，与他们熟识的一些朋友在密支那。"

班有点激动起来，他们都是要服药的人，会不会彼此认识啊？班把手机里龙山的照片拿出来给他看，"你认识这个人吗？"

年轻人仔仔细细看了照片后说：

"不认识！"

班深深叹了几口气。她见年轻人还有话跟她说，就坐到他身旁，问他：

"是在玉石矿吸上毒的吗？"

"不是，住在葡萄镇时就染上了。一开始是大烟土，边晃边吸。大姐您知道什么叫边晃边吸吗？"

班无法马上回答他的问题，只感到自己胸口憋闷。这种边晃边吸的情景，她在孩提时期就见过、熟悉了。这是她幼年时心中的痛，负罪感一下子冲击着她。可是那个小青年却很想把他自己的情况说出来，他注视着班。

"唔，大姐也知道！"

班平静地点头说。

对方继续说："开始是吸着好玩，从吸大烟土开始，似乎没什么事。应该怎么跟您说才好呢，大姐啊！就像是镇痛剂一般，吸了就不痛了；睡不着，吸了也就睡得好了。就像吃药一样，边晃边吸，多方便啊！但是一旦大烟土少了，买不到了，才知道麻烦了。开始腹泻，而且腹泻不止，只要没了大烟土就没法生活，就不得不换成白粉了。到了玉石矿那儿，白粉是公开买卖，只要给有关方面塞点钱，一切就妥了。那里货多价廉，这样，就离不开白粉了。一开始，还是吸的，自己也还不会给自己打针。后来因为帕敢那儿打仗，帕敢那儿的玉石淘宝捡漏人，一下子都涌到我们矿区来。他们个个都会打针，教会了我们给自己打针。明知这样做不好，还是要打，因为不打针就没法活啊！但是白的比黑的更糟，大姐！要是不服用，全身肌肉都会麻木，彻骨疼痛，就像虫子钻进骨头里，又痛又麻。"

小青年一边说一边抠了一下鼻子，打了一下哈欠。班又想到了龙山，她胸口怦怦直跳，再也听不下去了，正想起身时，那小青年又接着说：

"早晨天一亮，烟瘾的感觉就来了。大清早，吃饭的钱还没着落，先得找买它的钱。只有没有了烟瘾，才能再去找吃饭的钱，每天就是这样混日子。现在我已经感染上了 C 型病毒，就是通过打海洛因的针头传染上的。我的一个朋友已经染上了艾滋病毒，他现在回葡萄镇了。到了那里，教别人打海洛因针，肯定也会传染给那里的人了。另外，我的一个朋友不用白粉了。现在白的也好黑的也好，都少了，不好买，而药片却多起来，就又改用药片了。我们家因为我的缘故，我老婆，还有两个女儿，都抬不起头来。我老婆说，要是我再不戒毒，她就自杀了事。于是，我才来这儿戒毒啦！可是我现在戒了，会不会再吸上，我自己也不敢保证。大姐啊！我们村里也有人来这儿戒毒的，有的已经戒了六回了！"

青年还没说完话，听到医院工作人员喊他名字，他站起身来说：

"我得过去了！大姐，您是医生吗？如果您是医生，最好给我一下子把毒戒了，我要是戒不了毒，我怕我老婆真的会自杀了！"

班无言以对，呆呆地看着他。随着护士的呼叫，那年轻人转身走了。班站在那儿，愣愣地看着年轻人的背影。诊室的铁纱门哧溜一声打开，又砰的一声关上。整个医院随之变得鸦雀无声。沿着医院内走廊向诊室慢慢走去的那个傈僳族青年的身影，也从班的视线中消失。恍惚之间，班似乎看到了龙山正沿着医院走廊走着的身影，她心慌意乱，心跳不已，一下子还想到了阿妈，于是只想大声哭泣，全身虚弱，疲惫无力。

"班！"

哥定苗刚走到班跟前，注视着她的脸色，似乎想问她，你身体怎么样啦？但他知道班是不喜欢被这样问的，于是就只是关注地瞧着她。班装着什么事也没有发生，笑了笑说：

"是不是该走啦？老师！"

"是的，该走了。班！我猜你一定是饿了吧？"

"是啊，老师！我都饿得有点虚脱了，没力气了。"

班想掩饰自己的真实感受，故意装得像是饿极了的样子。

"那你不早说，那咱们现在就走。哥莫，嗨！咱们一起走！哥莫，一起走！"

"哎，好！等一会儿，我得跟娲露大夫告辞。"

只见有一个妇女走来，她身材瘦小，但很结实灵活，想必她就是那位心理健康专科医师娲露大夫。

"你们都要出去啊？"

"是的，大姐！"

哥定苗刚回答了娆露大夫，然后转身看着班向她介绍说:"这位就是我们这儿的大医师，娆露大夫！"娆露大夫含笑看着班，好像想寻机跟哥定苗刚开开玩笑。

"大姐！这是我的朋友姗娆班！"

娆露大夫稍许扬了扬眉:"啊哦！姗娆班吗？大夫已告诉过我，我已了解你的情况。大妹子，我们正通过来医院看病人的圈子里查找，还嘱咐他们注意查来院患者的名单。吸毒人员在同一社交环境中互相有联系，通过他们也可以查找。"

"真感谢您呐，大姐！"

"不用谢，大妹子！这是我们应该做的。大妹子，你也要注意自己身体哟！亲属里面只要有人染毒，那亲属就会产生这样那样的心理问题，这是我想提醒你注意的！"

娆露大夫一番鼓励的话，给了班些许力量，也让班的心宽慰了些。

与娆露大夫告辞后，班等三人就在龙卡巴餐厅吃了午餐，边吃边聊，就数哥莫的话最多。

点了菜后，哥莫看了班一眼，问:

"班，要不要来点斯皮米酒？"

虽然班在二十岁左右时曾经尝过这种米酒，但以后就没再喝过，于是摇了摇头。哥莫抬头笑嘻嘻地看着定苗刚说:

"不喝酒好，班，不然就中了定苗刚的计啦！他也是滴酒不沾的，也不喜欢别人喝，我要是在他面前喝的话，耳边要被烦死啦！犯不上。"

定苗刚打开了保暖水壶，把水倒在水杯里，又微笑着说：

"哥莫老拿我不让别人喝酒说事，对我不乐意，每次聚会见面，他就会嘲弄我一番。要是嗜酒成瘾，除了对心脏不好，身体其他器官也会出毛病，所以我才主张禁酒。我国现在就连女孩子喝酒的比例也增长得特别快。说到过去，我们的文化传统有禁忌，缅族女孩子是不喝酒的。只有山区少数民族，因为天气寒冷或者因民族习惯喝点酒。现如今，甚至天气炎热地方的缅族人，也不知是想赶时髦还是其他什么原因，在俱乐部、会所和聚会都会喝酒。大约还在十年前，一千个男人喝酒，才有一个女人喝酒，一千比一。那时，如果一个女宾入座都是男宾的桌子，出于文化的原因以及不好意思，其余男宾想喝酒也就有顾忌了。可现在呢，女人也举杯，一边说干杯，一边也碰杯喝起酒来啦！"

"定苗刚！今天我们是来听你做有关饮酒问题报告的，还是来吃饭的？"

哥莫这么一说，定苗刚大笑，便换了个话题。

点的菜还没送来，他们聊天仍然离不开毒品的话题。因为班跟他们都是朋友，便引出了两种感受：一方面是通过他们有望找到龙山，从而也就可以放下一桩心事；另一方面，自己好像同他们一样，开始熟悉起与毒品有关的情况来，从而揭开了自己的心灵创伤，很令她心烦。但是，这个领域对班来说是身不由己要牵扯进去的，想躲也躲不开，她还得努力适应、习惯。

"班！刚才我见你跟我叫来的那个男孩说话了。他的话可多了，班！在他没染上毒瘾前，人好可爱呢，他周围的人都那么说。"

班点了点头说道：

"就是现在说话，还是很文质彬彬的，哥莫！这么说，德奈玉石矿那儿，服用海洛因的比例很高啦！"

"很高！班！那儿也有我们的工作人员，就是一些宣教人员。那里有临时工要注射海洛因，为了让他们不致因此染病，宣教人员就把注射器分发到矿区，那里服用毒品的人多，传染的比例也高。那些地方正是三个圆圈重叠之处啊！"

"三个圆圈？"

"是的！看这儿，班！"

哥莫从钱包里取出一张折叠好的纸展开铺平，在纸上用圆珠笔画了三个圆圈，向大家解释：

"这一个圆圈表示毒品，那一个表示人，还有这个表示周围社交环境。"

当哥莫在圆圈里写字时，菜一一送了上来。但班的心思已不在菜上，都集中到了圆圈上了。

"举个例子说吧……有个年轻人心痛欲碎，心神不定，就到朋友处来向朋友敞开心扉。那时，他的朋友对他说，你要想解除烦恼，吸点白粉试试，那就可以把整个世界全都忘掉了。朋友这样、那样地纵容他，于是，人啊！社会环境啊！两个圆圈就重叠在一起了。在这段时间里，如果毒品不易搞到手，就跟后面的圆圈重叠不起来了，这样就不会产生什么毒品的问题。但当一个地区出现了毒品问题，三个圆圈就会重合在一起。因此，一个地区如不容易搞到毒品，就不易产生染毒的问题。如果我们无法阻止人们买毒品，那我们就要做工作，为年轻人创造一个良好的社会环境，让他们不会自暴自弃，理性思考，掌握某种生活技能，靠自己的本领谋生。班！"

"哥莫！你啊，对我，你就说我给大家做酒问题的报告什么的，是胡说八道。怎么？你现在是给大家上课，还是让大家吃饭呐？班在医院的时候肚子就已经很饿了，现在菜都上来了，让人家吃吧！"

"啊哈！抱歉，班！我因为经常要给员工上课，成习惯了！来，吃吧！大家吃饭吧，我也饿啦！"

哥莫笑呵呵地从盘子夹了些菜放进班的盘子里。

班嘴里吃着，同时思绪万千。她为了寻找龙山，现在只是在密支那一带就近打听了一些情况，正等待哥莫那儿的消息，很是累人。想到每天都会有希望时，情绪就高涨，反之，就灰心丧气。一个人不想起床，像崩溃了一般，这种时候自己感到心特别累。有时也想把这一切都告诉哥定苗刚，但还有点信不过，勇气也不够，所以只好保持缄默。

说是有三个圆圈……对龙山而言，三个圆圈早就重叠在一起了。阿爸和阿妈制造的令人痛心的环境，是一个圆圈；痛心而放纵自己的龙山，是一个圆圈；轻易就可买到的毒品又是一个圆圈，看来就是这样啊！

吃完饭，哥莫和定苗刚谈兴仍很浓。

"我快出门时，一个病人缠着我，所以就迟到了。这个人患抑郁症，很有钱，睡不好，心慌意乱，还说胃痛，说自己得了一大堆病，来找我看。他自认为有心脏病，脑子里长了肿瘤。为了打消他的怀疑，给他做了全身检查，结果什么病都没有，就是抑郁症啦！叫他去找心理健康医生，他却认为我们把他当作疯子，还生气了。真不知道，这世界上容易患抑郁症的人是不是都是些不必为钱去操心、挣扎的人啊？为了糊口而挣扎的人才不会得呢！"

哥莫的话，如同在班耳边敲响了警钟一般，班挺直了身子。这样说来，班呢？是否因为不用为糊口发愁，整天只知道享受才抑郁了呢？

"但是，有一点，哥莫！要是一个连吃饱饭都要拼命挣扎的人得了抑郁症，他哪里会知道要来找我们医生，即使想找，恐怕也没条件吧！"

哥定苗刚插话进来，哥莫听了点着头说："这也是可能的。"

说完看着班说：

"这么吧，班！你是跟家里人住一起吗？你父母……他们是怎么去寻找你小弟的啊？"

对哥莫突然提出的问题，班一时没法回答。想保护自己隐私的班，既不想骗人，也不知如何回答才好。哥定苗刚早就意识到班不想说，所以从不问班的私事。看样子，哥莫以为大家熟了，无所顾忌，就随随便便问。

"喔！阿妈去世了，阿爸又在很远的地方，家里就只有我们姐弟俩。"

"嗨！吃完饭了，咱们一起走啊！我得回医院呐！"

哥定苗刚看出班很不想说的样子，就插话进来说了一句，并准备结账。班郑重地请求说"我来买单"，立即把账结了。

哥定苗刚上了哥莫的车，班就去了龙山的朋友家。回来时去医院接哥定苗刚，只见他正沿着木头隔开的医院走廊走来，班的心中对他有了某种亲近感和信任感。他穿着绿蓝色方格筒裙，上身是浅蓝色的衬衣外加棕色夹克衫。

看上去他像是个善良人家的乖儿子，聪明而温文尔雅。他有着一副医生特有的、十分有教养的模样，但跟病人又不摆出医生的架子，是一种像你我这样的普通人，平易近人，和气待人，让病人不会感到陌生。也许这是因为他是心理健康医师的缘故吧。因龙山的事而与之打交道的其他心理健康医生，也都与哥定苗刚差不多。如果当面对哥定苗刚说他对病人很和气，对待病人像亲人一样，那他会怎么回答呢？想到这里，班微微一笑。哥莫和哥定苗刚两人是不一样的，哥莫与其说是医生，倒不如说更像一个善于经商的人。

"班……刚才我看见你笑啦！笑什么呢？"

哥定苗刚打开车门，坐到班的身旁，亲切地问。班身心轻松地说：

"哦！我想到老师的模样看不出是个医生，跟病人不分彼此，打成一片，心里乐，所以就笑啦！"

"班你有点损我吧？"

"我说的话里，可没有一点损的意思啊！"

"你说心理健康医生与病人不分彼此，打成一片，就好像说我和病人是一个模样呗！杜[1]姗娅班！"

他的话，让班很开心，哈哈大笑。

大笑之后心情更加轻松。

"我也是很注意避免说别人忌讳的话。我有一句对我的病人常说的话，实际上也就是大姐娖露大夫经常说的话：人吗，常常会控制不住自己的心态，你会这样，我也会如此。不能打保票说，自己绝不会发生你那样的情况。往往说着说着，就会感到人家的心态和自己的心态很接近了，是不是啊？"

"这么说，自己就要不时重新检视自己的心态啰！老师！"班跟他开玩笑说。心里想，就像现在这样，可以与一位朋友说说笑笑，是不是会让自己宽心一些呢？班一个人独处已经很久了，

---

[1] 缅甸人女性平辈在名字前加"玛"，长辈或尊称加"杜"。此处有调侃之意。

怪不得造成自己经常抑郁呢。但是，老不愿与人接触，只想一个人独处，要设法从这种感觉中摆脱出来，努力与人和谐共处，又太累人了。

"班……爬到围墙上去的十二月花，要是不掐掉的话，就白白谢掉啦！"

汽车开进院子停下后，哥定苗刚手指着从墙上垂下的十二月花说。

"我把它掐了吧！"

"掐吧，老师！您的个儿高，够得着，我够不着。"

哥定苗刚下车朝砖墙走去，伸手掐了一些花，然后将一束香气四溢的鲜花递给了班。

明知道花香气扑鼻，可是自己够不着，无法采摘。那天下午，她不仅闻到了十二月花浓郁的香气，还抚摸到了它柔软细腻的花瓣。

龙山的消息

班的房间内，充满十二月花浓浓的香气。一天晚上，阿爸从新加坡打来电话。一听到阿爸的嗓音，就感到阿爸特有的那种吸引气场，一时间觉得温馨无比。阿爸说，目前他还不能回缅甸，还得去美国，在那儿待的时间会长些。他还说，他会派他的手下人去寻找龙山。阿爸讲了十来句话，班也回了两三句，就听到电话那头隐隐传来一个女人的声音，电话马上挂断了。之后，班的生活一切照旧。

枯燥无聊的日子，就这样一天天过去。一天，拉珊给班打来电话，带来了令人振奋的消息。

"娀班！我听到消息说，伦康在南宫玉石矿。我们村的人从南宫玉石矿来密松，见到了我，我就嘱咐他要是回矿上，请他帮忙找找伦康，跟他联系上后告诉我。"

听到这个消息后，班内心平静了好几天。又过了几天，小龙山的朋友绍绍打电话来说，在乔蓬山有人看到了龙山。

"大姐！我的一个朋友刚来电话说，他看到龙山登乔蓬山。我现在已到了因道支，大姐！您现在赶过去，估计还能遇上。"

班一听到消息，快速跑向汽车。车加速行驶在路上，班一直含糊不清地念叨着龙山的名字，眼含泪水。她像中了邪一般，嘴里喃喃自语："龙山！啊！龙山！姐来接你了！你就在那儿等着姐啊，姐来了，跟姐一起回家吧！"车开到山脚下，班就迫不及待地奔向登山台阶，快速冲向山顶。由于有一种希望鼓舞着她，她的动作十分敏捷。

她在瞭望台一带寻了个遍，又登上瞭望台找。向下望去，视野开阔，直达山下，一览无余，却不见龙山的踪影。找着找着，班渐渐头晕起来。很久以前，她曾登过乔蓬山瞭望台，那时她心情愉快，站在瞭望台顶端狭小的空间，眺望密支那一带美丽的山水风光，惊叹不已。这个地方，她与朋友一起来玩过，与小龙山也一起来过。那时，班十八岁，龙山十岁。她曾拉着龙山的手一起登上这个瞭望台。那时的龙山直嚷嚷："我累！我累！"班就握紧拳头给他鼓劲："挺住！挺住！"走到半道，班自己也累了，不由得也说了句："好累！"那时的龙山却一下子伸出了拳头朝她喊："挺住！"看着他的动作，班很开心地跟他头碰头撞了一下，笑了起来。

班站在瞭望台最高处，心想，从这儿跳下去好吗？这时候，脑海里又出现了她和龙山一起在此指指点点，开心地鸟瞰美丽风景的情景。不能把龙山丢下不管！

她神不守舍，站在那里仰望天空的云彩。就在此时，她手中的手机振动了一下，提示有信息，她打开手机，原来是龙山坐在乔蓬山登山台阶上的照片。照片正是绍绍发给她的，还附言说，"是我朋友拍的"。

班呆呆地看着照片上已经消瘦得脱了形的龙山，几乎要疯了。只见龙山身旁有一个小旅行背包，他坐着的样子，很是憔悴。龙山他为什么要来这儿？是经过这里去另一个地方，还是从某地回来经过这里？

"龙山啊，快回来吧，快回到姐身边来吧！就算你一辈子都戒不了毒，也回到姐这儿来吧！不管你什么状况，姐都照顾你！"

班喃喃自语，接着就呜咽起来。龙山啊！难道你要用自己的人生、生命和亲情来换取吸食白粉吗？龙山啊！她愤愤不平，真想进行谴责，但又想到龙山是无辜的，必须原谅。那么，就该责怪使龙山变成这个样子的阿妈和阿爸吗？自己没有照顾好弟弟，也应该被怪罪吗？没有尽到照顾的责任，最后真正要怪罪的只有自己一个人，所以产生了想结束生命的想法，但是还有一丝牵挂，让自己又犹豫了起来。对人世，时而眷恋时而放弃，心乱如麻。

从乔蓬山下来，走进山下阿妈和奶奶的墓地。矮砖墙砌得很整齐，这里是对曾来过这个世界的阿妈和奶奶的永远纪念。班站在墓前，久久不忍离去。

回到家，天快黑了。她已精疲力竭，上气不接下气，费尽全身气力爬上了楼，衣服也不脱，全身瘫软倒在床上。她知道自己又抑郁上了，什么也不想干，也不想见人，满脑子悲观情绪。对阿爸不满，对自己不满，对自己的活法也不满。睡不好，又不想吃东西。自己这种心态，还会持续多久呢？一周？两周？还是像过去那样，过不了多久，就又会好转呢？

班既不自己做饭，也不想出去买吃的，肚子也不感到很饿，甚至不想照镜子看看自己的脸色怎么样，懒得照，日子就这么一天又一天挨过去了。电话也不想打，但想到自己一直在盼望龙山和发小的消息，所以，手机倒是一直开着。

学校放假了，宝姗又来催促班。

　　　　　　　　等待花开之时

"你说话有气没力，一听到你的说话声，我估摸你又有点抑郁了。别老这样，班！这三四天，你可是明显消瘦了。班！这几天你吃什么啊？"

"我倒没饿着自己，家里有饼干，打开就吃。不想做饭，所以没有吃炒菜。"

"这就不正常啦！"

"这我知道！"

"你知道，那就该回归正常生活啊！"

"慢慢来啊！时间不会长的，个把星期，就会恢复正常的，以前也有过这类情况，有一阵情绪低落。我自己心里有数。"

"那晚上呢，睡得好吗？"

"有时睡得好，有时又睡不好。"

"吃安眠药吗？"

"不想吃，怕依赖……凡是要依赖的事，我一概不做。别为我担心，我的好朋友！先暂时把我的事放一边，好吗？为了摆脱我目前这种心理状态，我打算换一种活法，正在努力争取做到这一点。"

"哥定苗刚不是给你打过电话吗？"

"来过电话，也就是像现在这样，随便聊一会儿天呗！"

"但是，你说话的声音可有点不正常。他给我打过电话，问我你的身体怎么样？"

班悄然笑笑。他知道自己不喜欢他问自己身体好吗，所以不来问自己，那当然就去向宝姗打听。这一点可以说明哥定苗刚对自己有情意。但是感情也是一种让人缠绵的东西，对班而言，她害怕一切会引起自己缠绵的东西，所以，只好装作不知道。人有时会沉迷于情感，因为这种沉迷而使自己遇到麻烦，变成情感的奴隶。凡是无法摆脱这种情况的，那人就会受沉迷的东西摆布。因此，班只想在脱离这种情感纠缠的地方生活。

宝姗来看望她后，她的心理负担似乎减轻了些。班这几天，一方面想让自己重新安下神来，另一方面正努力想让自己的生活有所改变。

班想要有一位比较靠得住的人，能够推心置腹说话的人。然后找一份工作，努力转变自己的生活和心态。

姗娩班的新工作

定苗刚把装有荷花苗的木桶拉到班家门口，因为急着想来班家看看，他去买了点荷花苗，想把荷花种在班家的荷花池。已有一周没见到班了，每天晚上倒是能看到班房间亮着灯，然后又熄灯，知道班在家。他很想找个由头打个电话，去她家与她聊聊，对此，他又有点畏缩。有时鼓足勇气打电话过去，一听到她那有气无力的说话声，他就会担心起来。他看得出班的双眼透露出一种抑郁、忧虑的神情，担心她一个人无依无靠，时间长了，心理压力会使她感到走投无路而处于绝望状态。

他按了一下门铃，等候的时候，为自己的心跳而感到惊讶，但又很理解：只要是做与班有关的事，他心里就会有点紧张。

大门吱呀一声开了。看到班走了出来，定苗刚很惊讶：班的脸明显变长了，似乎是瘦了一圈。蓬松的头发间那张略显长形的脸上，弯弯的长眉依然秀气，但目光无神。

班打开院子大门时说："我正打算找老师呢！"

定苗刚有些惊讶，因为班不常来他家的院子。

"班，你有什么事啊？"

"有事想找你帮忙呐！荷花好漂亮啊！"

班看见他手中的荷花，眼睛有些光彩了。

"我说过要在你家荷花池里种荷花，已有好长时间了，昨天下午才想起来，就去买来。昨晚诊所下班晚了些，今天早上来给你种。给你打了电话，你没有接听。"

"哦！因为我没听见铃声啊！"

他与班一起走到房子旁的荷花池边，坐在池边准备种荷花。班也坐在一旁帮着他。因为是冬日的早晨，水还是凉凉的。

把荷花种上以后，两人面对面坐在荷花池旁石桌边的小白石凳上。

"班！你说要我帮忙的事，是什么事啊？"

"我想到哥莫那儿去工作，老师能帮我向哥莫说说吗？"

定苗刚一扬眉毛："班想做什么工作啊？是办公室员工吗？"

"不是的，老师！班是想去当个宣教人员，做那种分发海洛因注射器的工作。"

定苗刚很吃惊，呆呆地注视着班。班却以一种期盼的目光，矜持地注视着他。定苗刚长长叹了口气说道：

"班！我知道你是翡翠富商的女儿，这还是住在这条街的一个朋友在谈到你家的情况时，我无意中听到的。我知道你不是因缺钱而去工作，你是想要亲自去找你弟弟才这么做，但这么做，对你是不合适的，这是男人才能做的工作。再说，一方面要跟吸毒人员完全隔离，另一方面，又要靠做个别工作去争取他们，那是很不容易的。那种骑辆摩托车穿梭于偏僻地区陋街小巷的事，班你是万万不能干的。"

"我干得了！"

"你干不了！就算你能干，也不适合你！"

"就让我去干吧！只有干了才会干成嘛！"

双方争论不休。班铁了心要去干，定苗刚却对班的意愿，丝毫不退让。之后，双方都静默无语了一会儿。班看着荷花池愣神，问了他一个问题：

"班的阿妈是什么原因去世的，老师您知道吗？"

"我不知道，有了解你们家情况的人说，你母亲不久前才去世。"

定苗刚回答了班，心里也感到难受。就在不久前，住在这条街另一个院子的朋友在聊天时说到了班一家的情况，说班的父亲是个翡翠富商，有好几个老婆，班的母亲前不久才去世。当他听到这些情况后，很同情班，也就估计到班的心理压力有多大了。母亲去世，染上毒瘾的弟弟离家出走，父亲又另娶妻子分开居住，遭遇了这么多变故的班的心理状况是需要有人理解和同情的。他曾多次治疗过因家属吸毒而得抑郁症的病人。童年时期有心理创伤的人，还有经历了家庭亲属发生变故的人，不是都容易得抑郁症吗？

"我阿妈是自杀的，老师！"

听到出乎意料的话，他很惊讶。班看着荷花池愣神，沉浸在沉思之中，还有点神不守舍。

"我破门而入，发现了阿妈，那一刻，我简直像疯了一般。大喊大叫，想逃走。一会儿想放声大笑，一会儿又想大哭一场，我吓得浑身发抖。"

由于心里激动，班说话颤抖，声音嘶哑。他却找不到安慰她的话语，只是呆呆看着她。他曾期待班能像现在这样向自己倾诉，与其把内心的感受都憋在心里，倒不如一吐为快。这样，班心里就会好受些，他愿意做她忠实的听众。

定苗刚眼睛盯着班，发现班的脸色渐渐变得苍白，呼吸也更为急促。他很想去握住白色石桌上班的手，对她进行鼓励，让她感到温暖些，但是，又觉得这样做不合适。

凝视着荷花池的班，转而抬起了头，只见她泪眼婆娑。她看着墙上的十二月花，又继续说下去：

"现在的感受虽然没有像当初那样坏，但是依然记得当时恐惧战栗的感觉。还有，知道龙山染上了毒瘾、离家出走；乔蓬山下，我奶奶葬礼上见到了阿爸的后妻；知道龙山戒毒后不久又复吸；小时候，一听到枪声就扑向我妈怀里，感觉到我妈也在浑身发抖；还有，因为要躲避战火，不得不全家逃难，放弃自己十分不舍的那个可爱的小屋……以上这些，都会让班有凄凉的感受……"

班一连串说了许多事后，突然停顿下来，不说话了。定苗刚一边听班的倾诉，同时也感受和理解了班的生活经历，以及克钦邦遭受的苦难。

"什么叫报应，您是知道的，老师！像你们佛教徒经常会说到的，我家不就是遭到报应了吗？"

班的目光从墙上的十二月花，移到了定苗刚身上，向他发问。他点头示意，班又接着说：

"其实，应该说班一家确实是遭了报应了，老师！有一段时间，我们家曾经种过罂粟来养家糊口，因为我们家种了罂粟，使别人家受了罪，而我们家也……"

班讲不下去了，突然喉咙像哽塞一般，静静停顿在那儿，禁不住流下了眼泪。但是，她很快擦去了眼泪，没有哭出来。她紧闭起嘴唇，极力控制住自己不掉眼泪。

班！这可不好啊！想哭就哭出来，这样，心里的一些疙瘩才会解开，人才会轻松啊！虽然定苗刚想说些鼓励的话，但看出班尚未说完想说的话，他只好静候。

"我总是感到好像自己有错。我觉得，因为我自私，一个人先离开了家，才使龙山染上毒瘾；觉得是我不小心，没看住，才让龙山离家出走；还认为，自己无能，才致使龙山戒不了毒；在阿妈抑郁症严重时，自己漫不经心，没有阻止住阿妈自杀。这一切，我几乎每时每刻都认为自己有无法推卸的责任。就这样，我自己也得了抑郁症，一会儿想随阿妈而去，一会儿又因对龙山的感情让自己不时牵挂，精神状态忽高忽低，反反复复，没完没了……"

"有时候想想，还不如一死了之，一了百了。死之前，想见见龙山，想再见见住在村里时很要好的三个发小，还想见小时候帮助我继续上学的那位拉咱的军人叔叔……"

"我也知道自己已经得了轻微抑郁症，但我不想走到要服药的地步，我总是尽量想让自己能安下神来，像个正常人一样生活和工作。"

"但是，要从这种精神状态中解脱出来，还得要想想办法，老师！那天哥莫说的话好像给我提了个醒，哥莫不是说了吗？这个世界上，得所谓抑郁症的，多数是那些不必为钱去挣扎的人。我十五岁以后，就过着无忧无虑，无须为钱操心的日子了。大学毕业后，虽然工作过一段时间，但后来就再也没工作了。为了集中精神，还是想有份工作，这样，即使有点抑郁，那也是可控的。我想我要做的工作，最好是有望找到龙山的那种工作环境。一方面对他们的生活有所帮助，另一方面，熟悉了他们的生活状态，会让自己的心理感受得到缓解。因此，班很想做这个工作，老师！您就让我去干吧！让我跳出平常的生活环境，从经常会情绪低落的状态中挣脱出来。"

班似乎是下定了决心，说得斩钉截铁。他微微点头说：

"好的，班！我跟哥莫先商量一下，了解一下你想从事、又能干得了的工作究竟是怎样的。但是在那之前，你先要努力做好生活转变的准备。"

班眼睛盯着他，静静听着。见到班双眼的阴影少了些，他心里也宽慰了一些。他见过许多患抑郁症的病人，因为见得多了，自己也就不会受他们情绪的影响了。班虽然并不是他的病人，但她的情况让他内心感到震惊。班的目光，她说的话，好像打动了他的心，他也感到痛心。

"班！你老想'我有错！我不对！'那你就永远无法从你不想有的、不喜欢的心理状态中挣脱出来了！"

定苗刚目不转睛盯着班的双眼说。

"你认为，你们一家曾种过罂粟，所以现在要受报应啦！这是你自己的想法。我小时候也听说过种罂粟的事情，我信都不信，认为不会有这种事情。但是当了医生以后，有了这方面的责任，见过各式各样有毒瘾的病人，也就了解了各种各样的生活经历。有些地方由于交通不便，不知道干些什么才能糊口，又不能种其他庄稼，生活艰辛，不得已，才种了罂粟，这样的人，我也见过……"

"在现实生活中，单靠话语是难以阻止别人做一些事的，班！有人会说什么不管生活怎么困难，也不能去干那种事，这种人说这个话很容易，其实，他们自己从未亲身经历过那样的困难，才这么说的。"

他看到坐在对面听他说话的班，苍白的脸上有了些血色。

"不管发生过什么事，都不该一股脑儿自责，班！光是那样自责，然后抑郁，或者一味责备别人，大发脾气，都是不对的。不管怎样，老想着'反正都是别人的错'不好，同样，'不管干什么都不会有事'，明知故犯，那也不好，班！"

他停了一下，班依然沉默无语。他叹了口气，接着又说：

"在这个偌大的世界上，有许多事是我们无法控制的，是不以我们的意志转移的！班！"

"比如说，我们无法控制克钦邦的战争，也无法控制毒品的泛滥。现如今，虽然去捣毁罂粟种植地，销毁白粉海洛因，但是，打海洛因针的人依然在打。鸦片难以搞到，就用替代品兴奋剂，其蔓延扩散的情况达到令人害怕的程度。到现在，来我们医院的病人，很多都是服用替代鸦片的药片了。"

"只要停战后仍没有实现和平，要控制毒品就不容易啊！班！凡是法治缺失的地方，毒品也就更加泛滥，吸毒人员彼此间就仍会传染艾滋病毒。"

"有些事是与我们无法控制的政治问题有密切关系的，班！你是在连年战争岁月中成长的，这是你自己无法控制的政治环境。在这样的情况下，你们为了生活，曾经有短暂的一段时间干过那种事，就要为此背负一辈子的罪过，因为有负罪感而痛心不已，而那些做毒品、鸦片买卖的人，却并不认为自己有罪，不仅如此，他们还过着荣华富贵的奢靡生活。想到这些，你还会一个劲儿地自责吗？"

班没回答。但是，原本那张苍白的脸上，却泛出越来越多的红晕。

"情况就是这样，班！你管不了你父母的婚姻大事，他们夫妻间的感情纠葛、欲望，你管不了；他们为什么不为子女想想，而只顾自己的感情，你也管不了。你不必去责备他们，就像我说的那样，人人都战胜不了自己的心。责备别人为什么战胜不了自己内心的人，往往也同样战胜不了自己的心！"

"你也管不了你弟弟的活法。这个世界上，谁也无法完全操控别人的生活，班！"

"如果说，为自己管不了的事自责只会得抑郁症，那就人人都会得抑郁症啦，班！"

早晨，一阵阵微风吹拂着十二月花，花枝摇曳不停，可以看到班透出希望兴奋的眼神了。定苗刚至今还未见过这位刚三十出头的美女本应有的、炯炯有神的双眼呐！但愿不久就会看到。

"人大脑的自然性质是经不起忧愁袭扰的，班！因此，在忧愁、精神有压力时，人们会想出种种办法，努力排解这种坏情绪。有的人借酒消愁，有的人用麻醉品麻痹自己，还有些人，走到极端，觉得绝望，最终自杀，结束自己的生命。找寻排解忧愁的种种办法本身，又往往会反过来结束自己的人生。"

"这个世界上，有很多人，为了努力活着，却丢了自己的命，这样的情况多的是啊！班！"

他说完话，班点点头说：

"非常感谢您给我讲了这么多话开导我，老师！我感到心里轻松了许多。我一定努力转变我原来的想法。"

"那么，班！我们一周没见面了，你弟弟有什么消息吗？你这几天又瘦了一些，有什么困难，有什么烦心事，能跟我讲的，尽管讲好啦！"

"上周，我得到消息说在乔蓬山有人看到过龙山，我马上开车去找，但是没找到。"

"以后，这方面有什么消息，尽可以告诉我，我能帮忙的话，一定帮你！"

"您在医院忙，打扰您，不好意思啦！"

"别不好意思！只要有急事，我向医院请个假就来了！"

现在，无论是班还是他，说话心里都不会紧张了，而是可以在轻松的气氛下交谈了。另外，班还把小时候的三个发小的情况都告诉了他，还告诉他，她奶奶会跳蝴蝶目瑙舞，在家乡盖自家小屋的情况，在小村的开心事，以及她与几个要好的发小一起度过的快乐时光……还有曾经出手帮助过她的拉咱军人叔叔的事……在她讲述那些往事的时候，班显现出定苗刚从未见过的容光焕发的面容，使她似乎看上去更加年轻了。对定苗刚而言，她能如此真情相告，使他深感满意和高兴，因为他想要医治她的病，让她不再有自杀的念头。

"那么，你与三个发小，至今还没有联系上啰？"

定苗刚插话说，班点了点头说：

"与伦康已快联系上了，老师！他是在德奈的翡翠玉石矿，是我们那天一起去密松的时候，从遇到的朋友那儿打听到的。如果见不到人的话，就想托人捎给他一个翡翠白鸽坠子！"

"白鸽坠子？"

"是的，老师！就是和我现在身上戴的翡翠白鸽坠子一样的，我已经为他们三个人，每人备了一个！"班拿着颈脖上的坠子说。对于在战乱中成长的班这样的人来说，现在只能用象征和平的白鸽饰物来抚慰自己了。真正的和平究竟在哪儿呢，谁也不清楚。

"还有，给拉咱的那位叔叔，我准备了一件礼物。但是，要送到他手里可不容易！老师，我想可能要实现国内和平以后才能见到他啦！"

定苗刚听到班这一席话，就更了解克钦邦老百姓无奈的生活状况了。一直与这片土地休戚相关的人们，今后的生活又会怎样呢？他慢慢开始理解，克钦邦的老百姓不论他们主观上想介入与否，生活大多只有接受命运的安排。

谈话停了一会儿，天色渐渐阴暗，微风将十二月花花香带到了他们两人之间。

"你说你的奶奶会跳蝴蝶舞，那你呢，奶奶教过你吗？"

他的发问，让班略带羞涩地笑了笑说："当然教过啦！"

"班一定会跳。"

"当然会跳！"

班羞羞答答地答道。

听她这么一说，他真想看看班的舞姿了。

荷花池旁的谈话声停了下来。班以信赖的口气，向他敞开心扉倾诉之后，他看到了班轻松、解脱的模样，但愿这种状态在她身上长久驻留。

一阵微风拂过，墙上的十二月花摇曳不停。该回去了，但内心却因某件棘手的事而忐忑不安。

那天晚上，直到班房间的灯熄了，他仍无法入眠。

"要是她想工作的意愿很强烈，我这儿倒可以给她安排个事做做。一开始，可让办公室的女孩，或可靠的男孩，陪她一起去，做个伴。到下个月，我们会搞一个示范培训班，内容是讲做父母的该怎样防止子女吸毒；已吸上毒的年轻人，怎样摆脱毒品，学会生活技能。先教会示范的人，再让他们给别人示范。她一定会感兴趣的，对她也合适。"

"真是非常感谢哥莫啦！我就怕你那儿安排不了，现在你这么安排，那一切都妥了！"

定苗刚这时候心里一块石头才算落地，感到十分高兴。哥莫笑眯眯，频频点头说：

"唔，看来你们相互有点迷恋上了！"

"嗨！你可别随便瞎说喔！"

"为什么哪？"

"迷恋可是个大问题喔！有些爱情歌曲、谈情说爱的电影里，就反复用这个词，其实这样滥用是不妥当的！"

"咦？这就太奇怪啦！"

"每一种过分的迷恋，都是问题。迷恋上海洛因，是问题；沉迷于爱情，也是问题！凡是沉迷上一种东西，都是一个样，只是有的感到疼痛，有的不痛，就这点差别！"

"啊……什么？这可是我从没观察过的一种视角！那就请你好好解释一下吧，我的心理健康医师！"

"沉迷海洛因的人，只要一到刚开始吸食海洛因的老地方，就会自然而然，眼泪鼻涕，哈欠连天，浑身疼痛，这不是你也知道的吗？"

"当然知道啊！那不是说毒瘾引起的那种疼痛吗？那跟爱情又有什么关系啊？"

"别急，下面就来了！听着！在一个紫檀花盛开的季节里，你邂逅了一位姑娘，并与之相爱了。但后来因为某种原因而疏远了。到了第二年，当你看到紫檀花盛开时，你就会想起她来，这就与发毒瘾是一个性质，只是有痛感和无痛感的差别。所以我才说，每一种沉迷，性质都是相同的！"

"你的说法虽然还算有些道理，但是，这样一来，似乎破坏了人们那种充满幻想、感受爱情带来愉快的诗情画意的心态了！"

"我说的是过分沉迷不好的道理。当然，谁都会有自己的爱，但有人因为过分沉迷于爱情，见不到自己心爱的姑娘就不行，甚至为此无心工作，生意也做不成，生活都乱套了，浪费大把时间去幽会。由于沉迷某种东西，什么也干不成，整天就只有这一个心思，心里就会产生压力，这样的沉迷，就是病态，就成了问题！"

"每个人对自己感到满意的一切事，都会念念不忘，不是这样吗？做了一桩能给自己带来心理满足的事情，心里就会感到舒服、满足，这种心理感受传导到大脑，就会产生像多巴胺、胺多酚这样的激素。"

"这道理我也懂。"

"另外，有了精神的沉迷，其剂量也会随之慢慢增加。比如，你是一个爱出去旅行的人，正常情况下，一年旅行一次；后来就变成六个月一次才过瘾；再后来就想一个月去一次了。自己没钱旅行，还想方设法去当押，变卖东西，凑钱去过足自己的瘾头，这样跟染上毒瘾的人增加剂量是一个样的。如果不加控制，那就是病啦！"

"你这个说法，连我脑子都被你搞糊涂啦！我的爱人，是个教师，现在在高当那儿教书，我是个北漂，她是个南漂。我经常会想念她，对她不放心，那我是不是也得了沉迷症啦！"

"那倒还不至于，朋友！我们心理健康医生的看法是，要符合四种情况，才可定为沉迷症。"

"是吗？那请讲，洗耳恭听！"

哥莫急着想了解，定苗刚没有马上回答，笑眯眯伸手拿起桌上的水壶倒了一杯水，喝了一口。

今天是诊所的休息日，定苗刚跟哥莫约好在办公室旁边的咖啡馆见面，是为班的事，想让哥莫帮忙。现在，哥莫已答应帮忙，他也就放心了。

"你真会卖关子！不想说就算了，我自己会到谷歌网上去查！"

"我当然会说的，你这个人哪！先让我喝口水还不行吗？"

定苗刚拿了一杯水，仰脖一饮而尽，向哥莫发问：

"你要是见不到你的爱人，会不会全身疼痛？就像犯毒瘾那样的疼痛！"

"这可能吗？"

"你会丢下工作，不管花多少钱，有事没事找个借口去找她吗？"

"哪里有空啊！"

"那你们正常情况下，隔多久聚一次呢？"

"大概每六个月见一次面吧！"

"是不是你们先是每隔六个月见一次面，后来又变成一个月，再变成一周一次，花旅费，随便找理由，在密支那或高当，随便找个地方凑合住一夜啊？"

"是说有事去吗？"

"是说你为了要与这个女孩住在一起，有把一切都置之脑后的想法。"

"我可是个有头脑的人，这么做，不必要。"

"那你与四条原则不符合。你还没得沉迷症。"

"那还算好啊！"

哥莫满意地说完这句话后，笑眯眯地对定苗刚说：

"看来你还不错，定苗刚！不过，你在大家都是医生的圈子里总想当老师的习惯，也得改一改了。有的事情你不说我也知道。"

听了哥莫的话，定苗刚笑了。他与哥莫在岔路口分手后，骑着摩托车，想起了班的事。他倒并不想用沉迷这种词语，但是，为了班而去反复思考，确实已经开始在他的头脑中占据主导地位。他现在也能体会得到，由于母亲自杀，她的痛苦感究竟有多大了，她因此产生了想离开这个世界的念头，这不禁让他十分感叹。

据说，全世界每天约有上百万人自杀，那就是每四十秒钟就有一人自杀！甚至在佛教徒占多数且相信自杀是会被打入十八层地狱的缅甸，据统计，每年每十万人中也有两三个人自杀。

大约一个月前，定苗刚看到有关美国林肯公园摇滚乐队的歌手白宁顿轻生的消息。他吸毒又酗酒，受到抑郁症的折磨，加之童年受过心理创伤，促使他离开了这个世界，同时也抛弃了自己六个可爱的孩子以及他在音乐方面的巨大成就，令人唏嘘！

但是对于像他这样一位心理健康医生而言，这种事情并不少见。那些厚禄高官、腰缠万贯者，成就卓著、生活上样样不缺的人，也会到他的诊所来看病。有时候，有钱人和有成就的人先是产生心理压力，接着抑郁症就不请自来。

对班而言，因为她一直注意管控自己的精神状态，定苗刚还比较放心。实际上，很多已下决心自杀的人，他自己本身也不清楚自己这种心理状态，也就不会向别人透露自己自杀的念头，这样，就很可能会酿成自杀悲剧。

班现在的心理状态并没有达到严重抑郁症的阶段，不必太担心。但愿新的环境、新的工作、新的兴趣和新的希望，促使她产生继续活下去的决心。

定苗刚也不想把班作为自己的病人来看待。与她交往而产生的内心感受，目前只能藏而不露，以一个好朋友的身份，让她感到温暖，帮助她，给予她安慰。

从哥莫那儿回来的那天下午，他来到班的院子，看到班以期盼的眼光迎接他。当讲到她想要工作的事已顺利解决时，看到了她那闪光的眼神，自己也浑身轻松了，于是就习惯性地坐到荷花池边聊了起来。

因一位受过心灵创伤、叫姗娧班的克钦族姑娘而感到心情激动，密支那的冬日午后，变得暖洋洋的。

班骑着摩托车到了密支那市郊外，开进了郊野的一条背街。班前面，是一个同样骑着摩托的年轻宣教人员，后面则是一个骑着摩托车的办公室年轻女员工。

"娧班姐！你行吗？"后面骑摩托的姑娘问道。

"行！"班一边回答一边骑进了小巷深处。

一开始做这个工作，班就改变了自己原先的形象，把以前蓬松的头发压紧并拢起来，戴上黑色鸭舌帽，脸上也不抹什么化妆品，素面朝天。班上身在T恤衫外套了件男式夹克衫，下身穿上了牛仔长裤和运动鞋。乍一看，还真以为是个男孩子。原先就会骑摩托车的她，随便骑了一辆办公室的摩托车。骑摩托车要戴头盔，不骑时就戴上帽子，但要去吸毒年轻人那儿，就总是戴上帽子，尽可能不让人看出自己女性的模样。上班工作已有一星期了，了解了工作的性质。哥莫给她配备做伴的那位女孩子，每当到偏僻的地方时，总会用有点不放心的口气问："你行吗？"班总是回答："行！"

班现在才真正接受阳光和风雨，接触到社会上的人。每天都要外出工作的吸引力，使她变得更加积极而充满活力，心理健康状况大有改善。

哥定苗刚也经常给她出主意。

"班！你最好对时间做个分配，有个管理计划。什么时间做什么事，有个目标。要是什么时间干什么没计划，就会在心理上产生压力，压力大，就会有抑郁情绪。"

定苗刚大夫为了班的心理健康，避免用班不愿接受的药物治疗，而是用"话疗"开导，对此班已感觉到他的好意，向他频频表示感谢。

班曾经一个人驾驶一辆车，想去哪儿就去哪儿，也无须为生活发愁，更不受时间限制。她经常有忧愁、烦恼，而且这种感受有加重之势。但现在，天一亮，班心里就想着要去上班。对自己有机会去帮助像龙山一样的吸毒年轻人感到满足，而且在这样来来往往的过程中，说不定还有望打听到龙山的消息。与那些年轻吸毒者聊天，有时还聊得很投机，问问这，问问那，尽量劝说他们戒毒，其中有的人甚至接受她的劝告到医院去戒毒了。

现在，班可以不用开着有空调的汽车来来去去，也知道如何找到游荡在偏僻地区的瘾君子了。班的脸被阳光晒黑，模样也没有过去俊俏，身上的衣服皱皱巴巴，显得破旧，她已经融入了瘾君子的社交圈子了。工作了一整天，回到家已是日落西山。到了晚上，浑身疲乏，只要头一沾上枕头，便呼呼大睡，直到天亮才醒来。随着睡眠不良的天数越来越少，睡得香的天数越来越多，班的心理健康状况也大大改善。

班骑车穿过年轻吸毒者居住的房屋一带，在香蕉树下和路边废弃的成堆注射器旁停下车来，对着住家人喊道：

"哎……你们这些注射器别乱扔啊！要收拾到一起才好。我会告诉哥莫的，不然大家会有意见啦，说我们工作没做好。"

"是的，大姐，我们是没做好。哥莫早已经说过了！"

每当班的摩托车经过瘾君子隐蔽地一带，看到随便丢弃的成堆注射器，班也会停下摩托车说："这注射器得好好重新收拾一下，需要清理干净！哥莫也说过，一定要做好这事，不然，让别人看到了可不好，也会让别人瞧不起！"

"是啊！大姐！我们这方面有缺点，哥莫也说了好久了。"

见到躺在乱七八糟丢弃的注射器堆旁闭目养神、与龙山年龄差不多的小青年时，班就会想起龙山而黯然落泪。还有，在分发注射器时，会想到这样做是不是在怂恿坏人，脑子里就会产生该不该做的想法。班做的这些工作，有时会引起别人的误会，有人可能会乘机寻衅找茬。

一天，班去了离密支那不远的一个村。在村头，班他们的摩托车被一大群人包围，有些人手里拿着棍子、砖块，班吓得双腿瑟瑟发抖，同来的那个女孩还被吓哭了。

有些人拥上前来说："你们都别进村，平白无故害了我们村，老到我们村怂恿坏人，就因为你们发了注射器，才让他们打上海洛因的！快给我滚！"

一个五十来岁的男子气呼呼地大声嚷着，班被吓得有些哆嗦。但是，她下了摩托车，勇敢地把头盔一摘，大声问：

"哎！大叔！您是喜欢吃米饭还是喜欢吃面条啊？"

正怒气冲冲的那个大叔，听到此话，一时间愣住了，然后又大声嚷：

"你这是究竟问啥呢？正经点，开什么玩笑啊！你疯啦？"

此时，站在后面的人群里发出了嘲笑声。班此时却很严肃地朝人群扫了一眼，看了那位大叔一下，又问道：

"劳驾，请您先回答我的问题好吗？大叔！"

"当然是饭呗！米饭！就喜欢吃米饭，面条，白给我都不吃！"

那人没好气地回答。

"那么，我给大叔一双筷子，您干啥用啊？因为有了一双筷子，难道就为了用上这双筷子，您会去找面条吃吗？"

"当然不吃啊！肯定会把筷子扔了！"

"同样的道理，大叔！把打针用的注射器送给不服用海洛因的人，难道就要去找海洛因来使用这个注射器吗？这行吗？您说！"

听了班的话，人群冷静下来。

"我们不是发筷子给爱吃米饭的人，让他们改吃面条，而是因为担心常吃面条的人，要是没有了筷子，脏兮兮地用手来吃，容易得病，所以才发筷子，好让他们干干净净地吃面条啦，大叔！"[1]人群里，人们脸部的表情有所放松，有的还开始露出笑容，有的把手中的砖块扔掉了。班受到鼓舞，继续说：

"大叔，您说说你们村里想戒毒的人有几位啊？可以把他们请到医院来戒！"

"去医院就不用啦，没有什么用处。在医院戒了，一回来又会重新吸上啦！"

"这些戒不了的人，彼此共用注射器，容易互相传染艾滋病毒，有 B 型病毒[2]、C 型病毒等。大叔！我们的注射器就是发给这样的人的。大叔你们不喜欢，可以不要。对于大叔你们村里没染毒的年轻人，我们就会给他们讲解避免染毒的知识，请让我们进村吧！"

班说完话，连自己都感到惊讶。她现在才知道，自己居然有如此好的口才。班过去的生活经历中，从未正经八百干过一个工作，也没有像现在这样，如此热情，如此投入过。过去有一段很短的时间，班曾开过一家翡翠饰物店，当时，是一种卖不卖得出去都无所谓的态度，从未为挣钱而全身心投入过工作。可是，班现在是以高度的热情，全身心投入了工作。对于因海洛因而造成身心创伤的青年人，较之过去，她会更多地考虑到自己能为他们做些什么。班现在已不再仅仅关注龙山一个人的吸毒问题，而是关注怎样挽救克钦大地和全国的吸毒青年，眼界更开阔了。

---

[1] 底层缅甸人吃饭一般都用手，不用筷子，吃面条才用筷子。

[2] B型病毒指疱疹病毒。

那天下午，本来打算把班他们堵在村外的村民，也不再把他们拒之门外，终于让他们进了村。分发注射器之前，班他们先把青年和老人集合起来，给他们讲海洛因的危害性，并帮助已染上毒瘾、身体衰弱的吸毒人员。

那天班回到家时，天色已暗。经过一整天的工作，身体很是疲惫，但内心却是快乐愉悦的。一回到家，洗过澡，班站在阳台上朝哥定苗刚的诊所望去，即将月圆，班的楼房外已被月光和灯光笼罩。看到哥定苗刚诊所前的一条白色长椅上，坐着一个人，还有个人正在关门，那人估计是哥定苗刚的助手。

正当班站在阳台上观望之际，坐在白色长椅上的人也抬头朝班站的地方看。班仔细看了一眼，确定他就是哥定苗刚。班的心情很好，很想跟他说说话，便走下楼来。

班走出院子朝着白色长椅那儿走去，哥定苗刚也朝马路这边迎着班走过来。两人就在哥定苗刚诊所前的巴旦杏树下那条白色长椅上坐下来。晚上没什么雾，时值冬末，天色明朗。班把当天下午的情形说了一遍。

"说实话，当时我心里很害怕，老师！因为太害怕，都有点哆嗦了。但是，也不知从哪儿来的一股勇气，居然能把他们都说服了！"

"那么你很喜欢这种工作啰？"

"当然啰！这种工作虽然非常辛苦，可对我来说很有意义。比起养尊处优、心烦意乱的生活来说，虽然要挨太阳的暴晒，但能帮助别人解决困难，这工作就有意义啊！"

"我不放心啊！"

哥定苗刚的话让班中断了刚才的话题，看着他无语。在路灯灯光和月光下，班虽看不太清楚他的脸，却清楚地听到了他的一声叹息。

"你帮了别人的忙，可是我担心你在帮助别人时自己会遇到麻烦呢！你现在是没有自杀的念头了，但我怕你可能被别人伤害啊！"

他的声音非常沉重。班朝他呆呆看着，沉默无语。

"一个女孩子，做这样的工作很危险。吸毒者控制不住自己的，班！他们可能原本并没有这种想法，但因毒品的作用，有可能突然做出某种刑事犯罪行为。与这些人近距离打交道，很危险。在他们的活动范围内，对他们而言，你是个不速之客，而且还是个姑娘，太危险了。我说的工作，指的是你现在去向吸毒人员分发注射器的工作。不过，过不了几天，就要开办培训课，我已经跟哥莫说了，想让你参加。"

"培训课？"

"是的，班！培训的内容是，父母在子女成长过程中应怎样注意防止他们吸毒；一旦吸了毒又应怎样做，使他们不致越陷越深。你懂得了这些后，就可以再转告家长啦！"

班饶有兴趣地听他说。他又看了一眼班，继续说：

"对别人，有一颗助人为乐的心是好的，班！但是，就像生活方式各有不同，助人的方式也会各不相同。比如有一位工作很繁忙的富人，你不能去责备他为什么不出来处理垃圾，他可能会给钱找人去处理。聪明又会权衡利弊的人，自己虽然没有亲自动手，却可以出主意帮助人，怎样把事情办得更好。每个人都可以用最适合自己的方式去帮助人。现在你这种帮助的方式，不适合你的生活经历，班！”

听哥定苗刚讲完话，班陷入了沉思。说真的，在做此事之前，她就已经做过不适合自己的事情，不是吗？班的一家，本来是个过日子不用发愁的人家，就因为龙山吸上了毒，自己就不得不频繁跑心理疾病专科，还不得不去他的吸毒朋友聚集的地方寻找他。她今天去豪华旅馆顶层的水疗馆享受，明天却又急匆匆赶到医院的急诊室，心里乱哄哄的。自己的生活，自己根本无法事先作出安排。究竟什么时候才能找到小龙山？日日夜夜过着提心吊胆的生活，什么时候才能出头？而属于自己的生活也随之消失得无影无踪。

“班！”

哥定苗刚想了解班的想法，就叫了她一声。他很想了解班的决定，班也很理解他的好意并且很感激他。班微微点了点头说：

“我对培训课程很感兴趣，老师！我一定去培训班听课。”

光线暗淡，但她清楚地看到了他满意的微笑。

那天晚上，她与哥定苗刚道别后，走到家门口，只见房前盛开的十二月花在月光下微微摇曳。

内心震动

　　"自己儿女染上毒瘾，与其一个劲儿指责某某人，或归罪于某某原因，倒不如反躬自问，做父母的，为了让孩子长大后不染毒，是不是从小就关心和教育了。"

　　授课老师的话语声，清晰明朗地传遍整个教室，班听到这样的话，内心震动。

　　"在孩子八岁以前，就得注意他们的举止和心态是否有偏差、反常。发现孩子很容易生气、寻衅，非常害羞、特别恐惧等情况，做父母的就得重视、教育他们，进行矫正。要问他们为什么发脾气，有了什么样的感觉才会发脾气。要明确告诉他不应该为这样的事发脾气，让孩子改变心态。要是父母仍无法改变这种情况，就得找心理健康医生去看病。吸毒的年轻人，没有一个是今天还好好的，第二天一下子就去吸毒了。其实，在他们很小的时候，就会在心理方面暴露出一些蛛丝马迹，只是做父母的没有注意到而已。"

　　听了这席话，龙山小时候的情景又仿佛历历在目。龙山的脾气十分火暴，小时候发脾气的样子，令班的家人感到好笑，甚至感到可爱。他动辄就会与同龄小朋友吵架。记得那时阿爸非但不教育龙山以后不要跟小朋友吵架，反而会鼓励说："下一回吵架可别忍着，你先揍他！"当时，自己也认为孩子容易发脾气，不必多虑操心，也无须去找心理医生看，甚至连心理医生在哪儿都不知道……

"童年时的举止，也往往容易成为染毒的因素之一。一个人长大以后，要变成吸毒者，还有其他因素促成。也就是在三个圆圈重叠的时候就会发生那种情况。"

又听到了哥莫所讲的三个圆圈相重叠的比喻了！另外，也与青年人的生活是否自立有关系。

"年轻人太过于空闲，就容易精神涣散。对于他们，先是不该沉迷的东西，一定不要让其沉迷，一旦沉迷，就要及时让其戒掉这种沉迷。要让他们的时间被用来实现价值，所以让他们学会生活技能，掌握了某种谋生本领，就有了获得一份工作的保证。这样，就能减轻沉迷的心理，从而戒绝。"

班他们并没有为了龙山的生活能自立，让他有一份自己谋生的工作。龙山一直不用为钱发愁操心，又有很多空闲时间，阿爸和阿妈的婚姻纠纷，时时袭扰着他的心，从而使他产生自暴自弃的悲观情绪。

班从培训课结束后回家的一路上，一直十分痛心，不时想起龙山小时候的情景，禁不住泪流满面。她身为龙山的姐姐，却是个不称职的监护人，自己有不可推卸责任的心理再次抬头。她流着眼泪开车，想念龙山、担心龙山的心理压力，让她阵阵心悸，全身冒汗。本来已经多日平静下来的心，忽然又变得烦躁不安。

"嘀！嘀！"

已经快到家门口了，听到后面传来摩托车的鸣笛声，一辆摩托车超越了她的汽车。班仔细一看，原来是哥定苗刚。哥定苗刚超越了班缓缓行驶的汽车，先停在了班的家门口，等着跟她打招呼。

班慌忙地擦了擦眼泪，停了车，从车上下来。哥定苗刚看到了班的脸，担心地问："班！发生什么事啦？"

"没事！老师！"

"班！你别骗我，你刚才开车的样子很不正常啊！所以我跟在你后面过来了。你一定有什么事，对不对？"

"没事……没什么事……"

班一边否认，一边禁不住落泪。哥定苗刚没有继续追问，就让她开车进了院子，接着他也跟着进了院子。他们在悬垂着十二月花的围墙边的小石桌旁坐了下来。班毫无保留地把自己内心的感受告诉他。听完了班的倾诉，他叹了口气。

"我倒不是后悔让你进入这种工作领域，使你情绪低落。班！你不是正在尽己所能帮助其他人不会像你弟弟那样跌入深渊吗？任何人，总会有无法再改变的往事，但是说到往事，只是后悔和烦心却不是办法，班！往事同时也是创造更美好前程的动力！"

"我是猛然间有点晕，老师！之后马上得到了控制。"

"你一定要千方百计控制好自己的情绪，要想控制好，就得给自己更多的压力。班！只有对自己的内心慢慢理解了，才会自然而然变得成熟，也就不再需要拼命去控制了，人也就自然平静了，这当然更好。"

班低头静静倾听哥定苗刚的话。

"抬起头，班！"

哥定苗刚提醒班。班抬头看着他，与他清澈而温馨的双眼对视，这双眼睛让班增添了力量。

"别总这么耷拉着脑袋，班哪！希望你依然能让我看到，像前一阵那样生机勃勃、乐观的模样！"

班对他挤出了一丝笑容，就在这时，她上衣口袋中的手机响了。她拿出手机一看，是个陌生的手机号。

"来电话了，快接电话吧！我也该回去了。"

"别走，哥定苗刚，就一会儿！"

班对哥定苗刚说罢就接听起了电话。

"喂！"

"喂！嗨，你是娩班吗？我……是伦康啊！"

"哈！伦康，是你啊！"

班真是太高兴了，欣喜地叫了起来。这一刻，她好像又重回到了童年时光。她朝哥定苗刚扫了一眼，她的快乐好像也感染了哥定苗刚，只见他也会心地笑着。

"伦康！你现在在哪儿给我打电话呐？"

"我在翡翠玉石矿给你打电话，我在南宫矿干活呢！刚才我的朋友说起了你，把你手机号告诉了我，才给你打电话。你现在在密支那吗？"

"哎！对啊！"

"能跟你联系上，真高兴啊！娩班！你已经知道索昂的消息了吧！"

"哎！是拉珊告诉我的，你呢？你跟他见过面吗？"

"有一次，他有事来我们矿区，见过一次面，但就是一会儿，后来又断了音讯。"

"你在玉石矿干活，情况还好吗？你小时候可是好懒喔！"

"现在还是懒洋洋的。只要不下坑道，就到棚子里睡大觉！"

班悄声笑了笑。真是个可爱的大懒虫！老朋友！可是现在也不得不卖力干重活了。想到这儿她也就笑不出来了。要知道，下玉石矿坑道里去干活，是要冒生命危险的，班听到的传闻好像还在耳边。

"你……跟希达有联系吗？"

"当然有，她是我的女朋友啊！"

"啊！真是的。"

班就像一个小孩子一般，笑得欢喜雀跃。好像在说，瞧瞧！他们相爱至今。

"那希达现在在哪儿呐？我可想见到她啦！"

"眼下，我没法跟她联系，她上山了！"

“上山？”

“是啊！她先是在葡萄镇当老师，后来调到达杭丹去了。”

“达杭丹？”

“是啊，达杭丹。你不是听说过的么，在缅甸最北端一个藏族小村，是雪山怀抱的一个小村。那儿手机没有信号，手机打不通，所以联系不上。要学期结束后，下山了，我们才能恢复联系。”

听到伦康的一番话，似乎将班又带回到了莱沙那个地方。在离濛莱河不远的地方，她曾遇见过一位叔叔，第一次向她谈起在缅甸最北端有不少雪山，经过艰难险阻从峡谷汹涌冲出的恩梅开江和缓缓流淌过来的迈立开江，都发源于那里。每每想起那位叔叔讲过的情况，内心都感到温暖无比，可不知道那位叔叔现在究竟在哪儿？真想像那位叔叔那样，用很长的钓鱼线去钓冰水鱼。叔叔当时曾鼓励自己说，只要努力，总有一天会到达那儿的。不过，至今班还没有去过，而现在才听说，跟自己要好的希达莎尔倒已经在雪山脚下一个名叫达杭丹的小村了。

班一边听着伦康的话，一边向哥定苗刚瞥了一眼，只见他在离班坐的地方不远处的荷花池边溜达，不时抬头看一下班。显然，从他的目光里可以察觉出，他为她感到高兴。他在向她介绍伊洛瓦底江历史的时候，曾说过伊洛瓦底的含义是爱的使者。

那一瞬间，班感到过去、现在、将来这三者好像融汇在一起，从而使她内心镇定。过去，想起要感恩那位大叔；现在，是与敬爱的哥定苗刚在一起，并且与久别的发小重新联系上，说上了话；今后，则相信一定有望与心爱的人重逢。这些乐观情绪，冲淡了班的心理压力、悔恨和忧虑。

"娆班啊！索昂还在等着你啊！小时候，他就喜欢你，你不是知道的吗？哈哈哈……"

伦康边说边哈哈大笑，班就微笑着说：

"对我来说，索昂是朋友，像兄妹一样相处。我也很惦记他呢。"

"我知道你对他没有产生过那种爱，娆班！那么，你现在有男朋友了吗？"

"我还没有。"

"哎哟！透点风声嘛！"

这一回，轮到班笑了！

"有没有你已经看中的人了？娆班！"

"还没有呢！"

"怎么你连希达那样的水平都不如呢？希达对我可是完全控制，她说要我死，我就死；要我活，我就活。她说明年可以结婚，我就一点一点地攒钱。不想太卖力去挣钱，你知道，这多累人哪！"

班哈哈大笑。轻松高兴的时刻往往非常短暂、难得，伦康有事要先告辞了。

"班！我得下坑道了。老板在喊了！"

伦康的声音一下子变得沉重起来。

"等等，就一会儿！你把希达的手机号告诉我！"

"好啊！我给你发信息吧。但是，现在她的电话可打不通喔，要等她下山后，才通得上。"

"那么，有索昂的电话吗？"

"他的电话变了，我与他也已好久没联系了。但是，即使你有电话号码也别打，回头该会说你违法什么的啦！"

班深深叹了口气！

"我有件礼物要送给你们，怎么给你啊？再说，跟你怎么见面哪？"

"只要我去了德奈，就可以到密支那去看你，但是，还得好久呢。如把东西送到矿里来，我想对你来说，恐怕也不易吧。我得走了，就这样啦！"

"嗨！你可千万别去碰毒品啊！就算得来不费什么事，再便宜，也千万别沾啊！"

"哎！我不沾。"

电话挂断了。

班放下手机，抬头瞧了瞧哥定苗刚。他微笑着走到班跟前，然后又笑着注视着她说：

"你好开心啊，是吗？"

"是的！老师！他就是伦康，我曾经对你说到过他的。"

"我记得。班，看到你那么开心，我也很高兴。"

班微笑着安静下来，心想："总有一天，能联系上龙山的！"她再次给自己鼓气。

"快乐也好，伤心也罢，都是人之常情。今后你每次面对这样的社会现实，但愿我都能在你身边与你共同分享。"

哥定苗刚正视着班的双眼，悄声说完之后，又将目光转向十二月花。

除了平静和静谧外，此时此刻，任何言语都是多余的了。班这时才开始真正体会到哥定苗刚对自己的感情。

黄颜色的！黄颜色的！

办公室墙上，挂着一张缅甸大地图。班看到地图上插满黄色的大头针，她叹了一口气。

地图上用黄色大头针标明了服用兴奋剂药片人数的村子。每根针代表十个人，插了十根针的村，就表明有一百个人使用兴奋剂。我的老天爷！有的村竟然还不止十根针。

"班！你对什么东西感兴趣？"

班听到从背后传来哥莫的声音。哥莫已站到班身旁，边看着地图边说：

"这些大头针就是负责这个地区的我们的员工插的。"

"是啊，哥莫，办公室的人说了，我才知道。这些村里竟然有这么多人服用兴奋剂药片，让人难以置信！"

"有的村全村人都服用，班！有的村弄不到鸦片，就改用兴奋剂来替代。”

班既吃惊又难过，默默无言。

“姗娩班女士！其实你是在跟两个‘魔鬼’做朋友呐！”

哥莫的话让班竖起眉毛，不解其意。哥莫是个会说些奇谈怪论的人。

“虽然听到过鬼的故事，但真要见到鬼，好像很难啊！什么法治啦，民族和解啦……这些词虽然也经常耳闻，要真正看到实施可就难啦！不是吗？就连你的两位朋友的名字，也很巧合，一个其中两个字为‘梭莫’[1]，另一个其中两个字为‘定苗’[2]，不是吗？”

哥莫开玩笑，有说有笑，班也被逗笑了。笑完后就感到胸闷，深深叹了一口气。哥莫看了一眼手表说：

“快下班了，我得早些走，班！我得先去医院叫上哥定苗刚一起去机场。”

“是去接客人吗？哥莫！”

“是的，班！今天哥定苗刚的大舅要来，他只有摩托车，讲好要用我的汽车一起去接。”

“哦！那就坐我的车去接好啦！我们还是邻居，更方便啦！哥莫家离得远，要专程去一次，我就方便多啦，顺路！我去叫哥定苗刚，坐我的车，一起去接他的客人，然后就一起回家。”

---

[1]　“梭莫”缅语义为“管治”。
[2]　“定苗”缅语义为“和解”。

"那就 OK 啦！这就更方便了，谢谢你，班！"

班跟哥莫告辞，提前一点时间下班后就去接哥定苗刚。哥定苗刚既惊讶又高兴，还有点不好意思地说：

"谢谢你，班！你专程来一起去机场接人，太过意不去啦！"

"这么说，你对我的一切帮助，我也很过意不去，以后就不敢请你帮忙啦！"

"好！好！那以后咱们俩，就谁跟谁都别客气啦！"

哥定苗刚坐到班身旁的副驾驶座位上，边系好安全带边笑着说。班开车朝机场驶去，又想到了那奇妙而不可思议的关于缘分的故事。在民族武装克钦独立军中，班与两个人有个人情感关系，而哥定苗刚则是一位国防军退伍军官的外甥。他们都是在这块土地上出生长大的，由于种种原因，他们又互相来往发生联系，这是这块土地上的人们注定的命运。但是，就如同命运也不都是十全十美的那样，班也开始理解了自己内心惴惴不安的那种感觉了。武装对峙的双方，都有自己的理由，只要双方坚持这种理由一天，班的大地母亲上空，子弹就还会横飞。哥定苗刚说过，谁都向着自己选择的一方，千方百计让它发展壮大。如果拼命为了自己发展壮大而让别人付出生命代价，那又该怎么办啊？喔！对于政治，班可一窍不通，那班的想法，究竟有多少是对的呢？

班想着想着，叹了口气。哥定苗刚瞧着班说：

"班！你究竟在想什么呐？"

"想已加入了克钦独立军的索昂，还有曾资助过我的克钦独立军的一位成员，还有就是我们现在去接的那位国防军退伍军官叔叔，东想西想呗，老师！"

"那就是想到了各种不同情况以及它们之间的因果关系啰！有人说，把不同的情况揉合到一起，会变得非常美妙呢！班！我的大舅过去也遇到过非常美妙的时刻，希望我们也能遇上！"

"现在我就希望遇到美妙的时刻，可是离得还太远了。老师！那位老先生，你是不是叫他大舅啊？"

"是的！班！我大舅是我妈最大的哥哥，与我妈年纪相差很多，比我妈大十五岁。我妈是家里最小的女儿，大舅是最大的儿子，就相当于爷爷那般年纪了，所以我小时候以为他是我爷爷呢！"

"那这回，你大舅准是惦记你，才到你这儿来玩的啦！"

哥定苗刚笑了笑说：

"也不全是因为惦记我而专程到我这儿来的，班！因为我大舅曾在密支那工作过，有很多要好的克钦族朋友，一直保持来往，我调来这里工作之前，大舅就经常来克钦邦。"

"那以后，你大舅有事要出门，就叫我，我开车送他，老师！"

"谢谢啦，班！"

一路聊着，不觉车已离机场很近，班将车子拐进了机场。

　　　　　　　　　　　　　　等待花开之时

会跳蝴蝶目瑙舞的佳亚告

飞机掠过伊洛瓦底江江面，降落在密支那机场。

当飞机靠近伊洛瓦底江江面时，吴通达一看到那黄澄澄的江水，就不禁连声叹气。不知在遥远的江河上游地区，究竟挖了多少矿石，才让这条江水变成这般颜色。依他个人的愿望，伊洛瓦底江应该保持她天然的美才好。

他每次回克钦邦，总会回忆起多年以前发生过的事情，以至于感到自己心态似乎变年轻了。在这块土地上，他年轻时驻防过一次，后来年纪稍大时又来过一次，对他来说，这块土地他既熟悉又感到温暖。每当回到这里，就好像又想起了与他的战友曾经一起度过的难忘岁月，也会想起一度进行的和平谈判，以及与克钦独立军的将军们多日友好相处的情景。另外，还会想起曾经让他心动过的一位克钦族女人。想着想着，他会情不自禁，感到自己变得年轻起来并且心旷神怡。为此，他又觉得有点对不住自己已经过世的妻子。当然，年轻时那种心动，也只不过是内心一晃而过的念头，但是时至今日，他不得不承认，依然铭记在心，挥之不去。

当听到飞机轮子"咚"的一声时，飞机落地了，正沿着跑道飞奔着。从舷窗向外看，只见密支那冬日的午后，天色灰蒙蒙。

站在机舱门口，密支那冬日凉爽的风迎面吹来。坐了长时间的飞机，吴通达已有些疲惫，经凉风吹拂，反而神清气爽了。一下飞机，他就朝候机楼走去，寻找定苗刚。只见定苗刚站在候机楼的出入口正向他挥手。外甥任何时候只要与他一见面，总会笑脸相迎。他对这个外甥，就像是对亲儿子、亲孙子一般疼爱。

吴通达边向定苗刚招手，边向他走来，注意到他的身旁还有一位姑娘。当他见到这位姑娘的一刹那，忽然感到她与一个人的长相似乎很相像，而且越走近，就越肯定了。这位姑娘的脸与他曾魂牵梦绕挂在心上那个人的脸，特别相像。

"大舅！坐飞机坐累了吧！"

"你是跟我开玩笑吧？孩子！就这么一会儿的工夫会累吗？在仰光挤公交车可比这还累呐！"

如往常一样，舅舅与外甥见面就如同朋友间相会。

定苗刚接过吴通达手中的提包，又朝着身旁的班看了一眼说：

"班，这就是我大舅吴通达！大舅，她是我的邻居，也是朋友，叫姗娩班。是我让她帮忙开车来接您的，因为大舅您太小气不给我买车，才让我这么没面子，只好去求人呐！"

"怎么，要我买车给你，我是财主啊？你的车就得自己买！这家伙，一见到我这个大舅就想讹我！哦，谢谢你帮忙啊。"

"不客气啊，大叔！"

班笑着说。他觉得她的脸，越来越像自己心中铭记的那个人的脸了。

"那我妈呢？她身体好吗？大舅，她对我有什么嘱咐吗？"

"你妈呀，身体好着呢！本来想跟我一块儿来的，因为孩子们要考试，走不开。你跟她不是通过电话了吗？你还想问点啥呢？"

"其实我是想问问，妈有没有让大舅带来点什么炸的啦，炒的啦这些小零食呢！可一见面，先问这些不是不好嘛，那当然得先问大舅您身体好吗！"

"哈哈！不说它啦，反正你妈让我带的，全都带来啦！"

吴通达乐乐呵呵，与定苗刚一起走出了候机楼。

吴通达到密支那后的一个月色明朗的夜晚，班和哥定苗刚一起在目瑙广场边散步边聊天。

那天晚上，虽非满月当空，但月光却把整个广场照得清澈如洗。广场上灯光比月光更为明亮，但目瑙柱顶端上空，不是很亮也不刺眼的月光，却更让人感到安详而宁静。

这天下午，与朋友们相约去龙卡巴餐厅聚会的吴通达，坐上了班的汽车赴约。吴通达住在密支那的日子里，他的外出活动交通分别由哥定苗刚和班来负责。有时候用班的汽车接送，由哥定苗刚驾车，班想让哥定苗刚把车管起来，他却拒绝了。跟年轻人很合得来的吴通达，很快也与班熟了。就像哥定苗刚一样，吴通达平易近人，没有一点架子。

他们因为要等候与朋友们聊得正欢的吴通达，就走进与餐饮店院子相连的目瑙广场，边走边聊。目瑙广场的一角，有人像是在安装音响什么的，班他们就在离舞台较远处溜达。

"老师！大叔走路很轻快，看起来身体很棒，人也不胖。"

"我大舅每天一早有散步的习惯，吃东西也很注意，油腻的不多吃，多吃蔬果。另外，他总是心胸开朗，处理问题公道，从不偏袒一方。他心态乐观，还总说悲观、负面的情绪等会影响健康，加快衰老，影响寿命。"

"那大叔有多大年纪了？老师！"

"班，你猜猜？"

"唔！已经退休了，那得有六十二岁了吧！"

"他六十八岁了！班！"

"喔！是吗？真看不出啊！"

班惊讶地咕哝着。在机场远远看到时，他走路的模样，像个年轻人，加上个儿高，身体结实，就连六十岁都不像呐！

"我大舅没儿没女，我又是个没爹的孩子，他就把我当儿子看待。我妈又在外地工作，不能和我住在一起，还说她即使退休了也不会住到我这儿来。我大舅要由我来照顾才好，不然，就没有别人照顾他了，因为我舅妈也早就去世了。"

班听了定苗刚的话，对定苗刚家的情况感到有些惊讶。吴通达从国防军退伍后，曾在一个部门当头儿，却不见他高官厚禄，官气十足。哥定苗刚也是个很本分的人，但班曾听到过很多传闻说，某些人当了大官，大发横财，令人难以置信。而老百姓听到这些，就为此感到痛心，不是吗？克钦邦老百姓听了那些传言，也曾产生过不信任感。

"班！你在目瑙纵歌节上跳过舞吗？"

哥定苗刚抬头看着巍然耸立在月光和灯光下的目瑙柱，问班。

"从来没在密支那的目瑙纵歌节上跳过，老师！但在村里的目瑙纵歌节上跳过。"

"目瑙舞跳起来难不难哪？班！"

"人们一般都认为不难跳，其实是难的，老师！乍一看，以为只要跟着前面人的脚步动作一样做就行了，真的跳起来，每个人的伸腿、步幅，都会有差异，老师！都要合上节拍伸腿就有点难了。再说我们克钦族人是没有独舞的，但是我奶奶却会跳别人不会跳的蝴蝶目瑙独舞。"

班一边向哥定苗刚说，一边思念起了佳亚告奶奶。抬头向目瑙柱望去，只见银光四射的月亮已高挂天穹。也就是在这样皎洁的月夜，才会让人好像又看到了奶奶的双手像蝴蝶翅膀一般舞动着。皮肤白净、身材轻巧的奶奶，摆动着身子，手指头和脚指头优雅地活动着，非常好看。在舞动的时候，眼含泪珠，在月光下闪闪发光。奶奶那双眼睛着实令人着迷，她薄薄的嘴唇好像老挂着一丝笑容，但眼神又好像有些哀伤。一对略显柔软下垂的耳朵上，晃动着银耳环，手腕上银手镯也因月光的照射而闪光发亮。这样令人欣喜若狂的场景，至今依旧深深地刻印在班的脑海中。

"那，班你呢？你会跳这个蝴蝶目瑙舞吗？"

"奶奶教过我，跳是会跳的，但是，没奶奶跳得那么好。"

"班你跳起来一定也很好看的！"

"我已好久没跳了。再说，现在也没有了那种高兴得想跳舞的心情了。"

两人都没再接下去说话，继续默默走着。他们走过克钦传统文化中心委员会大楼，慢慢绕着目瑙柱走。哥定苗刚对班提了一个问题：

"班！你恨缅族人吗？"

班轻轻摇了摇头说：

"我不恨！老师！没有恨的理由啊。无论是缅族，克钦族，还是其他所有各民族，我们都一起生活在我们闹不清楚的政治状况下。我们居住的土地互相毗连，又互相取长补短，不是吗？一方与一方了解的情况不同，彼此的想法自然也就有差异。所以，对方了解的情况与自己了解的情况，又有谁能保证在多大程度上是对的呢？据我所知，人们是无法抵挡自己身边熟人圈子对自己思想和想法的影响的。所以我认为，这就有了所谓偏听偏信这个词，老师！无法跳出身边的圈子从更宽广的角度思考的人，不是往往就会偏听偏信了吗？如果坚持这种片面的观点，认为接受自己身边熟人圈子想法的人才是自己方面的人，那么就会对另一方产生憎恨情绪，不是吗？"

等待花开之时

"我倒是都喜爱。"

哥定苗刚的话使班竖起了眉毛略显惊讶，而他却笑眯眯地看着班，然后，非常坚定地说：

"无论是像你们那样有克钦族血统的，还是其他民族，我一律以友善爱心相待。有些民族忠厚诚实得令人怜悯；有的是诚实而机敏；有的简直老实得有点蠢笨；有的因为他们生活的圈子太狭小，人数又少，对外部世界的情况知之甚少，就去笃信某种不该信的东西，去相信某些不该相信的事情。不管怎样，友爱是无法装腔作势的，要是有憎恨，就应该消除，不记仇。"

哥定苗刚说完话，轻轻叹息了一下。

班抬头看了看目瑙柱顶端上空的月亮说：

"我对谁都不恨，但对战争，却恨之入骨！老师！只要有战争，毒品泛滥也就难以控制，不是吗？一个轻易就可搞到毒品的社会环境，正兴高采烈地欢迎那些没有一点谋生技能、生活又没有着落的年轻人呐！到了那个时候，像龙山那样的年轻人……喔！岂止是年轻人啊！"

班想起了龙山，她的嗓音有些颤抖，声音也沙哑了。要是月亮能捎信的话，很想让月亮捎个口信，让龙山快点回到自己的身边。每当想起龙山弟，班的心就好像被撕裂似的，全身瘫软，呼吸也急促起来，不得不深深地吸口气调整心情。

"现在何止克钦邦，缅甸全国各地能获得毒品的社会环境越来越扩大，班啊！虽然我们不能改变这种环境，但给年轻人传授知识、技能，对成年人宣传教育孩子的办法，我想这些是我们能做得到的。不要去想那些做不到的事，让我们集中精力去做我们能做的事！班！"

脚步渐渐放慢下来，他们俩都陷入了沉思。开始飘起雪花，密支那一月初的夜晚依然是名副其实的冬天，虽然说只有飘了雪花才称得上真正的冬天，但依然没感到刺骨的寒冷。

"班！从你的言谈中，看出你很喜欢你奶奶！你说话时经常会提到你奶奶的情况。"

班明白这是哥定苗刚想转移话题。在如此美妙的冬日夜晚，与其谈一些沉重的话题，不如说一些轻松、开心的事情。

"我小时候的偶像既不是阿爸，也不是阿妈，而是奶奶。奶奶很注重保护古老传统，心地善良又有魄力，也热爱艺术。凭我的感觉和记忆，她是一位十分有魅力的女人，老师！她虽然年纪轻轻就守寡，可依然那么持重而有风度，是个受人敬重的妇女。小时候，每当村里举办目瑙纵歌节，人们都说我奶奶舞跳得最好，老师！还有人说，她虽然是寡妇，但看上她的人依然好多呐，可我奶奶都不为所动。"

"克钦族的节日很多哟！总是那么开心、热情。"

哥定苗刚一边微笑着听班讲故事一边插话说。

"我们克钦族人认为，为了生活过得快乐，艺术是不可缺少的。老师！还有……"

"你们在讨论艺术啊？"

从背后传来了吴通达的说话声，两人都回过头来看。

"大舅！客人都走了？"

"是啊！都回去了。所以我想到目瑙广场来一起散散步呐！"

吴通达回答哥定苗刚后，也跟他们并肩散起步来。班居中，哥定苗刚和吴通达分别在她的两旁。

"咱们再走一圈回去！姗娩班姑娘，回去可就天黑了，行吗？"

"行！大叔！"

班微笑着回答。她对依然灵活机敏、身体健壮的吴通达，凝神看了一眼，又想起了自己的奶奶。要是自己奶奶现在还活着，该有七十五岁了，比起吴通达来，要大七岁呢！但是不知什么原因，自己一下子会把吴通达和奶奶联想到一起。也许是因为奶奶在世时，也像吴通达那样，看上去显得年轻的缘故吧。

"姗娩班！刚才听到你们在谈到有关艺术的问题，大叔对艺术也很感兴趣，你们接着谈啊！"

"我们谈到了克钦族人对待艺术的态度。大叔！对于班这样的克钦族人来说，学习艺术并不困难，可以无师自通，自然而然就会了。我们的各种仪式、聚会活动中，一般都会跳传统舞蹈。据说，在很久以前，我奶奶都还很小的时候，即使在葬礼上都有称之为'格波东'的葬礼舞。这种舞，我都没亲眼见过，是奶奶对我讲了，才知道的。"

"我奶奶跳舞跳得特别好，大叔！她会跳别人不会的蝴蝶目瑙舞，是她一个人的独舞！"

"蝴蝶目瑙舞！"

吴通达低声咕哝着。

此后，三人都不再说什么，大家都默默走着。一会儿，吴通达看着班说：

"姑娘！你老家是在密支那吗？"

"不是啊！大叔，我出生在孟密镇的一个村子里。"

"是吗？大叔我年轻时军官学校毕业后当少尉，曾在那一带驻防过。也像现在这种皎洁的月夜里，埋伏侦察，曾经看到过那里一大片破败的村落，至今还忘不了那种凄惨的情景。"

吴通达说话的声音，表达了他的一种忧伤无奈的心情。班凝视着他，在月光和灯光的映衬下，他的脸分外温柔。这样温柔的面容，她过去在白天的阳光下也曾见过，那是在濛莱河畔那个叫莱沙镇的地方。

"那么，你奶奶怎么称呼啊？"

"她叫佳亚告，大叔！"

"佳亚告！"

吴通达悄声重复着，抬头望着目瑙柱顶端的月亮。喔！吴通达双眼在月光下的神态，多么像奶奶那双明亮眼睛的神态啊！

班又怀念起常用忧伤的眼神仰望天空月亮时的奶奶，她凝视着吴通达。

就像目瑙柱上空明亮的月光一样，吴通达的住房周边月光也皎洁如水。大约在五十年前，通达少尉和一些官兵，曾埋伏在一片破败村落附近进行侦察，那一晚月光明亮。

不管世界上的人、事和时间有多么大的变化，唯一不变的是天空中那始终一视同仁、普照大地的一轮明月。

人世间，人们的立场各有不同，感受也各异。有的，不仅是差异，而且生活状态是决然对立的。然而，只有月光，它是不分阶级、不分地点、不分彼此地洒向整个世界。

那天晚上，他们这个排在月光下设伏侦察，同样，对立方的武装组织也处在高度警戒状态。月光下，一边看着这片破败的村落，一边思念起自己的亲人，而对立方的武装人员也会是同样的心情。撕去表象，他们内心的感受估计是没有多少差别的。

这一晚，通达少尉在他们排负责的山坡上，俯瞰着一大片破败村落发呆，心里难受，甚至没有打一个盹，一直睁着双眼发愣。

月光笼罩着整个大地。月光下，只见一大片破壁残瓦、摇摇欲倒的房舍、佛塔塔顶和寺院顶部装饰物以及它们上面隐约可见的藤蔓和野草。

这个村子曾经一度是孩子们欢乐玩耍的地方，是村民举行集会和庆典的地方，也是充满佛塔悠悠铃声和寺院传出的、表示村民劳作时间的大木鱼声的地方，那是一片多么宁静祥和的地方！而现在，一切都销声匿迹了，留下的是一片破败凋零的废墟。除了风吹野草发出的咻咻声外，就连狗吠的声音也听不到，一片荒凉与寂静。

大约在八个月前，就在此地，国防军与一支对立武装发生激战。当地村民，不得不舍弃曾怀抱希望用双手盖起的房舍，离乡背井而去。他们舍弃了用血汗钱换来的心爱的家什和用具。而现在，那些物件、房屋墙上的弹孔里，早已积满了厚厚的灰尘。场院里已是荆棘丛生，面目全非。

这是他第一次看到如此破败的村子，心里特别难受。

那天晚上，就在月色的映照下，他整宿都睁着眼无法入睡，直到天明。

此后的又一个晚上，他们被派到离这个破败村子稍远、有人居住的另一个村子去执勤。

他和一个战士一起走进村子。因为是满月日的首日，月光把小村照得透亮，进村小道在月光下泛着白色，小道两旁的橡草随着冬日的凉风摇曳不停。在进村小道尽头，打谷场与一块庄稼地的附近，他看到有火光。慢慢靠近，才发现火光来自火炉。只见蹿起的火苗和月光映衬下，有四个女孩子。

"不对！手要这样那样举高！要这样，这样……要这样举！不是见过蝴蝶展开翅膀飞的样子吗？就得展开双手举高，模仿蝴蝶展翅飞翔那样去跳舞！"

一个既温柔但又刚强有力的声音，随着冬日的风飘到了通达少尉站立的地方。正在教三个小姑娘跳舞的那位妇女，伸出柔软的双手，做出像蝴蝶展翅飞翔一般的动作，她的左手戴着银手镯，耳根处戴了一对大大的银耳环，在月光和火光下，闪闪发光。就在那一刻，他的心不知不觉如同蝴蝶展翅飞翔般咚咚地跳个不停。这是他人生中第一次听到自己的心跳声，也是他始终忘不了的心跳声。

"上尉！是克钦姑娘们在学舞蹈呢！真漂亮！嘿嘿！"

与他一起来的小战士很有兴趣地抬头看着年轻的克钦族姑娘，并低声与他交谈着。他对那三个小姑娘并不感兴趣，却被正在教跳舞、手指异常柔软的那位妇女所吸引。每当一阵冬日的风刮来，火炉的火苗随之晃动，她那银色的耳环和手腕上的银手镯，也会随着月光一闪一亮。还有她那薄薄的嘴唇和莞尔一笑的表情，虽然只有一瞬，可是通达少尉却已将此良辰美景深深印刻在自己的脑海中，多少年也无法消失！

"上尉！那位教跳舞的妇女，好像年纪大些。"

那年轻战士走到他身边，小声地嘀咕了一句。可在通达少尉的眼里，却似乎只看到这个被认为年龄稍大的妇女。对于年龄二十多岁的少尉而言，那位妇女的美丽是一种庄重成熟的美，且相当有魅力。

在这个月光皎洁的夜晚，当他悄悄回撤之时，他的双腿好像变得沉重起来。他沿着泛白的小道往回走时，忍不住频频回头张望。等到有一次回头，已见不到那火炉的亮光了，心中却感到若有所失，疲劳、气馁感也油然而生。

"长官！小心绊着脚呀！"

小战士注意到他的异样变化，也有点跟他开玩笑的意思。那晚，他人虽是回到了宿营地，心却还依然留在了那小村的打谷场上，留在了火苗闪亮的火炉边那个舞姿优美的女子身上。

　　这一晚他没有去站岗。虽然看不到那个破败的村寨，但一整夜却睁着眼，直到天亮。

　　打那天之后，通达少尉只要一有空，就找理由挤出时间，频频到那个小村去。

　　走到村入口处打谷场旁她家附近，总会见到她坐在家门外的土织布机前织布。她那庄重而精致的面容，使他不敢贸然靠近，只能离她远远的，偷偷注视着她。就这样，"她不知情，我却暗恋"的生活过去了许多天。她穿着土布黑色长袖宽松厚上衣和半新旧黑底花纹克钦族筒裙，模样虽未加任何修饰，却让他内心感到分外温暖。头发取中分开，脑后梳成一条粗辫子盘拢，让脸蛋儿清晰示人。脸的两旁，两个大大的银耳环不停地晃动。这种摇摆的姿势，简直可为她写一首优美的诗篇！当时他估计，她的年纪三十几岁。

　　他暗恋着她。这样的生活已经有了相当长时间，之后一天，他终于鼓起勇气，走到了她家附近的打谷场，见她正在踩着稻谷脱粒。她穿着一件半新旧、较短的克钦族筒裙。她那踩稻谷的模样，就不是那种软绵绵的了。在月光下看起来是那么柔软的她，在阳光下，却展现出一派健壮、充满活力的身躯。在上

　　　　　　　　　　　　　　　等待花开之时

午阳光的照射下，她的脸泛出红晕，前额渗出了许多汗珠。

他鼓起勇气走近打谷场，向她走去。他自己的额头上也渗出了许多汗珠。他身上穿着军服，心想不知她会怎么看自己。

"嗨！站住！"

突然听到一声清脆而坚定的喊叫声，原来她已经发现了他。

"嗨！就在那儿站着别动！别再往前走！"

她睁大眼睛看着他并吆喝着。

"啊哦！我……我……是这一带执勤的军队的，我是想来帮忙打场脱粒的。"

"不行！打场脱粒的地方，不许外客进来！"

"那……那是为什么啊？"

"稻谷容易坏掉！"

"啊？"

"这是我们村里的规矩。"

他不知如何回答好，就只好站在打谷场边上，呆呆地瞧着她。她以为他已走开，继续在场上打谷。过了一会儿，又回头瞟了他一眼：

"咦！你……你怎么还没走啊？"

"唔……我就站在这边上，不可以吗？我不会进打谷场的！"

"那么，你得把鞋脱掉！"

"啊？"

"打谷场的地方，不许穿鞋！"

"啊？为什么？"

"怕稻谷会坏了！"

他理解村里定的传统规矩，就不再问什么，脱下了军鞋。她则旁若无人、专心致志继续干她的活。那天，他在打谷场旁脱去了鞋，就这样，一直站着看着她。忘记了疲劳，也不感到寒冷。对于他能获得站在一旁观看的权利，他心里已感到莫大的欣慰和满足。而她却心无旁骛忙着干自己的活，干完活，瞧也不瞧他一眼，转身就往家走了。

他们这个排，在那个地方执勤的时间一共四个月，可是他只觉得时间过得飞快。在这段时间，他虽然一次又一次去看她，但多数只能满足于在远处注视她。随后，他曾经下决心想要突破这个限制。在一个冬日的午后，他又去看她，可这一次却让他从此有了一块心病，这个心病多年来一直伴随着他。

这一天下午，他来到了她家的附近。时近黄昏，虽落日尚有余晖，可已开始有些许凉意，他的全身却因心潮澎湃而一点也没有寒意。他远远已看到她在自家门前织布的身影，站在小山坡竹林背阴处，鼓励自己鼓足勇气要跟她说上话。当他正准备迈步朝她走去时，有人突然扯了一下他的裤腿。他停下脚步一看，原来是个三岁左右的男孩。他笑着问那个小孩：

"孩子，你是谁家的啊？"

"是那家的！"

孩子小手指着那织布的人家。

"哦！孩子，你就是那家的啊？"

"是的！"

"那你家人叫什么名字啊？就是在织布的那个人，她叫什么名字啊？"

"她叫阿努……"

他的头脑一下子蒙了。"阿努"正是克钦族人对妈妈的称呼！

"那她是你的妈妈吗？"

"是的！"

一下子他竟不知再问什么好了，也不知该怎么办了！

倒是那男孩睁大了眼睛一直看着他。他就鼓起勇气微笑着继续问：

"那你爸爸呢？"

"我爸到好远好远的地方去了！"

那天下午，他的希望已经随着冬日的寒风飘散而去。在即将离开之前，他总想问一点他想知道的东西，于是就问：

"你妈妈的名字叫什么？"

"佳亚告！"

他就仅仅记住了这样一个简单的名字，离开了这个地方。正当离开之际，他隐约听到从她家里传出了呼唤声："儿子啊！回来，快回来！回家吃饭！"

他走出村外，不觉已是黄昏日落。那天晚上，是个无月光之夜，循着小道往回走很是费劲。尤其是这个冬夜，异常寒冷，冷得浑身发抖，他体内的热气差不多散失殆尽。

通达少尉的排撤离前线前的一个晚上，通达少尉无法打消想最后见一次佳亚告的念头。

那是一个月圆之夜，月光异常明亮。他沿着通往她的村头小屋的小道走进村，内心有些伤感。

她家附近的小山坡上，他站在他经常站立的竹林边，四周都被月光照亮，从山坡往下看，可看到她的小屋静静匍匐着。月光下，清晰可见小屋前的竹榻上，有一架她常侍弄的土织布机。要是在白天，那架织布机在她的操作下，总是熟练地织着布，但现在是夜晚，织布机孤零零地被搁在了一旁。他曾多次默默注视过她织布的样子，她的模样已深深刻印在他脑海里。从此以后，可就再也看不到她了。

离他站立之处不远，风吹过竹林，竹叶嘘嘘作响。季节已在交替，冬季之末，暑季将来临。那些在风中摇曳不停、环绕小屋四周的竹林，竹叶互相摩擦，发出沙沙之声，犹如在演奏一首美妙的夜鸣曲。一些树枝和树叶，在风的吹拂下，借助月光，闪闪发亮……屋前的打谷场，则在树影的环抱下，显得空旷、洁净明亮。

他呆呆地望着小屋，长长叹息了一声，接着打算走出竹林。就在此时，看到小屋的门吱呀一声开了。

月光照到了半开半闭的门口，一直照进屋内，只见她站在月光下。他几乎屏住呼吸，依然站在竹林边的阴暗处，远远看着她，她却好像并没有看到他。她站在屋门口抬头看了看月亮，之后出了屋门走到打谷场。

她穿着浅红色的上衣，黑底红条的短筒裙系得较高，显得身材苗条，动作敏捷。她好像比平时看到的更加快乐，不知是不是因为月光皎洁，才使她那么开心？

月光下，她那黝黑的头发反射出光亮，不像白天看到的那样都聚拢在发髻里了，是松散着的。一些散碎的头发自然地垂在脖子旁边。月光下的她，看上去完全变了模样。

她走到了打谷场的中央就停住了脚步，抬头仰望了一下月亮，使他有机会更清晰地看到了她的小脸蛋，那当然是他怎么也没有机会抚摸到的脸蛋啊！

她一边仰望月亮，一边朝月亮伸出柔软的双手，踮起脚尖。哦！真太美了！她突然踮起脚，身子转了一圈，还轻轻发出了笑声，微张的嘴巴内如星光闪烁一般，露出了满口整齐洁白的牙齿，连她的胸部也在抖动着。

看来，她以为周围没有人，在微风吹拂的月光下，可以放开手脚，自由自在任意扭动身躯翩翩起舞。她的双手像蝴蝶展翅一般分开两旁，轻轻抬起脚尖，跳起了他平生有幸第一次看到的蝴蝶目瑙独舞。

伴随她自由自在、轻松愉快的舞蹈以及他的心跳声的，是九天陨落闪闪发光的小星星，簇拥着为之伴舞；竹叶和树枝间相互的摩擦声，是夜鸣音乐的伴奏；树木的阴影随风摇曳摆动，则是鼓掌表示欢迎。只有他一个人站在竹林阴影下，呆呆地看着这幕美妙场景，如痴如醉。他真想放声大哭一场，可是嘴角还带有笑意，只是双眼却渐渐朦胧起来。他痛苦不堪，猛的哽咽了一声，只好离开那个地方，从山坡快速冲下来，身后留下了被踩踏的干枯竹叶发出的噗噗声。他在月光下奔跑，气喘吁吁，大口大口吸着气，边跑边喘，胸口发出嘶嘶之声，实在累极了，才停住脚步。此后，他又迈着沉重的脚步，重新振作精神，一步一步走回宿营地。

那天晚上，他把她在月光下跳舞的模样画了一幅画。现在回想起来，自己不免有点害臊。可是那时的通达少尉，却是含着泪水画的。

第二天是他们排要撤回后方去的日子。天刚蒙蒙亮，他跑着步去了她家，把那幅画留在了她的土织布机上。他认为他至少有表达自己感情的权利吧。此后他一直努力想把"佳亚告"忘掉。随着时光的流逝，那种心跳激动的心情渐渐减少，但她的音容笑貌却始终牢牢留在了自己心中，挥之不去。

他升任上尉后结婚成家，升少校以后，又在北部军区司令部任职，移居密支那。他的妻子因为是医生就留在了原地工作，他一个人调到了密支那工作。

他与克钦邦这块土地，有了再次亲密接触的机会，自然又想起了佳亚告。但是，除了记忆，再也没有了失望痛苦的感受了。

不过，对于她所在地区的战事消息，他总是特别注意打听，这倒是真的。在期待和平的愿望中，总是包含了一丝对她关爱的成分。每当想起深深刻印在自己脑海中那些破壁残瓦村寨的场景，总是希望再也不要发生逃离、舍弃村头打谷场边那个小屋的悲惨事件。希望他们的村子永远太太平平，人丁兴旺，别再变成杂草丛生，遍地野藤盘绕的破败村落。不仅是他们的小村，希望全国所有其他村落也都别再遭受此种灾难。但是，打仗这个事，却好像并不以自己个人的意愿转移，单凭一个人的意愿是无法停止、无法制止的，难道不是这样吗？

时间到了1993年，他的和平愿望开始有了点希望。自1993年1月22日起，国防军与克钦独立组织开始了和平谈判。和谈开始之前双方同意暂时停火，自此，克钦大地开始太平，他的心也随之安定下来。想必那些小村也都安定兴旺起来了。要想继续维持这种安定兴旺的局面，还需要双方和谈获得成功。

参加协助和平谈判这段时间，无论是对他，还是对双方主要与会者来说，都是激动人心的难忘时刻。

克钦独立组织的领导人乘直升机抵达密支那的那一天，他就像孩子一般，心跳不已。当直升机降落，机舱门打开，见到克钦独立组织领导人走下直升机的那一刻，他兴奋得直流泪。想当初，他们不是被认为是敌方的领导人吗？机场一带因直升机旋翼刮起的旋风，恰如为克钦大地带来的和平之风。

此后，双方代表在迈立开宾馆为了和平谈判，一起生活、工作了 7–10 天。

在迈立开宾馆与和平谈判代表一起度过的冬日，温暖如春。

克钦独立组织的司令绍迈将军、副主席勒蒙度江、总书记吴绍合亚等领导人和国防军东北军区司令、代表团以及调解人士和国防军军情处人员，济济一堂，都住在迈立开宾馆，一起生活，一起用餐，一起讨论。有时突然插进来谈的，也不局限于和平问题，也聊到了家庭情况，聊到了历史和风俗习惯，气氛十分温馨而亲切。在迈立开宾馆的那段日子，是一段令人心情激动和充满希望的时光。

随着时间的推移，一方与一方之间的隔阂和怨恨逐渐消除，时而和风细雨地讨论，时而激烈地争论，有欢笑的时候，也有脸色阴沉的时候。他虽然没有参加主要领导人的会谈，但他不会忘记自己为和谈提供必要的协助而在宾馆度过的那些日日夜夜……就这样，一天又一天，一次又一次讨论着，争论着。

说到和平谈判，并不是一方对另一方拿出证据去证明自己的正确。据他的理解，和谈中也应避免提出双方无法做到的要求，最重要的是，谈判双方必须都要有想要实现和平的意愿。

在那些日子，他参与和谈的工作，同时衷心盼望和谈取得成功。在月色皎洁的夜晚，他会站在宾馆的院子，仰望天空明月，不禁会想起在竹林和橡草掩映下静谧无比的小村以及村头小屋前的佳亚告。

就这样经过无数次谈判讨论，终于盼来了令人欢欣鼓舞的

　　　　　　　　　　　等待花开之时

一天。

那一天是在 1994 年 2 月 23 日，也是经过长达一年零一个月，五轮和平谈判结束的日子。低层的谈判中虽然达成了初步协议，但是在某一条文中的某个措辞仍谈不拢，大家都忐忑不安。那时，国防军钦纽中将来了，克钦独立组织司令绍迈将军也来了，双方消除了分歧，最终达成协议，正式签订了双方同意的停火协议。这一天，参与和平谈判的所有人的脸上，都展露出笑容。可想而知，他尤为高兴。在签订协议之后，他找了一个清静的地方独自一人坐着，伸出左手放到胸前，感到心跳比平时加快，又伸出双手捂住脸颊，感到手掌上湿润了。呀！竟是泪水！他抹了抹脸上的泪水，自感害臊地笑了。

那天晚上在迈立开宾馆举办了晚宴，是满月的前一天，明月高照，月光把整个宾馆照得通亮。克钦族人和缅族人就在月光下兴高采烈地共进晚餐。晚餐后，还举行了庆祝克钦邦和平的目瑙联欢会。

月光下，举行目瑙纵歌节，还跳了敬拜目瑙大鼓舞。他呆呆地看着跳舞的克钦族姑娘出神，同时又联想起了佳亚告，心中不免请求妻子原谅。

那天晚上，他脑子里，跳目瑙舞的年轻姑娘和月光下跳着蝴蝶目瑙舞的佳亚告的形象，混杂着交替出现。是月光美好之夜和克钦族舞蹈，把他召唤到已经逝去的年轻岁月，心中既是喜悦又很感叹，一瞬间，他变年轻了。

他一边抬头望着明月，一边祝愿佳亚告以及所有克钦族及缅族人民，都能享受到这种和平生活。他认为，到了那时，这片土地上就永远不会有枪声了。

2011年，已经停了整整十七年之久的枪声，又在克钦大地重新响起。和平的局面遭破坏，那些背井离乡的战争避难者，又要被迫过着生活没有着落、前途渺茫的日子了！

吴通达中断了思绪，叹了一口气，从卧室的窗户抬头遥望明月。月亮又能将他的叹息声带往何方呢？

克钦邦首府密支那，处在西南季风带，冬季阴雨连绵，天色灰蒙蒙。

这天清早，吴通达就到姗娖班家来串门。吴通达要来她家，班感到蹊跷，把他请到会客厅，心里感到有些奇怪。不出所料，吴通达开口说的话，果然有些出乎她的意外。

"闺女！你有你奶奶的照片吗？可以给大叔瞧瞧吗？"

"有啊！可以，大叔！"

于是，班就上楼走进奶奶在世时住的卧室，从床头柜上拿了两个镜框下楼来。

一张是奶奶去世前三年左右照的。还有一张是奶奶年轻时别人给她画的画。虽说是画，但画得很生动传神，惟妙惟肖，所以班从小就很喜欢，一直珍藏着。那张画上的奶奶，正展开双臂跳舞，太生动活泼了。这是班看到过的奶奶所有留影中，最美的一张，也是奶奶在世时最喜欢的一张。班经常看到奶奶一个人，呆呆地端详着这张画。班至今还清楚记得，奶奶有一种似乎是哀伤又似乎是喜悦的神情，还会暗自落泪。当问起谁画的时候，她也只是笑而不语。

"看这儿！大叔！这是我奶奶去世前三年左右照的照片。这幅，可不是照片，是她的画像呐！"

吴通达接过照片和画像，奶奶年老时照的那张照片，他只看了一眼就放在一边，但对那一张画像却直愣愣地看着。班看着吴通达笑笑说：

"我也很喜欢这幅画，我奶奶也特别喜欢。这幅画中的奶奶，已不是姑娘，已经守寡了。"

吴通达不清楚班话中有什么特别的含意，他抬头看着班，双眼流露出一丝惊讶的神情。

"我奶奶年纪轻轻就守寡了。奶奶怀上我爸后，我爷爷就没了。所以我爸是奶奶的独生子。"

班讲完后，她觉得吴通达的脸上，突然掠过一种使她无法揣摩、莫名其妙的感情。一位已是六十八岁的老人，眼神虽已有些迷茫，却因为某一种感情，如同焕发了他的青春年华一般。

之后，吴通达对着奶奶的画像发愣，默不作声。过了一会儿，他看着班问：

"你奶奶现在哪儿啊？把我送到她那儿好吗？"

他温文尔雅地提出了请求。

随后，班、吴通达和哥定苗刚一起去了安葬奶奶的乔蓬山墓地。

去墓地一路，细雨纷纷，天空因雨雾而显得朦朦胧胧。

一路上，吴通达说的话使班内心感到憋闷和颤抖，异常难过。吴通达的一席话，让班看到了一个年轻人当时的内心世界：他无意中暗恋上的，是他自己误把一位生过孩子的母亲当作一个克钦族姑娘。爱，是多么神奇啊！她想着想着，叹息了一下。对班来说，至今尚未切身感受过爱情的神奇之处，自己在爱情方面，尚未亲身感受过如此奇特的情况。班小时候经历过的爱，好像是一种被误解的爱，其实只是一般的心动而已。那现在呢？班一边想，一边又呆呆地看着为吴通达打伞的哥定苗刚的后背。

哥定苗刚的情丝已开始缠绕着班，自己的感受也非同一般，但是就说这已是爱情，又还不敢贸然下此定论。班现在虽然抑郁情绪缓解了些，但仍不稳定，也不知道自己又会在哪一个骨节眼上突然希望扑灭。班的命运不由她自己做主，还要看龙山的情况而定。班思绪万千，想着想着，便长长叹了口气。

班站在乔蓬山墓地奶奶的墓碑前，抬头看着吴通达的后背，觉得人的缘分多么令人不可思议。

吴通达回去前的那段日子，是令人十分怀念的。每当班把她记得的奶奶的情况向他诉说时，吴通达便会含笑倾听。凡是他想了解的事，也会向班询问。只要班一讲到她记忆中与奶奶有关的事情，无论大小，哥定苗刚也会与吴通达一起倾听。后来，班听了吴通达讲述自己经历过的作战情况以及和平谈判的情况，吴通达也听了班讲述她一家人所经历的种种磨难，还有，大家都渴望的二十一世纪彬龙会议[1]的有关情况。

这段日子，大家经常聚在哥定苗刚的家里，一起从电视收看在克耶邦垒固市举行的国务资政和地方领导人的和平谈判圆桌会议的情况。因为大家都经历过了不太平的岁月，就更加渴望和平。这个冬季充满温暖和亲情，值得纪念。

吴通达回仰光的前一天，班把吴通达请到奶奶的房间里。床头一张小桌上，有个小箱子，里面放着奶奶常戴的克钦族项链、毕生珍爱的银手镯和一对银耳环，吴通达都亲手一一抚摸，还把摆在桌上的奶奶的所有照片一幅一幅拿起来仔细看了。看来，这间小房间可以给予吴通达某种精神抚慰了。

送吴通达去机场的那天，真是令人有些伤感。

当班把那幅奶奶的画像作为礼物送给吴通达时，吴通达用微微颤抖的声音动情地说："谢谢了！孩子！"这幅画像，再加上班所讲述的奶奶的故事，也就可以大体生动地勾勒出一位名叫"佳亚告"的克钦族女子的人生经历了。

当班抬头望着飞机直冲云霄远去的时候，心中泛起了一种莫

---

[1] 1947年，缅甸独立之父昂山将军在掸邦彬龙镇与少数民族领袖一起召开会议，达成与缅族一起建国的协议。根据该协议，制定了《宪法》，1948年1月4日成立了缅甸联邦。2018年7月，缅甸政府沿用彬龙会议的名称，与各少数民族武装力量代表在首都内比都举行了二十一世纪彬龙会议，意在促进国内和谈。

名的伤感，也更加怀念起奶奶来。

飞机已在视野中消失，随着哥定苗刚一声叹息，"让人好伤心呐！班……"他低声说。

有的爱情，真是令人伤心呐！

前往帕敢镇

吴通达回去之后，大约过了两天，阿爸在帕敢翡翠矿的经理给班打来了电话，告知了一些消息线索，说龙山在帕敢镇。有人在帕敢镇附近的塞目村和玛蒙村一带看见过他两三次，那报信人曾跟踪龙山，但跟丢了。

虽然班想不明白一个在帕敢拥有翡翠矿的富商的儿子，为什么还会在这一带勉强混日子，想起来真让人费解，但总算有了关于龙山的消息，心里得到一丝宽慰。

班马上准备动身去帕敢。她把三四套换穿的衣服和一些随身用品装进了旅行包，拉着旅行包向门外走去，这才注意到天色已黑。一看表，原来已是晚上七点钟了。这么个黑黢黢的夜晚，一个人能开车去吗？从未去过帕敢，上哪条路，怎么走也都不知道。班心里恨不得马上赶到龙山的身边，心情过于急切，对事情并未作出正确判断，心里乱糟糟的。于是，就考虑是否要打电话给阿爸在密支那的一个伙计求助，后又想到应该告诉哥定苗刚，也应该给宝姗打个招呼，今晚宝姗会来家陪她。就在她放下手里的东西，正想给宝姗打电话，手伸进口袋摸手机时，听到家门口有摩托车声，抬头一看果然是宝姗来了。班打开大门，迎上去激动地说：

"宝姗！听说龙山弟在帕敢，有人在那儿看到他。我现在就去帕敢。这是我家的钥匙，你拿着。"

"班！班！你冷静点！现在天都黑了，你不能马上去啊！等一下，等等！冷静下来，让我们好好合计合计再说！"

"我……我……现在就想见到龙山弟呢！"

"你现在去了也不会马上见到龙山，不是到了那儿还得找吗？班啊！你要冷静点。"

宝姗紧紧抓住班的手，摇晃着劝她。

"那……你有没有把这个消息告诉哥定苗刚啊？"

"还没有……"

"那我来跟他说！你呢……先待在家里等着，喝杯水，尽量让心平静下来！"

班回到屋里，宝姗跟哥定苗刚通了电话。不一会儿，哥定苗刚就到了班家。他一到，班感到好像增添了力量。哥定苗刚坐到班面前，对她说：

"班！你说现在就要去，我认为那是没经过深思熟虑，一时冲动的想法。从你的年龄、智力来说，你自己也知道不该这样。

你的感受，我能理解，但是，感情用事，不假思索地去做事，就会出错。班，你是懂得这个道理的！"

哥定苗刚对班说了些开导的话后，静静地，目光正视着她。

宝姗将一杯水递给班，班伸手接过杯子，仰头一饮而尽，稍许冷静了一点，然后不停地叹息。哥定苗刚又接着说：

"班！你去过帕敢吗？"

"没去过，老师！"

"我可是去过一次。我经常要从帕敢到我医院来的患者那儿了解一些情况，去帕敢那儿的路况很糟糕。只有从密支那到雷多公路这一段路况还算好，再过去就不好走了，而且当地的治安情况也让人不放心。前不久，还听说在一座桥旁发生了炸弹爆炸。另外，在雷多公路段，还有克钦独立军收过路费。这样的路，你一个女的，别说是晚上，就算是大白天都过不去。即使带上司机，你一个人也不行。班你就再等一天吧，后天，我们密支那医院的医生要去帕敢巡诊，由邦区大法官带队，我们要在那儿给病人看病。你跟我们一起走就行了。"

"老师！你们后天什么时间走啊？"

"早晨七点左右吧，班！跟着车队一起走。哥莫说他也跟我们一块儿走。"

"那好，就跟你们一块儿走吧！但是我还是想开我的汽车去，那你和哥莫都坐我的车好啦！"

"好啊，我和哥莫轮流开车！"

"班！我也跟你们一起走！学校请一两天假是可以的。你要是在那儿待的时间长，我可以跟哥定苗刚一起先回来。"

一听宝姗这么说，班高兴极了。

"好啊，谢谢啦！到了那儿，就可以和阿爸的经理一起去找人啦！"

"班！你在那儿有住的地方吗？我们团队都住在迪达古法师寺院里。"

因为哥定苗刚不放心，问到了住宿问题，班也点了点头。

"我可以让阿爸公司的人给我安排一下。那儿也有司机，开车的事没有问题。"

班为了让哥定苗刚放心，嘴上虽然说了这个话，但也有些难言之隐，又不好说。为了避免阿爸现任妻子说三道四，班一直尽量不动用阿爸的权势。除了依赖阿爸的生活资助以外，不接受他的其他一切帮助，也不去掺和他生意买卖的事，做到尽量撇清。傲气的龙山也跟自己一样，尽量撇清与阿爸的关系。龙山虽然住在帕敢，可从来不去阿爸的公司，也不想沾光，躲得远远的。班了解龙山的脾气，想到这儿，禁不住感到心痛，泪流满面。

班这一对姐弟，对阿爸的给予，只有满足和感激，从不奢望从阿爸那里再继承些什么，也没有作为子女想要攀附的想法。这样的傲气究竟是好还是不好，不得而知。眼前，最使她伤心不已的就是龙山过着漂泊不定的生活，这让她无比痛心。

"班！冷静一点啊！想方设法要让自己睡好觉啊！"

哥定苗刚准备起身回去时，盯着班的脸说。他的眼神颇为暖心。

班微微点了点头。但是，能不能睡好觉，就不一定了。

难以入眠的两个夜晚总算熬过去了。汽车在从密支那到帕敢的公路上徐徐向前行驶，班静静坐在车里，思绪万千。

班一边默默注视着路两旁的景物，一边正在想昨天晚上打了一个盹后，半睡半醒之际，看到了龙山，好像是真事又好像是梦境一般。龙山的形象虽然模糊破碎，但他的脸部却异常高兴的样子，而且好像不止他一个人，身旁还有一个伴儿。那伴儿是男是女，看不太清楚。只见龙山哈哈大笑，接着她就惊醒了。

班叹了口气，抬头看着正前方朦胧中的公路，直到上午 10 点雾霾仍未散尽。不久，看到了南姆迪镇的指示路牌，过了南姆迪就驶上了平坦的路面，汽车也立即平稳舒适了。

"这路可真平稳！这就是雷多公路！

正在开车的哥莫回头说了一句。

"在路况好的路上开车，可是一种享受啊！"

宝姗满意地嘟囔了一句。

听了他们的谈话，知道这是雷多公路。班的注意力又回到了车内，只见哥莫专心开着车，哥定苗刚和宝姗谈兴正浓。

"哥定苗刚！这条雷多公路不就是第二次世界大战时，英国人修建的吗？哥定苗刚，你知道这条路的背景情况吗？"

"宝姗，你是当地人又是老师，怎么倒问起我来了？"

"啊哦！哥定苗刚你不是经常说你对地理、历史更加感兴趣吗？所以才这么问啊！我是个教数学的，跟历史就有点远啦！再说我也没认真读过历史书籍，对这条路的情况虽然知道一些，但不那么详细嘛！"

"你只要抬举他，让他当老师，宝姗！他就会说的。他就是在等待这种说话机会呐！"

哥莫一边开着车，一边扭头说。刚才大家还各有所思，闷声不响，现在大家都来了精神，谈话变得热烈欢快起来。

"嗯哼！这当然也值得说一说。不过，得先打个招呼，如果我说的内容有你们已经知道的，就当作不知道，都好好听着！"

"行啊！会谅解的！"

宝姗带着冷嘲热讽的口吻说，班也笑起来，好像一时摆脱了心头的烦恼。

"这条公路是从印度阿萨姆邦和孟加拉邦的铁路交会点雷多城开始修建的，所以就起名雷多公路。"

"这些倒知道，哎……就算我不知道吧。你就往下讲，再继续往下讲吧！"

"刚说过，你就装作不知道听着！"

"是啦，是啦！刚才我忘记啦。"

哥定苗刚与宝姗之间的对话，让班心里轻松愉快了些，她就微笑着注意听。

"从雷多穿越八拐山脉，经德奈—莫岗—密支那，再到八莫，与在八莫的中缅公路衔接。这是在第二次世界大战时，在美国的史迪威将军领导下修起来的，闻名于世。当时计划从雷多出发，经过缅北直达中国的昆明。"

"要是我们的车里有学生就好了，这样，你说的内容就更加有针对性了。可现在，你在讲大家都知道的情况，让你那么辛苦，可过意不去了！"

"哎哟！你真的全都清楚么？这可是一边打仗一边修的路喔！一天就只能修一英里，用了两年多时间才修好的。路修好后不久，第二次世界大战就结束了。这条路，只使用了十个来月。"

"哈！我哪里知道这么多！"

"好啦，好啦！哥莫，刚才已经说过，你记不得了吗？装作不知道听呗，哥莫！"

哥莫和宝姗一起调侃哥定苗刚，班看着坐在前面的哥定苗刚的后背，笑了起来。她注意到，自从认识哥定苗刚到现在，从未见过他有烦恼和压力的样子，即使他身边有人心里不痛快，有压力，也会因为经他说话开导而变得轻松，内心平静下来。

"我对这条公路很感兴趣。据说这条路有21处急转弯，要经过1万多英尺高的深山峡谷。有可能的话，真想从头到尾走一趟。不过，听说在缅甸独立之后，这条路年久失修，慢慢就损坏了。"

"我们也真可怜，自己国内的公路要由别人来修。在经过这样平坦舒适的公路的时候，还乐滋滋地照相留念，心情激动地夸耀一番。"

哥莫讲完话后，大家都陷入沉思，谈话不再涉及雷多公路的话题。

整个旅程，哥定苗刚经常回头看坐在哥莫正后方的班，还不时侧着身问："班，你晕车吗？""肚子饿吗？""要上厕所就说！"哥莫听了就笑嘻嘻地说："定苗刚，你想坐后面，就去坐吧！不然老侧着脑袋，颈椎会扭伤啦！"宝姗也说："喂！这车里还有我呢！"于是，哥定苗刚这才不再问了。

汽车在雷多公路上只开了半个小时左右，便向德奈方向继续驶去。路面时好时坏，太阳高照，雾气散去，取而代之的是尘土飞扬。一路上，忽而阳光灿烂，忽而雾气弥漫。

班只感到这路又长又累人，心里就想早点儿到。哥莫、哥定苗刚和宝姗他们的聊天都避免涉及龙山，一路上都聊轻松愉快的话题。

不久，车里的聊天声消失了，宝姗开始打瞌睡。班朝远处看，前方只看到巡回医疗车队中的一辆，其他车辆都落在了后面。哥定苗刚他们医院的大姐娆露大夫坐的是前面那辆车，哥定苗刚向娆露大夫讲明情况、请示获准后，才一路坐班的车。

班他们的车中午时到达嘎迈。在嘎迈的掸格力饭店吃了午饭，又坐车继续前行。哥莫边开车边探过头来说：

"过了嘎迈，路况就差了，都是沙石路面，修了又坏，都是超载大货车破坏的，路坏得快。好久以前，连沙石路都还没有的时候，大货车陷进泥潭，就要让大象来把车拖出去。要在路上过一夜，才能到帕敢。哪能像现在这样当天就可以到。"

"这条路你来过几回啊？哥莫！"

"走过三回。一回是别人开车，两回是我自己开车。"

"那让我来开一会儿吧！"

"啊……算了，你又不熟悉路，还是我开着吧。你就专心当你的老师去，安安分分睡你的觉！"

班他们的车驶上了爬坡的沙石路，路况很糟糕。车前一大串大货车正在费劲地爬坡，还要避让迎面吱吱呀呀开过来的大货车。有的中巴车车顶上不仅带货，甚至还放着三轮摩托，在尘土飞扬中穿行。

班的车因为是好车，虽坐着不太累，但龙山又会坐什么样的车走这条路呢？是发什么神经让他到帕敢来的呢？帕敢对阿爸而言，是他的发迹之地，但对阿妈和孩子们而言，却是一个遥远而陌生的地方。即使知道龙山只身漂泊在外，过着随波逐流的生活，她也会畏惧到不敢亲自来看他。据班所知，这个地方既能让人燃起希望，同样也能使人毁灭希望；既能把人炼成富翁，同样也能毁掉一个人，使人堕落为不齿的大烟鬼。

班想着想着，真想放声痛哭，一下子哽咽起来。一个富家子弟过着养尊处优，不愁吃不愁穿的生活，竟决绝地抛弃家庭，跑到这个到处尘土飞扬、漫漫沙石路的鬼地方来，使人不得不承认，毒品对人的巨大诱惑力和控制力令人震惊。

班并没有被滚滚尘土间的青山绿水、优美景色所吸引，时间就在她神不守舍的状态中消磨过去了。接近傍晚，他们终于抵达帕敢。

帕敢镇入口处的神庙信基贡坡地附近一带，没有什么人，冷冷清清。因为刚下过雨，四周潮湿阴暗。山坡下狭窄的小巷子湿漉漉，垃圾遍地，脏兮兮，令人恶心。还有，路边到处是随便丢弃的注射器。

班在他们停车的地方朝前看，可看到从巷子进进出出的人。他们穿着尖头皮鞋，人手一把淘宝矿锤，两人一组骑着摩托，一辆又一辆钻进小巷。

"开车进巷子去看看……班！"

哥莫对班说后，就开车沿便道慢慢开过去。眼前的景象令人震惊，好像一瓢冷水灌进脊梁骨，让人浑身寒战发抖：路边停着一溜摩托车，骑车人举着注射器正在自己身上找扎针的地方，准备注射海洛因。班已经不敢正视这些小青年呆滞的目光，便转过脸去，但马上想起龙山，心里一阵难受。虽然自己在哥莫那儿工作，这样的景象她也曾见过不少，但每次见到，依然会感到震惊。心想这个地方难道不是一个法治之地吗？

车慢悠悠地往前开的时候，看到不少摩托车开进巷子，有的已打完针，骑摩托车走了。据说，在信基贡一带，平时虽比较冷清，然而在这样的午后，这些年轻人总会来此，显得熙熙攘攘。

"看！那儿！一个妇女提了个篮子，朝信基贡走，她卖冰袋、糕点，还卖白粉呢！她与塞目村有联系。要是龙山就在塞目村一带的话，龙山需要鸦片，就会到她们这样的人那儿去买。我先到坡上去调查一下，你们就在这儿等着。"

阿爸的翡翠公司经理哥巴仰晓推开车门下了车，登上信基贡坡地。

班长长地叹了一口气，头靠在汽车后座靠背上，静静地闭目养神。

昨天到了帕敢，先把哥定苗刚送到他住宿的迪达古寺院。之后，班阿爸的翡翠公司派来的经理，哥巴仰晓夫妇在寺院附近迎接他们。他们安排班住在其阿爸在帕敢的住所，哥莫就住到他的医生朋友家。今天上午，他们一起去看班工作的办公室团队负责分发注射器的矿区，哥莫开车与班一起去。哥定苗刚的医生团队已经去了帕敢医院，进行诊治工作。

班一行人，今天一整天在矿区转悠。甚至还去了据说有毒品交易的帐篷群，也去了据说那儿曾见到过龙山的塞目村，在那一带转了个遍。

班在矿区一带来来回回，心想这块地方很像被施了魔法一般，目光所及，到处都是一层土黄色一层烟灰色的大陡坡，层层叠叠，一直延伸到很远处下方水淋淋的幽深矿井，矿井周围是排着队缓慢爬行的机械大军，被误认为如黄土琉璃山一般，这儿一堆那儿一堆高高隆起的大黄土堆，以及在大土堆上排列支起的蓝色绿色帐篷群。无论是近处，还是远处，一眼望去，成片的帐篷，看不到尽头，这就是这块土地上穷人生活的写照。

　　班的汽车在一个大黄土堆附近驶过时，一辆装卸矿土的翻斗车正好开启后舱，顷刻间哐当一声，土块石块一泻而下倾倒在了土堆一边。早就守候在此的人们手拿一把淘宝矿锤，蜂拥跑上土堆，用矿锤敲击着石块，一心想撞大运捡漏。

　　午后时分，经过隆庆矿，她惊讶地看到黑压压的人群都等候在矿井出入口处，他们手持矿锤，伴随着吆喝声，大呼小叫，一拥而出跑了。看到这一幕，自己如受到惊吓一般，浑身起鸡皮疙瘩。

　　来到这个地方，深入到人们生活中去寻找龙山，是一次令人难以置信的经历。想到在远处的某顶帐篷中是不是有人正在打毒品针，就想起龙山。这两者其实好像是无关联的，究竟有什么关系呢？龙山与这些矿井、这些土地以及这些村子有啥关系吗？要说有关系的话，那便是与一些用昂贵的机械去挖掘那些贵重的翡翠玉石的翡翠富商公司有关系，不是吗？但是……如今，龙山过着不知哪一天是头的漂泊生活，而且毫无希望反转。龙啊！你在哪儿啊？龙山啊！你到底在哪儿啊……班越想越心急如焚，心剧烈地跳动起来。那天看到哥巴仰晓从信基贡坡下来时自己还嫌他走路不慌不忙，慢得出奇。现在见他从车上跳下奔跑而来，想问问他是不是有了什么消息。在这里寻找小龙山，就如同在大黄土堆里找一根针一般，希望渺茫。她心情烦躁，精神萎靡，几乎快要崩溃了。

"哥巴仰晓，有什么消息吗？"

班向登上汽车的哥巴仰晓发问的声音是颤抖的，哥巴仰晓轻轻摇了摇头。班原本还怀有的一丝希望，一下子扑灭，感到全身无力地瘫软了。

"班！别灰心啊！我已经告诉赛当村的熟人，让他们也帮着找找。"

"赛当在哪儿啊？哥莫……"

宝姗揉摸着班冰冷的双手，抬头问哥莫。

"赛当也叫塞目，以前是叫赛当村，现在才改称塞目的，是一个很热闹的大村子。什么毒品啦，女人啦，吃喝玩乐的，应有尽有。"

哥巴仰晓也插进来回答。

"今天天已快黑了，都先回家休息，明天再继续找。"

哥莫继续开着车，并对大家说。

在返回途中，班的心情，犹如浑浊不清的雾潞河水一般，心烦意乱。

定苗刚站在迪达古寺院住宿楼高坡一端，注视着远处雾潞河一带的景色。山坡下雾潞河拐了一个弯，泛黄的河水向前流淌。两岸葱绿的树木间夹杂着白色枝头的橡草，在午后的阳光下，染上了浅黄色，景色很美。土黄色的河水沿着高地流淌而下，形成了这一带独特的优美景观。

定苗刚凝视着雾潞河出神，想到了大自然永不停息的变化。正如所谓的自然环境因人类的原因而遭破坏一样，大自然本身也因为自己的规律变化无常而被破坏。这个星球的自然变化永不停息，就拿自然环境来说，即使人类非常珍惜爱护并加以维护，但由于自然灾害以及变化无常的规律，环境依然会受到破坏。有的情况是，自然环境并未变化，却由于人类的原因遭到破坏。要保护好一切自然环境是不可能做到的事，因为要不停地改善人类的生活，人类还要利用环境。

定苗刚眺望远处的雾潞河，又想到了班的事。这几天自己因为要随巡回医疗队诊治病人，不能与班他们一起去找龙山，放心不下。就是在工作的时候，也不时牵挂着她。有时候也想到，她已是成年人，自己不在也没事的。但是知道她会失眠，又仿佛看到她眼窝深陷、双目无神的模样，真想马上到她身边。但又想想，有哥莫在一起还算好，心就又放了下来。

因为帕敢的旅馆床位有限，他们医生团队就被安排住在迪达古寺院里。这里带卫浴设施的房间很多，可容纳很多人住。饮食方面，要感谢炊事组，照顾的也很周到。就是有一点，这里孤悬一方，与班住的地方离得较远，而且，都是按照各自团队安排住宿。不能自己想去哪儿就去哪儿，想找个伴儿聊聊什么的，都没有这样的机会。

"定苗！你在为什么事发愁？哥莫正在找你哪！"

娲露大夫从他身旁经过，对他说。正是想到谁谁就到，他正打算到寺院宿舍前，看到哥莫朝他走来，于是停下脚步。

"哥莫啊！正想找你呐！我呢，既没车，也不知道你们住在哪儿，没法去找你们。有没有关于班弟弟的消息啊？"

"到目前为止还没什么消息！"

"那班的情况怎么样啊？"

"她目前也还挺得住，但很难说什么时候会垮下来。"

哥莫走到定苗刚的身边，眺望远处的雾潞河嘟囔着："这风景真美啊！"随后注视着风景，又接着说：

"我们今天到了矿井那边。昨天也到过帕敢，看到一些年轻人在信基贡坡边上的路口打海洛因针。我这么来来回回边找边想，总觉得像龙山这么个翡翠富商的儿子，我们到这儿来找他，来对了吗？像他这么个层次的人，会到这种地方来混吗？但是……"

哥莫刚开头的话，说着说着又停下了，深深叹了一口气。哥莫的叹气声和定苗刚的叹气声汇合在一起，随风飘到了雾潞河河面上，飘散而去。

"但是……，有了毒瘾的家伙，为人处事就会颠三倒四，反常了，不是吗？抽大烟的人的想法，总认为事事都能凑合，他们的生活也总是能凑合就凑合……"

哥莫没讲下去的话，由哥定苗刚接下去说了。根据他的经验，一个人过上了所谓太高档的生活，就会堕落，这种情形，屡见不鲜。

"让我们一起去看看班吧！"

"别再说我们好不好？我可是一整天都见得着她。你想见她就说你要去见她就是了！"

"好，好！我是想见她。一整天都不放心，太让人担心了！我这就去！"

定苗刚很快承认了，便与哥莫一起出门。在到达班住的房子之前，哥莫的手机响了。哥莫一看手机，说："是哥巴仰晓的电话！"因为已清楚哥巴仰晓是来接班并一起帮着找龙山的，心想是不是会有什么消息，所以哥定苗刚竖起耳朵注意听。哥莫接听着电话，说："那好，现在就去叫上班，一起过去！"哥莫的声音很激动，他一放下手机就说：

"找到龙山了！"

他上车后加速向前驶去。

帕敢的冬夜，好像到现在才让人感到了一丝暖意。

重　逢

天空深蓝色，已近黄昏，盼望了许久的好消息终于到来。往日总是那么焦躁的一颗心，忽然一下子放松下来。说是已见到阿龙了，大家就要去看小龙山了。其实只要这么一句话也就足够了，谁都不再问其他多余的话，急忙奔向汽车，犹如足下生风。

班快要抬脚上车之前，仰望天空，只见满天星斗布满夜空，已经许久未欣赏到星夜的美景了，今晚，星星才总算到齐。由于失眠、厌食，班经常扑通扑通乱跳的心脏，突然安定下来，有了着落，平静了。谢天谢地！只要能与龙山重逢，就够了。不管小龙山做过什么错事，都会以宽恕的心态去对待他。恨不得马上能见到他，毕竟自己也就这么一个弟弟啊！再说，哥定苗刚也做好了随时帮助班姐弟俩的准备，想必小龙山戒毒也不会很难。即使戒不了毒，每天要服用美沙酮，那自己每天早晨亲自送他去戒毒医院好啦。不过，阿妈去世的事怎么跟他说呢？想到此，班不免感到伤心。但愿龙山知道阿妈去世的情况，会悔不该当初，从而学乖些，也就好啰！过去自己一次一次的希望都落空了，即使如此，还是心存一线希望。哪怕因为要照顾小龙山而牺牲自己的生活，也希望能看着龙山的小脸蛋，争取重新找回自己的生活。她认为能找到龙山，阿妈的在天之灵也会安息了。班还觉得，自己常常心情抑郁而没有死，就是因为对与小龙山会重逢这一点一直抱有希望，才使自己有了重新活下去的信心。

班的汽车驶过昏暗的矿山附近，朝着赛当村驶去。矿区一带一片漆黑，但经常会在黑暗中看到像萤火虫般一闪一闪晃动的光点。哥巴仰晓说，那是一些玩命的人，晚上出来捡漏淘宝时打的灯光，这一点，她昨晚才知道。人们说，这些人的生活也好似萤火虫一般，忽明忽暗，那自己的生活，跟他们有什么区别呢？自己的生活道路，至今不能发自己的光，照亮自己走的路。孩提时期，因为打仗，生活就像一闪一闪的萤火虫似的，东躲西藏，颠沛流离；长大后，又经历了家庭的悲剧。人的生活与矿区夜晚如豆的灯光又有什么区别呢？

汽车里，大家都沉默不语。哥巴仰晓也只是告知龙山所在的地点，没有更多的话。因为不久就会与龙山见面，班也就不再啰嗦追问了。汽车一路开过来，车子里只听到轻轻的叹息声，是谁的叹息声，是自己的叹息声吗？那就分不清楚了。

"前面有灯光的地方就是赛当村了。"

哥巴仰晓手指着，对从未到过这种地方的哥定苗刚说。随着接近村子，眼前灯光通亮，商铺林立，看来是一个大村子，而这时班的心开始快速跳动起来。

"就是那个屋子！"

哥巴仰晓把车停在了一个小屋门前。

"龙山肯定就在里面吗？我担心他会跑别处去。"

班心情激动地说。

"肯定在里面！我派了一个报信人守着呐。"

哥巴仰晓说完话就下了车。班想，说是有个报信人，那会是谁给哥巴仰晓报的信呢？她一边抬头望着小屋，一边快速下车。小屋周边没有什么人，停车的屋前平地上比较黑，小屋里灯光昏暗，班在前面领头朝小屋快步走去。

小屋里似乎无人般寂静，屋前的门虚掩着。这房子是谁家的啊？是谁照顾龙山？如果照顾得很好，那应该好好感谢人家啦，她的脑子里居然闪出了这种想法。

班急冲冲地走到门口，没有叩门，也没招呼一下，直接推开了屋门。

打开门往里看，才见到屋子里面没有什么家具，十分破败。前屋空空荡荡，从敞开的门外吹进来的风，把挂在墙上的月历纸片吹得啪啪作响。班再往里走，看到一个男子正倚着墙角闭目养神。他胡子拉碴，头发蓬乱，穿着一件军绿色套头衫和破旧筒裙。在昏暗的灯光下，看不清他的脸。但是，他就是龙山！可以肯定！身材还看不准，但只要看到这模样，心里就明白，他就是龙山！没错！她又朝前迈了一步，看到墙角边有一个注射器，猛然感到心脏快跳出胸口一般。"阿龙！"她颤抖地叫了他一声。"龙！……龙！……阿龙啊！"

因为班的喊叫声，他睁开眼抬起头来朝班看了一眼，用手揉了揉双眼，然后小声嘀咕着："哦！姐！"班走到他的面前，跪坐在地上，双手抱住他，说：

"阿龙！阿龙！姐找你找了很久！马上跟姐一起回去吧！跟姐回家，啊！不管你做过什么事，姐都原谅你！"

班说着说着，痛哭起来，龙山也哭了。他抽噎了一下，推开班。

"我不能跟你回去！我不想给你和阿妈添麻烦了。要是有了我，不是又给你们添麻烦了吗？我在这儿挺好的，已经习惯了。阿妈，阿妈她怎么样啦？"

"阿妈她……阿妈她已经去世了！"

龙山一下子惊得目瞪口呆，他抓住班的胳膊摇晃着说：

"是因为我的缘故吗？阿妈是因为我的缘故去世的吗？"

他撕心裂肺地问道。班看到龙山那泛白的眼珠，简直要晕过去，但她还是控制住了自己，摇了摇头说：

"不是！不是因为你，是癌症，得了癌症！龙山啊！现在就只剩下咱姐弟俩了，我们俩一起回家吧！啊！跟姐一起回家吧！"

龙山没有说话，只是低头放声痛哭。

在这个小屋里，除了龙山的哭声，悄无声息，静悄悄的。班呆呆地看着龙，禁不住潸然落泪。过了一会儿，她托起龙山耷拉着的脑袋，给他擦了擦泪水。

"龙！别哭了！啊？站起来，跟姐一起回去。今天晚上，跟姐一起回宾馆里睡一晚，明天一早一起回密支那。爸在帕敢有房子，龙！爸有翡翠矿，你不是知道的吗？"

"我当然知道，但这跟我没有什么关系，我没去过！"

当听到父亲的情况时，龙山依然感到很反感。他抹了抹眼泪，正视着班说：

"我是很想跟姐一起回去的，但是，姐你不就是还要想方设法让我戒毒吗？我可戒不了啦，姐！我要是一回去，姐你就麻烦了！"

刚才还是很平静的心，现在又变得心乱如麻。本来似乎马上就可以把龙山硬拽回去的，可眼看着亲骨肉可以分离，却离不了毒品。这种情况听说过无数次，已经不足为奇了，可是今天亲耳听到这种话，却无法平静，只能感到痛心疾首。

"再说……再说我……我……"

"哦！已经到了！"

龙山的话还没说完，只听到后面传来一个女人粗俗的声音。

班猛一回头看，是一个年龄比龙山稍大些，但比班要小一些的女人，目光显得有些无礼。她身穿一件黑色的瘦身旧牛仔夹克衫，头发随便拢在头后。她说话的腔调与打扮的模样与龙山一点也不般配，同样与班也不般配，与班他们的生活状况也格格不入。但是，因为毒品的原因，班早已经历过许许多多本不该发生的、离谱而荒唐的事，这会儿，她倒想听听还会有什么离谱的事。于是，她挺起胸，抬起头大声问：

"你是什么人？"

"我是他的女人！这儿是我的家！他药的花销还是我想办法去弄来的！"

突然，班好像被人一脚踢翻，从悬崖边倒栽葱坠落下去一般，头昏眼花；又像是脸被人猛地扇了一掌，火辣辣的，又麻又疼。她回头瞟了一眼哥巴仰晓，只见他扭过脸去，一声不响。看来他是早已知情的。

"起初，我也不知道他是富商的儿子，看见他脸长得讨人喜欢，很同情他，才喜欢上他的。对他我也感到很奇怪，明明是个翡翠老板的儿子，不去自己爸的矿那儿，疯了似的来淘宝、捡漏……这期间发现他已有毒瘾，年纪还轻嘛！可他自己居然没法搞到每天要买毒品的钱。他们去找玉石捡漏，我就在附近做小买卖。我很可怜他，常常赊账给他。后来，他不但还不起欠的钱，我还得倒贴给他买毒品的钱。这不，昨天来找他的人说了，我才知道他是个富商的儿子，所以我下午就去了公司告诉他们情况。真不知道到底是怎么一回事……老板的儿子，生活落到这么个地步，太没意思了！"

班全身感到冰冷，嗓子里好像塞了一团黏黏糊糊的东西，张不开嘴，只是呆愣愣看着她。可她眉毛一扬一抑，嘴巴一张一合，眼睛一睁一闭，手臂一伸一曲，都灵活自如，反应敏捷得很，毫不迟疑。龙山只是在呆呆地注视着她，放任自流，听之任之似的。唉！真是没有一点意思！正如她不幸言中的那样，在自己眼前发生的一切已变得毫无意义。班事先没有想到，事情竟会落到这种地步。班忘记了，所谓生活，是无法事先安排好的，只好随情况的变化而变化。眼前的情况，班无法接受，也只好漠然处之了。

"班……"

宝姗伸手握住班的一只手，班睁开双眼一看，只见哥定苗刚安慰鼓励的眼神。堂屋里，只听见那个女人的说话声，其他人都不声不响。这个女人不厌其烦地数落着龙山：龙山如何不好，她是如何去挣钱，她对龙山是多么宽容……她对龙山的家人将龙山弃之不管，让他的生活落魄到如此地步，感到惊讶。之后，一直仰起头看着这个女人的龙山，渐渐低下了头，不再抬头看班了，他面对大家，说出了自己的决定。

"姐！我就不跟你回去了，我就跟她一起过日子。姐！有钱的话，不用太多，多多少少给一点吧！"

"喔！一点点钱能解决问题吗？你以为我挣钱养活你，多累先不说，容易吗？"

班无言以对。龙山的事，早晚是要解决的，但这一回的事，该怎样解决，她心里没有底……她真想躲开点，把一切事情抛之脑后，自己躲得远远的。想流浪漂泊的心情，好像从龙山那里传到了班的心中，由着自己的心思，先把目前的生活撂一旁，随心所欲流浪到很远很远的地方去。这样一种心情，一时间膨胀起来。唔！要不能这样的话，倒不如死了好了！班已经好久不想这些了，现在突然又冒出想死的念头，全身又起了鸡皮疙瘩。自己该搂着龙山好好哄哄他呢，还是不顾一切强行拽着他回去好呢？还是请求眼前这个女人对龙山高抬贵手呢？或者是马上转身离开这儿？一时间实在拿不定主意。班心乱如麻，浑身无力，在那里茫然不知所措。

"班……"

随着叫声，只见哥定苗刚朝前跨了一步，站到了她的面前。

"天很黑了，班！今天，我们先回去！明天我们还可以从从容容地见面谈啦！这位大妹子一直照顾着龙山，多谢啦！明天我们再好好商量商量，找到一个对大家都行得通、让大妹子也满意的办法，我们来安排好不好？"

哥定苗刚说完话，宝姗拽住班的一只手臂，搂住班的腰，把她扶起来。此时班才好像从奄奄一息中回过神来，从宝姗手中挣脱出来，紧紧抓住龙山的双手，不停地唠叨着，同时抚摸着散落在龙山额头褐色的软发，就好像他小时候自己抱着哄他时那样。她神不守舍，心里乱糟糟的。一会儿才想起，向照顾龙山的那个女人说了些感谢的话。

那晚，在回来的路上，班再一次感到了人生不可捉摸，渺茫无望。回想起阿妈的死，背脊梁都会透彻发凉，连克服多少年来折磨自己忧愁情绪的力量也消失了。

现在，夜空谈不上有什么美了。

与龙山弟重逢一周之后，姗娲班坐在从雷多公路驶向密支那方向的汽车内昏昏沉沉。

撂下了，撂下了！终于把龙山撂下了。归途中，她内心空落落的，飘忽不定。

与班同来的人都回去了，但班还硬着头皮留了下来。每天都去规劝龙山回家，还哄着他戒毒，但是龙山根本听不进去，他还说了一些让班伤心的话。

"我不想让姐跟着我受罪，要受罪由我老婆受，我也不能丢下她不管。如果把她带上一起跟姐走的话，她的脾气跟姐肯定合不来。要知道，我和姐的生活，现在已经天壤之别了。"

再回想起小龙山的话，她的胸口，就像被堵塞了一般。她握紧拳头捶打了一下胸口，双眼噙着泪水，深深叹了一口气。想驱除那些想法，让自己重新坚强起来，可是好像没有一点儿感觉似的，心里空荡荡的，心也变冷漠了，对什么都不存希望，好像对生活已无一丝留恋。

现在只剩下资助小龙山的生活费用这一点，可以自我安慰了。就别再计较他老婆贪心不足以及神气活现的目光啦！能照顾好小龙山，怎么说还要感谢她啦！

与龙山快分手时，有说不完的话。昨晚还睡在了赛当村龙弟家里。赛当村的晚上很热闹，但龙山的小屋里却是出奇的安静。龙的老婆去看演出，所以那天晚上与龙山弟聊了很久。

从龙山弟屋子的窗户朝外看，抬头可看到深蓝色的天空中些许星星。姐弟俩仰望星空，不禁回想起小时候的生活。谈论着住在老家村里时小龙山想不起来的一些童年生活情况。然后，班从随身带的背包里，取出那个盒子里放着的翡翠白鸽坠子，从中选了一个挂在了龙山脖子上。第二天一早，接送班的哥巴仰晓夫妇来了，班紧握着龙山的手再三叮嘱他，要他到密支那来彻底戒毒。

行驶在平坦的公路上，班向天空望去，只见到处飘浮着云朵。就在姗娧班的心似乎也像浮云一般飘荡着、不可捉摸之际，听到车前座传来哥巴仰晓夫妇的说话声：

“不是早就说过别走这条路吗？”

“因为这条路好走些才走这条路。路好，大姐坐着也舒服些。”

“可是要避开收买路钱的路段才好啊。经过拉瓦停车下去吃饭时，店主曾在我耳边小声告诉我说，前面在收买路费。从那儿打回转，再从嘎迈那边也能回去！”

“就怕耽误时间啊！”

“那你说，你身上带路条了吗？”

“没有啊！要是身上带了路条，遇到军方检查，又怕说你与非法组织有联系，被扯上什么违法条款。”

“真烦心！我们算是被夹在中间了。要是有路条，花点钱倒还省事呐！”

“要给钱也是班姐给，又不是你给！”

班心不在焉，听到的也是只言片语，似懂非懂。就在此时，哥巴仰晓回头问：

“大姐！前面有克钦独立军收税费，一辆车可能得缴五万缅币。大姐！要是不想从这儿过，咱们要不要就掉头？”

“他们对人会怎么样？”

“什么？”

"对人会伤害吗？"

"这倒还没听说过，只要给了钱就没有事了。"

"那，我们就往前走吧！"

班边对哥巴仰晓说，边向前方瞭望了一下，早先所见到的云彩已不知飘到了何方。班脑海里，突然蹦出一个人来，就是多年前曾在莱沙遇到的那位大叔，接着还想起了索昂。班呆呆地看着路边的景象，有些心神不定。只见前面路边，有些汽车正排队等候，班的车也开到那些车后面排队等候。

班将靠着的身躯挺直，朝车前望去，有一些手持步枪、脸上包着红布，身着游击队制服的男子。班看到他们，说不上害怕，也说不上喜欢或者不喜欢，只是心里空落落地朝他们发呆看着出神。索昂会在哪儿呢？想到这儿，麻木的心有点激动而温暖起来，用手摸了摸包包里有点鼓出来的翡翠坠子。心想，原来曾想把这翡翠坠子托人捎给索昂，现在觉得这种想法太天真了，自己想想都觉得有点害臊了。

前面一辆汽车开走后，一个穿军装的士兵走到了班的汽车前面的另一辆车旁，他与班的距离更近了。班将前额顶着车窗玻璃，盯着那人看。离那人不远处，可以看见一些红布没遮盖住面部、穿游击队制服的男子。那一带，都是车啊，人啊，乱糟糟的，看不清人的脸。就在这一瞬间，那个原先背对着班他们的汽车站着的人，回头朝班的车这边走过来，原本胡思乱想低头沉思的班，突然一抬头，清清楚楚地看到了眼前的这个人。

"索昂！"

班的嘴里发出了嘀咕声。真是索昂吗？她认为他就是索昂，又再仔细看了一看。不过，隔了多少年了，到底是不是他，又有些拿不准。不知道是不是因为自己渴望重新见到他，所以他的形象仿佛就在自己眼前，如此巧合，恐怕是幻觉吧？想到这里，她又迟疑起来了。她继续抬头看，只见此人右眉骨上一颗突出的黑痣越来越明显。

就在哥巴仰晓摇下前座车窗玻璃，伸出手交钱的时候，班一下子打开了车门，下了车。

"哎……姐！别下车啊！你要干什么啊？别下车啊！"

哥巴仰晓的妻子惊慌失措地阻拦她。

就在此时，不远处站着的被认为是索昂的人，也正看着她。他的目光中掠过一丝曾经熟识的眼神。当两人双双对视，才意识到竟是有着多年友情的两个人！

"你……是娆班吗？"

站在路对面的人一边快速通过柏油马路一边问道。班连连点头，他也一次又一次地呼叫着娆班，他们俩的眼睛都湿润了。

就一会儿……只要一会儿，他们面对面站着，互相问候。因为在公路上无法久耽，班返回汽车，索昂站在汽车旁，以一种留恋不舍的目光注视着她。车轮子刚一转动，班又示意等一下，从包里取出一个翡翠白鸽坠子，伸手递给了索昂。她心中默默地念叨着，白鸽象征和平，但愿朋友再有重逢的一天！

之后，班向索昂频频挥手，回头朝车后看着他，直至彼此在视野中渐渐消失。

其实，这也很平常。虽然与好友重逢，但彼此相隔依然遥远，再见的希望也很渺茫。班连连叹息不已，长时间呆愣着出神，又回到了没有什么特色的密支那。

心灰意冷

坐在这个地方发呆，已记不清有多少天了。只记得院子围墙上的十二月花已纷纷凋零。花虽然经常开，但总是还没看够就衰败掉落了。这就是人世间无常的道理啊！除了想死之外，似乎其他什么都不去想了。活着的日子里，不快乐的心情日益明显。没有吃什么东西，也不感到饥饿；睡不好，也不知道是失眠；对活在世上的一切，均不感兴趣，只对自己过去的过错，兴趣无穷，念念不忘，日子就这样一天天消磨过去。

阿妈之所以死，越想越觉得自己有不可推卸的责任，龙山的出走以及流落他乡也是因为自己。无穷的伤感和遗憾，越想越伤心落泪。为了从这种负面情绪中解脱出来，虽然也考虑过再去工作，却总感到不想动，浑身没劲，心灰意冷，再没有一丝精力支撑自己的生活。

不想见任何人，哪儿也不想去，什么话也不想说，也不想听……音乐听着也不优美了，享受也开心不起来。一天又一天，总是缠绵在床上，翻来覆去，之后坐起来打瞌睡、发呆、发愣。对眼前看到的一切，无任何感觉，一片茫然。她陷入了举目无亲的可怕状态，感到心脏都快停止跳动了，可是自己只想沉溺在这种孤独落寞的状态中。当一个人厌倦了忙忙碌碌过日子的时候，就会渴望快些结束自己的生命，一死了之。

人的想法真是好奇怪。回想起以前的日子，既有欢乐、满足，也有伤心、难过，两者混合、交织在一起。但现在，所思所想，没有快乐可言，攫住自己的，只有难过和伤心。每每想到此，一切都感到灰心无望。一次次地这样感受，又一次次地从这种感受中挣脱出来，但现在每挣扎一次，反而陷得越深。这样的日子长了，自己恨透了这种反反复复的轮回，只好无奈地忍受做人的苦难。

"班！哥定苗刚不时打来电话，也来过好多次了。你就见见他吧！班啊！他对你有感情，又是个心理医生。你现在的状况需要治治啦！"

她听到背后宝姗说话声。但是，班不理睬，只是抬头从窗口望着天空出神，不搭理人。

"我知道，你现在又犯抑郁了。你自己不是也清楚吗？你这样犯病，已不止两个星期了，既不吃药，又不吃什么东西，这样下去，会死的！"

好啊！死了倒好了，已没有什么可牵挂的了！本来就想死的人，还想拿死来吓唬我！宝姗你真是！她边想边冷笑。每当一想到要死，心里倒好像感到快乐。要控制想死的念头，太累了！不知何时才能解脱啊！

"就算你对其他一切都不管不顾，可你也总得稍稍考虑考虑我吧！班啊！你现在这个样子，我为了不丢下你一个人，就到你家来住，陪你，你不想想这样我有多累啊！我一头得顾学校这一摊子的事，另一头我家里又有一摊子的事，我已好久没回自己家了。可把你一人留下又很不放心，我不得不向学校请假，假已请得够多的了。"

宝姗的话音中夹着呜咽声，姗娗班回头看，然后小声说："请原谅我！"

宝姗嘴里埋怨着，朝前一步搂住了班。

"把我放下！让我一个人好好待着！"

班一边悄声说，一边眼泪如断了线。

定苗刚按了一下院子的门铃，站着等候的那一刻，似乎让他想起了监狱。差不多每天来，都是站着等一会儿，接着每次总是宝姗一个人出来，说班谁都不见。有几次，把他引进客厅，坐一会儿跟宝姗说说话；有时是进院子，坐在石凳上，宝姗讲讲班的情况。他一次又一次给班打电话或发短信，说些鼓励和开导的话，但是，听说班不接电话，也不看短信。因为怕班的心

等待花开之时

理情况更趋恶化，他曾请照顾班的宝姗不时把班的情况打电话告诉他。

班患抑郁症已有两周多时间了，她现在与过去不同，已丧失了自控能力。定苗刚知道她已经得了严重抑郁症，所以就更加担心了。虽然他通过宝姗给她送去了一些服用的药，但据宝姗说，她拒绝吃药。这样，他也就一天比一天担心起来。

就在等候开门的时候，他抬头朝砖围墙上方看去，嘿！那儿有一支十二月花已经长到墙外，与墙上的藤蔓纠缠在一起。他踮起脚，轻轻地拽了一下藤蔓，十二月花随之被带了过来。他随手摘了一枝花，要能见到班，可以送给她。

"正盼着你呐！哥定苗刚！我好生劝了她一阵，她不再拒绝见你。"

宝姗过来打开院子大门时说。他听了这话，心情轻松了些，走进院子。

"我也是一直在担心她，就稍稍提前一点下班过来。她现在情况怎么样啊？又失眠，又不进食，身体抵抗力差了，真怕她发烧。"

"烧倒没烧，可人变得苍白苍白的。"

宝姗回答之后，领着他走进楼。接着定苗刚又跟着她上楼到班房间里。他就跟在她后面，整栋大楼静悄悄的。大楼非常气派，用翡翠装潢的成套家具形影孤单地待在那里。沿着楼梯拾级而上，手触摸到用翡翠片装饰的楼梯扶手，感到一丝凉意。

楼房虽大，却冷冷清清，没有一点儿生气。班一个人生活在这样的楼房中，值得同情。他轻轻叹息了一声，随宝姗站在房门口。宝姗轻轻敲了一下房门，等了一会儿，才轻轻推开房门。

对着开启的房门，是一面玻璃窗，午后淡黄色的阳光照进屋内，室内很是敞亮。半开的窗户吹进微风，使薄薄的白色窗帘下摆轻轻飘动。宝姗先跨进房门，然后说："请进！哥定苗刚！"定苗刚走进房间。只见房间一角，班瘫软在一把藤椅上，正发呆地注视着窗外黄昏的景色。黄昏的余晖照亮了她的半边脸和蓬松弯曲的头发。多日未见，她的脸明显消瘦了，浓浓的黑眼圈，眼眶深陷。

她常穿的长袖黑色套头衫，穿在身上显得比以前宽松许多，衣袖一直盖过手背，似乎是穿了件尺寸偏大的外套。下半身穿着一件烟灰色长裙，裙摆很柔软地罩过双脚。披着一头长发、一张瘦长脸、伸着细长脖子的班，似乎被包裹在一堆衣衫中。阳光照到的半边脸，眼圈呈棕黑色，眼眶凹陷，脸色惨白，眼睛睁得大大的，发呆地盯着远方。

"班！哥定苗刚来了！"

宝姗说了一声。班扭头瞧了他一眼。这种眼神，就是这种眼神，如同死神一般看着他。这是一种孤立无援的眼神，也是一种绝望的眼神。那种沮丧的眼神传递出她的忧愁，冲击着他的心。可是，他对她的忧愁情绪故作视而不见，正视着她的双眼灿烂一笑。想要重新鼓起她自己内心的力量，医生是不能让自己的感情外露的啊！

"班！你好吗？"

定苗刚先问候了一句，作为打招呼，然后就在班身边一张小藤矮凳上坐了下来。班对他的问候只用点点头做了回应，但双眼并不看他，只是斜视着看别处，不让两人的目光相遇，而眼泪却扑簌簌地往下流。

他没劝她别哭，也没有阻拦她哭，只是由着她哭泣，并注视着她。

"老师！我该怎么办？都是我的不对！我的错实在太多了！老师！"

她泪如雨下，用微弱的声音说着。他在一旁只是静静听着，等待她哭个够，一边伸手把那枝十二月花放到她身旁的小矮凳上。等到班不哭了，才问：

"还不累啊？班！"

班睁开眼看了看他，然后又垂下眼帘安静下来，但似乎并不明白他问的究竟是什么意思。

"什么事你都要管，你不嫌累啊？班！别人的生活你也要去管，那你还不累吗？"

"别人？"

她只是张了张嘴，嘟囔了一下。

"不是你自己的，其他人的，都叫作别人的。班！人哪，自己的生活尚且难于管好，又怎么能去管别人的生活呢？你啊，连你阿爸的生活也想牢牢掌控，又想严密掌控你阿妈的生活，还想毫无差错地掌控你弟弟的生活，这怎么行呢？班！就拿你现在来说，你能管得住自己吗？现在你想任性就任性，想享受就享受，自己管得住吗？"

班眺望着黄昏的彩霞，依旧静静地发着呆。窗口吹进一阵风，将她的头发吹得飘散起来，散落在脸颊上。他虽想帮她把散落的头发撩开，但他没有，只是轻轻叹息了一声，继续说：

"把那些事都放下！班！把你想攥紧的东西都放下！不然你就太累了，也很痛苦。人呐，自己的生活自己做主，自己的命运自己掌握，自己的爱慕自己争取，自己的选择自己担当，自己的生活自己创造，就是这样！至于说到父母、亲人他们怎么个活法，都要按你的好恶来安排，能行吗？他们有他们的选择，他们有他们的命运，你硬要去管，只会白费劲，是徒劳的。不是吗？"

眼睫毛上还带着点泪水的班，眨巴着双眼，把目光转向小矮凳上的十二月花。

"人的生活就是这样，当需要放下攥住的东西时就得放下，同样，需要重新捡回已放下的东西时就重新捡回。班！就在你想竭力管住别人的生活时，其实你却有多少年已放弃了自己生活的乐趣和自由，放弃了本来属于自己的生活以及作为一个人理应享受的一些权利，难道情况不是这样吗？现在，班，把你手里攥住的东西先放一放，以后把放下的东西再捡回来，试试吧！

班！这么一来，你就会从目前产生的、以前也经常产生的反反复复的抑郁情绪中挣脱出来！别去管别人的生活，这样，才可以自由自在地过自己轻松自如的生活！班！"

他停顿了一下，房间里安静下来，晚霞渐渐暗淡了。一阵风吹来，为了不让放在矮凳上的十二月花吹落，班伸手把花拽了回来。他接着又说：

"实际上，说到沉迷，是人之所以成为人的众多困惑之一。班！人的生活，只要存在这样那样的沉迷，就会感受到它带来的幸福或苦难。像龙山这样的人，沉迷上了毒品，他所见所思就只有毒瘾的问题了。其余的人活着也会有这样那样的沉迷，但只要这种沉迷不发展到极端，也就不会发展到所见所思尽是苦难的地步。"

天色渐暗，宝姗打开房间的灯。班依然默默无语。

"我有个希望，希望班能接受我的治疗。如果你自己能树立起生活的信心，就先把不该管的事情统统放下，假如你再想要重新管起已放下的事，其实也不难。为此，你可以尝试一次轻松、自由自在的旅行，去享受大自然的美景！尝试尝试过上多彩的生活吧！去轻松享受一个普通人能够享受到的本真的愉悦和欢乐，试试看吧！班！往往有这样的情况，一些不愿过轰轰烈烈生活的人们，其实他们自己并不知道，他们正在享受着轻松愉快、平平淡淡的生活。"

"只要是人，总会遇到做人的种种磨难，这是很自然的。班！

与其不想面对人生的磨难，而去选择死亡，倒不如在选择死亡前这段时间，努力直面所遇到的一切磨难和快乐！班啊！"

当他讲完话，安静的房间里，听到了松一口气的声音。屋子外面，晚霞已完全消失，天色已暗。冬日的午后，雾气又渐渐弥漫开来。班的两眼好像在漫天大雾中发现了什么，盼望着什么，专心在想什么。

"我该回去了！班！明天早上我再来！"

他向班告辞，起身向房门口走去。这时，听到一声轻微的声音："明天的话，"他在门口站住，转身看着班。

"明天老师您能来的话，您给我治治病吧！"

说话声音虽很小，但每个字都听得清清楚楚。他不禁泪眼婆娑。也可能是高兴的缘故吧！郁闷的心情随之消失，他轻快地走出房间。她房门还开着，走到楼梯口，他又回头瞧了一瞧，只见灯光下她正双手把玩着十二月花。

Chapter 2

第二章

喜马拉雅的氤氲

2018 年 2 月

葡萄镇

　　从天空中看到的是一大片蓝色，清冷的蓝色，辽阔的蓝色。蔚蓝色的天空中，有一两朵白云，结伴而过。白云尽头，首先看到的是一眼望不到尽头的重重叠叠的山峦。此后，便是暗蓝色的山峦间突显的蜿蜒曲折的河流。正想要去辨认究竟是恩梅开江还是迈立开江，又见那蓝色之中有一片片金黄色。突然看到夹杂在金黄色之间的少许嫩绿色稻田，那颗冷漠的心，有点苏醒了。

　　蓝天碧空下，稻田和绿色森林混杂交织。飞机向一望无际的马蹄形平原徐徐下降。班眺望环绕平原周围灰褐色的山脉，正想寻找山巅的皑皑白雪。这山，到底是蓬甘雪山，还是龙克犹马丁雪山呢？那座卡格博亚齐雪山，可就看不到了，因为它在遥远的最北端。

　　姗娥班俯瞰着渐渐接近、一望无际而又非常美丽的葡萄镇平原。她回想起为了达到一个人旅行的心理状态而努力吃药治疗的过程。她按时吃哥定苗刚开的药，努力树立自信心，挣脱要寻死的念头。那些日子里，哥定苗刚、哥莫和宝姗他们的鼓励和帮助真是太重要了。有一个多月的时间，对班来说，确实非常难熬。过了那段日子，自己就能下床活动并开始筹划准备这趟旅行了。

这次旅行，可以说是班为了掌管好人生中暂时放下的事而进行的一次旅行，也是一个人为能轻松享受朴素而纯真的快乐而进行的一次旅行。希望艰苦的旅程造成躯体上的疲劳，会减少精神上的痛苦；也想在克服大自然艰难险阻的同时，增强自己的意志，冲淡唯我的想法。之所以选择到这个地区来旅行，还因为想见到在遥远缅甸最北部达杭丹这个小山村里当老师的、可爱的亚旺族女孩希达莎尔。

宝姗知道了班的旅行计划后，反对班一个人出门去旅行，但哥定苗刚不反对班的想法。不仅如此，他还跟他在葡萄镇的朋友联系好，为班做了妥善安排，班特别感谢哥定苗刚。

此次旅行启程前，班托人给在德奈玉石矿挖矿的伦康捎去了她送的翡翠白鸽坠子，当时哥莫办公室的一个工作人员正好要去德奈出差，所以托他顺便将坠子捎给伦康。班从帕敢的回程途中，由于命运之神的安排，令人称奇地巧遇索昂，已将翡翠白鸽坠子亲手送给了索昂。班想着，不久伦康也会得到白鸽坠子，相信再不久，自己还会亲手将白鸽坠子戴在希达莎尔的脖子上。过去，自己曾有一个愿望，想在有生之年，把这些物件送给自己所爱的发小们。现在，眼看愿望居然一一都要实现，那自己就更得要继续好好活下去了。

由于得了严重抑郁症，自己只好辞去哥莫单位的工作，而这份工作本来是经哥定苗刚向哥莫推荐后才获得的，现在，只能对不住哥莫和哥定苗刚两位了。

哥莫十分随性风趣，对班开玩笑说：

"班！你想要点注射器吗？想要就拿呗！在你所到的地方，见到吸毒人员还可以发一发咯！"

"哥莫！是真的吗？真的要让我去发注射器吗？或者是否还要我去对父母或监护人进行开导教育啊？"

听到班很认真的问话，哥莫笑笑说：

"你啊！自己就安安心心走吧！这些事就别再装进自己脑子里了，把它全忘了！"

看来，姗娧班倒是已经把过去生活中想忘或是该忘的，大体忘得差不多了。班的阿妈去世前最后的情景，已好长时间不再在班的梦境中出现了。有时因思念龙山弟，还会落泪，但一想起哥定苗刚说过的话，自己要尽力接受这样的事实：想管别人的生活，是一定管不了的。

从准备这次旅行时起，班的精神状态已相对稳定。哥定苗刚找了一些介绍她要去的旅游地——缅甸最北端地区情况的书籍给了班。看了这些书后，她想去那儿旅行的心情更强烈了，同时，也回忆起最早向她谈起有关该地区情况的那位大叔。

"你看！这些是雪山呐！看到了吗？好美啊！"

回想起当时大叔指着书中图片，自己也饶有兴趣地低头看着的情景，大叔说了，路是远了些，可是还年轻，可能会有一天能够去那儿。大叔还说，能够在近旁观看雪山，心里也会很高兴。班想想自己一定也会很高兴呐！发自内心的快乐，她已有很长时间没有感受过了啊！她一定要把雪山看得一清二楚，还要长时间盯着看，但是不知道，自己也会像大叔那样兴高采烈吗？

哥定苗刚一直把班送到密支那机场，一边与班告别，一边郑重地对班说：

"我期待，在你旅行回来时，会看到一个全新的班，跟以往不同的、一位全新的姗娓班回来！班！"

他的目光中，既有担心，也有期待，饱含深情。他很希望旅行回来的班，具备心理分辨力，从而能清楚感受到他眼神中依恋的深情。哥定苗刚在心里说，但愿在她旅行归来，回到自己身边时，心理状况稳定，能清楚感受到爱情之所在，能分清爱与非爱，辨别友情与爱情的错综复杂性。

班还在思绪万千，飞机已经在平原上空徐徐降低高度，稳稳滑向跑道。机场周围的山峦渐渐留在了身后。

飞机停住，站在机舱门口，马上有一种特别令人愉悦的感觉。那里有一种与众不同的氛围，是喜马拉雅山脉独有的氤氲。这块葡萄平原海拔高达1400余英尺，环绕它的山峦，正是喜马拉雅山脉的余脉。人们感受到的这种氤氲，与班童年熟悉的克钦邦山区的氤氲大不相同。在曼德勒上学时，班曾去过几次掸邦山脉，但是感觉那里与喜马拉雅山脉的氤氲很不相同。这里让人感到古老、静谧、深邃和充满神秘感。就在仔细琢磨这种感觉时，又感到了大山好像在召唤自己。享受大自然美景的那种柔情开始进入班的内心世界。还看不到大山之巅的冰原冰川，不知是不是因为不是清晨的缘故？已是上午10点钟，看不到山巅云雾缭绕，虽然阳光暖洋洋，吹来的风却是凉凉的。

班走下飞机舷梯，抬头看到蓝色屋顶的停机楼。来接她的是在葡萄镇当老师的亚旺族女青年欣扬，是哥定苗刚在葡萄医院工作时的好友哥佩扬的小妹。因班一个人来葡萄，哥定苗刚就拜托欣扬陪伴、照顾班。另外，他还得知，欣扬曾在达杭丹村工作过，也熟识希达莎尔，这对班而言就尤其方便合适了。

走向机场候机楼，那凉凉的风着实让人感到寒冷。出发前，想改变一下自己的形象，把长发剪成了短发。寒风吹来，发梢在后脖和额头被吹乱，颈脖和两耳边缘，冷得直起鸡皮疙瘩。早知如此寒冷，就不该剪发了，但是，因为剪短了头发，人就显得轻盈，也精神，自己也喜欢看起来年轻一些的感觉。

班将双手插进夹克衫口袋里，快步走向候机楼，身上只背了一个小双肩包。将要走近候机楼门口时，只见一个脸带微笑朝她走来的女子。她穿着白色保暖上衣和白底横条花纹亚旺族筒裙，是一位亚旺族姑娘。班想起亚旺族人喜欢白颜色，希达莎尔也喜欢穿白色的服装。

那位姑娘就像希达莎尔一样，身材高挑，很漂亮。正当班在打量她的时候，她对班笑了一笑说：

"您是姗妮班大姐吗？"

"是的，小妹是欣扬吗？"

"是的，大姐！我就是欣扬！我大哥哥佩扬也来了。哥定苗刚电话中告诉了我们您的衣服颜色，所以一下就认出来了。哥定苗刚还告诉我们说您长得漂亮，很容易找到您的。真的！姐，您真的很漂亮！"

班微微笑了笑。

"定苗刚也对我说过，欣扬长得很漂亮。真的啊，欣扬好漂亮啊！"

"大姐更漂亮。"

她们俩互相赞扬着对方，轻松快乐地笑着，彼此感到好像亲近了些。喔！班现在居然也会开怀笑了，她已经很久没有像现在这样心情轻松地笑了。心里一轻松，也就驱走了烦恼。

"大姐！是想直接去旅馆吗？迈立开度假旅馆离机场稍远些，在姆拉西迪村边上，离姆拉西迪铁索桥倒很近。从这儿去的话，有七英里。我们居住的岗格堂区，离机场倒不怎么远。您就先在我们家吃午饭，已经准备好啦。到家吃完午饭再去旅馆，大姐！"

"好啊！小妹！我就先去你们家好啦！已经好久没尝过家常饭菜了，太感谢你们啦！"

班话说得坦率，欣扬朝她瞧了一瞧，班感受到了她眼神的温馨。不过，有时候，即使是陌生人，她也会感受到他们的温馨。

"我们随便做了点，怕大姐吃不惯。如果大姐喜欢，在葡萄时，就在我们家吃，别客气啊！听大姐现在这么说，我也好高兴呐！我妈会做一手好菜，什么亚旺族菜、掸族菜都会做。还买到了冰水鱼，都做好了。"

"冰水鱼？"

"是的！大姐！是我们葡萄镇南敦河出产的鱼，虽然鱼刺多些，但味道很鲜美。"

班面带笑容，看着正兴高采烈谈论着美食的欣扬，同时想起了大叔。班最早听到冰水鱼说法的地方，是在那遥远的莱沙小镇，现在在葡萄镇再次听说。

欣扬慢条斯理的说话声，让人感到温暖和亲切。她虽然是亚旺族人，缅语却说得还算娴熟，但不该高声调时，却带上高声；该高声时，却又没了高声，带上了亚旺族人的口音，这让班更想念希达莎尔了。这样的口音久违了，希达啊！

"大姐！这是我哥，哥佩扬！他开车送我们。"

走到班身旁的亚旺族青年脸上露出讨人喜欢的笑容。这兄妹俩都是皮肤白皙、身材高挑，很俊俏。

"去达杭丹的事，哥定苗刚交待过，已安排妥当。还有什么要办的事情，尽管告诉我，别客气啊！"

"好的！谢谢哥佩扬！"

结识讨人喜欢的新朋友，产生了新感受，不觉心情开朗。班与欣扬一起说话的时候，哥佩扬为班取回托运的旅行包。走出稍感温暖的候机楼，外面冷风飕飕，又感到寒冷了。

坐车的一路上，所见景观与通常所见不同：小石块码砌成的院子矮墙，黑色高脚小木屋，驶过小木屋之后就好像直奔山脉方向驶去，车就在一望无垠的平原中央平坦的公路上急驶。刚收割的稻田里，稻茬子直直支棱着，给这块平原染上了金黄色，草地和森林又给平原增添了翠绿色。先前从天空鸟瞰到的一片一片的黄色，原来就是这些稻田。

前方平坦公路尽头，看似挡住公路去路的大山，蜿蜒曲折多变，向前延伸。层层叠叠的山峦，有深谷，有缓坡，有隆起，也有弯曲，形态各异，令人目不暇接。虽然寂静无声，却好像富有灵性，在召唤人们一般。哦，这种千变万化的美景，只有在群山峻岭中才能看得到哪！班虽然从小就见过山峦的美景，对山景并不陌生，但当看到这些大山时，似乎感到了它们的神秘和深邃。难道是因为在这些山峦的后面，有神奇宏伟的卡格博亚齐山的缘故吗？难道是因为自己一直盼望看到洁白美丽的雪山的缘故吗？要不然，就是因为喜马拉雅山脉的氤氲，神秘而深邃的缘故啰！的确是这样，一踏上这片土地，自己就开始感受到喜马拉雅山脉无穷的诱惑力和吸引力。

班感到是大自然的诱惑力，使自己开始从以过去为中心的思想中解放出来。过去凌乱缥缈、不安宁的心，在新的地方、新的环境、新的美景中安顿下来。仅仅以现实为中心，内心开始平静下来。就在遥望前方群山之际，班所坐的车穿过平原中央，突然间看到一条流淌着的美丽小河，内心一阵激动。由于是意外的发现，禁不住口中悄声说："好美啊！"

"这就是南敦河，大姐！发源于葡萄镇西南部的德甘马丁雪山，河水很凉，所以就成了冰水。这条河是从葡萄东部拐了一个弯，汇入迈立开江的，大姐。哥！你在桥边停一下车，一起下车欣赏一下风景！"

欣扬对班说了几句，同时嘱咐她哥。哥佩扬把车停在桥边，三人下车，走到桥上。他们倚着桥栏杆往下看，只见清澈的河水激流，从河底的巨石穿凿而过，一泻而下。河畔是刚收割完水稻的稻茬子田野和绿茵茵的草地，一眼望去是美丽的平原。那平原的远处，还可看到白色佛塔。站在桥中央眺望，景观尽头，可清楚看到一大片山脉。欣扬指着那座山峰说：

"这座山就是目堆亚希山，大姐！这座山峰与它旁边那座山的山坳间形成一个湖。冬天湖水结冰，成为一片冰面。当地人把这湖称之为神湖，并相信喝了这个湖的水，能健康长寿。"

班直面正前方，呆望着目堆亚希山说：

"这个季节，山顶不结冰吗？我在飞机快下降前就低头找，心想能不能看到雪山呐。现在是冬末，心想一定还能看到雪山！"

"雪山都很怕羞啊！大姐！"

听了欣扬的话，班扬了扬眉说：

"雪山怕羞吗！"

班惊讶地追问，欣扬一边点头，一边微笑着说：

"雪山都是日出之前，六点钟到七点半左右才会露面。太阳出来以后，雾气渐渐散开，好像被雾霾笼罩似的，很快变成了云层，大山就会隐身云雾了。听我爷爷说过，雪山在人们清晨还没醒来时现身，怕人们醒来后看到它，所以就怕羞隐身了。"

班听了开心地笑了起来。好可爱的想象啊！雪山也懂得怕羞呐！

"所以，想要看到雪山，就得起个大早才可能看到。大姐！我们家在这个平原尽头的岗格堂区，从我们家看的话，也得一清早就起床，才可看到目堆亚希雪山。要是从大姐住的旅馆看，可以看到龙克犹马丁雪山。"

听了欣扬的解说，班想看雪山的欲望愈加强烈了。

"与目堆亚希雪山并立一线，连成一片的雪山有逢迎亚希雪山、蓬甘亚希雪山、范格仰亚希雪山、西亚亚希雪山。"

欣扬一一介绍了雪山的名字，但还没包括卡格博亚齐雪山。卡格博亚齐雪山在这儿是看不到的，它在好远好远的北边呢，那是班最想看到的雪山！虽然还没有爬上这座雪山的想法，但能在远处眺望的心愿，从小就有了。可是，所有幻想都在现实生活的焦虑中灰飞烟灭。现在，但愿那些氤氲能化作云彩，飘向卡格博亚齐山顶，缭绕漫游。

"姗娩班姐！瞧！那边的小白佛塔，您看到了吧！是掸族式的小白佛塔！”

与欣扬相比，少言寡语的哥佩扬手指着远处的小白佛塔说。班点点头答道：

“是的！看到了！哥佩扬！”

“那就是布当村呐！是葡萄镇最早起源的地方。”

班朝哥佩扬手指的远处眺望。关于布当村的故事，班已从书上看到过：布当是坎迪掸族话，布，指“爷爷”，当，是“盼望”的意思，布当也就是“爷爷盼望的地方”。另外，在葡萄还遗留了英国人统治期间修建的哈兹防御工事，这些都从书中看到过，只是记得不太确切。

听了欣扬兄妹俩的介绍，班随手把周边的美景都一一拍照留念。

班她们离开这些景色优美的地方时，阳光更明亮了。班一行的车到了平原尽头一个山坡上的小区，车停在平地边一座高脚木结构屋前，小屋四周是用石块砌起的矮院墙。周围一片葱绿而宁静。

“请进！姐！这就是我们家，就在小区边上，离平原近，还可以看山景呐！”

欣扬拉着班的手，热情地邀请她。进屋后，见到已备好了一桌丰盛的饭菜，一位年纪略大的妇女正在守候。一看到那位老年妇女，便知道她是欣扬的母亲，因为她的眼窝和笑的模样都与欣扬兄妹像极了。

"姐，这是我妈！阿妈，她就是姗娲班大姐，是定苗刚大夫的客人！"

"啊！快请进！定苗刚大夫来葡萄，常在这儿吃饭，我们也很欢迎定苗刚大夫的客人来家吃饭。今天起了个早，做好了饭，就等您来呐！来！请坐！痛痛快快吃吧！"

看来她不太会说应酬话，但坦率、友好、热情。看到欣扬的妈妈，不禁让班想起了自己的阿妈还有奶奶。不与家人一起吃饭，已有很长时间了。自己还没到达，就有人备好了满满一桌菜在等候她，真让她感动。

这桌菜非常丰盛。欣扬妈一边给她夹菜，一边介绍菜的特色并说：

"请随便吃！这是麂子肉，冬天，是打猎的日子，肉很多。现在这个季节，从葡萄市场可以买到麂子肉、鹿肉、野猪肉和猴子肉，可多了。我不用去市场买，我们家老幺会打猎，所以，麂子肉很新鲜呐！"

"妈！大姐给你这么一说，可要咽不下去啦！"

"嗨！干吗会咽不下去啊？我说的都是大实话啊！"

"是啊，欣扬！阿姨，您就说您的！阿姨这么说，我爱听。"

"瞧瞧，人家姑娘喜欢听！你是怎么啦！"

听了欣扬她们母女俩的对话，班很开心地笑了。"开心"，离她已很久远了，居然在这小小的餐桌边又开始复活了。

在这个小小的家庭餐桌上，尝到了与地衣味道相似的拌酸笋，味道特殊；冰水鱼很鲜美；还有油焖麂肉、土豆烧鱼干、掸族风味笋干鸡汤。班一边有滋有味地吃着，一边又想起自己以往那些枯燥无味的日子。

吃过饭，哥佩扬在楼下窗口铺了一张席子，与班等三个人坐着，边眺望目堆亚希山和田野边聊天，听欣扬的妈絮絮叨叨地讲述她的故乡瑙蒙镇的情况。班从欣扬家人所谈的情况，也了解到在葡萄人们的社会生活情况。

"这儿到了雨季，家家户户的外出人员都回家，因为雨季都得到山坡上种稻子。到八九月后，稻子成熟，就得收割稻子，举行新稻丰收聚餐会，再把稻谷收进粮仓，这就放心啦！到了冬季，家里有男人的，就到山里去打猎，或是到姆拉河、南敦河去捕鱼，有时也到迈立开江捕鱼，有布设陷阱的，也有撒网的。等到了旱季，就到稍远些的山上去找当归、虫草。我有一个上学还没毕业的儿子，他就外出打猎。"

"要打猎，上哪儿才能打得着啊，阿姨？"

班问欣扬妈，同时抬头看了看墙上挂着一些动物犄角。

"不让到太远的地方，听说过姆拉西迪索桥吧？"

"听说过，阿姨！我知道。"

"这个索桥边上，有个姆拉西迪村，这个村后面就有山林了。在离人家不太远的地方就可以打猎，有麂、狗熊，如果想要蟒蛇胆什么的，就得到深山老林去了。所以，一个年轻漂亮的姑娘怎么会有只身一人去藏族村的想法呢？"

欣扬妈的眼睛盯着班，带着好像不解的口吻说。欣扬小声说了声"阿妈"，示意她别再往下说了。但是，她阿妈似乎没有听到，继续说：

"这路太不好走啦。从板南定往后就得完全靠双脚了，年轻瘦弱的姑娘可能得步行七天左右才能到达杭丹。欣扬当老师那会儿，不好阻拦她，只好硬着头皮让她去。欣扬！你把情况好好给她讲清楚，别让她去！"

"阿妈啊！姐姐说是要去看在达杭丹那儿工作的希达呢！就是希达莎尔啊！阿妈您也知道，不是吗？您见过她一两次。她也是因为我回来了，空出来工作岗位才去替补的！"

"喔！嗯！希达莎尔倒是认识。只要学校一放假，她就下山了。也可以在这儿等她回来，有什么特别重要的事，非要现在就去啊？"

"大姐就是想去达杭丹玩玩呗！阿妈！不管路多难走，可是风景很美啊！"

"啊哦！那就去吧！但是，可得跟她把路上的情况讲清楚。你去的那个时候有蚂蟥，它们成群黏附在人身上吸血呢，就跟触碰了艾玛草一样，人痒得要死！"

"啊！阿妈你也是，那是因为在雨季才会那样，现在这个季节，没有蚂蟥，艾玛草也都枯萎了。"

"唔！但是，悬崖峭壁，你是绕不开的。一定得告诉她仔细看路，千万别摔下去！这路真是难走啊！"

第二章

"阿妈这么唠叨，大姐会听得心烦的！"

"我可是实话实说哦！"

"对啊！是的！"

听这母女两人的对话，班感到既温馨又可爱，一直微笑着。可是很久没有人像这样跟她说话了。

"阿杜他们不是已经下山了吗？再好好交待他们就是啦。"

"放心吧！阿妈！跟他们已约好，明天见面。今天还要带大姐到葡萄一带玩玩。"

"唔！唔！一路一定要当心！路太远啦。可以到葡萄市场去买一些必要的东西。还有，防寒衣够不够？路上还可能会住营房，不像城里那么方便。要带上自己睡觉用的东西。女孩子家一个人出门，让人不放心喔！你现在这样一个人走，你妈不拦你吗？"

"阿妈已经去世了！"

"哦！"

班的回答，使欣扬的母亲有些难受而沉默了。欣扬有点过意不去，注视着班。班却因欣扬妈温暖的话语，感到心情愉悦，她微微一笑，看着欣扬妈丰满的脸说：

"我已经有好长时间，人身体不累，可心感到很累。现在换个活法，让身体累点而心情可以放松些，所以才想到这次旅行，阿姨！这样，人会累些，但心里高兴。"

一直看着班的欣扬妈，她的双眼饱含着同情的眼神，这种眼神让人感到非常温暖。欣扬妈不再继续说话，只是连连点头，并亲自倒了一杯热茶给她，这也令班想起了自己阿妈。

班一边喝着欣扬妈给她倒的热茶，一边遥望目堆亚希山。作为喜马拉雅山脉的余脉，它们都在远处召唤着自己。班正对目堆亚希山看得出神时，忽然又想起了哥定苗刚。看看！忘了吧！自己还没把到达葡萄的消息打电话告诉他呐。因为班还没有关闭手机的飞行模式，哥定苗刚也打不进电话来。班想到要打电话给哥定苗刚，就从背包里取出手机，在关闭飞行模式后，听到了楼梯口传来哥佩扬的声音。

"玛姗娖班……哥定苗刚打来电话，说是给您打电话打不通，他问您是不是已经到啦，一切顺利吗？还需要点什么吗？电话里问您呐！"

"哦！行！我还没关闭飞行模式，所以接不到啦！我现在就给他打电话，哥佩扬！"

"大姐，安安心心打电话吧。我们去厨房有点活要干。"

欣扬她们母女跟班打了招呼，都去厨房帮着干活了。

"喂！老师！"

"班！你身体好吗？"

"你就不该问我身体好不好啊，老师！您不是说您跟我不是医患关系嘛！"

"对不起！是我多担心了！"

"这么说，老师！我还没达到您无须担心的地步咯！"

"啊，那倒也还不是。不管什么情况，爱担心的人，就喜欢担心，不爱担心的人自然就不担心。谈到担心，也往往与爱担心人的脾气有关。自己担心是……"

"太绕了！老师！"

班嘿嘿笑，也听到了哥定苗刚轻轻的笑声。他的笑声和说话声，依然是那么让人暖心！每次与他交谈，总感到内心平静，也增添了力量，他是让班的生活回归正常的恩人哪！

"一切的一切都要感谢您呐！老师！"

"那，各方面都顺利吗？班！"

"都很顺利。我遇到了很可爱的一家子，心情很愉快。"

"他们都很诚实，班！还会安排你顺利到达杭丹的。可以到葡萄市场去买些需要用的东西，班！"

"好的！老师！刚才欣扬阿妈还说，这一路上得睡营房，所谓营房是不是与招待所差不多啊？老师！"

"那儿所谓营房，就是一个可以临时歇息、避险和做点吃的的地方啊，不会是寝具齐全、很方便的地方，要自己带上卧具和吃的东西。"

"这么说，要带上做饭菜用的锅碗瓢盆什么的啦！是吗？老师！"

"No！No！那倒用不着。在营房里虽不会有人，但有路过的人住过，吃喝用的锅碗瓢盆什么都有，那种地方不会有小偷，班！也不会发生什么刑事案件。除了交通困难，对人倒是可以放心的！哎！班你已在旅馆办好手续后又出来的吗？"

"不是，老师！因为这儿近，就先到这儿来吃饭了。待一会儿，就去旅馆办手续。"

"旅馆里，有一位我的朋友，名叫哥昂缪温，有什么事可以找他。"

"好的！老师！"

"能看到龙克犹马丁雪山的廊屋，已经给你订好了房间。"

"龙克犹马丁……"

"是的，班！你住的房间，一早起床朝窗外看，就可以看到龙克犹马丁雪山了！"

"那谢谢了，老师！我就是想看雪山呐！到现在为止还没看到，还有点不甘心呢！"

哥定苗刚轻声笑了笑。

"那么说，得要下冻雨才行啰。"

"冻雨是怎么样的啊？"

"冬天下的雨呗！像冰水那样冷，与雨季下的雨不同。在葡萄，下过冻雨后第二天，天气特别好，蓝天下，那些白皑皑的雪山纷纷显现了，班！那才叫大美啊！想要观看到周围处处雪山的美景，就到亚旺目瑙广场去看吧！我要是跟你一起去葡萄，真想一大清早叫上你一起去那里欣赏呐！"

"要是我在葡萄，能下一场冻雨，真是太好啦！老师！今天，这天空倒是有点儿阴沉沉的，但没下雨。"

"要是在葡萄看不到雪山，到了达杭丹肯定会看见的，班！明天，一大清早起床，就能看到龙克犹马丁雪山，当然，也得是云层不厚的时候。好啦，在别人家里做客，打电话时间太长了不好。你们还要出门办事，就快去吧！到了哈兹防御工事，在它旁边，有一个英国统治时期储藏鸦片的小楼，去找找看啊！"

"好的，老师！"

"我不会老跟你打电话了啊！外出旅行，总打电话打扰，怕影响出游人充分享受旅游的兴致。别像是完成一个任务似的，到哪儿都得汇报，只有在你很想打的时候，或者有困难的时候再打吧！"

"好的，老师！"

"那我挂电话了噢！"

"好的！"

电话挂断后，班朝目堆亚希山那儿眺望，等候欣扬他们。从田野那边吹来的风还是那么凉凉的……

班从床上一醒来，还没睁开眼，就感到清新和凉爽。以往，眼睛似睁未睁之际，不良的感觉和伤心的想法就会袭来，这样，只会带来一整天的烦恼。现在对班来说，感觉是全新一天的开始。新的看法，新的环境，新的感受，令人精神焕发。

哦！隐隐听到流水声……是这种流水声使自己的心平静的吗？还没有睁开眼，就竖起耳朵倾听隐隐约约的流水声，原来是姆拉河的水流声。班倾听着水流声，在床上翻身，一睁开眼，一眼就看到了美丽的雪山，高高的雪山之巅白雪皑皑。尽管距离相当远，但山巅的冰面在明亮的晨曦中渐渐显露真容。她一下子掀开毯子起床，迎接她的是丝丝凉意，赶紧把套头衫穿上。虽然长长的袖子盖过了手背，露在外面的手指依然不感到温暖，于是她双臂交叉，两手放在腋窝里，走到窗前，面对远处的龙克犹马丁雪山及其周围的美景。太阳还未升起，雾气尚未散开，朦朦胧胧的清晨，泛白的雪山景色，尤其有吸引力，她看得出了神。头天晚上睡前并没有定闹钟，第二天一早自然醒了，那是因为想看雪山的心思催促的缘故。昨晚与欣扬聊天，就被欣扬所描绘的雪山美景所吸引。

欣扬说，到了达杭丹，雪山看得更清楚，她也谈到了去那里的路十分难走，但自己听不进这些话，只是对自己想听的情况兴致勃勃。过去自己总是忧心忡忡，别的就什么也不感兴趣。现在终于摆脱了这种情况，对此自己感到满意。一心急于想快些去风景优美的雪山，又兴致勃勃地想听有关雪山有趣的情况，自己的内心被唤醒了。

原本欣扬说要与班做伴一起住旅馆的，但自己觉得不好意思，所以就只让欣扬上午来旅馆，欣扬让她哥来旅馆接她回去，可是对班一个人留在旅馆好像还有点不放心。班虽然一个人住旅馆，但感到很安全，晚上睡得很香。

班还不打算去吃早饭，而是坐在能看到雪山的地方，愣愣地看着，这时她又想起了昨天去参观的地方。她坐了欣扬她们的车去了哈兹防御工事，那里冷清而静谧，看到英国人时期遗留下的住房和贮存武器的建筑物。离这些不大的建筑物不远处一棵大榕树附近，有一个砖结构房子，据说是当时英国人贮存鸦片的地方。还听说，当时修建葡萄机场时，英国政府让修建机场的苦力劳动者抽鸦片烟。虽然有这种说法，不过，并不可全信。如果那是真的话，那就实在令人痛心。现在，也不想总是去回忆那些伤心往事了……

班独自坐在旅馆前的长沙发上，遥望龙克犹马丁雪山，等候阳光的出现。一看到太阳，那雪山也就似乎隐退不见了。只见些许雾气和云彩徐徐飘来，就在雪山时隐时现之际，班起身打算去吃早饭。她洗脸刷牙后，穿上紧身毛衣，又加了一件较长的厚上衣，戴上帽子，围上厚围巾，出门去吃早餐。她感到自己这一回行动迅速、利索，脸上展露笑容，不过，同时又想起了自己过去常常犹豫不决的情形。

精神压力大、情绪低落的时候，从选穿哪件衣服开始，穿这件好还是穿那件好，都会犹豫不决，什么事情都没主意，缺乏自信心。甚至连是否要出门这种事情，都会考虑再三，刚要迈腿出门，又退回来不去了，拿不定主意。甚至吃饭这种事，也会在吃还是不吃之间，犹豫再三，无法集中精神作出决断。现在，已彻底告别了对什么事都无法作出决断的日子了。

班走过一条绿油油嫩竹林掩蔽的小路，来到了吃早饭的餐

等待花开之时

厅。虽然天气很冷，但餐厅里有取暖炉，让人感到温暖不少。房间里也有取暖炉，昨晚都没开，这是因为还得去更冷的地方，想锻炼一下自己的御寒能力。小时候曾经历过冷得瑟瑟发抖的日子，自己也过过寒衣不够、房子透风的生活。后来很长时间，又过着衣食无忧、物质丰富的生活。她清楚，现在一下子要习惯这种物资短缺的生活不易，但是如若要让内心快乐，她还是宁愿让身体受点苦。

班正朝着餐厅走去，见到不远处的竹林旁有个人背对着自己正在打电话。越走越近时，听到了那人的讲话声：

"哎！我听说了，是报纸上的消息，在德奈玉石矿那儿，上千人被困，是因为这个月底又打仗啦！"

班听到这些话，脚下沉重起来。因为伦康，他就在德奈那边的南宫玉石矿啊！

"哎！眼前，我们葡萄还算没事，要是再乱的话，那汽油、食品都得涨价啦，游客也不敢来啦！但愿别影响到这儿！"

正当班站着听这个人打电话时，那人回过头朝班看了一眼，原来是哥昂缪温！他是哥定苗刚的朋友，这个旅馆大堂的工作人员。昨天在旅馆办入住手续时，只见了一面，还没好好聊过呢。他一见到班，就对班笑了笑，向班走过来。班也就站着等候。

"早安！玛姗娩班！"

"早安！哥昂缪温！就叫我娩班好啦！"

"住这儿一切还好吗？"

"都很好！哥昂缪温！"

"是去吃早饭啊！可以去餐厅吃，也可以在南兰河畔，边欣赏风景边吃早饭。在外面吃，冷是会冷一点，但是有火炉。"

"那好！就在外面吃好啦！哦！请问，这旁边的河，是叫南兰河，还是也叫姆拉河？"

"是啊！它在姆拉西迪村旁，还有姆拉西迪索桥，所以大家都叫它姆拉河了。哦！那你去过姆拉西迪索桥了吗？"

"还没去呢！"

"从这儿步行去，不远，走五分钟就到啦！"

"是吗？那就吃过早饭去好啦！"

班虽然在与哥昂缪温说着话，却因战事突起心里有点乱。会严重到什么程度啊！脑海中立刻隐隐出现了从小爱偷懒、木头木脑的伦康的脸。

"那……啊哦！刚才我无意中听哥昂缪温在电话中说，什么……在德奈那边又打起仗来了。"

"喔！是啊！我们葡萄这儿也有人在那些矿里干活，到现在还没回来呐。听说是封闭了。不过别担心，在葡萄这边很太平。"

哥昂缪温以为班是担心葡萄这边的情况才问他的。她与他道别后，就去吃早饭，心里却有点乱哄哄的。她虽然开通了脸书的账号，但已好久没用了，所以不知道网上的消息。自从班得了抑郁症之后，就不再看报刊，与周围也失去联系。伦康现在的情况究竟怎么样了？真想给他打个电话问问。

班就坐在姆拉河畔的小凳上，给伦康打电话，但关机了。接着一次，两次，多次拨号过去，都仍是关机。难道一直惦念着希达的伦康，真的会与上千人一起被封锁在矿井？又想起了索昂，他现在会在哪儿呢？她不知所措，竟莫名其妙又想发火。就在这时，想起别人的生活如何，自己是管不了的，于是把注意力拉回到美丽的姆拉河的流水声，大口呼吸着清凉新鲜的空气，将目光转向河对面的山峦。因为身旁的火炉传来了暖气，使周边都暖洋洋的，身体感觉也好多了，轻松温暖了。罢了，不去想了，都是自己无能为力的事……把那些全都忘了吧，我自己也应该有享受美好生活的权利啊！

　　生活中的溺水人，如果去抓住下沉的东西，那只会越陷越深。为了自己活命，必须把已抓住的东西松开，有时候，为了自己活命，好像还要有点私心。就连龙山弟的生活，自己都管不了而不得不松手。至于对伦康的活命要想帮上忙，那就更力不从心了。

　　对龙山染上毒瘾，自己都无能为力，要想让战争不发生，自己就更无可奈何了。眼前，自己能办到的，只有努力去管好自己的生活。

　　班解开了心结之后安心地去吃她的早饭。姆拉河秀丽的景色让她心旷神怡。早餐后，去了旅馆的观景点，在那里她凝视着姆拉河正前方的雪山美景。不一会儿，班朝姆拉西迪索桥走去。欣扬来电话说，她已出门，正过来并约好在姆拉西迪索桥会合。

班为了抵御寒冷，一会儿小跑，一会儿快走，到了姆拉西迪索桥。她走上桥面，有轻微晃动，感到心跳加快。站在索桥中央所看到的景色，简直美得令人窒息。

班站在桥中央，看到异常清澈的姆拉河河水以及两岸一片翠绿色的竹林，还能看到远处的龙克犹马丁雪山。在温暖阳光的照耀下，雪山还隐隐可见，渐渐暗淡隐退、消失了。当白色也渐渐消失的时候，山峦只剩下一片灰绿色。班心想，雪山都因怕羞而躲藏起来了吧！不禁微微一笑。只听见桥头传来欣扬的喊声，班回过头一看，只见欣扬向她挥手，正朝站在桥上的班这儿走过来。看到欣扬脸上轻松愉快的神色，立刻想起了哥定苗刚。她脸上的气色就像哥定苗的气色，这是生活中未曾受过心灵创伤的人才会有的气色。

"姐姐！大清早就出来逛，不冷吗？"

走到班身旁，欣扬问班。班笑笑对欣扬说：

"是有点冷，但是走走路，血液流通就暖和了。再说，这时间也不早了，欣扬！你瞧！那些雪山都怕羞了，躲藏起来啦！"

班的话，引得欣扬也笑了！

"人们说雪山会怕羞，看来姐姐已信了吧？"

班微笑着直点头。

"站在索桥上看到的风景，真美，欣扬！"

"是的，姐姐！这一带，风景特别美。姆拉西迪索桥也很有名。我的客人来的话，这儿是必定带他们来的。那边那个村就是姆拉西迪村，也是傈僳族村。在葡萄，傈僳族、亚旺族、坎迪掸族人最多了。"

班听了欣扬的话，就观察了桥下河两岸。河岸边有许多大小不一、很光溜的石块、卵石，她便想下去看看。

"这水一定很冷呐！"

"姐姐！你想下去吗？"

班嘟囔着，欣扬就问了她一句。班点了点头。

"好啊！我们一起下去。"

"那儿，我哥等着呢，姐！那我们去车那儿，车可以沿河滩一直开到桥下面。"

"不用车，欣扬！很近，往下走走就可以了！"

"有许多石块呢，坑坑洼洼，不好走着呢！姐你行吗？"

听到欣扬担惊受怕的话，班笑了起来。欣扬对她的笑好像很费解，呆呆地看着她。

"欣扬，你以为我从小就完全是个弱不禁风的大城市人哪！其实，我有过比你们更艰难困苦的生活。虽然曾有过艰苦难熬的日子，但后来很长一段时间过上了养尊处优的生活，似乎就忘记了从前的苦日子，人也变得柔弱娇嫩了。要再回到以前那种艰苦劳累的日子，一下子也会有点不适应。但是只要习惯了，以后也就能吃苦耐劳了。所以，去达杭丹的旅行，一开始会有些困难，但我相信自己能克服这些困难。来！欣扬！我们一起到河边去！"

班在前面快步朝下走，欣扬在后面跟着。走到遍地石头的地方，班索性脱了鞋袜，光着脚丫子泡在水里，就好像重回小山村里跑跑跳跳、互相追逐玩耍的童年时光，变得轻松又年轻。虽然又想起了龙山，但对无法叫上他一起来，并不感到有什么后悔了。也想起了伦康和索昂，但他们已经各自有各自的生活，心里也就释然了，硬要都捆绑在一起，反而太沉重了。

　　在河边，双脚踩着卵石，又湿又滑，身体左右摇晃，班伸开双臂，努力平衡，做到不摔倒。没有任何人在一旁扶助，班凭借自己的力量和意志，保持了自身平衡。

　　河边很凉，水同冰一般冷。再往下走，好像又感到温暖些。有的石头光滑，有的石头粗粝。那些既不粗粝也不光滑、粗细适中的石头，河两边到处都是。班在想，这些石头是当地原来就有的，还是从远方雪山冲刷裹挟滚落下来的呢？它们本来的源头看来无据可查了。踩着大大小小的卵石，也就切身感到了水的冰凉。水的另外一面构成了美丽的风景，哦！人生！那人生又会怎样呐！

　　人的一生中，会有踩上光滑的石头而滑倒的时候，也会有被粗粝的石头划破脚而感到疼痛的时候，当然，还会有粗细适中的石头，可以舒舒服服地站在上面、消除疲劳的时候。如同无法知晓河边的石头究竟来自何方一样，人生究竟会怎样度过，也是难以事先知道的。

　　班双脚泡在冰凉的水里，用手捧起一捧水泼出去，只见大大小小的水珠，在阳光下，闪烁着银色光芒，欢快而优美，它们像闪电一般，虽然仅仅一瞬间，可是她却非常渴望这闪光的一刻。人对待生活，尽管不能太过贪婪，但也不能没有一点陶醉。看来，对生活的追求要适可而止，只求小小的陶醉，这样生活才会过得丰富多彩。

班也不想像一些朋友说的那样，成为看破红尘、顿悟人生的那种人。自己担心，年纪不大就对人生有过度的顿悟，那就跟得抑郁症差不多了。

"姐姐！今天去布当村，从那儿回来，咱们就去镇中心城区。喔！水好冷！"

欣扬边说边把踩到水中的脚缩回来。班也感到水太冷，就上了岸。

"城区有些什么呢？欣扬！"她又问。欣扬穿上了脱在岸边的鞋。

"我哥哥佩扬的朋友哥丰沙尔住那儿。哎哟，他的亲戚朋友，很多都住在山上。山上的人只要到葡萄，都住在他家。现在正好从山上下来一帮亚旺族姑娘，姐可以跟她们一起上山，可以先见见她们。"

班边听欣扬说话，边穿上了鞋。

从行动走路到说话，都慢条斯理的哥佩扬，已把车开到了离河尽可能近的地方迎接她们。然后又到旅馆，换了衣服和鞋子，就向布当村进发。

车走在与河并行的一条小路上，班沉浸在轻快愉悦之中。小河对岸，是一片片的竹林，让人感受到喜马拉雅山地区特有的美丽风景，这也是人生中的又一种快乐。说到快乐，如果无法从生命体那里享受到，那还能从大自然那里享受到。过去泡水疗馆无法享受到的那种美妙感受，现在渐渐浸润入她的内心。

都是有血有肉活生生的人，相互交往、亲近，谁都想互相心情愉快。自己曾经从阿妈、阿爸、龙山那儿得到过一些愉快。可是……现在，即使自己不能从别人那儿获得愉快，也要有争取自己活得愉快的内心动力。

班沉浸在喜马拉雅山脉的氤氲中，在与小河并行的小路上疾驶的汽车里心情轻松地畅想着。

布当村一带，有佛塔、寺院，还有美丽的风景，可下车拍照留念。但现在因为天太冷，就没停车，径直开进葡萄镇城里，去了哥丰沙尔家。

哥丰沙尔的家是常见的黑色高脚木屋，周边围砌着矮石墙。院子里，稀稀拉拉栽种了一些月季花。院子一角，种了棵葡萄柚，它枝繁叶茂，果实累累。要是在小时候，班就会挑最大的葡萄柚摘下，还会兴高采烈采摘几朵月季花。

"哥丰沙尔！哥丰沙尔在家吗？"

"在！在！丰沙尔在！"

欣扬朝屋里边张望边喊着，只见脸部扁平、眯缝着双眼、带着甜甜微笑的一个人，走了出来。

"是欣扬来了。来！来！快进！客人也一起来啦！请进！请进！"

哥丰沙尔热情邀请，班就跟着进了屋。

"我已叫'门铃'，客人来时说一声，也对'嘱咐'说过，客人马上会到。她们可能刚刚出门去了，是不是去市场了？"

听了哥丰沙尔的话，班一头雾水，他的声调还算准，缅语说的还可以。但是……考蓓和玛塔两个词分不清，是门铃还是嘱咐，班正注意听的时候，欣扬小声笑着插话说：

"哥丰沙尔啊！我的客人都要听乱套了，慢慢说。大姐，您也等一下，她们快回来了。她们的名字，一个叫'考蓓'，另一个叫'玛塔'，都是亚旺族名字，听起来像是说'门铃'和'嘱咐'，这么一来就乱套了。"

班会心地笑了起来。哥丰沙尔回头朝屋后张望了一下，说：

"家里还有阿杜。阿杜，阿杜！来，来前屋，快出来！有客人来了！"

他朝屋后喊了几声，从后屋走出一个小姑娘，她高高的个儿，一副身材结实的样子。看来她也是亚旺族，模样看起来有点粗壮，但眼神很是温柔。笑的时候，十分天真，像个孩子。

她对班她们甜甜一笑，与欣扬寒暄了几句，看样子她们早就互相熟识了。

"伐么亚艾！"（"你好"的意思，为亚旺族语）

"伐么亚艾！"

她们之间互相问候之后，哥丰沙尔对阿杜作了介绍：

"她的名字叫伦丹杜，我们都叫她阿杜。她非常健壮，可以轻轻松松挑一担米，从葡萄走到她们的特苏图村里。不用专门雇挑夫，大妹子你的东西可以让她们匀着帮你挑，大妹子，你的名字是……"

"我叫姗娥班！"

"嗳！嗳！姗娥班，去达杭丹，除了路不好走、路上累一点外，别的倒都不用担心。一路上，既没有强盗，也没有小偷，都是彼此知根知底的好人。像玛塔、考蓓她们，也都是上山下山常来常往的女孩。"

"那么，哥丰沙尔！"

"哎！请讲！欣扬，你说！"

"要是阿杜、玛塔和考蓓她们留在她们自己的村，特苏图和塔拉图那儿了，那娥班姐一个人怎么去达杭丹哪？"欣扬插话问。

哥丰沙尔笑着说：

"你还不知道吗？阿堆已从达杭丹到了这里！"

"喔？是吗？那阿堆也和阿杜一起回来吗？"

"唔！是啊！"

"喔唷！这才让人放心了！姐姐！叫阿堆的人，就是那个住在达杭丹的藏族姑娘，也曾是我的学生。"

欣扬拍了拍胸脯，自豪轻松地说着，还向班介绍了阿堆的情况。哥丰沙尔笑眯眯地接着说：

"还有一个让你更放心的消息呢，迎伦现在已到马钱堡，是来参加他朋友婚礼的。他也会回达杭丹，已叫他在马钱堡等着，同阿杜等人在那里会合后再一起走。有一个靠得住的男人一起走，那你的客人跟他们一起行动也就放心啦！"

哥丰沙尔说完，欣扬笑眯眯地对班说：

"迎伦是我学生的哥。他虽然人住在达杭丹，但他不是藏族，是亚旺族。他姐在特苏图，与达杭丹的藏族人结婚，之后随丈夫住在达杭丹，他也就随着一起去了。他脑子好使，人机灵。一路有了他，过桥、过河有什么困难，一切就不必担心了。"

从欣扬和哥丰沙尔的交谈中可以听出，他们都认为迎伦是个很可信、靠得住的人。因为路途遥远，心里多少有点担心，但是听了欣扬和哥丰沙尔的一番话，自己也就有了勇气，不再担心。那位身体健壮的阿杜也一直笑盈盈地站在班的身旁。到时候，考蓓、玛塔都会来的，藏族村的女孩阿堆也会一起来，哥丰沙尔他们觉得可以依赖的勇士迎伦，也会在马钱堡等候。那还有什么可担心的呢！班越想心里越高兴，脸上露出了笑容。

不久，玛塔和考蓓回来了。与她们一起来的，是叫阿堆的藏族女孩。她的脸色难看，哥丰沙尔问其原因，她才说她带来一大包当归，不小心在半道落入水中，捂了霉点，卖相不好，在葡萄镇卖不出好价钱。哥丰沙尔则安慰她说：

"这东西么，晒晒太阳，等晒干了再卖呗！"

"啊哟哟！我带来了三个大炼乳罐，一晒太阳，都缩了，变成只有两罐啦！再说，在这儿卖，又卖不出好价钱。还有，表面颜色有点发黑，就没人想买啦！"

"是啊！我不是说了嘛，你倒不如到中国去卖。我们也是卖到中国去的。"

"就只能这样了。就是嘛，到价钱好的地方去卖呗！"

考蓓和玛塔插话后，阿堆皱着眉头说：

"这种时候去中国，那里下雪，路都不通啦！怎么过去卖呢？"

"你就忍着点儿，等开春后路通了，就可以去卖了呗！"

"等不及了，缺钱用呐！"

班听了她们的对话，知道了原先不知道的情况，也见到了她们带来的一些块根、块茎。据说，人们在冰雪覆盖的山上能找到可入药的当归、毛茛块根、儿茶和虫草等，然后越过缅中边界44号界桩，到中国村寨去卖。目前，边界的路被大雪封了，只能到葡萄镇来卖。

现在这个季节，她们能卖的东西只有胡椒籽、毛茛块根、虎爪根、人参以及一些解毒药材。那些价格昂贵的虫草和当归等药材，在下雪前就已卖到中国去了。可是阿堆把当归藏着掖着没卖，量也不多，现在就卖不出好价钱了。

班在哥丰沙尔家的小屋里坐了好久，与玛塔她们也聊了好久，彼此越来越熟悉了。玛塔和考蓓个子都不高，但身子骨都很壮实，脸长得讨人喜欢，也很会说话。那位身体结实的阿杜，说话不多，干事麻利，而阿堆却有点孩子气，童心未泯的模样。

哥丰沙尔的小屋里，堆满了他们买来的东西：茶叶、奶粉、面粉、盐，杂七杂八的东西，还有大米。班问他们，一桶米是多少缅升？回答是，八缅升[1]。走一周或十来天左右路，就要背十六缅升的米。对于她们的力气，真是不可小觑，她想也许她们是吃了雪山的虫草以及可入药的块根和块茎之类，才有那么大力气。还不止阿杜一个能这么头顶肩背，就连玛塔、考蓓和阿堆她们，背两桶米都是轻轻松松，不在话下。她们背上的大眼背篓，班正担心是不是搁得下自己的东西的时候，她们却像变魔术一般，转眼间，把自己的东西和她们的东西统统放了进去。成堆的东西都放进背篓，也不知她们是怎么个搁法，最后背篓还是宽松的，要再放点什么，也还绰绰有余呐。

班跟着她们一帮人走，感到很放心。与诚实可信的人交往，感到一切都无须担心，很轻松自在。在那抑郁情绪如同不请自来的贵客一般的日子里，自己疑心重重，充满负面心态，动辄与人争吵……除了睡觉，整天几乎都在担心和忧虑中度过，甚至连睡觉也只是如走过场一般严重不足，总是半睡半醒，胡思乱想折磨着自己，陷入不可自拔的状态。

阿妈的自杀，曾使自己痛心疾首，甚至产生过想步阿妈后尘的念头。当时特别注意各地发生自杀的消息。从报上看到世界

---

[1] 1缅升折合约2.45公斤。

著名歌唱家钱斯特自杀的消息时，发现原来那些名人也会选择这条路啊！自己也曾产生过学他们的样，放弃自己生命的想法。但是现在，自己再也没有了那种极端错误的心态了，已开始爱上了山水大地美景和新环境了，并认为像现在这样无牵无挂，生活真美好。听着阿杜和阿堆她们有点奇特的说话声，只见她们互相亲热地聊着，细小又秀长的双眼里透出了淳朴而愉快的眼神。即将在马钱堡见面的迎伦会是怎样一个人呢？如果能像哥丰沙尔那样，快人快语、说说笑笑，那么去达杭丹这一路，肯定会是一次愉快之旅。

走出哥丰沙尔家门，已是午后时分。购物要阿杜指路，就叫上阿杜一起去葡萄镇市场。买了不少路上做饭用的油盐酱醋，本来还想买些吃的干货，欣扬加以阻止。

"不管是路上吃的还是在村里吃的，什么油炸的、炒的干货，阿妈都已经做好，姐姐！已经做了很多吃的了，别买啦！"

"太不好意思啦，欣扬！让你阿妈辛苦了！"

"阿妈做这些事不费事，姐！她担心大姐吃不好，我去达杭丹时，她也是如此。"

"姐！米也别买多了，路上会经过一个专种水稻的村，买一些够吃到那个村就可以了。"

阿杜插话说，欣扬也点了点头说：

"是的，姐！路上会经过一个名叫额瓦的村，这个村是平地，种水稻。到那儿再买好啦！"

接着又买了手电、火柴、面巾纸、泡面、饼干、速溶咖啡等，一切买齐之后，又折回哥丰沙尔家，分别放入阿杜等人的背篓里，然后就在哥丰沙尔家，同阿杜等人一起吃饭。

因为明天一早就得上路，所以花了一整天时间，才做完所有的准备工作。与哥丰沙尔随便聊天时，又了解到在葡萄镇吸毒的年轻人越来越多。班还曾想到继续做原先的工作，在这个方面进行调查研究，之后说服哥定苗刚，自己也去他们医院工作。不过，先得与哥莫联系好，把想法告诉他。但是，后来又觉得还是先暂时离开那种环境一段时间，让自己静下心来。

好不容易树立起全新的精神状态，但是，往往如同下雨闪电一般，还会突然冒出过去的一些心事。当心里想到龙山时，这种不良心态往往想摆脱也摆脱不掉，必须得再设法控制，还要不时摆脱急盼接到伦康和索昂电话的焦虑。最终，往往用自己无法管别人的生活这种想法，摆脱了这类焦虑。自己管好自己，过自己安静的生活才是本分。

天色已晚，要迎接更加激动人心的明天。葡萄镇的夜晚，寒冷刺骨。整个环境混沌一片，大雾弥漫，天色黑暗又朦胧。好在旅馆有取暖炉，还算暖和。可以隐隐听到不远处姆拉河潺潺的流水声，也可以听到风吹过旅馆旁竹林的声音。风吹竹叶的沙沙声和潺潺的流水声，交相呼应。

已好久没做梦了，不过，那天晚上，班却做了一个梦。梦境是模模糊糊的，但感受却是清晰的，是一种高兴的、令人激动的感觉。在梦境中，朦朦胧胧看到十二月花被风吹得摇曳不停，好像又回到了密支那的家。正想仔细看那些花时，花又模糊起来，只见花丛那边，突然有一个人影，是哥定苗刚吗？大概就是哥定苗刚，再仔细看时，却又不是哥定苗刚，心里明白是一个男的，但想不起来究竟是谁。周边雾气蒙蒙，在大雾中，隐隐绰绰看到前面像是有一座索桥，班心想这是姆拉西迪索桥吧？但桥下的河水不像姆拉西迪桥下那样静静流淌着，而是咆哮着汹涌澎湃而去，河水冲过礁石掀起巨大的浪花。班毫无惧色走向索桥，站在桥这一头，那个人站在桥那一头。桥下的河水发出令人恐怖的巨大声响，可自己还是从容不迫地走上桥去。班很勇敢，也很开心，这是过去从未有过的感觉，它是一种轻松、自在的感觉。梦醒了，很奇怪，班感到心中平静，精神焕发。

睡了一觉，梦中醒来，接着又美美睡了一觉。

初　见

班正凝视着古坝宾馆前绿茵茵的草坪上落满的白花羊蹄甲树的花瓣，从迈立开江边刮来一阵寒风，开谢的花瓣随风纷纷飘落，有些落到班的肩上。

坐落在迈立开江畔的古坝宾馆冷清又安静，阿杜她们四人在离宾馆较远的树荫下坐着歇息。哥丰沙尔把车停在宾馆大院门口的附近，在车上打瞌睡，等候迎伦。

一早醒来，有一种特别轻松自如和精神焕发的感觉。这难道是一种即将拥抱快乐和愉悦而自然而然出现的感觉吗？虽然还闹不清楚，但这可是已好久没有过的感觉了。她自得其乐，一边为旅行做准备，一边甚至小声哼起了歌。

班她们一行从葡萄出发时，大雾尚未散尽，怕羞的雪山也尚未展现真容。欣扬的哥哥，哥佩扬是做办公室工作的，从未开车去过板南定，所以，这段路就由常来常往、轻车熟路的哥丰沙尔开车送班。因为是双厢皮卡车，班就坐在前排，后排挤着阿杜她们四个人。为此，班很是过意不去，而她们却说说笑笑，都很高兴，并说：

"能坐上这样的车，真是太感谢了，如果我们自己去，那只好靠一双脚走啦！"

从葡萄到马钱堡，一共就十四英里，一会儿工夫就到了。汽车徐徐向前，如同进入了优美的画境，而且越往前走，山林景色越来越美，一座山比一座山优美。穿过了平坦美丽的平原，快到岗姆隆佛塔时，看到了浓雾弥漫中时隐时现的岗姆隆索桥，班不觉想起了昨夜的梦境，但梦见的桥却与这座桥有点不同。车在索桥上徐徐通过，浓雾开始散去，眼前看到的是缓缓流淌、清澈的迈立开江江面。江两岸是山林和幽谷，景色太美，令人频频回首瞩目。

哥丰沙尔把车开到了坎底掸族人聚居的岗姆隆村附近的岗姆隆佛塔前广场，在那儿又见到了汩汩流淌、美丽的迈立开江。哦！为什么无论从哪个角度去看，迈立开江都那么具有诱惑力呢？班呆呆地遥望着远处的雪山，心里正在猜测迈立开江究竟发源于哪一座山，一时间，心潮澎湃。

到了马钱堡的古坝宾馆，阳光才冲破雾霾，但即便如此，还是没有感到暖和，这大概是从迈立开江那儿刮过来北风的缘故吧。

坐在古坝宾馆石砌台阶拐角处的班，起身踏着草坪走过来。草坪上，草尖还挂着露水。她不敢踩踏落下的羊蹄甲树的白花，就绕了个弯，走到了迈立开江岸边。江岸比较高，她可以站在高高的岸上，俯瞰下面迈立开江向南流去。

发源于遥远北端雪山流淌到此的迈立开江，在马钱堡拐了一个弯，好像顶礼膜拜似的直冲着古坝宾馆所在的高地。江水清澈，又有远方山峦和山峡的拱卫，风景美不胜收。也不知是因阳光温暖，还是太遥远的缘故，看不到山巅的冰原，只见一片苍翠。这一地区，能看到的估计是人们所说的喜马拉雅山脉的余脉，内么得山和内么定山。

视线转向山峦阴影下呈现深绿色的迈立开江时，又想起了未成年时遇到过的那位大叔。大叔当时讲过的话，班至今记忆犹新。大叔当时就说，迈立开江是缓缓流淌的，而恩梅开江却是从悬崖峭壁的狭缝里挤出来的，所以水流汹涌咆哮，不知情的人就把它看成一条坏河。

班凝视着迈立开江，陷入沉思。不由得想起了爱好地理的哥定苗刚。哥定苗刚的生活，看来可能与迈立开江的状况相似，冷静、平和，而班自己的却好像是条坏河。

班想起了哥定苗刚的情况，就想起该要与哥定苗刚打个电话了。再说，从马钱堡出发后不久，手机信号就不好了，所以想给哥定苗刚打电话联系。班给哥定苗刚拨了号，刚响起接通的呼叫声，对方马上接上说：

"班！我也惦记着你呐！你们现在到了哪儿啦？想必已经到马钱堡了吧？"

"是的！老师！我现在就在马钱堡呐！正在古坝宾馆前等哥丰沙尔的一位朋友，这位朋友到了后才一起出发。到了滩戛村以后，手机信号就不好了，所以给老师打个电话。"

"要注意身体哟！班！在不熟悉的地方，天气情况不好，各方面要多多注意哟！心理健康了，身体不好也不行。我给你带去的药包里，备有估计用得上的各种药，很齐全。"

"是的！老师！我看到了，多谢啦！"

班与哥定苗刚说着话，想起要问问有关伦康所在的玉石矿的消息。

"哦！你让捎给伦康的翡翠坠子，已经送去了，班！但是，目前玉石矿因为战事，路不通，伦康好像也困在那儿，不过也不用着急，不久，应该又可以解封出来的。"

"我也听到了有关消息，上千人困在那里，听说其中还有葡萄镇的一些人呐！"

"眼前，你还是先把这些事丢置脑后，班！"

哥定苗刚的话，让班漂浮不定的心又重新镇静下来！是啊！先把这些事忘了，但是，怎么对希达莎尔说呢，想到此，心里还是有点放不下。

"班！有一点，我现在得向你承认。"

在快结束通话时，听到这句话比平时更加暖心。

"是我建议你进行这趟旅行的，对此，现在我有些后悔了。"

"为什么？老师！"

"我曾对你说过，喜是人之常情，悲也是人之常情，只要是你必须面对的现实，每一回，我都愿意站在你的身边与你共同分享。现在，无论是你快乐地畅游在自然山水美景间也好，还是因旅途劳累泄气也好，我真想在你身边跟你一起分享这种喜怒哀乐，但是我现在无法在你身边。要是能有一段时间撂下工作，我一定会跟你一起去的……"

虽然这还算不上谈情说爱，但应该说他已向自己敞开了心扉。马上就要道别，只得连声叹息。心里既乐滋滋，也有些许激动，又好像有点遗憾。但是……自己也说不准这是不是爱情。

又刮来一阵北风，一些白花羊蹄甲花瓣吹落在草坪上，随风从班身后的宾馆门口也传来了"再见……再见"的告别声，是阿杜这帮女孩子的声音，也有哥丰沙尔的声音，另外还有一位陌生人的声音。

"老师！好像我们要等的人来了，我得去集合了。"

"好的！好的！"

班与他道别，哥定苗刚祝她一路平安后也挂了电话。从草坪吹过来的风更大了，那白色花瓣纷纷飘落，班抬头看了看那羊蹄甲树，被雾水泡湿的小白花立刻被吹到了脸上。就在此时，似乎感到后背有一股热气传导过来，回头一瞧，看到一个陌生人站在她身后近处。

与他锐利而清澈的双眼对视的瞬间，心头不由自主感到吃惊。他身材魁梧，特征明显，几乎可以把班笼罩起来。但看起来，他的模样自己好像并不感到陌生，这使她突然想起了昨夜的梦。此人与她在那个模糊不清的梦里所见的人的举止行为很相像，不过，那也仅仅是班的一种想象而已。即使在山水自然环境中容易产生过分的幻想，姗娓班终究已不是那种容易想入非非的十几岁的女孩子了。

"你好！"他一边与班打招呼，一边如闪电一般快速走过来，冷不丁帮她把落在头发上的花瓣一一捡下来。这下子可让班不知所措，惊诧不已，不知道该说什么好了。过了一小会儿才回过神来，回了一句："你好！"

"我是迎伦！"

他说话在语调上好像有点不准，不过，缅语发音还是纯正的。他穿的服装也不像玛塔、阿杜她们那样较土，而是深蓝色牛仔裤，上身是黑色保暖夹克。这与葡萄的哥佩扬、哥丰沙尔他们差不多，时尚而整洁。还有，可能是在北部雪山地区长大的缘故吧，他们的肤色都很白皙，脸颊上都有些红润，眉毛又粗又黑，上嘴唇厚而弯，形同缅文首个字母u，双下巴颏，眼眶细长，但并不眯缝，目光炯炯有神。这些与众不同的特征，令人瞩目。

生活在缅甸北端藏族村的人有如此清秀的容颜，班感到惊诧不已。

"我叫姗娩班！"她作自我介绍。

"姗娩班！他就是迎伦，他在葡萄念到十年级，所以缅语讲得很流利。"

哥丰沙尔一边朝班走来一边介绍说。班却注视着这位叫迎伦的青年，面露惊讶，沉默不语。他有如此俊美的长相，又有那么高的学历，却长期待在缅甸极北地区藏族村。对他而言，要待在那样的地区，肯定有某种让他割舍不下的原因，要么是亲人，要么是工作，如果这两者都不是，那就是雪山对他的诱惑力了……

"你徒步爬过山吗？"

迎伦的双眼盯着班提问，他的声调可一点也不温和。既不像班来到葡萄后所听到的哥丰沙尔那种兴高采烈的口气，也不像哥佩扬那种娓娓道来的口吻，而是一种直率、干脆的口气。他的目光深邃，可脸部表情严肃。哎！跟这个人一起旅行肯定寂寞无聊。

"我小时候走过山路，但没爬过很高大的山。后来，很长时间再也没有走过什么难走的路了。"

"你外出旅行，住什么样的地方呢？"

"有熟人，就住熟人家，没有的话，就住旅馆呗！"

"在葡萄镇住哪儿呢？"

"住在迈立开度假旅馆。"

他问什么，班就回答什么。心里好像有点气似的。心想这是什么人呐？问别人问题，就像老师盘问一个学生的口吻！听哥丰沙尔和欣扬说，迎伦这个人似乎是个可以信赖、很勇敢的人哪，而现在站在班面前的这个人，却是冷冰冰的，说话没好气呐！

刚一见面，就不打个招呼，自说自话，也不讲礼貌，伸手就把自己头上的羊蹄甲白花瓣将掉，自作主张。唉！她怀疑，这一路上，要依靠他，靠得住吗？

"你对这一路的情况，做过调查了吗？"

"有关这次旅行，我倒是看了一些书。但是，对一路的情况了解得不具体。听欣扬介绍了，粗粗了解了一些。路途有点艰辛，但据说风景很美！"

"你还是回去吧！"

"什么？"

突然听到这句话，班竖起眉毛，心想他是不是在跟自己开玩笑啊？再观察他，只见他一脸表情严肃，眼睛也没有流露笑意。哥丰沙尔则以一种早知道迎伦会说什么话的神情，笑着嘀咕说：

"这家伙，不懂讲客气话，就是这点不好！"

"看起来，你是带着些幻想来旅行的。如果你想象，瀑布一定很美，寄生兰花又多么好看，恩梅开江又怎样怎样，雪山，喔！洁白如玉。抱着这么多幻想来这里旅行的人，甚至会变疯了。你要知道，一路上你身体会非常非常累，根本就享受不到美，你也不知道美，只想哭。这一路，你得在路上睡整整七宿，有的地方过夜，附近没有村子，就得住在荒郊野外的营房中。所谓营房，睡觉就不会像你平时常住的地方那么舒适啦，也就是用普通木板支起来，镀锌铁皮瓦楞板作屋顶的建筑。喔！夜里冷得要死。你几乎快要被冻死了，还会有那么多幻想吗？你的美好幻想，就会像山里的麝和羚牛那样，早就无影无踪了。"

"你说什么？是什么，什么……都无影无踪，没啦？"

班插话问。哥丰沙尔哈哈大笑接话说：

"就像'鸡没了，鸟也无影无踪了'这句缅甸话的意思一样，他说，以前他们村附近的林子里、山里，有麝呀，羚牛呀等等，可现在，这些野生动物都消失了。"

听了哥丰沙尔的话，班朝迎伦看了一眼，见他言犹未尽，班就只好瞧着他，不能再发作，一副似笑非笑的样子。越过迈立开江、刮过冬季清晨的凉风，吹散了站在班面前、看似比班还年轻些的亚旺族青年额头上的头发。看来，冬季还是一个比较舒适的季节，丝丝暖意已悄悄来到。虽然已从他口中了解到这次路途的艰辛，自己却并没有害怕，也不想打退堂鼓。听了他的说法，有点想笑，心中反而轻松愉快。只见他眉飞色舞，又开讲了：

"另外，现在是冬季，蚂蟥会少些，但还会有白蛉虫叮咬人喔。要是被白蛉虫叮咬了，手啊脚啊，会起疱，像长了疥疮一样喔，身上会起斑斑点点的喔！"

"喔！这么说，要不让虫子咬着，就多穿些衣服，身上穿严实些啰，要是这还不行，就抹一点防白蛉虫的药喔。冬天了，可没有那么多白蛉虫会来咬喔。"

他说话时加了不少"喔"的语气词，班学着他的腔调跟他说话。他好像感到惊讶，睁大眼睛看着班。哥丰沙尔则开怀大笑起来，喔！多奇怪啊！班已有多长时间没有这样兴高采烈与别人开玩笑了，现在为什么又想开玩笑了呢？

"我可不是开玩笑，我是好心才说啊！你的样子矮矮小小，柔弱细嫩，又没有什么经验，就这么去旅行的话，你在半道上肯定会倒下。你要是倒下了，这拨人里面，就我一人是男的，还不是要我来背你走啦！"

"这么说来，你是担心我会有麻烦，才不想让我去，还是担心你自己会遇到麻烦，才阻止我去？究竟是什么原因？"

"两条都有！"

哥丰沙尔又哈哈大笑起来。但不管哥丰沙尔怎么笑，他就是一点都不笑，一副严肃的样子，好像想阻止班进行这次旅行。

"我可不会退缩，这次旅行是我打算好的，去定了！你要是怕有麻烦，那我可以不跟你一起走好啦！"

"你不跟我一起走，准要出事，谁来帮你？"

"有阿杜她们呢！"

"阿杜她们都有自己的大包小包要扛，她们已够呛了，哪里有空顾得上你呢！你只有两条路可以选。"

"嗯，洗耳恭听！"

"你想回去，现在就马上回；不想回去的话，就跟我一起走！"

"喔，那还不错啊，那就只好跟你一起走呗！"

又听到哥丰沙尔的笑声，他笑着说："我是因为要去照看住在孙布拉蚌的阿妈，她要上医院瞧病，不然就跟你们一块儿去了。"阿杜她们一帮人也都开始忙活起来。

"咱们出发！不然到板南定，天就黑了。"

迎伦喊了一声。班她们三人朝汽车走去，班抬头看着在她前面快步走的迎伦说：

"哎！哥迎伦，你的缅语说得很地道嘛。"

"怎么啦？"

他稍许放慢脚步，回头看着班问。

班略带讥讽的口吻说：

"你居然都会说矮矮小小，柔弱细嫩这种词汇，缅语不是说得很棒嘛！"

"这也就是看到了，实话实说罢了，没有故意挖苦的意思，也没说你瘦干巴，老气横秋，不是有意损你啊！"

"啊哦！是啊，是啊！"

"那你怎么啦？"

"我说什么啦？"

"你不是学着我说话的腔调，在取笑我吗？"

"喔！是这样吗？那就对不起啦！"

哥丰沙尔在前面快步走，没有听到班和迎伦之间的对话。要是他听到了，恐怕又会哈哈大笑。

走到了汽车跟前，迎伦率先一下子上了汽车篷敞开的后厢。班想到坐在后厢容易被寒风吹着，但又觉得这条路，他常来常往，有抵抗力了。阳光开始温暖，人不感到那么寒冷了。

班他们的车将迈立开江抛在了身后，朝着恩梅开江河谷进发。

与迈立开江渐行渐远，车向恩梅开江河谷的上游地区爬行，在沙石路上颠簸前行。向车外望去，一片寂静，优美的景色让人沉醉。但见许多小溪、小渠和小瀑布，有的水流平缓，静静流淌，有的则如暴怒一般汹涌咆哮而去。汽车与恩梅开江时近时远，车忽而向下冲入山谷，忽而爬上山岗，钻入山林。有时会有小蝴蝶在车前飞过，这时又会想起小时候跳蝴蝶舞的夜晚，感到欣喜不已。

阳光时而灿烂，时而阴暗，蒙蒙细雨与阳光交替，一会儿阳光闪烁，一会儿天空阴沉，朦朦胧胧，混沌一片。在经过傈僳族、亚旺族村寨时，看到了用棕榈叶盖屋顶的小屋和高脚屋，没有村寨的地方，就到营房休息一会儿。一路上，哥丰沙尔和阿杜轮流介绍，大体记下了经过的村寨名：阿兰戛、滩戛、八堡、末归司、椰宝、希曼、戛土、兰扎土、龙额奥和高雷土等。

汽车停在深蓝色溪水和水流向四周喷涌的瀑布边上，班拿了点吃的，喂饱饥肠辘辘的肚子，只感到大自然景色优美的魅力，远远超过了食物的诱惑力。那一泻而下的瀑布冲刷下来的水声异常美妙，让人心旷神怡，不觉自言自语说："好美啊！"迎伦那儿隐约传来笑声，并以嘲弄的口吻说：

"坐着汽车来的，还能欣赏美啊什么的啦，试试看，要是走着来的，上气不接下气，呼吸急促，哪里还有心情顾得上欣赏美不美啦！"

对此，哥丰沙尔依然一笑了之。虽然迎伦仍怀疑，再往前走班是否还能挺得下来，但班依旧信心满满，兴奋异常，精神饱满。她细细倾听着从岩石裂缝渗出的水滴，一滴一滴汇入江河的声音，开心地微笑着。还跟阿杜她们一起到溪边大石块边洗手洗脚。她蹑手蹑脚向前，生怕惊动停在岩石上的小蝴蝶，屏住气，守候着，欣赏它们的美丽。

迎伦既想关心一下班，却又装出不关心的模样，站到正在观察蝴蝶的班的身边，说：

"要想看蝴蝶，要在八九月到十月这段时间来，那时，这种溪水边、岩石上，蝴蝶那叫一个多哟！喔！多得不得了！"

"哦！那就肯定很美啦！"她回应了一句。迎伦却立刻沉下脸，蹙紧眉头从她身旁走开。

　　　　　　　　等待花开之时

就这样，一路上，与阿杜她们也开始热络起来。与迎伦，有时互相讽刺挖苦一番，言语之间也时有磕磕碰碰。对他的称呼也从哥迎伦改为迎伦，彼此日益亲近起来。

天要是下雨，在后车箱放的东西，乃至乘坐的人，都得用防雨布遮盖，迎伦也就不得不蒙上防雨布，对此，班内心好像有点过意不去。

一路上所见一切，使自己体会到世界之大，世界之美，尝到了自由自在旅行的滋味，心情轻松愉快。一泻而下的瀑布和慢慢渗出的涓涓泉水，汇入小溪和小渠，那深蓝的水流，冲洗了班心中的污渍，如同漱口一般，把不洁净的东西吐出，使口腔一点一点洁净。似乎只要蝴蝶的翅膀展动一下，心情就轻松一分。有时候停车休息，看到附近树上的寄生兰，心里会无比快乐。美啊！更美啦！越来越美啦！心里就会盼望，再往前走，还会看到更多的山水美景，于是兴奋不已。夕阳西下，班他们抵达了可以俯瞰板南定的万非山顶。

"这座山海拔5400多英尺。公路就到此为止了！从这儿下山到板南定还有三英里，这段路特别危险，稍不小心，车就会翻入深渊！只能把汽车停在这儿，改乘摩托车下山。一会儿，摩托车就会来接我们，事先已经跟他们联系好了。"

在哥丰沙尔介绍交通情况时，班却一直呆望着远处的雪山。这山真的好近啊！看来比在葡萄和马钱堡看到的雪山距离更近了，但是到底叫什么名，可就不知道啦。

班心情激动，打开车门下了车，一阵寒风扑面而来。在万非山这一带，寒风凛冽，班几乎冷得发抖了。站在山顶往下看，只见南德迈江绕着板南定流淌，板南定好像地处一个巨大的山谷盆地，被南德迈江环抱，雾气缭绕，朦朦胧胧。

　　班因为受冷风的刺激，脸颊都有些麻木，为了暖和一些，搓热双手捂住脸颊。当她重新睁开眼时，发现自己身边正站着眺望雪山的迎伦。

　　"这雪山，叫什么名呐？这里看到的雪山，比在葡萄、马钱堡那儿看到的近多了。"

　　"这山梁与在葡萄那儿看到的，不是同一道，这是卡格博亚齐山梁。"

　　"卡格博亚齐山！"

　　班小声地重复了一下，她早就被这个名字深深吸引了。

　　"你到过卡格博亚齐山吗？"

　　"到过啊！"

　　"到过多高的地方？"

　　"山顶从没到过。在我们村里，只有吴那马炯盛一个人到过。他也是最早登上卡格博亚齐山顶的第一个缅甸人，是和一个日本登山者一起登上去的。"

　　"我也真想登上去呐……"

　　"你？"

　　他竖起眉毛，似笑非笑地看着班。班则装作没看见。

"你大概认为这是不可能的，是吗？我倒也不是想入非非，一定要爬到山顶，但是我想，要爬到卡格博亚齐山的山脚下，这应该是可能的！"

　　"你过高估计了自己，但愿一直到达杭丹，不用我背。"

　　"你啊！真会说话，尽说些让人泄气的话，迎伦！"

　　"不是我说泄气话，只是事先提醒，让你清楚真实情况。现在看雪山，距离已相当近了。从这儿就打回转，还来得及，坐上哥丰沙尔的车就可回去！"

　　"行啦！跟你再也没什么好说的了！"

　　班中断了话题，转过身去，只听到他低低的嬉笑声，随后传来摩托车声、人的说话声，还有阿杜、玛塔她们说话的嘈杂声。此时，又传来了哥丰沙尔的喊叫声，班就朝着停车的地方走去。来接班他们一行的摩托车已经到达山顶。

　　这下山的三英里，可是一直让人祈祷着菩萨保佑的一段危险路程。这条路，是仅仅用锄头简单刨掉一些土而修成的简易道路，以便让摩托车上下山。哥丰沙尔把他的车留在山上，跟着班到板南定。江水的流淌声由低及高，声音越来越大，摩托车朝着山谷，顺着路慢慢下山。

清晨的寄生兰

南德迈江水流湍急，跨越南德迈江的索桥，在雾气中依然清晰可见。班倏忽间想起了梦中的情景，可是，眼前这座桥却不是她梦境中的桥。

班站在板南定镇入口索桥的一头，仔细凝视了索桥一会儿。索桥因为刚有摩托车通过，有些翻滚晃动。

"你是怕过索桥吗？别怕！大胆走，没一点危险，前面摩托车都过了，人过桥时，会有一点晃动，摔不着的。"

迎伦以为班怕过桥而畏缩，说了这话。阿杜她们背了东西，都一颠一颠地走过索桥了。接班的摩托车司机还下车，推着车过桥。索桥微微晃动，不过，班对这一点儿晃动并不害怕。

"我不怕，要是连这么点儿晃都怕，那就不来这趟旅行了！"

班毫无惧色地说，径直走上了桥面。迎伦则轻声说："真能说大话！"随后也跟了过来。哥丰沙尔则夹在前面摩托车队里，已经走到对岸桥头，远远回头向她挥手。

"你要是害怕，就别低头朝下看，径直朝前走！"

"哟！不是说过了，我不怕嘛！"

迎伦跟在班后面，一再提醒，但班却大胆低头看江水，以证明自己并不害怕。事实上，班的确不怕，不仅不怕，而且有点陶醉于这种晃晃悠悠的走法，很喜欢，感到快乐，笑容满面。走姆拉西迪索桥时，班还有点提心吊胆，到了走这板南定索桥时，心中已很笃定。

"前面的路上，还有许多索桥，可是那些索桥都不如这座桥那么牢固，有的桥很叫人害怕，桥很高，桥下河水汹涌澎湃，要是从桥上掉下去，那可就没命啦！"

"你是不是在吓唬我？我这个人可是越吓唬就越不怕！"

他一直跟在班身后不停地说，班则冷冷一笑，满不在乎地回应他。就这样，尽情欣赏着南德迈江河谷的优美景色，在悠悠晃动中走过了索桥。

到板南定镇，天色已黑。整个镇都被雾气笼罩，朦朦胧胧。板南定虽然号称是个有政府机构设置的镇，但全镇仅有六十多户人家，与一个大一点的村子差不多。苍翠而凉爽的环境，使人感到神清气爽。路边天然生长着各色花朵，树上寄生着稀有的兰花，美极了。深谷幽兰，幽深的河谷才会见到它们的踪影。虽然还没有真正看到雪山，可是好像雪山的寒气直逼人身，让人冷得瑟瑟发抖。

"板南定是卡格博亚齐国家公园园区的起始地，即使人到不了卡格博亚齐雪山脚下，只要脚踩上这里，就也不错啦！回去以后，也可以在朋友面前炫耀一番。"

迎伦在各色野生矮花丛间，沿着仅够一人勉强通过的小径步行时向班说。这一回，班什么都没有回应，只是朝他笑笑而已。

班他们进镇后，登上了一块高地。高地上设有警署，人们就称它为警察高地。大家要夜宿的营房，就在这个警察高地的飞禽走兽管理所附近。

哥丰沙尔和迎伦到他们各自朋友家去借宿，营房中只剩下班和阿杜她们。阿杜她们拿出带来的大米准备做晚饭。班就把自己带来的简易床打开，放在比较暖和的地方。阿杜她们却没带像班带来的那种铺盖卷，认为这种季节无所谓，已习惯了。

不久，阿杜她们生起了火炉，火苗直往上窜，开始驱走冬夜的寒冷。火炉上的饭锅里已发出咕嘟咕嘟的声响。班心想也就只能就着方便食品吃饭了，正这样寻思时，借着蹿起的火苗，看到一个白乎乎、在挣扎的东西渐渐凑近，原来，迎伦手里拎了一条不大不小的鱼。

"给！拿去炖了吃！"

他递给了火炉旁的阿杜，阿杜高兴地伸手接过去。班离得较远，只是看着，没说话。他送来鲜鱼之后，就匆匆走了。她抬头看着他在迷茫的浓雾中渐行渐远的背影。这时阿杜对班说："这可是江里的鱼哎！今晚，咱们可以好好吃一顿美味的鱼菜了！"说罢，把鱼放到一块木板上，高高兴兴地收拾起鱼来。这条鱼是迎伦买的，还是自己从江里逮的，不得而知。但是晚餐有一盘新鲜美味、热热乎乎的鱼菜享用了。

那天晚上，班在南德迈江流水声的陪伴下入睡。因为没法洗澡，只得将手脚擦洗了一下，赶紧钻进火炉边的睡床。南德迈江的流水声非常清晰，在这寂静的冬夜里，只有丛林里偶尔会

　　　　　　　　　　　　　等待花开之时

传来一阵喧嚣声，然后又回到万籁俱寂之中，唯有哗哗的流水声依然陪伴着自己。看来，从悬崖峭壁的狭窄缝隙中挤着出来、带着巨大轰鸣声的南德迈江，是从初始的哗哗急流而下，慢慢地一点儿，一点儿冲刷下来的。头脑渐渐模糊不清了，现在这个时节，冬日的寒风凛冽，板南定索桥会不会被刮得来回晃荡呀？通往达杭丹的路上，许多索桥也会猛烈晃荡吗？明天是不是就要开始靠脚走路了？一路上，能看到多少瀑布、泉水呢？离卡格博亚齐山还有多远哪？要是能见到希达，该多高兴啊……班的思绪不是回到过去，而是向着未来。南德迈江的水流声渐渐小了，班也进入了梦乡。

夜里下过雨，板南定镇的早晨，空气潮湿而清新。竹叶和树叶都水灵灵的，淡淡的清香透过雾气，飘入鼻腔弥漫着。

天色渐渐明亮起来。晨曦中看到的周围环境，比起昨日傍晚更加明朗。

昨晚是在南德迈江音乐般的江水伴奏声中安然入睡的，今天早晨又是在南德迈江的江水声中醒来。班用冰冷的水洗了洗脸，之后，就把自己的铺盖收拾好，为接下去的行程做准备。阿杜她们起得都比班早，已在做路上要吃的饭团。

班收拾好东西，走出营房到阿杜她们那里。

"阿杜！你们是不是在准备路上吃的饭团啊？"

"是啊！这一路上没有卖吃的店，也没有可吃饭的村子，不做点饭团带着，要挨饿呐！大姐！"

听了阿杜的话，班微微一笑，就拿了一些包饭团的树叶，与她们一起包起了饭团。这种树叶在来板南定的一路上随处可见，每当停车休息，阿杜她们就会齐心协力到树下去采摘树叶，放入背篓中。当时，班还不清楚她们为什么要采摘这种树叶。今天一早，大家包饭团，她才明白这些树叶的用处。

班醒来时，她们四个人早已把饭煮好。她们带来的米是准备路上吃的，做一次饭，离目的地也就近了些，随着距离越来越近，她们背负的重量也会越来越轻。迎伦却没有像她们那样，身上带很重、很多的东西，他没带米，好像就带了一些泡面和饼干。他的双肩包里看来就只有铺盖卷和几件替换的衣衫而已。阿杜和玛塔她们的筐里除了自己的东西外，还分别带了班的一些东西，还有少量班喝的纯净水。所以班只背了一个双肩包，里面放了一些个人用品。

据说这一路上会有白蛉虫咬人，这消息传得很凶。为了避免虫咬，班还随身带了些防虫咬的药。班在来板南定的路上，曾在河边休息过一会儿，虽知道那里有白蛉虫，但情况并不像人们传说的那样可怕…今天早晨，发现自己手上已有两三个红疱，知道被白蛉虫咬了，就早早地抹上了药。也不知道前面的情况会怎样！

班坐在阿杜她们身旁，看着正在盛饭的阿杜说：

"这里离南德迈江很近，晚上水流声听得很清楚哟！"

"南德迈？什么？哪里的南德迈啊？"

玛塔很惊讶，反问她，班蹙起眉毛说：

"昨天，我们不是走过索桥吗？那下面不是南德迈江吗？"

"是恩梅开江！恩梅开！"

玛塔赶紧纠正。看起来阿杜她们与玛塔看法很一致。班心里疑惑起来。班从书上明明看到，流经板南定旁边的河，叫南德迈江，地图上标的也是南德迈江。有人说，南德迈江是恩梅开江上游的那一段。似乎还有人说，其实，恩梅开江从诞生到逐步发展成一条大江，中间有过好多名称，应该说，就像一个人的成长过程一样。

恩梅开江的发源地在缅甸北端地区的雪山。诞生之初，它被叫做"阿东旺"，这个初生的阿东旺流经北端的达杭丹后，江面渐渐变宽，像人成长到了能站立的时期，一路小跑，就流到了缅甸西北边陲的卡格博亚齐山，与流经那儿的兴科万河，在德尊丹村附近汇合，河面更为开阔，就更名为南德迈江，河水汹涌澎湃。之后它好像进入了少女的青涩期，又与东面山上流淌下的许多溪流汇合，有了新的名称，叫梅卡江或恩梅开江。这个新名称代表了一个清新活泼的少女渐渐长大成人，她活力四射，穿过悬崖峭壁，发出轰隆轰隆的声响，咆哮着，狂奔着一泻而下。

一条发源于雪山，原本很温顺的恩梅开江，经过重重艰难险阻，与平缓流淌的迈立开江汇合，一起汇入伊洛瓦底江，才平静而从容地继续向前的旅程。迈立开江欢迎恩梅开江吗？桀骜不驯的恩梅开江，投入迈立开江的怀抱后是不是不那么疲劳了？是不是因为有了迈立开江，伊洛瓦底江才得以从容不迫地向前流淌呢？班正在想着江河的成长情况，突然又想起哥定苗刚来，似乎看到了他平静的面容。他曾经打开地图一一指明解释，让自己了解了这些江河的源头和走向。但是，班的这种思绪，都只是一闪而过而已，接着又去想前面的旅程了。

班他们到达板南定后，就朝恩梅开江的上游进发。一路上往往从远处低头看到恩梅开江，但时而近，时而远，听它的水流声，大体就可以估摸出与它的距离远近。现在又到了以南德迈命名的这一段路了。到了曾以"阿东旺"命名的地方，就逆江而上。而像阿杜她们那样的当地人，就只把此江习惯称之为恩梅开江。想到这儿，一缕阳光照过来，四周越加亮堂起来。班想与阿杜一起包饭团，抽出一片长树叶，摊开，准备伸手到阿杜面前的饭锅扒一勺饭，这时，有个人把她手中的树叶一下子抽走，已经扒了饭的勺悬空着，班抬头一看，只见面前站着身材魁梧的迎伦。

"你要干什么！迎伦！我要包饭团啊！"

"包饭团可不能这么包！这么包，人会倒霉的。瞧我的……要这么包！"

他边说边把自己手里的长树叶展开，他拿树叶不同于班那样横着拿，而是把叶柄向内对着自己，叶尖朝外，把叶子竖着拿。班本来准备把饭搁在树叶光滑的一面，但无意间她却准备把饭搁在有叶脉、叶茎粗糙的一面。迎伦从班手中接过饭勺，扎了饭搁在叶子上，三下五除二，一会儿就包好了，这种饭团看起来很美观。他一边把包好的饭团递给班，一边说：

"拿着，路上解开吃时，依然是把叶尖朝外。"

班也就没再问他什么，她只记住，这是亚旺族人包饭团的风俗习惯。

"那么，迎伦！哥丰沙尔现在在什么地方！"

"他在朋友家里，喝着酥油茶，等着呢。他说，在家可以喝点酥油茶，吃过早饭后再走。到时候叫他就是了。你喝过酥油茶吗？"

"没有喝过，是什么样的？"

"把奶油、盐、文火熬过的茶水、奶粉等都放到竹筒里，再用竹竿上下捣动。在达杭丹那边，这种酥油茶几乎家家户户都喝。喔……真是好喝极了！"

"喔！那么说，可以喝点试试看呗！"

班学着他的说话腔调说。他表情有点严肃，看了班一眼。刚接触时，虽然以为此人不好打交道，慢慢觉得他率真，说话喜欢直来直去，自己也习惯了听他有时讲一些让人受不了的话。与其发脾气，倒不如说些调侃的话，关系反而开始亲近起来。

已叫过阿杜她们，但她们在班醒来前都已吃过了，不去吃了。还说过一会儿，就要拿着大包小包上路了，班就背着双肩包出去了。

去哥丰沙尔朋友家的路上，迎伦从他的夹克衫口袋里拿出一枝寄生兰送给她。

"给！路上看到的，很美，就采了。"

他给的是娇嫩的鲜花，但脸部表情仍比较严肃，而且在递花时，转过脸去。兰花是浅紫色的，花瓣上好像有露珠又好像有雨水，有点湿润。

"这……是什么品种的寄生兰啊？"

"什么品种，我怎么知道啊！看着好看么，就采了！"

班认为他昨天下午送来一条鱼，今天早上又送来寄生兰，这样的人忠厚诚朴，讨人喜欢。因为他曾对自己的这次旅行讲过让人泄气的话，班的理解是，他为此送来兰花，表示歉意，所以她接受了这枝兰花。

仅仅步行了五分钟左右，就到了哥丰沙尔朋友的家。

"来啊！娅班！来了这儿，就多尝尝当地的特产吧！晚上睡得香吗？"

"倒头就着！哥丰沙尔！"

"哈……哈！往后的旅程，可就不一定是倒头就睡着了，甚至说不定站着就睡着，摔着了。从现在起，就得要好好补充体力！哈……哈！"

嗯，这一回，哥丰沙尔的话，更有些过分了吧！已经习惯于边说话边哈哈笑的哥丰沙尔，看到班睁大眼睛盯着他时，才刹住话头，以不好意思的口吻说：

"刚才是随便给你开个玩笑，其实这一路平坦，还比较好走。累得喘不过气来时，看一下雪山周围的美景，人一下子就不喘了。来！请坐！这是我的朋友，考贵钦！"

哥丰沙尔说了劳累憋气以及如何防止憋气这些新奇的话题后，向她介绍了他的朋友。迎伦却以忍住想笑的面孔，瞧了一下班，坐到哥丰沙尔的身旁。哥丰沙尔的朋友，亚旺族人考贵钦的小木屋里，清洁整齐，不远处的火炉使整个屋子暖洋洋的。考贵钦准备的早餐，在班看来非常新奇。仅仅用眼，真还看不出是些什么东西，菜肴也叫不上名儿，而且也不知道怎么吃，食品种类很多，经考贵钦介绍才清楚。把干玉米用沙子炒好，拌上芝麻一起捣碎的热乎乎的玉米芝麻碎；手掌大小、煮熟再烤的香山奈薯；炒山土青豆；最奇怪的是，捣碎的玉米粉拌上树洞土蜂蜜。放在不锈钢盘子中的树洞土蜂蜜也不纯粹是蜂蜜，其中还夹杂着蜂巢碎片。用勺扣取一些蜂蜜，与玉米粉拌在一起。

班用勺扣起一勺混着蜂巢残片的蜂蜜，迎伦扯了她一下，班抬头看了他一眼。他取走了班手中的勺说：

"看仔细啰！蜂巢碎片下面有时会混有死蜜蜂，吃树洞土蜂蜜，要注意这点。你看到了吗？这勺蜜里就有一只死蜜蜂，要是把蜂尸也吃了，是要中毒的！嗓子会没完没了地火辣辣！"

他边说边用手把蜂蜜里的蜂尸拣出来扔了。由于他的提醒，班也就仔细看了自己的勺里没有蜜蜂，才拌上玉米粉，送进嘴里。

早晨，喝了一杯肥甘厚腻的热酥油茶，全身暖和。再细嚼慢咽趁热吃了玉米芝麻碎，又嘎嘣嘎嘣嚼了点炒山土青豆，还加上一个烤山奈薯，全身立刻暖和起来，并且神清气爽。

不一会儿，屋前传来说话声，原来阿杜她们背着背篓来了。

"哎……好啦！别等太阳高了才走，趁早就出发。你们一离开，我也就要动身回去。娩班！我不能亲自送你，真不好意思啊！但有迎伦在，我也就放心了，阿杜她们也是靠得住的。前面要走的路有点艰险，但都是可以克服的。如果能到达杭丹，再到卡格博亚齐雪山也就不难了。既然来了，那就去看看呗！是不是啊？"

哥丰沙尔与她道别时，迎伦小声嘀咕："又在抬举人了！"他还窃窃嬉笑。班对哥丰沙尔先是贬低后又捧抬别人的话语，也暗自好笑。

向哥丰沙尔和考贵钦道谢和道别后，班一行就离开了板南定。只见板南定的索桥渐渐远去，留在了后面，唯有被叫作南德迈江的恩梅开江的流水声，继续陪伴着班他们一行。阿杜她们四人在前面领路，班和迎伦跟在她们后面。

刚从板南定出发，走的是土路，约有4英尺宽，还比较平坦。虽然夜晚下过雨，但仅是表面被打湿，路上并无泥泞，缓坡上，缓坡下，还无须紧贴着悬崖边缘走，走着比较轻松。一路上，离江时近时远，离远时，就听不到流水声，当又听到流水声时，就知道一定是与江河又靠近了。雾霾散开时，已走上山梁，往下俯瞰，只见远处山脚下，蜿蜒曲折的恩梅开江，犹如地面上铺就了一条缎带一般。路比较好走，还不感到气喘吁吁，所以边走边聊，心情舒畅。

"迎伦！"

"哎！"

"这条江是南德迈江还是恩梅开江啊？"

"都是！"

"那么，还有别的叫法吗？"

"朗别！"

"那还有吗？"

"雅梅提！"

"还有呢？"

"恩梅开……"

"为什么有那么多不同的名称啊？"

"因为各民族叫法不同呗！"

"朗别是哪个民族的叫法？"

"那是劳瓦族人的叫法。"

"雅梅提呢？"

"亚旺族人的叫法。"

"那，恩梅开呢？"

"是景颇族人的叫法。"

"那，梅卡呢？"

"缅族人的叫法！哈……你真行，都知道！"

班微微一笑，用手掌抹了抹额头上的汗珠。抬头遥望前方，只见在雾气朦胧中，茂密的树林，一片秀色。

山林越来越浓密……

走完平坦大路，就是仅够一人通过的小道，在丛林中穿行。沿着恩梅开江流域走，能听到哗哗的江水声，但进入丛林深处，流水声就渐渐远去听不到了。当再次听到流水声时，就不是恩梅开江流水声了，而是汇入恩梅开江的小河小溪的水流的轰鸣声。这些小河小溪的水流没有一条是平静的，它们在大大小小、形状各异的岩石、礁石间冲刷穿行，奔腾咆哮，发出巨大轰鸣声。山上跌落的山泉猛烈冲击岩石，水珠飞溅，简直美不胜收。当饱览一番美景后，才发现自己已气喘吁吁。

"你行吗？"

只要班的脚步放慢下来，迎伦就会问她，行吗？还行吗？不行就说。班就会不耐烦地答称，行！行！没事！

班很不甘心回答说自己不行，所以不管行与不行，都说自己行，硬着头皮走。而阿杜她们如同在花草地上走路一般，彼此有说有笑，早已冲到前面去了。因为还能听到她们的说话声，所以肯定她们已在前面，其实有时并没有见到人，她们呼喊并等待，才能会合。要通过湍急的小河，有时是竹桥，有时是原木桥。每当要过河，迎伦就会问她行吗？班也总会回答说行。当她站在桥头，双膝发抖时，迎伦总会先走到桥对面，把双肩包放下，然后再走回来，牵着班的手一起走过去。

"要拽牢我的手，没有事！"

班一听到这话，也就很放心地拉着他的手，一起大胆走过了桥。

越过一些小河后，就不时遇到一边是悬崖峭壁，另一边是万丈深渊的峡谷，中间仅有一脚宽的窄小土路，时上时下令人胆战心惊。走这些土路，哥定苗刚给的手杖起了大作用，在难走的爬坡小路上，用它支撑攀登而上。这是哥定苗刚在葡萄镇工作时使用过的健步手杖，据他讲，假日他常会从葡萄到28英里处的齐亚丹村进行健步走运动，那时就用得着这手杖。手杖收起，只有1.5英尺长，既轻巧又便于携带。

班为了这次旅行，在密支那买了一些必要物品，另有一些，则是到了葡萄与欣扬她们商量后买的。为了防止脸部被阳光灼伤，买了一顶鸭舌帽；防止太阳镜掉落，又买了眼镜绳；还有特别用得上的袜子，买了十双。这一路走来，觉得十双袜子还嫌买少了。每次走没有桥、湿漉漉的溪水、小河时，都得换袜子。没走多少路，已经废了两双袜子。

"小心！前面有些竹子倒伏了，别踩在倒伏的竹子上！竹子下面不一定有泥土，可能是虚的，会踩空的！"

迎伦在前面大声提醒注意。

悬崖峭壁和小道之间是成片的竹林。心情愉快的班，朝悬崖边看，见到有些竹子倒伏在地，不舍得往上踩。为了避开倒伏的竹子，小道变得越来越狭窄。当无路可走时，就不得不踩在倒伏的竹子上走过去。一路倒伏的竹子还真不少，慢慢也就顾不上欣赏美丽风光，不得不先顾及自身生命的安危了。看来生活，更加注重现实。班不觉想起了与迎伦初识时他曾经说过的一句话，暗自好笑：如果说仅仅对优美风景抱有幻想而来的人，喔……那他会发疯了。喔！现在，切身体会到了，确实开始感觉自己有点疯疯癫癫呢！迎伦啊！要是自己如实相告，估计他又会冷嘲热讽了。

"常走这种小道的人，熟悉这里实际的地形地貌，他们十分清楚哪些竹子倒伏的地方，下面不是土地而是空洞，就会绕开走。所以，阿杜她们走这种小道平安无事。你可以先用手杖撑着试试，然后再下脚。跟着我踩过的地方走，那也行。"

班已无暇关注停在自己肩上的美丽小蝴蝶，额头上沁出汗珠。她正沿着悬崖边缘，小心翼翼，一步一个脚印地移动过去，脚步才渐渐放松下来。当地气候的特点是太阳未升起时，天空阴沉，等到太阳升高时，阳光又很耀眼刺目。半道上虽然休息并给肚子补充了些东西，但是她仍感到全身疲乏无力，小腿开始僵硬，跨一步歇一步。唷！前面又有竹子倒伏下来，把路堵住了。额头上汗珠不停地往下流，让眼睛感到又涩又辣。抬起脸，阳光又直射双眼，感到十分刺眼。

"嗨！要小心！"

"喔！"

迎伦喊了一声。这时班踩到的竹子一下子塌陷，人滑向竹梢，眼睛直冒金星。接着，她感到迎伦有力的手将她拽住。他拽住班的手，使尽力气，将她拉住，才使她没有出溜滑向竹梢。她身体贴着崖壁坐着，两眼木然，心有余悸。

"你还行吗？"

"哎！你不问我这些，不行吗？"

班对自己累得喘不过气来已很心烦，就对迎伦的口气有点生硬，可是一下子又想起了常会问自己"你好吗"的哥定苗刚。这样说来，在心理医生定苗刚的眼里，她是一个有心理疾病的人；难道在这个身强力壮的迎伦面前，自己是个身体柔弱的女子吗？想想真是好让人泄气。

姗娧班是一个身心两方面都很好强、不想依赖男人生活的女子。她突然想起了阿妈，感到一阵心痛。看来自己必须做出极大努力，才不会像阿妈那样软弱无能。

"你怎么了？我是担心，才问你的。问问能不能继续往前走，要不要先歇一会儿。"

他似乎用费解的眼神看着班说。班有些过意不去，降低声调说：

"一路上你一直不断地问我行不行，这让我对自己失去了信心。"

"你要是自己真有信心，不管别人怎么说，都不会失去信心的。"

班微微扬了一下眉毛，朝他凝视了一会儿。虽然已知他只读到十年级，但与他交谈时，发现他的谈吐不俗。他坐在离班不远处，同班一样倚着崖壁席地而坐，打开水壶仰起脖子喝水。班呆望着他，对他在葡萄生活了好久之后，又回到最北端藏族小村来工作的生活经历颇感兴趣，很想了解。他看上去不像是乡下人，面目清秀俊朗，缅语也很流利。这么一个年龄不到三十的青年，为何闯荡活跃在雪山间谋生呢？等相互再熟稔些以后，真想好好问问他的身世。

班背靠峭壁休息，仰望天空。刚刚还是阳光刺眼的天空，转眼间又变得阴沉起来，估计不久就会蒙蒙细雨了。

"我得向你道歉！"

坐在一旁听到了令人奇怪的话，班又盯着他。

"我想对与你在马钱堡刚见面时，以及在万非山上对你说过的一些话表示道歉。因为我觉得你对这次旅行好像充满幻想，当时我想让你明白，在路上未必会有想象中那么高兴愉快，所以才说了那些话，倒不是要扫你的兴。在如此艰苦跋涉的旅途中，同行的旅伴互相鼓励和帮助，很重要。你也不必灰心丧气喔！你想去的地方，一定会让你去成的。我相信你，你自己也相信自己！好啦！起身走吧！咱们一起继续上路！"

迎伦边说边站起身来，班也站起来继续往前走，感到脚步变得轻松了些。班觉得应该对他表示感谢。

"谢谢你，刚才拉了我一把。"

他依旧跟往常一样朝前走着。

"没什么！不用谢！我有帮助你的责任。你不是要去拜访希达莎尔老师吗？她是我侄子的老师啊。她大老远的来我们村教书，真该感谢她。对老师的客人，当然要照顾好哟！"

他一边说话，一边越过一截断树桩。班也学着他，跨了过去。她对自己的能力感到满意。

渐渐地，天越来越昏暗，终于下起毛毛雨。班把套头防雨夹克衫罩在头上挡雨。不一会儿太阳又钻出云层，阳光刺眼，她又戴上了太阳镜。后来再下起雨来，她又将夹克衫盖在头上，来回折腾。有一回，迎伦回头看了她一眼，还笑了起来。班不知他为何笑，便问他笑什么，他走过泉水涌淌、路面湿滑的小道时反问：

"下着雨，还戴一副大墨镜，不是乱套了吗！"

班只好说："忘了！"不好意思地摘掉了墨镜。

一路上，有时与阿杜她们会合，六个人成队形一起走，有时他们俩落在后面。上山时，两条腿像灌了铅似的，很沉重；下山时，有时会出溜下去，一屁股坐在地上；过小河小溪趟水时，有时还得停下来换掉被水浸湿的袜子。就这样，累得只顾喘气，也顾不上欣赏优美的风景了。休息过来后，就又能边欣赏风景边走路，耳边又传来了隐隐的流水声，水流声由远及近。夕阳西下时，突然，看到了横亘在前方、水势汹涌流淌的恩梅开江。

"江对岸，就到隆纳营房了。"

迎伦眺望江的对岸说。班一听到营房这两个字，一下子强烈感到想马上倒头躺下休息；还想跳水，一跃而下，全身都浸泡在清澈的江水里，但是，又觉得太冷了，会被冻死的。

"这个索桥不如板南定索桥那么坚固，你敢走的吧？"

"敢走！"

班很干脆回答了他的问话。这索桥，看起来不怎么结实，但情况还不算太坏。再说，班从小在山乡长大，对这样的桥不会怕的，对河水溪水也习以为常。更不用说，还有迎伦在，有安全感，班就跟在他后面。由于前面有人走，索桥微微晃动，步态轻松。在索桥上看到了恩梅开江如蓝宝石般的江水，正以它的美丽身影迎接着她，顿时疲劳一扫而光。

到达对岸后，走过一个隆起的小山坡，就到了一马平川，远远看到镀锌屋顶木板围挡的营房孤零零矗立在那里。

今晚，就要在这儿过夜了。

炉子的火苗，直往上蹿，外面整个空间一片混沌。

班把下午在江边洗好的袜子，挂到一根细竹竿上，放到炉边烘烤，自己探头向营房外张望。这是个月黑之夜，周围一片漆黑。但是，因为平原开阔，浓浓的夜色显得有些晃白，只有远处传来的江水流淌声打破了寂静的夜晚。

听迎伦说，这一路上，营房都修在靠近恩梅开江江畔。以后的营房不知会怎么样，但这个隆纳营房是相当坚固的板壁、镀锌屋顶建筑物。营房有一大一小两间房，两间都有火炉。火炉都是那种掏空圆木，用泥浆糊炉壁做成的。离营房不远处，还有一个看守营房的小屋，从营房看守人那里可买到柴火，每捆两千缅元。锅碗瓢盆是现成的，也是先前的旅客留下的，用它们烧煮吃喝不成问题。

班一边烘烤袜子，一边瞧了一眼玛塔她们，她们四个人，刚才还有说有笑大声说着话，现在却已在炉子旁铺好卧具，舒展筋骨，准备休息，说话声渐渐消失，完全安静下来。去看守人小屋的迎伦，还没回来，他一定是睡在那边小屋了。

阿杜她们彼此之间只说亚旺族语，所以班不清楚，她们是不是也会因为太累而叫苦不迭呢？但看来，她们对长途跋涉已习以为常了。而对于班来说，全身已精疲力竭，两腿僵硬抽筋。天气又极其寒冷，好像觉得离开了火炉，人就要冻僵了。要是离开火炉，恐怕就会变成冰冻人了！班瞥了一眼侧向火炉一边的玛塔。

"玛塔！"

"哎！大姐，您说！"

"明天要走的路，平地会多些吗？"

"嗯！到了杨跃，路边有稻田，就这一个地方有稻田。"

"这么说，走起来就省劲一些啦。"

"不啊！我们可是不喜欢！"

"唔？为什么？"

"我们就喜欢上山！老在平地上走，时间长久了，好乏味！"

真奇怪！班很惊讶，呆呆地瞧着她。背着那么重的东西，还就是喜欢走山路，走平地反倒感到无聊。真是她们有她们的习惯。

过了一会儿，她们四个都悄无声息，不一会儿，传来了均匀的鼾声。班却还没睡，她在翻来覆去烘烤她的袜子，并在回想下午去恩梅开江边的情景。

刚到隆纳时是下午，还没感到瑟瑟发抖的寒冷。可能是一整天都在走路，很活血的缘故，但是全身乏力。班很想浸泡在恩梅开江里洗个澡，所以她就与阿杜她们一起走到江边。

通往江边的路不是很陡峭，还算平坦好走。穿越礁石、巨石，猛烈冲刷而来的恩梅开江，江水碧绿清澈。阿杜她们下去洗澡时，班坐在河边大石块上，洗她的袜子和衣服。就在此时，班面前大石块上，蝴蝶飞来停歇。由于江风和江水的作用，人感到很是神清气爽，便兴致勃勃欣赏起美丽的蝴蝶来。蝴蝶颜色多种多样，有黄色的，有蓝绿色带黑条纹的，有黑灰色带白斑的。这些蝴蝶与人很亲近，就在身边停着，也不飞远。

班一边眼睛盯着蝴蝶，一边洗衣服，只见阿杜她们已洗完澡。

"哎，大姐！快洗澡啊，再过会儿就太冷啦！"

经考蓓提醒，班赶紧洗衣服，又快速洗了个澡。别说是浸泡在水中了，就算是打湿了一点水，都会冷得瑟瑟发抖。班只是为了使自己精神饱满些，洗一洗身子，就赶紧换上带来的干净衣服上岸了。她踩着石块间的白色沙地，沿着岸边走回来，由于太冷，加快了脚步。又看见停在石块上各种颜色的蝴蝶，便停下脚步看了看。这些蝴蝶的颜色，这一回看到的与上一回的不同，让人久看不厌。班看着环绕自己飞舞和停歇的小蝴蝶，感到精神分外轻松。她想起了奶奶曾经讲过的一个童话故事：从前，有个叫登阳的人，因为在河岸旁，看到了飞来飞去的蝴蝶，才创作了蝴蝶舞，还创作了鸟群飞翔、小鱼游弋等等的舞姿……

班想起了自己的奶奶，也想起了蝴蝶目瑙舞。以前只要一想起过去，就会伤心难受，现在却是一种对快乐生活的回忆。班感到心情越来越轻松，这些场景使她的心态越来越愉悦。她踮起脚登上了江边一块表面平整的石头。

班的身后是恩梅开江哗哗流淌的水流声，有时候水击石块飞溅起的水珠打到了她的脚后跟。班注视着停在一块石头高处的一群蝴蝶，同时自己双臂伸展开来，模仿蝴蝶一般舞动，一只绿蓝色的小蝴蝶，竟飞到班的手指尖上停了下来。

班怕惊飞小蝴蝶，不敢动一下手，定定站着，双眼注视着停在手背上的小蝴蝶。

"你在干什么啊？"

前面不远处传来了迎伦的喊声。她不敢出声，只用一根手指放在嘴前示意对方安静，依旧盯着蝴蝶。那只蝴蝶个儿很大，颜色也很特殊，班在老家从未见过这种颜色的蝴蝶。

迎伦知趣地、不声不响地站到了班的面前。此时，停在班手上的蝴蝶飞起来又停到了迎伦的肩上。

"等等，你别动！就让它歇一会儿吧！"

班小声说。他噗嗤一笑，站着不动了。小蝴蝶只停了一会儿，就飞走了。

"刚才，你是在跳舞？"

他带点冷笑，看着班问，班有些害羞了。我跳舞了吗？喔……不是啦！还没高兴到想跳舞的地步呢。自己倒是想能再有像童年那样兴高采烈、翩翩起舞的时光，但是，离开那种快乐的日子已经很久了。

"我没跳舞，因为想起了登阳，只是学着他展开翅膀像蝴蝶飞的模样。"

听了班的回答，他扬了扬眉。

"登阳是谁？他与蝴蝶有什么关系呐？"

"登阳是我们克钦族童话故事里的人物，是他创造了蝴蝶舞，用克钦族话说，就是叫作'扶兰拉'的那种舞蹈呗！"

他瞥了班一眼。

"你很像我奶奶！"

他说完，脸上显出一丝怀念的表情。

"我奶奶很喜欢跳舞。她的飞鸟舞跳得很棒！"

"飞鸟舞……"

"是的，也叫作'阿舒兰'舞，就像鸟在天空飞翔一般的舞蹈。我们亚旺族舞蹈跟克钦族舞蹈的继承传统是相近的，对吗？"

班听了他的话，好像又看到了自己奶奶，内心与他亲近了一些似的。看来艺术是能够消除隔阂的，相同的艺术，可以拉近不同人们之间的距离。

站在大石块高处的班，现在与站在沙地上的迎伦，正好高矮相当，可以面对面平视交谈。之前一路上，班都是仰视他，现在可不必仰视，她似乎获得了某种满足感。之后，她从石块上跳了下来。

"这样说来……你大概也会跳阿舒兰舞啰？"

班问了他。他耸了耸肩膀回答说：

"就像鸟飞那样跳，那还行！"

"你奶奶现在在达杭丹住吗？"

"奶奶已经不在了，去世好久了，而且，奶奶也不是我的亲奶奶。但是她很喜欢我，我也喜欢我奶奶。"

"那你爷爷呢？"

"我爷爷也不在了。我爷爷不是亚旺族，他属于克钦种族，就是劳瓦族。我爷爷和奶奶都不是亲的，我是被领养的。我在葡萄镇上学时，就住在奶奶家。说是因为我跟我奶奶已去世的儿子长得很像，所以她很喜欢我。"

"你奶奶的儿子是小时候就去世的吗？"

"年龄倒不算很小，他参军后，是打仗阵亡的。我爷爷和奶奶都很憎恨战争，我也很憎恨战争！也不知道是在为谁打仗？
而且打个没完没了！"

他一边说一边很气恼的样子，说话声也粗声粗气起来，之后
又连连叹气。

"你冷不冷啊？咱们走吧。走快些，血液流通，就不冷了。"

他在前面走，班跟在后面。一下子又想起了打仗，班叹了口
气。她跟着他快步走上岸来，一路小跑，身上也就不感到冷了。

到了岸上，又回头看恩梅开江，江面上已不见阳光，也看不
到停留在岩石间成群的蝴蝶了，只有一只蝴蝶还在班面前飞来
飞去。班想着有机会，再问迎伦一些问题。

傍晚，那顿晚饭十分丰盛而鲜美。阿杜她们在营房附近采摘
了野菜、野果，和鱼一起熬成一大锅鱼汤，大家围着吃，吃到
连一点汤都没剩下。

班给火炉又添了点柴，向黢黑的营房外探头望去，正看着，
只见黑暗中一道手电亮光，是迎伦来营房，他抬头瞧了一下班
的房间。

"你还没睡啊？明天一早就要出发，早点睡！"

说完就回他房间去了。班向他说了一声："Good night！"
也不知道他听没听见。从粗陋的墙壁缝隙看到了他房间火炉的
火光。班的双眼也已困倦，把已烤干的袜子折叠收好，就钻进
被窝。除了江水的流淌声，周围一片寂静。就在快进入睡眠之际，
突然又含笑着想，明天一早，会不会又从迎伦那儿得到一枝寄

生兰呢？

隆纳的早晨，晨曦与兰花一起来到。昨夜，在似睡非睡之际，曾梦寐以求的兰花，今天一早已经在自己手中了。这一回，他送来的兰花依然沾着露水，而颜色是黄的。兰花娇嫩且富有诗意，但赠花人却一脸严肃。如果到达杭丹之前，他每天送她一枝的话，自己就会得到八枝兰花了。

"给阿杜她们也采几枝吧！"

班这么说之后，他说："她们可不稀罕！"也不知道是不是真的不稀罕。一路上，对于树上的寄生兰以及路边偶尔看到的一些兰花，她们好像都不感兴趣。这里虽然以生长稀有兰花品种而闻名，但路两旁兰花并不多见，也许多长在丛林深处。在远处高高的树枝上有罕见的兰花，但高不可攀。不知道他是从哪里，用什么办法采摘到兰花的，真该谢谢他啦！

"喂！大家准备好，马上要出发了！"

迎伦大声招呼着。阿杜她们把背篓背带套在额头上，班带了防白蛉虫喷雾剂，在脖子和手上都喷了一下。昨天一路上，也是隔两小时就喷一次，想到大家都会遭虫子咬，却只有班一人喷防虫药，她们都没有防护，班就拿喷雾剂给她们喷，但她们都不接受。在当地，被白蛉虫咬，算不上什么大不了的事。

看守营房的那对夫妇，班送给他们一些豆干和羊肉干。清晨从隆纳营房出发时，天色依然昏暗。昨晚睡得很香，开始上路时，精神焕发，走路很轻松。从隆纳往前走，路比较平坦好走，不怎么累人，大概走了两英里以后，路更宽了，真是令人高兴。一直是坦荡荡的路，不久，前面一条河挡住了去路。

"这就是独亚旺江！"

迎伦远远地对班说后，便向过江索桥走去。班跟随其后，看着江面，这条江不小也不是很大，是个中等大小的江，江水汹涌。从浓雾中射出的阳光，洒向江面。

迎伦现在不再问班"行吗"，也不说"你敢走过去的吧"之类的话，径自走过了索桥，班就跟随其后，也走了过去。又走了三英里左右上上下下的山路，才看到了一望无际平整的稻田，让人忘却了疲劳。

路两旁都是刚收割完稻子的稻田，一眼望不到边。刮来阵阵清新而凉爽的风。班心情舒畅又轻快，就在稻田漫步。

"这就是杨跃！前面即将走过的额瓦村村民来这儿种水稻。这个地区，只有这块地方可种稻子。"

班边听他说话，边在田间平坦的路上走，发觉阿杜她们落在了后面。奇怪的是，阿杜她们走山路，走得飞快，走平坦的路，反而落在了后面。于是班为了让走在前面的迎伦能听见，提高了嗓门说：

"等等阿杜她们吧，迎伦！她们都落在后面了！"

"因为走平地才慢了，一走山路，她们就又会超到你前面去的！"

"这很奇怪！她们和我正相反，我一遇到山路，速度就变慢了！"

"这就是当地人的习惯，她们就喜欢上山下山，走平地，走久了，就会腿疼！"

班认为自己正好与她们相反，所以才感到惊讶。对班来讲，一会儿上山，一会儿下山，就会觉得腿又疼又累。

"前面有田头茅屋，可以在那儿一边等她们，一边歇歇。"

迎伦用手指着远处的田头茅屋说。他们沿着通向田头茅屋的小道继续前行。那间小茅屋的门是关着的，静悄悄的，但是茅屋前放着张宽大的竹榻。刚收割完稻子，想必农民都回村去了。

坐在茅屋前的大竹榻上，班的手忽然触碰到一根绳子，接着就发出了叮咚叮咚的响声。她吓了一跳，抬头看发出声音的地方，原来是拴在一起的两只小搪瓷杯悬挂在上面，绳子系着，绳子头下垂，看起来怪怪的。迎伦则偷偷笑着。

"一定是他们忘记解开了。"

迎伦说。可班还是不解，瞧着他，他接着又说：

"这杯子是吓唬麻雀的，稻子成熟时，会招来许多麻雀，这样，只要一碰就发出声响，麻雀就会一下子都给吓跑了……"

他边说边拽了拽绳子，果然发出了叮叮哨哨的杯子撞击声。

班也被这突如其来的声音惊着了，然后就随着这叮叮哨哨的声响哈哈大笑起来。就这样，人也解了乏，精神也好起来了，她感到浑身轻松。原先因心跳缓慢而麻木的心脏，已随着这次旅行所经受的惊恐、疲乏、害怕、惊讶而加快了。

哈哈大笑后，班从背包取出水壶仰头喝起来。肚子也饿了，但饭团都在阿杜她们的背篓里，只好等她们到了才能开吃。一路走来，为了解点饥，带的饼干也已吃完。

"你饿了吧？"

"还不饿！"

班谎称不饿，但突然从肚子里发出饥肠辘辘的咕噜声，已说明了实情。迎伦微微一笑，从自己的背包里取出一个透明塑料袋，里面装着炸土豆和一种黄色的包子，还有一本书。他从塑料袋里取出了糕饼。

"肚子饿了，就先吃点吧。这是炸土豆，那个包子是向隆纳营房看守人那儿要来的，里面没有肉，是素包子。这里产麦子，所以很多人家喜欢做包子吃。"

他说话时，班却对他背包里的那本书感兴趣。这竟是伊里奇·西盖尔所著的《班级》一书，是由《令人怀念的大学夏日之夜》一书的作者妙丹定翻译的。这就是他看的书吗？班有些惊讶地抬起眉毛说：

"这……是你在看的书吗？"

"是啊！正在看着呢，还没看完。"

他回答后，小心地把书放进塑料袋，然后放进他的双肩背包里。看起来，那绿色封面的书已经很旧了，所以放置时格外小心。

班还想继续追问。

"你爱看书？"

"是啊！但是要找到合适的书不易。这本书是从我在葡萄镇的老师那儿借来的，已经借好久了，因为还没看完就一直没还她。"

班不知再说什么才好了，愣愣地看着他。想想他一定还很想继续上学，她感到心里不是滋味。

"我想问你一个问题，你别生气喔！"

"行，问吧！"

"你上到十年级了，为什么又回到达杭丹来了呢？"

"在葡萄镇，一天要挣到五千缅元很不容易，但是一缅斤虫草可以卖到十几万缅元呢！生活在葡萄镇的人，在能找到虫草的季节里都争着上雪山去找虫草啊！"

他的回答很平静。班在葡萄镇市场也曾见到过雪山虫草，说是一种补药，金黄色，还不到小手指头那么大，但据说药效强，价格不菲。那些本来会变成蝴蝶的虫子身子，在冬天的寒风中粘上菌类孢子粉，慢慢地虫子的全身被菌类孢子吞食而死去，这就是虫草形成的过程。虫草的一生既很奇特，又很可怜。之前听过欣扬的介绍，班终于了解了这种叫草生虫药或冬虫夏草的虫子的前世今生。

几乎每年到了五六月，在与印度边界毗连的冰原上，人们双手双脚攀爬着，用饭勺敲击冰面，挖呀，刨呀，都在寻找虫草。究竟有多少人在找虫草，从欣扬拍的照片就可看到。班在想，这难道就是大自然恩赐的宝贝，抑或是为了吸引人们来这个地方的一种魔法吗？

"这样说来，难道这就是你因此不再继续升学、回到达杭丹来的原因了吗？"

脱口而出之后，她又好像感到这样问有点唐突而不好意思，似乎有点在干涉别人的私事了。但是，班还是很想了解他的个人情况。对《班级》这样的书有浓厚兴趣的人，看来是个天资聪慧的青年，那就不应该把宝贵时间浪费在这雪山间啊！

"倒不仅仅是这一个原因，离雪山近，来去不难，所以并不感到苦。雪山是我们赖以生存不可或缺的山。无论是我，还是与我类似的青年，就在这雪山间去寻觅虫草，所换来的钱，就足够用来交学费上学了。"

"在这儿生活，不是太难了吗？"

"我们这些出生在雪山间，又在雪山间长大的人，从没有感到有什么事情特别困难，从来没有过。"

"你们要卖虫草，又要到市场去购买生活用品，大老远的，要去葡萄镇，得经常去吗？"

"去葡萄镇，也就是现在这个季节。要去中国，那现在正下雪，大雪封山，路不通。"

"那你们也得去与中国的边界咯，那可是好远哟！"

"当然得去啦！从达杭丹出发，沿着去卡格博亚齐雪山的路走，到了塔力图就分叉了。走44号边界界桩，翻过南妮拉卡山，到缅中边界。南妮拉卡山海拔有 15000 多英尺高呐！"

"喔！真高啊！"

"是啊，真是山高路远呐！路上得过三夜，差不多得花上四天时间，但是我们一定会去。那里是边境地区，我们找到的虫草，卖给那里能出高价的买家。拿到了钱，就在那儿买了米、油等等必需品后再回来。"

班听着他的讲述，眼睛盯着他。他则愣愣地看着稻田那儿，并继续说：

"一到了初冬和旱季之初，远处平原地区的一些有钱人，也纷纷到我们这儿来，进行寻访猎奇活动，也想看看雪山。这段时间，他们需要雪山。当地人在快到雨季，也正是雪山融雪的时候，就来找虫草。也是为了生计嘛！旅行对某些人来说是一种享受，对另一些人而言，则是因为生活所迫。"

班听着他的话，不禁内心对他们有些愧疚。自己不就是为了重新找回已失去的快乐而来旅行的吗？

"那……那你是不是很瞧不起我啊？"

他把朝稻田凝视的目光转向班，不假思索地问了她。

"什么？"

班抬起眉毛看了看他。

"看来，你好像觉得我在这雪山间是不会有什么前途的。其实我也有我自己的梦想。"

"啊！不是这样啊，我的问题可不是这个意思，迎伦！"

班怀着愧疚的心情，正急急忙忙想说下去的时候，看到阿杜她们已走到小茅屋来，也就中断了话题。如果班向他提出的问题，让他得出了瞧不起他的意思，那班心里也觉得不是滋味。

阿杜她们到了之后，大家都解开饭团，围坐着吃起来。这一回，班把包饭团的叶子尖端放在前面，很熟练地解开吃了起来。

从杨跃到额瓦村的三英里路，应该说是很好走的。随着恩梅开江的水流声，走着上上下下相对平坦的山路，班跟在迎伦后面，边走边问他：

"迎伦！刚才你生我气了吗？"

"你怎么又小看我了呢？"

"喔，不是这个意思！你也真是的！"

"为这点事都要生气，那我不成了孩子啦？"

听他那挺认真的口气，班肯定他确实是认真的，又听到他的窃窃嬉笑声，班就完全放心了。

下午，阳光明媚，那新鲜又清凉的小风吹过来，使人精神饱满。抬头远眺，额瓦村已遥遥在望。

那晚，班就睡在了迎伦的朋友，一位僧人的家中。

那个夜晚，班依旧在恩梅开江潺潺流水声的陪伴下睡得很香。

听到了竹叶摩擦发出的音乐之声，微风吹拂，阳光带来了暖意。路很平坦，两侧的翠竹林在摇曳。即使路平坦，走上数小时，

　　　　　　　　　　　等待花开之时

也会感到气喘吁吁，疲惫不堪。路，走了一英里又一英里。喘不过气来、感到很累时，就双腿站住，闭上双眼歇一会儿。当眼皮耷拉下来，什么也看不见的时候，听觉神经开始活跃起来，竹叶摩擦发出哗哗、吱吱之声，犹如打着节拍的奏乐声。

昨天，额瓦村的早晨，收到了一枝白色兰花，非常新鲜。挂在背包上的兰花并没有打蔫，可人已经开始打蔫了。虽然眼前看到的一切既新颖又奇特，但久而久之，看多了就不稀罕了，产生审美疲劳。为了驱除这种腻味感，班就会随时与迎伦聊上几句，以此来获得迈出每一步的动力。

"迎伦！"

"哎！你说。"

"你说说麝消失，羚牛消失的情况吧。"

"麝就是生活在雪山上的一种鹿科动物，肚皮上的毛是白色的，尾巴短，没有犄角。现在可绝迹了！"

"为什么都没了？"

"那还不都是打猎打的呗！现在已有禁令，麝被定为珍稀动物，不准打了。"

"那人们为什么要逮麝啊？"

"因为麝身上有麝香，很名贵，值钱啊。麝香就是公麝肚脐上长的东西。猎人逮住麝以后，就会把麝的肚脐割下，把它晾干，可以入药。"

"那羚牛呢？"

"羚牛也被称作扭角羚羊，它的犄角非常漂亮。据说挂在家里，可以避免火灾呢。"

"那么羚牛也都消失了吗？"

"差不多灭绝了，但是，翻过缅中边界 44 号界桩附近的大山，那边有个盐矿，有盐矿的地方就会有扭角羚羊，它们会来舐食盐巴。看来还没有完全灭绝。"

"那，你见到过吗？"

"羚牛，我是见过的，但我从来没看见过麝，只是听祖父母一辈人说起过。家里有羚牛的角，是祖上传下来的。"

"迎伦！"

"哎！"

"肚子饿了。"

"再往前走一点，有竹林，到那儿就休息，吃点东西。"

"快到了吧？"

"已经不远了。"

竹子越来越稠密了，地上尽是飘落的竹叶，脚踩上就会陷下去，路也越来越平坦。眼前的竹林，竹子互相交叉重叠，好像华盖似的。

在葱绿色的竹荫下，顿时不再感到疲乏。头顶上，阳光透过像筛子般的竹叶，斑驳陆离，光影交织。准备吃饭时，阿杜她们从竹林中找来气味很冲的鱼腥草，将它揉碎后与鱼虾酱拌着吃。迎伦砍了一些竹竿插在地里，做成架子；玛塔捡了柴火升起

　　　　　　　　　　　　　等待花开之时

火来；考蓓取出提盒挂到竹竿上，煮面条。喝着热热乎乎的面条汤，打开食品盒，吃着鱼腥草酱，浑身冒汗，身上立刻暖和起来。

在这个优美的竹林里休息了一会儿，又有劲走路了。风吹竹叶的哗哗响声，与恩梅开江的流水声融合在一起，形成美妙的和声，让人禁不住要停下双脚，驻足聆听欣赏。在竹叶摩擦之声和恩梅开江流水声美妙的伴奏下，继续踏上旅程。

出了竹林再走两英里，是上上下下的山坡路。这时，肚子里的食物已渐渐消化，又开始喘起气来，但是，忽然眼前展现了平坦的路面，人也不再气喘吁吁。

"迎伦！前面的路平坦好走了，往前走还得爬山吗？"

"不用爬山了。前面就是独龙江，有过江桥，过了桥就到旺西旺营房了。"

"这条江江面是宽还是窄啊？"

"还算窄的。"

他回答了班的问题后，就朝前快步走了。

说算窄的，他的回答一点也不干脆，没有直接说是窄的，不知随后究竟还会怎么说。

正想听他还会说些什么时，发现走到了可以比喻为佛经中提及的阿修罗山的深渊边，在深不可测的深渊谷底，看到了一条细长的独龙江如发狂般咆哮奔流着。

喔！这桥！

班注视着眼前的桥，突然自己的神经激灵了一下，不禁吓得全身汗毛直竖。梦中隐约见到的桥，莫非就是这座桥吗？梦中的桥是在浓雾中看到的，其形状不很清楚，但印象却是难忘的。当时是一种勇敢、轻松、喜悦的感受，自己记得，不仅感受很清晰，直到醒来这种感受依然伴随着自己，至今仍记得那轰隆隆的水流声。就是这座桥，就是它！这样说来，那梦中猛然一现的人，究竟是谁呢？

班呆望着那座带给她异样感觉的索桥，真的到了现实环境里，自己却不如梦里那么勇敢了，双腿有些发抖发软。站在桥头的她，脚底紧紧扒住鞋，却不敢向前迈出一步，只能稳稳站在桥头。独龙江江面虽然窄细，但水势汹涌，能把石块、卵石冲得落花流水。深谷约有 200 英尺深，两头仅一条索桥相连。要过这样的桥，得有多大勇气啊！班何时才会真正有梦中那般的勇气啊！

此时此刻班最想听到的，就是迎伦说的那句："你行吗？"但是，在班不想听的时候，他问了，现在想听时他却什么也不问了。因为他已率先走上了桥，班就向他大声喊：

"哎，你怎么不再问我，你行吗？"

"你不是说不喜欢我这么问你吗？"

迎伦回头看了她一眼，反问她。

班有点害臊，但还是一脸正经地说：

"有时候也喜欢听的呀。"

她不敢低头看桥下的深渊并回答。迎伦就笑着问：

"你行吗？"

他在前面一说，班才真的感到害怕了。

"不行！不行啦！这么深的悬崖，怎么过去啊！吓死人了！"她大声叫起来，他却笑了起来。

"你第一次过索桥时说过，连这点儿都害怕，就不来这次旅行了！是不是啊？"

"喔！那是板南定桥啊！板南定桥又不像这个桥，我不怕！"

"这桥也不用害怕，你别低头看，就行了！"

"不低头看，可是眼里还是看得到的啊！还听得到水流声呐！"

"这就要看你能不能集中注意力了，把注意力都集中到我的眼睛上，什么别的东西都不去想，就这么朝前走就是了！"

"那好吧！我努力试试！"

班深吸了一口气，把目光对着迎伦。他站在桥中央眼睛看着班，当班与他的目光相对视的那一刻，如同有某个东西吸引着她一般，心也就冲着他而去，原先声响很大、令人害怕的水流声越来越小了。就这样，班的双眼一刻不离盯着他的双眼，大胆地走过了桥。

哦！就是这种感觉！那是一种轻松、自由自在、充满自信而又勇敢的感觉。这样的感觉已经消失很久了，梦中的这种感觉终于回到了现实。水流声和风刮过树枝、树叶的摩擦声，一下子似乎都听不见了。班走到了索桥中央，与他面对面站立，只见他双眼缠绵，但又马上闭上眼帘，转身继续往前走，走到桥头，再次站在那里凝视着班。

他站在桥头等候，班的双眼与他的双眼互相盯着一刻也不离，顺利地走到了桥的另一头。

从桥头继续向前走，不久，就听到了狗叫声，接着看到有两条狗跑出来。迎伦注视着班："前面是旺西旺营房，这是营房看守人养的狗。你怕狗吗？"

"不怕狗！"

"你不怕就好，我们达杭丹那里养了好多狗用来打猎，几乎家家户户都养狗。"

他对班说话时，弹了几下手指，哄了哄狗，狗就不再凶巴巴的，而是温顺地瞧着他们。

一到营房，看守人的老婆就端上满满一竹匾的乌莱糕，这是班从未吃过的一种当地特产糕点。据说，它是将乌莱树柔软的树芯捣碎，与面粉糅合在一起做成的糕。初来乍到，班饥肠辘辘，她大口大口吃着，嘴巴里还嚼着食物，就开口问，是怎么和成面的。考蓓满不在乎地说："用脚踩出来的！"班刚吃完乌莱糕，想到送糕的那女人脏兮兮的双脚，有点恶心，不免想捧腹大笑。她揉了揉肚子，轻声笑了笑，玛塔却睁大眼看着她。

那天下午，在起雾、太阳落山之前，班用看守人从山上引来的山泉水洗漱了一下。水相当冷，洗完就赶紧凑近火炉取暖。

晚上，班浑身乏力酸痛，准备早早就睡。刚要闭上双眼想睡

　　　　　　　　　　　　　等待花开之时

时，忽然想起搁在离火炉较远墙角处的背包，发现与背包系在一起、带着根须的寄生兰依然鲜活。也不知道这样的兰花能活多久？能一直带回家吗？看来这种兰花生命力极强，耐久，能长久鲜活。

灯光下看到的兰花在视线中渐渐模糊，耳朵里听到的江水流淌声也渐渐小了，正当快要睡着的时候，忽然好像看到了迎伦的双眼，心中一阵欣喜。

不再迷茫

时间就这样一天天过去。

送来的兰花一枝又一枝。

过了旺西旺，走过竹林茂盛的茅草丛，正当班快喘不过气来时，看到了格皖村村头的小溪，赶紧跑过去洗了个脸，才感到精神好了一些。加快步伐继续朝村子走去。

趁着阳光明媚的下午，班把洗好的衣服晾晒在江边大石块上。睡在格皖村迎伦朋友家的那天晚上，身上更加酸疼难忍。路途劳顿，对精神不构成压力，但对躯体造成了压力。

第二天继续旅程，途中又一次遇到了跨越恩梅开江长长的索桥。班凭一时的勇气，走过了索桥。一路走来，已经走了整整五天，尽管精神上还坚持得住，但浑身疼痛，双脚开始红肿、疼痛不已。班每走一步，都感到心慌气短，晕晕乎乎，快要晕厥了，但还是硬着头皮在迎伦面前装出没事的样子。迎伦曾对她说过，但愿在到达杭丹之前不用他背，班不想让这句话变为现实。

每走几小时后，班脑海中就会闪现想躺倒睡一会儿的念头，还会隐隐出现希达和欣扬的小脸蛋。她们可不是为了寻找快乐而进行旅行的；也不是为了使自己有全新的精神面貌，成为新人而去旅行的；更不是为了重新整理好自己放下的一些事而去旅行的；她们也不会像班这些旅行的人，装备齐全，都只是为了保护自己。

班为了防止白蛉虫叮咬，每两小时就要用喷雾器喷一次，而别人最多就是穿上袜子、带上手套防护而已。班是在没有蚂蟥、白蛉虫较少的寒冬季节来旅行的，而她们则是在蚂蟥多的雨季爬山。雨季时，江河、溪流、瀑布要比现在这个季节水量大得多，水哗啦哗啦冲下来，更让人害怕。而且水裹挟着红土、泥沙、泥浆，又粘又软，道路一片泥泞。班穿着最好的登山鞋，而那些要走这条路的年轻女教师们，恐怕也会穿上十分合脚的球鞋。一度曾在达杭丹工作的欣扬，向她介绍过走这段路的所见所闻，班因此才得知这些情况。班感到眼睛发困模糊，想起了这些，颇有感触。

她们可不像自己这样，只背了一个轻巧的双肩包上山，她们人人都有自己的背篓，还有大包小包呐，这些女教师们会多么劳累，可想而知……听说，粘附在路两旁树枝和树叶上的蚂蟥，一闻到人的气味，就会频频仰起头，随时准备落下粘附到人身上吸血。被蚂蟥叮咬的人往往自己毫无感觉，等到休息时，翻翻自己的衣服、袜子以及所有的口袋，就会发现这些全身冰凉、数以百计的黄绿色蚂蟥，要把它们一一捵下来弄死。

这种吸血蚂蟥，可用雄黄将其杀死，也可用布将其包在一起，用烟丝加上盐巴碾搓杀死。单是听听这种处置方式，就令人发怵；想起这种情形，更是感到腻味，真算是大开眼界了，也让她鼓起勇气，勇往直前。班还听说，这一路上有一种只要与之触碰即会中毒的艾麻草，但这个季节已干枯了，也就不会受中毒之苦了。

阳光渐渐暗淡，零零落落掉着雨点。原先直着走的步伐，不知不觉左右摇晃，就像一个醉酒人。额上的汗珠不停地滚落，走在前面的迎伦，不用回头看好像就知道班的情况，只问了句："你是不是已经很累了？"每当他这样问时，班就会回答，"累是累了，但还能走。"但班这次说话的声音，已经有气无力了。

在特力图营房睡的那天晚上，班边烘烤袜子，边打瞌睡。那红肿的双脚还很疼痛，班心想从特力图再往前，怕是走不动了。但是迎伦说过，在德尊丹过一夜，离达杭丹就很近了。现在，连自己都开始怀疑起来，这点路自己还能坚持下来吗？可是……班曾经很自信，相信自己能坚持走完这段路程，连卡格博山都还想去爬呐！不是迎伦还说过这样的话吗？如果真的自己有信心，就不怕别人说些什么。如果真的对自己有信心，那无论怎么艰难困苦，都可以克服。就在班想重新树立起自信心时，她双手感到热烘烘的。

"啊！嗨！袜子烧着啦！"

迷迷糊糊中，突然听到迎伦的喊声。她惊醒了，睁开双眼，迎伦正将班手中小棍一端着了火的袜子打掉。哟！我的天！我怎么困成这样啦！

"你困了，想睡就睡啊！"

迎伦扑灭了烧着袜子的火，同时对她说。

隔着火光，感觉他的脸看起来模模糊糊，自己眼皮快耷拉下来了。是啊！该睡了。但是，还很想跟他说说话，还有很多问题要问问他，然而眼睛睁不开了。

"你已经很累了！"

听到了他轻轻的说话声。班已睡眼惺忪，只记得自己最后钻进了被窝。"快睡！快睡！"的话音以及他的脚步声渐渐远去。班经常挂在嘴边的"虽累但快乐着"那句话的声音，也变轻，最后听不见了。

多么想旧梦重温呐。

姗娕班瞧着陡峭的堤岸上十分狭窄的小路，头晕目眩，心想这怎么走啊？这是万万走不过去了！

从板南定开始，走了很多路，要数由特力图到德尊丹这段路最难走了。人最累的时候，偏偏又遇上最难走的路。即使硬着头皮走，自己也已感到虚弱无力。先要爬到一百米左右高的地方，再往下走，爬上爬下，究竟有多少个回合也不清楚了。中间休息的时间也延长了，但即使休息时间延长，体力也无法恢复多少，只觉得昏昏然。但是，还是不想完全放弃。

"过了这儿就到德尊丹了，也就只有一英里路了。路况也不算太坏，不用再上上下下，路比较平坦了。"

听到迎伦的说话声，她的耳朵里嗡的一下，耳鸣起来，只见他的嘴唇在蠕动。

再往前走，路不仅狭窄，还是个斜坡，凹凸不平，整个儿是个大斜坡，难道脚也得斜踩着走？连身子也得歪扭着么？就在这么想的那一刻，落日从晚霞中探出头来，强烈的阳光正好照到脸上，眼睛更加模糊不清，耳鸣起来，马上站着不敢动，又听到了深渊下那恩梅开江狂暴的水流声。阳光下，奔腾不息的恩梅开江反射出耀眼的强光，猛烈地冲击着岸边的斜坡。她低头看江水，脑袋突然一阵眩晕，恩梅开江也不再美丽了。

"小心！"

好像是他在喊叫，但是她听到的声音却很轻。她还准备像在旺西旺入口过独龙江索桥时那样，看着他的双眼，但是他的脸看上去已不是一张脸，而是重叠在一起的两张脸，弄不清楚究竟应该看哪双眼睛了。

"拽住我的手，跟着我一起走才行！"

他向班伸出手，班想伸手拽住，但是，还没触碰到他的手，只是在空中晃悠了一下，人就失去了知觉。

当她恢复知觉，发现自己在一个人的背上被驮着。路两旁的树在快速后退，背上很是温暖。她听到咚咚的响声，原来是他心脏的跳动声！天哪！难道我是在迎伦的背上吗？难道是他驮着我在快跑？班正想要从他背上挣脱下来自己走，但只见他正走在一条颤颤悠悠的索桥上，两眼一阵发蒙，一下子晕了过去。她的知觉，忽有忽无，感到过意不去，又感到羞愧，但却已失去挣扎的力气。

等到班苏醒过来时，隐隐约约看到两旁人们的脸。

"大姐！大姐！醒过来了吗？"

这是……阿杜的声音。随后，一张张的脸也渐渐清晰起来。

"哎哟哟！大姐总算醒过来啦！还算好！大姐！要是你一下子摔倒，滑下去，那要费很大的劲才能把你拽上来。"

"大姐！已经到德尊丹了，知道吗？是迎伦一口气把你背着跑过来的！我们还都追不上他呢！"

"迎伦担心你会死，才背着你快跑，我们大家也都在为你祈祷！"

玛塔、考蓓和阿杜她们说话的时候，班看到了她们中间迎伦的一双眼。

迎伦什么话也没说，只是双眼盯着班。他的眼神中既有担心，也有温暖。

"迎伦！"

班小声叫了他一声。他朝前走了一步。

"是你把我背过来的，真不好意思啊！太感谢你啦！"

"没什么！没关系！你身体太虚弱，就在这儿休息两个晚上，之后再继续走比较好。现在你身上哪儿还感到不舒服？"

"全身没劲，还酸痛，其他倒没有什么问题。休息休息就可以继续走了。"

"哎……好好休息，再好好吃点东西！"

他对班说了这些后转身从班身旁走开。过了一会儿，他端着一个不锈钢盆，又回到班身边。

"这是……我用虫草和这村里的土鸡肉一起炖的。把它吃了，人就会有劲了！"

他把一盆炖鸡放在桌上，顿时香气四溢。班满心欢喜，朝他看了一眼，说："真太感谢你了！"他就说："那好！好好吃！"说完就走了。

班肚子也饿了，伸手把炖鸡的盆拉近点，有滋有味地吃了起来。之后，又想起阿杜她们，就问：

"那你们呢？有没有给你们的啊？"

她这一问，玛塔就笑呵呵地回应：

"我们都吃过了，但我们吃的里面，可没虫草！"

她把一盆鸡吃了个精光，感到自己真有劲了。那天晚上，她睡得很香。

又过了一天，清晨，班在江水流淌声中醒来，已感到浑身有劲了。因为不用早起赶路，就眯着眼暖暖和和地躺在床上休息。虽然身体还有些疲软无力，但精神焕发。

班她们到达的德尊丹村，海拔4000多英尺，是阿东湾河和相枯湾河的交汇处。小村坐落在一块高原的小平坝上，村里能清晰听到河水哗哗的流淌声。班一直想寻找在自己老家就已成长为一条大江的恩梅开江的源头，现在自己已到达它的幼年，叫作"阿东湾"的地方，相枯湾河比阿东湾河水势更猛，相枯湾河是阿东湾河的朋友，两者亲密地汇合在一起。迈立开江比起恩梅开江更温顺、宽阔，就成为情人河。喔！江河的经历，原来如同人生一般……

班在营房安心休息，阿杜她们则去村里朋友家串门。迎伦说要去他的牧师朋友家，很早就走了。

营房就在德尊丹村入口的路旁，是座镀锌瓦楞板屋顶的木板屋，有两间房。营房屋后，可以清晰听到江河的水流声，但分不清楚是相枯湾河还是阿东湾河的水流声。等迎伦回来，才能再问问他。

班感到一个人在营房里待着无聊，想出去转转。一早，她喝了迎伦亲自炖的鸡肉虫草汤，喝得一干二净，一点都不剩，肚子都吃撑了。

班穿了一条运动裤和套头衫，外加一件夹克。把领子拉链拉好，捂得严严实实，走出了营房。

　　　　　　　　　　　　　　等待花开之时

她沿着营房进村的小路走去，可以看到低处正在流淌的河水。班沿着与河并行的村子小路走着，看到路上有一些行人，手中拿着对讲机，这才知道，这儿的村里人通过对讲机互相联系。有的人手中的对讲机里还不时传出说话声，班不禁微微一笑。

　　班正想往下向河岸走去，抬头看到迎伦迎面走来。

　　看起来，他的模样并不像这里本地亚旺族人的模样，他有一副充满自信的面孔。这个青年人并不像是仅仅靠在当地寻找虫草为生的人，正如他自己所讲的那样，他有他自己的希望和梦想。

　　"出来散散步啦？"

　　走近后，他问了她一句。

　　班已觉察到他不习惯叫人的名字。

　　是不是让他叫姗娩班这个名字，有点为难他了呢？既不叫自己的名字，也不叫自己姐姐，说话时倒是常带上了"您"这种尊称的语气，温文尔雅，反而让人感到另一种温柔。从他那撩人的双眼，似乎可看出他深藏不露的内心世界。

　　"待在营房里太无聊了，就出来走走。看到了这条河，就想到河岸边走走。"

　　"好啊！我也跟你一起走走。"

　　"这条河是相枯湾河还是阿东湾河啊？"

　　"是相枯湾！"

　　他们一起向江边走去。水流湍急的相枯湾河在阳光照射下，闪闪发光。河面吹过来的风很凉，午后的阳光忽明忽暗，有时还会掉几滴雨。大大小小的石块、卵石布满河滩。

"我们进德尊丹村时，还会经过这条河。"

他与班保持一定距离，并排边走边说。班对他呆望了一眼并说：

"过索桥时，好像还有一点印象。就是……你背我过桥，腰不疼吗？"

他轻轻一笑说：

"比你体重还重的东西，我都背过。你要是对当地人这么问，就是小看人家啦！"

"喔！看你！你以为我这样问，就是小看人了。我可不是瞧不起人问的啊！是有点担心，才问的！"

班一边对他说，一边在河边的大石上坐了下来。他低头瞥了一下班。

"走啊！不往前走啦？"

"不走了！明天还得走哪！后天也还得走。脚还有些肿，不是还得把这双脚保护好吗？"

"对啊！得好好保护好脚！"

他边说边在班对面的一块石头上坐下。相枯湾河的河水，正冲击着班坐的大石块流淌而去。

迎伦把手伸进他的夹克衫口袋里掏点什么。

"给！好好嚼嚼，把它吃了！"

"这是什么？"

"一种块根……"

"你在跟我开玩笑吧！"

"不是啊！这是长生不老药啊！"

他展开自己的手掌说。班低头看他的手掌里，像是些蒜头一样的根茎。

"长生不老药……是吗？"

"是的！也有人叫它长寿果，多数人的叫法是当归。"

"啊哦！当归吗？一说当归，当然就知道啦！要说长寿果，那就不知道了！"

"当归是温性的，就嚼着吃了吧，你身体就会暖和起来。也有人用蜂蜜或是酒浸泡着吃，就这么嚼着吃不会有什么事的。我是到牧师家给你要来的。吃了吧！吃了就会浑身有劲了！"

由于他极力推荐，班就拿了一颗小的放进嘴里，味道很苦。

"啊！好苦啊！"

"苦也得忍着点！良药苦口嘛，有药效！"

班不舍得把他专门要来、很贵重的当归吐掉，忍住苦味嚼碎后吞了下去，又问他：

"你是因为这次旅途我太疲劳，怕我累死，才去要了长生不老药给我吃的吗？"

"不管是谁，不该死的时候，都不能让他死。再说，路的情况也没有糟糕到要人命的地步啊。"

听了他的话，班又想起，自己曾多次有过想怎么死的念头，现在已经很久没有这种念头了。过去，自己在生死之间如拔河赛般的内心，现在已经完全倒向了生的这一边。自己曾经一次又一次设想过怎样自杀的办法，到了这次旅行，凡到了摔下去就会死的地方，考虑的总是怎么走才会让自己活命，努力去求生。

班要继续活下去。大千世界，还有好多美好的东西，需要花多少年才能看得过来，还想结交能给自己各种不同感受的新朋友。看来，要避开或忘却以往的一些经历，也要相信自己今后还会邂逅和结交新的朋友，还会有欢笑的时光。生活中，人有心情舒畅、放松的时候，同时也要坦然接受过去的痛苦。所谓生活，就像人们有一些眷恋不舍的爱好一样，还会有命运的缘故怎么也无法避免的一些自己不喜欢的事情。也许只有人变得成熟了，才能接受这些自己不喜欢的东西，才能在一个让人痛心的世界里，找到一块生活舒心的地方。

班心情轻松，和颜悦色地瞧着迎伦说：

"那么，迎伦！当地人吃了这种有药效的块根，都很健康、长寿啦？"

"当然长寿啊！我们村里有九十多岁的人哪！活到八十多岁的很多。但是我觉得他们倒并不只是吃了当归或虫草长寿。我们村里人吃的东西都很天然，有牛奶、奶油、水果、青菜、玉米和小麦等等，都是村里自种、自养的。还有，大自然的阳光、空气、江河溪流、雪山及各种花花草草，环境多美啊！在这样的环境里生活，不可能不长寿！"

"这么说，想要长寿就得到你们村来生活咯！"

"你要是不信，可以来这里住住看！"

"喔！这么说，要知道你说的对不对，要等我老了才能知道啦！"

班边说，边悄声笑笑。她的笑声与水流声融合在一起。正在这时，"嗡嗡……"冒出一个让人一惊的声音。

"迎伦！迎伦！听到了吗？听到了吗？"

这……好像是从对讲机里传出的声音。她正想弄明白是哪儿来的声音时，只见他从夹克衫口袋里掏出对讲机，回答说：

"听到了！听到了！"

"我们下周星期五到达杭丹，你在达杭丹等着，做好出行准备，要去巡逻，大约要一周时间，听到了吗？"

"听到了！听到了！我会做好准备的。"

突然，随着吱吱声的消失，静了下来。班眼睛盯着迎伦，不知他身上带着对讲机。她好奇，很想打听他的工作情况。

迎伦把对讲机放回夹克衫口袋，注意到班的眼神，显得有些不自在，笑了笑。

"迎伦！你……"

等班开始提问，他才边笑边说：

"我在野生动物保护部和世界野生动植物保护协会有份兼职工作，做社区向导。"

"瞧你……你都没说！"

"没机会说呗！没说到这种话题，也就不会去说我在哪儿哪儿工作了。再说，你对我有些瞧不起，不是吗？不是还以为我只是个找虫草的人吗？说实话，我这工作么，你也不一定瞧得上。"

"你理解错了！我是感到你有点大材小用，很可惜，觉得不甘心，才说的，并没有小看你。那么，WCS 是什么意思啊？"

"所谓 WCS, 就是世界野生动植物保护协会，是一个非政府组织，已经与动物保护部合在一起，在我们这个地区进行研究、考察，要做巡逻，禁止猎杀珍稀动物，还有养护工作。我虽然是公务员，但可以不坐班。像现在这样出差，是要随团行动的，其余时间就得要在达杭丹待着。如需要去葡萄镇，就会去，在达杭丹那儿，跟我妈和我姐一起住。另外，我还有多个外甥和外甥女，为了要让他们都能在葡萄镇上学，就需要我工作。前不久，他们的父亲因打猎，被虫咬而去世。我就在达杭丹上班，既从事野生动物保护工作，又可以找点虫草，两不耽误。"

"你是社区向导，那具体做些什么工作啊？"

"如是考察旅行的话，要去远处的山里，得穿过冰川，跟着小组，挂红外相机，取回相机，还会记录野生动物的自然生活、活动情况，等等。"

"那巡逻是怎么一回事？"

"巡逻就是要拆卸猎人为捕捉野生动物所设的陷阱，这就很遭人记恨了。因为他们也是为了生计嘛！"

"为什么？"

"当地打猎的人很多，不让他们打猎，他们当然会记恨我们，打猎也就是他们的谋生手段啊！"

班满意地看着讲述着自己工作情况的迎伦。诚如班所预料的那样，他绝不是一个仅仅靠寻找虫草为生的人。果然像自己相信的那样，他肯定有他自己的人生目标、希望和梦想。

"让我做这份工作的时候，当时并没有规定一定要有十年级毕业的条件，但后来却规定了必须有十年级毕业的学历。我也想有机会，再去参加一次十年级毕业考试。"

班呆呆地看着他。这时才真正理解他酷爱看《班级》这部小说的感受了。

班遥望着岸边跑跑跳跳玩耍的孩子。

"在你们当地，孩子都能上学吗？迎伦！"

"早些时候，很不好，来村里教书的男女老师都是十年级毕业生，在远程教学快要考试时，就会消失两三个月不来了，这样，孩子们就没有老师，当然就没法好好念书。后来，派来的老师都是有学位的了，他们在教学方面也很卖力。你的好友希达莎尔也有学位，我们村里的父老乡亲都很满意。"

之后，他又继续说，他已经把读了四年级的两个外甥和一个外甥女送到葡萄镇上学去了。现在在村里上学的还有两个外甥，一个外甥女，还有一个刚生的外甥女。这个年轻人对这帮孩子的学业很上心，抱着很大希望，而唯独忘记了自己的学业深造。他对晚辈充满了爱心和希望。

沿着相枯湾河岸一起散步后往回走时，班歪着脑袋瞧着他问：

"哎！今天你还欠我一枝兰花呢！是不是因为这个村里兰花少啊？"

他笑着说："你啊！恐怕还没好好找找自己的房间吧！"

班回到营房，仔仔细细看了一遍房间，才赫然看到靠床头的窗框上，放着一枝蓝色的寄生兰。班满心欢喜地笑了。她伸手把那支小小的兰花取下，与先前收到的兰花一起系好，并为明天的旅程开心地做准备。

再见希达

班最后得到的一支兰花是黄颜色的，那天清早还很冷，但心里却是暖洋洋的。

天空忽而蓝天白云，忽而阴沉，有时还会细雨纷纷。但是对于一英里又一英里走着的人们来说，偶尔也会觉得，天空离他们更近，也更辽阔。

从德尊丹到特苏图村的一路上，除了有一处瀑布的地方比较难走外，其余地方路都很好走，一路比较轻松，知道已快接近达杭丹，班内心兴奋。

　　　　　　　　　　　　　等待花开之时

过了阿东湾河，就到了特苏图村。考蓓和玛塔她们就留在了自己老家的村子。班在考蓓家歇息了一会儿，又喝了几口酥油茶，身体立刻感到暖和。绕着村子看了一下，途经学校，看到有的学生在球场边晒太阳边看书学习。

"这个地方天气非常冷，上午到户外来看书，有时候教室内还得生起取暖炉。"

迎伦对班解说后，走进学校，与他的朋友校长夫妇打招呼寒暄并作了介绍。那位校长的名字叫迈利吾埃掸亚，他的夫人是南阳老师。他们给在达杭丹当老师的女儿迈利吾蓓扬托捎带了些东西。

离开特苏图村，又要过阿东湾河，再走四英里，就到了要过最后一晚的塔拉图村。

在塔拉图没有营房，班就在迎伦的朋友牧师家里过夜。听说，牧师家很宽敞，睡上八九个人都没问题。

那天晚上看到的天空，是深蓝色的，满天星星。明天就要到希达所在的地方了，班精神振奋。除了潺潺流水声外，一片寂静，使人感到是一个祥和的夜晚。睡在铺上，脑子里东想西想，这次旅行究竟走了多少路啊？如果细细算一下，走过的英里数，已经多得令人难以置信，自己是用怎样的毅力走过来的呢？她感到惊讶而又心旷神怡。

睡前，迎伦和班一起烤火，并讲了前面路的情况，还说明天要经过独龙侏儒居住的克仰村。从塔拉图到克仰，只需走两英里，再往前离达杭丹就只有三英里了，而且路都较平坦。

原先计算，此次旅程，一路上只要过八个晚上，但因为在到德尊丹前的路上，自己晕厥，因而就在德尊丹多住了一晚。看来，从密支那到这儿一路走来，自己的抑郁和忧愁心情，已经被抛得远远的了。

夜幕降临，大家都在火堆边烤火取暖，班看到迎伦的脸，比初见时更加细嫩，眼睛更加炯炯有神，是因为有火光的缘故吗？到德尊丹后不久，他说，他还要出差去一趟雪山，自己很惊讶，他得有多大的耐受体力才能经受住这样的劳顿啊！

这一宿虽然很冷，但不像前几天晚上那样一下子就睡着了，很奇怪，眼睛睁得老大。睡着之后，又经常醒。不过，第二天一早继续赶路，并没有疲乏感，而是精神焕发。

走出塔拉图村，路并不很好走，多数要往上爬。经过芒草丛，太阳火辣辣的，很炎热，而且一路上也没有树荫，旷野一片。虽然路不算很长，却炎热难耐，也没有休息的背阴处，疲惫不堪。

玛塔和考蓓都已留在了特苏图村，阿杜要去塔拉图村。班的东西就和阿堆的搁一起，运到达杭丹。

到了克仰村，走进了只有兄妹两人的一个独龙侏儒家里。他们与正常人的长相完全一样，就是身材比例矮小而已。与他们聊了一会儿，又一起合影，稍事休息，等外面太阳不怎么晒后，就朝达杭丹进发。

天气越来越凉，天空也更加蔚蓝，大地与天空，看起来更为接近。眼前的路，越来越美丽而开阔。路两边开满了各色各样的花，树叶湿润翠绿，生机勃勃。阿东湾河的水流声也更加清晰。之后，就远远看到了达杭丹村入口处的桥，藏族彩旗，在风中飘动。

桥下，阿东湾河水正以汹涌澎湃之势，哗哗向前流淌，桥两边排列悬挂着的藏族彩旗，随风发出猎猎之声，与哗哗的流水声融合在一起，犹如美妙动听的音乐。

走在插满藏族彩旗的索桥上，迎伦对班说：

"藏族彩旗上，用藏文写着经文。他们认为，这样的彩旗，被风一吹，就好像将自己的诵经声，远播四面八方。"

班对他们的这种信仰觉得很是赞赏，抬头看着随风飘动的藏族彩旗，高兴地笑了。班早知道达杭丹的藏族，是笃信大乘佛教的信徒。

走过索桥，班沿着通往达杭丹村的路走着，内心不免有些激动。经过数天，又走了这么长的路，终于要到达目的地了。一时间，这种感觉与多年未见的童年朋友即将重逢的感觉一起涌向心头，心跳加快。

沿着四周都是麦田的小路进村后，一片宁静，远远看到这儿一座那儿一座矮小的圆木屋。在洁白的雪山映衬下，绿油油的麦田，在麦田间散落着的一座座圆木小屋，简直如同童话故事里的小村景色一般。自己惊奇地呆呆看着这人口稀少、祥和静谧的小村。这个地方，从前恐怕与外部世界相当隔绝，对于这样的秘境小村人们也许知之甚少。它简直安静得没有一点噪音，也看不到一个人影。这个藏族小村，如同天堂一般的世外桃源，海拔 6000 多英尺，绿茵茵，匍匐在雪山脚下。

班走进村，又经过了一片麦田和一座山丘上的小佛塔，心想，希达啊，你要在这个小村工作，得要有多大勇气和决心啊！就在这样想时，远远看见从村子入口附近的一座圆木小屋里走出一个妇女。

"希达！"

仍与过去一样，身高体壮、依然留有童颜的希达莎尔，张大了嘴巴，以难以置信的眼神，直愣愣地看着班。

"娩班！"

她惊叫了一声，便向班跑过来。

"娩班！娩班！你是怎么想到要到这个地方来啊？我想死你了，娩班啊！"

希达拥抱着班，口中不停地念叨着这些话。姗娩班一颗一直紧绷着的心终于松弛下来，在希达怀里，泪流满面，温暖地相拥相依。

"娩班！起床！快起床！太美了！快起来看呐！"

"哎……我还想睡呐！希达！"

"看了再睡！"

"唔……唔……"

达杭丹的第一个早晨，在希达的呼唤声中醒来。希达拉着班的手跑到屋外。班睡眼惺忪，却被希达牵着手，跑到了麦田里。

站在麦田，班眺望四周，眼前的景色使她陶醉。天空正飘着雪花，麦田、小道和圆木屋顶上已有积雪。还有，小村周围也被白雪皑皑的雪山环抱着。这样的景色让她看得发呆，困意顿时全消，神清气爽，欣喜不已。

"看到了吧！多美啊！要是起晚了，就看不到这样的美景啦！"

希达微笑着对班说。希达笑的样子还像原先那样可爱。

"昨天下午，我就看到了小村后面的雪山了，希达！"

"唔！要想看到整座雪白的雪山，那只有在晴天，整天都看得见。但是想看周围雪山怀抱的景色，那就得像现在这样一早才能看到。"

班和希达手挽手往小圆木屋走去。她们走过麦田，看到了路两旁各种颜色的小花，班想起了那些寄生兰。

"希达！我这里有些寄生兰，怎么保护让它们能成活啊？我想带回去呢！"

"那很容易啊！去贴着绑在那颗树上，或者就绑在屋前的柴火木条上，要竖着，回去前小心一点取下来就能带走了。"

"唔！你去绑吧，我去做早饭啦！"

希达回屋去做早饭。班拿出一条木柴，手忙脚乱地忙个不停。她把系在背包上的兰花取下，有的花瓣已碰坏擦伤，但根须还完好无损，看来兰花还能成活。

她把绑着兰花的柴火木条竖在屋前，就去洗脸了。希达给班的脸盆里加了点热水，让她洗脸。

班洗完脸后，早饭已经做好。早餐是热乎乎的素包子、煎鸡蛋、煮土豆和酥油茶。希达说，酥油茶内还放了鸡蛋，是为了让班恢复体力。奶油、鸡蛋和奶粉搁在一起，虽然有些油腻，但很好喝。

吃过早饭，就去麦地边散步。太阳出来，冰霜也已融化，阳光撒向麦地。一路走来，除了听到狗叫声、鸡鸣声外，整个小村很静谧。

两人在麦田边斜山坡上坐下。眼前是一片广袤无垠的麦田，麦田的尽头就是雪山。阳光照射下，雪山洁白无瑕。

希达抚摸着班蓬松而短短的头发，笑着说：

"瞧瞧！你这头发！这么短，是不是以后就都留短发啦？不过，看起来很漂亮、年轻，比小时候更漂亮啦！"

"你也想跟我一样，让自己显得年轻一些，那就把头发也剪短了吧！"

"哎呀！我可不敢剪头发，我是个教师啊！"

希达睁大眼睛，直摇头，班哈哈大笑。希达连连摇头，把头发都甩动了起来，她那一头乌发，看起来真是美不可言。与童年时的朋友相聚，也许两个人的心态都年轻了些。反正希达的举止动作，仍显出童年的稚气，班自己何尝也不是如此呐！

"希达！你还记得么？我们小时候有两个夜晚真是很开心呀……"

"那怎会忘记啊！第一个夜晚是从收音机里听到宣布国内和平的消息。那天晚上，你妈大声喊，让全村人都听得到，要大家打开收音机收听广播。她当时的模样，我至今历历在目。"

希达边说边笑。

"那还有另一个晚上呢？"

"另一个晚上是你阿爸回来，举行庆祝目瑙纵歌节的那个晚上呗！全村人都很高兴，连我们也都在院子外的花圃里跳起舞来。"

"你知道吗，希达！我们都很高兴的那两个夜晚，之后接下来发生的情况，也有些差不多。"

希达似乎对她的话不解，瞧着她。

"第一个晚上之后过了好多年，我们克钦大地上又发生了令人沮丧的事；第二个晚上之后过了多少年，我的生活也发生了许多令人苦恼的事。"

班对希达讲述了与她分别后的种种遭遇，希达听得满脸泪水，呆呆看着班。然后，拽过班的肩膀让她靠在自己身上，摸了摸班的头发。班一时间伤心难过，静默无语，但过了一会儿就露出笑容，抬起头说："现在，我已摆脱了这些痛苦的感受。希达！现在我又重新找回了自己的生活！"

"你不说我也看得出。"

"为什么？"

"从你脸上就看得出来了。这趟旅程大老远的，可从你脸上看不出一点倦容，依然很水灵，双眼明亮清澈。我想，这一路走来，你是不是已经抛弃了以往一切的忧伤？"

班没有立即回答希达的问题，只是用双手往后撑着地面，仰望天空。天空好美啊！蔚蓝色的天空，无边无际。班的心也跟那一望无际的蓝天一样，没有一点儿云，透明清澈。

"是什么东西使你改变了心态呢？娩班！"

"那我也说不清楚，希达！"

班仰望天空，小声回答。就在这一刻，听到一个男子的歌声，似乎是用亚旺族语在唱。班听不懂唱的意思。但是，在唱词里，不时可听出有希达、希达这个词。她循声回头看，只见麦田间小路上，有个边走边唱的年轻人。班笑眯眯地看了希达一眼说道：

"希达！他是在叫你吗？或者是他把你的情况编进歌词里了吧？"

希达笑笑："这就是亚旺族民歌，歌名就叫《希达》。希达的意思就是月亮！"

"嗯！这我倒是知道。歌词是什么意思啊？"

"好吗？身体好吗？我亲爱的希达呀！为了爱，才把你留下！一直在思念你啊，我的爱！不知你有没有新的爱？你是我的最爱！我把所有的爱献给了你，啊，我的希达呀！"

"哎！刚才他唱的，好像就是在对你暗示！希达。"

"是啊！这个人是特苏图村的亚旺族人，他经常到这个村来。"

"是不是在向你调情啊？"

"可能。但是我这个希达，已是伦康的人了。我与伦康分别时，他也曾对我唱过这首歌。我每次听到这个人唱这首歌，就想念起伦康。"

希达说完话，两人都哈哈大笑。班用胳膊肘捅了一下希达："你们俩从庆祝目瑙纵歌节那天晚上起就不老实了吧？嗯？"

班笑嘻嘻地问，希达皱了一下鼻子："你怎么知道的？"

"那天晚上，你们俩站在花圃边，两人的眼睛互相盯着对方，一刻也不忍离开，让我看见了……"

两人同时哈哈大笑，希达也推了一下班的肩膀。

"索昂看你时，也是双眼死盯着你不放，我也全看到了！你后来离开村，他也是死死盯着你，还哭了，好可怜啊！"

两人都不说话，静默了一会儿，叹了口气。然后，班告诉希达，她已与索昂和伦康联系上了。希达讲述了与伦康相爱的经过，十分想念伦康，看得出，她的双眼充满了爱意。

"明年旱季，我们打算结婚。我不想让他再去玉石矿那儿打工了，姹班！下玉石矿坑道太危险，坑道直径只有4英尺，大的玉石矿坑，有400英尺深，要钻进去找矿脉。地面开动氧气机，用管子把氧气送进去，这样人才能呼吸。据说在坑道，甚至不能大声说话，否则会让玉石开裂！这么一来，人不是很寂寞吗？

更让人担心的是，怕他在坑道里睡着了。那可真让人担心啊！娖班！"

这一回，两人都笑不出来了，发了一会儿呆。班心想，要是让希达知道了这个懒人伦康，因为国防军与克钦独立军打仗，矿区被封锁出不来的消息，会是怎样的感受啊！班不想告诉她这个消息了，只好认为，现在伦康已经脱险，离开矿区了。她边想边悄声笑了笑。

"你啊！一说起来就没完没了。不管伦康怎么懒，在地下坑道，绳子吊着，不会睡着的啦！

希达听了也笑了起来。

班从夹克口袋里拿出了给希达带来的翡翠白鸽坠子。

"这是专门为你做的，希达，看！我自己也戴了一个。给伦康的已经托人捎去了，索昂也给了。我们四个发小，每人一个坠子！"

班把坠子挂到希达的脖子上。

"以前，我曾想在我死之前把坠子送给大家。现在，我可不想死呐！还想参加你们的婚礼，还想看到你们有孩子，我还想抱抱呢！"

"唔！你也得嫁人，生孩子，是吗？"

希达也笑眯眯地戏谑了一句。班说"那倒也是"，之后也笑了笑。

"我呀！现在很怕险峻、难走的道，一下子摔了下去，摔死了，到了那时候，也就知道要爱惜自己的生命了！"

班边说边笑起来。阳光更加温暖，两人一起站起来，就在麦田里散步。班跑跑跳跳，快乐无比，希达笑眯眯地说：

"你啊！还是像小时候那样！"

但见麦田间，那些小圆木屋顶上已炊烟袅袅。今天是周末，学校放假，所以看不到来来往往走动的学生。整个小村都静悄悄的，但仔细静听，依然可以听到阿东湾河潺潺的流水声。

班在雪山前绿茵茵的麦田里，与童年好友一起，时而欢笑时而奔跑，心里感到幸福而愉快。

在阳光和煦的早晨，有时班会与迎伦一起到村里去转转，或一起到麦田散步，有时还会在阿东湾河岸边坐坐聊天。

一天，他们正在麦田散步，班问他：

"迎伦……你曾经讲过，你们村里的人因为要打猎，养了许多狗。"

"是啊！"

"但是，我在外面走时，好像没看到很多狗啊，只听见狗叫声。"

"那你怎么能看到啊？它们都被圈在家里，都在祈祷呢！"

班有点听不懂他话的意思，呆呆地看着他。他笑呵呵地继续说：

"它们都在祈祷希望已来这儿的客人，快些回去！"

"哎哟！这是冲着我来的吗？"

"是啊！打猎的狗，很多会咬人，所以一听到村里来了外人，村里人都用绳子把狗拴住。你到我们家串门时，不是看到了吗？那拴上绳子的狗！"

班惊讶地笑了笑。去迎伦家时，她就见到一条毛色黑白相间的狗。总共只有十四户人家的一个小村，很难听到人声，倒时不时可以听到远处传来的狗吠声。阿堆家里甚至养了两条狗。

"但是，也用不了多长时间，因为你去串门，见多了，也就不会咬你了。"

"那么，你的工作不就是阻止人们开枪射杀野生动物吗？禁止打猎后村里的人还会去打猎吗？"

"我在村里时，他们就不去打猎，但只要我一不在，他们照样会去打猎，这是他们的生计，绝对禁止，也是行不通的。找虫草、当归，都是有季节性的，其余时间，自然会去打猎了。当然不是人人如此，村里相当多的人有宗教信仰，有的人连鱼都不抓的。"

每次见到他，他都会讲述一些很有趣的事。开学以后，希达去上课了，整天就剩下她一人，十分空闲，于是，班就到全村总共十四户人家，挨家挨户进行调查访问，询问他们的日常生活情况，迎伦就陪她去。

去阿堆家时，常能喝到酥油茶。阿堆的父亲吴昂丘，母亲杜鲁双，总是请她品尝这个那个，各种食品。据说阿堆的大哥沙

　　　　　　　　　　　等待花开之时

迎道基，在上完十年级后又在密支那接受远程大学教育，他弟弟沙迎昂堆也在葡萄镇上学。

吴昂丘不时会谈到儿子的情况。没过几天，班就与脸庞宽大、眼睛细长、体型壮实、皮肤白皙的藏族一家人混熟了。

最令班感兴趣的是，从他们那儿了解到有关卡格博亚齐山的情况。村里的人，有许多人去过卡格博山这一带。

据说有的才十二岁，就去过那里了。对他们而言，这点路不算远。班问了问他们一路上的见闻，很是羡慕，也想去一趟卡格博山。与吴纳玛炯森一席谈话后，就更想去了。但是，她不敢向迎伦提出想要让他陪她去。

"看来……迎伦！这个村子周围环境很美喔，要是再去远一些的地方，说不定风景会更美了吧？这村的四周会不会有野兽啊……"

"当然有啦！在这种下雪天里，雪山上的岩羊，在山上待不住啦，岩羊啊，山羊啊，都会下山，几奈野羊都会往山下走。"

"几奈野羊是什么样的啊！我没听说过。"

"它有点像山羊，体型比山羊大些。"

"那鸟呢，有鸟吗？"

"有啊！还有锦鸡呢！"

"啊！是吗？锦鸡，只听说过，没见过！"

"那你听说过褐马鸡吗？"

"既没听说过，也没看见过！"

"锦鸡有点像鸡，跟鸡差不多大小，但比鸡漂亮多了，尾巴很长。褐马鸡有鸭子那么大。无论是锦鸡还是褐马鸡，都会到地上觅食行走，一见到人就飞走了。锦鸡在树林多的山里才有。褐马鸡喜欢在约两三公分高的茅草丛里待着。不喜欢树很多的地方。"

"你见过吗？"

"我小时候见过。"

"我真想一睹为快！到山边去偷偷看，不知能看到吗？"

迎伦笑了起来！

"这可说不准！它们不会到离人近的地方来。"

"那么就在离人远的地方，窥视啊？"

"运气好的话就能看到！"

"我就想去偷偷看它们，你能陪我去吗？"

"这几天还不行，我不是要出差吗？"

"啊哦！是啊！"

班扳着指头算起迎伦要出差的日子。他后天就得走了。班瞥了下他的脸。他与班相处熟了以后，就笑颜常开，不像班初见他时的那样，以为他是个很难相处的人，其实是个既豁达又乐观的人。

"你们打算出差去哪儿呢？"

"要去缅中边界 44 号界桩那儿。这次去，没有几天，要是去的时间长，那就要二十来天。"

"不觉得累吗？你还没怎么休息呢，就又要出差了！"

"我也习惯了。那你呐？你是不习惯长途跋涉走那么多路的，是不是全身都疼痛哪！"

"刚到这里一两天，感到疲惫，现在什么事也没了。"

他们边说边走，不觉已走过了麦田，往下走到了阿东湾河岸边。水浪翻滚的阿东湾河岸边到处是礁石和卵石。走到河岸与山脚之间的巨石处，看到巨石顶部寄生了一兜兰花，有四五枝兰花的枝条垂下来，随风摇曳。喜出望外的班正抬头看时，迎伦一个箭步登上巨石，熟练地将一兜兰花取下，伸手递给了班并说："这就够四五天的量了，一下子都给了！"

班手捧兰花，满心欢喜。

月圆夜

到达杭丹后，第一天遇上月圆夜，异常奇特美妙，还从未见到过如此奇妙的月光皎洁之夜。

月光下，晶莹剔透的雪山环抱着达杭丹小村，就像人们幻想中神话故事里的夜景，也像是用动画技术制作的电影里才有的那种夜晚。深蓝色的天空，闪烁着小星星。天空下，雪山间，不规则地散落着圆木小屋的达杭丹村，呈现湛蓝色，寂静地趴在那儿。

那天夜里，迎伦来到了班住的小木屋前。希达和陪她睡的一位女教师都已熟睡，尚未睡的班独自坐在屋前，沉醉于皎洁月光下美丽的夜景。忽然发现麦田间，有个站着的人影，刚开始，分辨不出究竟是谁，但仔细辨认，原来是迎伦。他正站在月光下，朝班住的小屋张望。他来干什么呢？喔！明天一早他就要出差去了，可能是来告辞的。班从小木屋走出来，向他走去。

"迎伦！"

"我是来跟你道别的！"

在麦田，他们面对面站着。月光下，他的脸部轮廓清晰，班抬头仰视着他。

"我去了一趟特苏图村，刚回来，所以来晚了。我的小组也是今天晚上才到，明天一早就得走。"

"祝你一路顺风，迎伦！"

班郑重其事地向他道别，而他小声道谢过后，两人就在近处一根圆木上坐下。虽然才晚上九点钟，小村已经没有了人影，静悄悄的。下半夜会飘雪花。已经到了二月中旬，上半夜还不会很冷，到快天亮时才会更寒冷。班穿了一件厚厚的套头毛衣，戴上手套的双手插进了口袋里。

"我不在的时候，你可别一个人进村，要去，叫上阿堆陪你一起去。现在，人家的狗都解开绳子了。要是遇到对你还不熟悉的狗，咬了你就麻烦啦！"

"唔……好的！就是那些希望客人早点回去的狗呗！对吗？"

班边说边低声笑了笑。他又接着说：

"晚上，看到麦田里有人影，也别像现在这样就跑出来！"

"啊哦！我又不会见了人就出来的，是因为看到你来了才出来的啊！"

"现在这个季节还算好，要是长玉米的季节，就怕你会与狗熊不期而遇呢！"

"狗熊？"

"是啊！长玉米的季节，像现在这样的晚上，狗熊会到玉米地里来，狗熊喜欢吃玉米哪！"

"呀！好怕人呐！那不会伤人吗？"

"很少听到伤人。"

"难道就没办法不让它们来吗？"

"那当然是有办法的。它们怕烧胶皮的气味。就在玉米地里，把破登山鞋集中起来，烧它一个晚上，之后两三个晚上它们就不敢来，因为烧胶皮的味，两三天都不会散尽。还有，它们还很怕人偶。"

"什么样的人偶啊？"

"用竹子编起来的那种。拿些破旧衣服给它穿上，它们以为是真人，被吓跑了。"

"哦！就像我们那儿，吓麻雀的稻草人呗！那种草人，多用稻草编的。"

"这儿，因为竹子多呗！"

与他聊着聊着，冬夜的时光在不知不觉中流逝。隐隐听到阿东湾河的流水声，班遥望月光下洁白的雪山出神，他的眼角正好看到她出神陶醉的模样。

"你对我这次出差许了愿，对你留在村里，我也许个愿。"

"是什么哪？是不是但愿我别被狗咬着了？"

班用调侃的口吻笑着说，但他却丝毫没有笑意，向班提了一个问题。

"眼前，你最强烈的一个愿望是什么？"

"不止一个，有两个愿望。是只说一个吗？两个都说行不行？"

"行！说吧！"

"嗯！一个是能像小时候那样，高兴到跳呀蹦呀。还有一个是想到卡格博亚齐山去看看。"

班的话一讲完，他先是沉默无语，呆呆地看了班一会儿之后才说：

"但愿你的两个愿望很快就能实现，亚希！"

他郑重地说。班对他的异样称呼很是惊讶。

"你是不是把我称作亚希了？"

他点了点头。

"亚希，是亚旺族语，是山的意思。不管你的真名字叫什么，我总想称呼你为亚希。"

班双眼注视着他。

"允许我这样称呼你吗？"

他对班严肃地问道。

"那为什么要这样称呼我啊？迎伦！"

"那是因为你对我来说，是一位至关重要的人！因为山对我们而言很重要，在给山起名字的时候，也得找一个重要人物的名字，给山取名。比如，一位名叫蓬甘的土司到过的山，就称之为蓬甘亚希。我们这块土地上，山，对我们来说，是至关重要、珍贵的宝贝！"

月光下，班凝视着他的脸，小声重复念叨着"亚希"这个词，一时心旷神怡。

"是叫我'亚希'，是吗？我喜欢这个名字！迎伦！你如此看重我，我感谢你！"

"你能同意我这样称呼你了？"

他又问了一次，班就微笑着点了点头说：

"就这么叫吧！我很喜欢这个名字。"

此后，两人一时再找不到可说的话，沉默了一会儿。他们俩都在月光下凝视着雪山。就在此时，天上飘起了雪花。

"下雪了，进屋吧！"

"我……我还想再看一会儿！"

班与他一起在月光下，呆呆地享受着这纷纷扬扬飘着雪花的奇妙夜晚，看起来雪山也更白了。小木屋的屋顶已积了一层雪。

"会很冷很冷的呢！"

他一边起身，一边提醒她。班也就随着他站了起来。然后互道晚安后，班朝着小木屋这边往回走，一直目送他穿过麦田，朝着村子走去，纷纷扬扬的雪花中，他的背影渐渐远去。这时，班才走进小木屋。

上床后，班没马上睡，她在小声嘟囔着"亚希"这个名字而笑逐颜开。

迎伦出差的那几天，班与阿堆她们几个女孩常在一起，住在塔拉图的阿杜也常会到村里来走动。学校开学前，她就与希达一起到村子周围逛逛。

一天，阿杜和阿堆一起来看班。阿堆带来了她在家做好的包子和蒸豆，送给班和希达。包子是辣椒馅的，吃了浑身发热，脸上热辣辣的。蒸豆也是要趁热吃才软糯，所以很快都吃了。刚到时，自己不太习惯当地的一些食品，现在倒是来者不拒了。班一边吃着包子一边看着阿杜问：

"地呢嗬呗亚麻么迪！"

意思是，今天还上山干活吗？班因为是希达童年的朋友，她对亚旺族话并不太陌生。对这些简单的话，还会一点。但藏语可就一点也不会了，而在达杭丹的所有藏族人，却都会讲亚旺族话。

阿杜说："阿么迪（我不去）！"班也只会说这么一点亚旺族话，之后就全讲缅语了，这让阿杜好笑不已。班接着问阿杜：

"阿杜！住在塔拉图，会不会很无聊？你是不是不想住在葡萄镇啊？"

"唔！不想在那儿待。就说喝的水吧，我们村里的水才好喝。我们村里的玉米也比那儿的甜。"

班看着可爱的阿杜，笑了起来。每次与她们聊天，班都感到很开心。大家聊着天，阿杜打开了她带来的一个口袋。

"阿堆！我在葡萄镇买了一副太阳镜，漂亮吗？看看！"

阿堆看了看阿杜的太阳镜，戴了一下，很喜欢的样子。班却对她们爱太阳镜，感到很奇怪。会在什么地方用得着呢？一路上也没见她们戴啊，在村里也没有见她戴。阿杜从阿堆手中取回太阳镜，收好后，看着班说：

"要找虫草，不戴太阳镜可不行！大姐，白天阳光强烈，雪山会反射，刺得眼睛直流泪，会什么都看不见。伤了眼睛，就得休息两三天，不能睁眼。凡是去找虫草的人，都得戴太阳镜。"

班这才明白个中原因，也知道了达杭丹村并不像班先前想象的那么落后于时代。对达杭丹村的人，好像应该称他们为山野的工程师才对！村里有不少有点能耐的人，都到中国那边去买来电线器材，利用当地湍急的溪渠水流发电，给自家的小屋通上了电。甚至有人还到西藏那边去看过，那里村子一天24小时都有电。

阿杜手里拿了一个包子，边吃边对阿堆说：

"那天，我来这个村，在村头桥上见到迎伦，他在桥头挂彩旗呐。"

"好奇怪啊！以前从来没听说他干过这种事。旗子上，写了经文了吗？"

"不知道是什么文字，反正是写了字的。现在他不是出差了吗？还没回来吧？"

"是啊！还没回来呐！"

听到阿杜和阿堆谈及迎伦的情况，班便想起了迎伦。是他在出差之前为了避灾，在彩旗上写了经文挂在那儿的吗？如果是写了祝福语，只要一刮风，那就会随风送出祝福语啦。

班在阿杜她们回去后的几天，只要散步走到村头的索桥，抬头总可以看到被风吹得哗哗作响的彩旗。迎伦挂的，究竟是什么旗呐？

就这样，日子一天天过去。迎伦又回到达杭丹。一回来，还没歇息，就来找班了，这让班心情愉快。看着向她叙述出差所见所闻的这位年轻人，班真想为他整一整那些散落在前额的头发，但是……班的双手，一直插在自己的防寒上衣口袋里。

又过了两天，迎伦来到班住的地方。

"明天要去找虫草，一起去吗？亚希！"

"不行吧！这种时候，到哪儿去找虫草啊？迎伦！你说过要在五六月才能找到啊！现在才二月呢！"

"五六月找的是在雪山那儿的雪山虫草，而在村子一带的虫草，颜色黑，药效也不怎么好，也卖不出好价钱。到了雨季，是找不到的。只有像现在这样的冬天才找得到。"

"既然药效不好，那干吗去找呐？"

"虽然药效不如金黄色的那么好，但还是有它的一定效用。跟我一起去吧！还可以长点见识呐！"

"哎，这倒也是！我当然跟你去呀。之后，还可以悄悄地看锦鸡和褐马鸡呐。"

"好啊！当然可以悄悄地看，可是，能不能看到，那说不好。"

"嗯！那当然。"

去山林的那天，班很是兴奋。在山林边寻找虫草的方法，也非同寻常。人们说，虫草的虫子先像是带刺的植物一样，虫子要进入植枝内吃掉其根自己也就死了。虫子钻入植枝的茎内后死亡，虫子尸体头部顶端又会长出如小苗一般的犄角。不过，据说一般人，是找不到这种既像虫又像植物的虫草的。

迎伦只要遇上可能是虫草的植物时，就会将植物根部四周的草、杂物和泥土清理干净，仔细观察。之后拔起植株，砍去根部，从断层处扯出虫草。班对所见的一切，既感到惊讶，又觉得很新奇，心情激动，寸步不离紧跟在迎伦后面。她沉浸在山林间的奇妙境遇中，好像在享受一种全新的生活，把过去的一切置之脑后，就像一个小男孩那样活泼、精神焕发。她一头蓬松的短发也像个小男孩，跑跑跳跳，上下攀爬；看见石块也会用脚踢一下；也会毫无惧色，双脚踩在水流湍急的阿东湾河水里。

她躲在远离村子的大石头后，执意非看到锦鸡和褐马鸡不可。虽然花了将近半天时间，可连个影儿都没见到，只好泄气地返回村里。

村子四周，无论是白天还是黑夜，那些雪山依旧雪白一片，阿东湾河的河水也依旧汹涌澎湃。索桥上的藏族彩旗依然在风中猎猎飘动，那经文也随风飘去。就这样，多雪的冬日即将过去，不久，就迈入旱季。

旱季快到，该回故乡啦！达杭丹村的学校，都要考试了。

即将考试前，希达就开始收拾她的一些东西。

班走到希达身边，像个孩子一样吵吵嚷嚷，缠着她。

"希达！我想去卡格博亚齐山！"

"那好远呐！你怎么去啊？"

"喔！我已经到了这里，再往前走走，有什么难啊？考完试判完试卷，我回去前，陪我一起去一趟好不好？"

班死乞白赖坚持要去，希达叹了一口气。

"这一趟路，可不是我们想去就能去成的，要有村里的人护送才行，我听说得走上四天，你就别去了，好吗？再说，你也吃不起这个苦，那可是累死人啊！"

无论班怎么说，希达始终反对她去。班叹了一口气，似乎有点泄气了。心里虽然想求迎伦陪她去，但他巡逻回来才没有几天，不好意思向他开口。

这一阵子，班一直和希达一起帮着给学生辅导。因为快要考试了，假日，孩子们都在家里复习功课。那些孩子们眼眶细长，脸蛋儿红扑扑的，皮肤细嫩，长相都很漂亮。要教他们倒并非难事，但要记住他们的名字就难了。什么塞银钠玛、钠玛拉木、孔乔昂莫、塞银耀道、仰且塞莫等等。一边记，一边要抬头看，总是名字和人不易对上。

班把孩子们叫到家里来辅导，有时迎伦也会来，帮着一起辅导。

学生开始考试的那天，他说了一句班意想不到的话。

"亚希！你想去看卡格博亚齐山的话，我可以陪你去！"

班虽然听了很高兴，但感到有些过意不去。

"那你会太累了！"

"我倒不累。不过，亚希！你要好好考虑，你吃得起这个苦吗？一路上，既没有村子，也见不到人，也没有营房，只能自己搭帐篷过夜。途中至少要过四夜。就我们两人去不行，还得雇上两个挑夫，而且，只有运气好，才能看得到卡格博亚齐山。要是前面的路被大雪封堵，那就连可以看到卡格博山的地方都到达不了，只能打道回府。九月或十月去最好，我以前是在九月份去的，三月份可从来没去过。如果冰冻很严重，那连能看到山的地方都难以到达。亚希！我也不能打保票就一定能看到卡格博山！"

班笑了笑。

"看不到不会怪你，我就是想尽力争取看到。"

"亚希的愿望要是非常强烈，我就尽量安排，争取让你去成。你都到了这儿了，不到卡格博山，那就有些亏了。再说，这样的地方，今后你是不是还有机会来也难说了，不是吗？"

他的话让班感到伤心，就说了一声"谢谢"。他回头朝班看了看，轻声温柔地说：

"有些事仅仅祝愿，也就能办成。但有些事，是必须自己努力争取，别人再帮一把才能办成。"

他走了，说过话就走了。班把他的话藏在了自己心里。

此后，班就开始为去卡格博亚齐山的旅行做准备。迎伦开始打理他自己家的帐篷和从朋友家借的帐篷。路上的吃喝的事情，就与阿堆商量。

听说阿杜也会去，班就更加充满信心了。现在有阿杜、阿堆、班、希达和迎伦，一共五个人一起去，还得雇上三个挑夫。

出发的日子渐渐接近，心情不免有些紧张和激动。学生考试结束后的第五天，班他们一行终于启程了。

出发的日子每接近一天，班的心情就会越来越兴奋。对于此次旅行，她一点不担心，也不害怕。班就像一个过去的生活从未经历过任何精神创伤的人那样，心情十分开朗。

出发的前一夜，班和希达面对面躺在床上聊天。火炉里的火光仅可以让两人互相看到脸。

"娩班！"

"唔！"

"你不怕吗？"

"有什么好怕的啊！希达！"

"是说去卡格博亚齐山的事！"

"我不怕呀！我开心还来不及呐！"

"要是那些冰块崩塌了怎么办哪？"

"现在这种季节还不会崩塌的。听说冰块是否崩塌，当地人是有数的，迎伦也一定会估计得到的。"

班没有一点犹豫不决的意思。希达笑了笑说：

"你啊，胆子够大的，真是难以撼动啊！怎么才能让你放弃呐，娩班！"

"我也不知道！希达！"

班为了避开希达那带了许多疑问的目光，就把身子躺平，微微闭上了眼睛。之后，两人不再说话，安静了下来。等到班再睁开眼时，只见火炉已没了火苗。此后，亮光渐渐暗淡。昏暗中，只听到轻轻的一声叹息。

踏上去卡格博亚齐山的旅途了。

这回的路是近是远，说不准，路好走还是难走，也不知道，但迈出去的脚步却是轻松的。走过阿东湾河的索桥，与达杭丹渐行渐远。过了河面虽窄，但水势如发狂一般汹涌咆哮的隆扎坦河，沿着河岸走，不久，就遇到了挡住去路的一堵大绝壁，仰望绝壁，只见一座中等大小、用刀在上面砍出如同台阶一般缺口的圆木桥，架在那里，它的高度估计有 15 英尺，摔下来，不用请教算命先生也必死无疑。班明知有难度，但并不害怕，准备往上攀登。

"亚希！爬得上去吗？"

"可以啊！"

她爽快回答了迎伦。圆木桥两边有扶手，往上攀登时不怎么害怕。再说，一旁还有迎伦。挑夫们已先登上去了，阿堆也上去了。希达是由阿杜牵着手一起登上去的。

"这路已经不像以前那样难走了，我上二年级时，与父亲一起来过。那时这路可难走了，后来这条路因为来往人多了，有去采草药的，有去中国做生意的，都必经此路。还有爱打猎的，也得走这条路。在不下雪的五月到九月这段时间，这条路人来人往络绎不绝。"

迎伦对班说着话，就走到了圆木桥跟前，班也紧跟在他身后，想到要问的就大声问他。

"是谁造了这座木桥？迎伦！"

"是经常要过桥的人造的呗！他们为了过河方便就造了这座桥。在路上，要是遇到有树木折断堵住了去路，就得自己移走、清理，把路让出来。还得就地取材用这些倒下的树木制作成桥过河。现在这路比过去好走多了。好了！一起准备上啊！你拽

　　　　　　　　　　　　等待花开之时

住我的手就行啰！”

迎伦登上了桥的梯级，把手伸向班。班拽住了他的手，一级一级往上走。

一路上，有的地方，为了便于人通行，把较细的树木捆绑在一起架在山石之间，变成了通行的路。

“前面还有一个需要攀登的地方，过了那个地方，直到格曼营地，就没有难走的路了。今晚在格曼营地安营扎寨。”

迎伦向大家讲了旅途的情况。虽然只剩下六英里左右的路程，但还得休息一下，吃点东西再上路，不必太赶路。

到格曼营地前，有一个要在沿峭壁边缘走的地方，比第一次遇到的地方更加可怕。20 到 30 英尺高，下方就是巨浪翻滚、令人可怕的阿东湾河。要是在这个地方摔下去，没有任何可以攀附的东西，那人瞬间就会被河水卷走吞没。班的手被迎伦拽着，他感到她的手有点发凉，所以他就提醒她不要低头看。班像在过旺西旺独龙江时那样，信心满满地走了过去。

走过那个地方后，班已气喘吁吁，于是坐在一块巨石上休息。迎伦在她身旁坐下。

“亚希！你知道曼比亚吗？”

“不知道啊！哪儿的曼比亚啊？”

“你呀，连这个都不知道啊！”

“哎！我真不知道。他是什么人哪？”

“你知道登阳，却不知道曼比亚！有关曼比亚骗人的故事，还是克钦族的故事呢。"

班喘着气，笑笑。他接着讲故事。

"你不知道的话，就听着，我来讲给你听！从前有一个名叫曼比亚的骗子，他见人就骗。就连早知道他会骗术的人，往往仍会上当受骗。一天，一个年轻人来一试究竟。"

"唔！怎么试探哪？"

班微笑着插话。也不知是不是因为对故事感兴趣，她看起来不怎么累了。

"那年轻人见到曼比亚就说，哎，曼比亚大叔！听说您会骗术，我可想听您说说您是怎么骗法的。您现在就骗我一回试试。"

他就绘声绘色地讲起来，班听得快要笑出声来，但憋住了，就专心致志听他讲。

"于是，曼比亚就说：'哈！可是我手头没带骗术盒，我得先回去拿骗术盒，才能骗给你看。你先钻进麻袋静待一会儿，等我回来后再出来，不会很久的。'那年轻人在麻袋里等啊等，等得都喘不过气来了，那个曼比亚一直不露面。直到太阳快落山他才露面，并告诉他，这就是骗术。这时，那年轻人才知道自己已上当受骗了！"

等他讲完故事，班也笑了。就这样，班也不感到疲惫了，精神也好起来，轻快地继续上路。

后来班也慢慢明白，这一路上，每当她面露倦容、举步蹒跚时，他就用曼比亚骗人的故事，来转移她的注意力，以免她出现没精打采的模样。后来希达也耳闻了曼比亚的故事，也兴趣盎然地来听讲。一路上，她们乐得嘻嘻哈哈笑不停。真是应该好好感谢迎伦！

"迎伦！这个克钦族故事，我从没听过呢！奶奶讲的故事里也没有这个。你是怎么知道的？"

班对他能知道如此多的克钦族故事感到惊讶，便问他。

"收养我的爷爷是克钦族，是爷爷讲给我听的。"

"看来你爷爷很喜欢你喔！"

"爷爷既很爱我，又总说很感激我。他们的儿子去世后，奶奶精神就很不正常了。说是见了我，奶奶的神志才恢复正常。"

班他们一行人累的时候就大家聊聊天，不知不觉就到了目的地。

到格曼营地已快傍晚，但太阳尚未落山，可以一眼看到四周宽广透亮的景色。格曼营地就在阿东湾河河畔。迎伦把几顶帐篷搞定后，就对班说：

"大部分营地都在阿东湾河河畔……以前这个河谷很宽，景色也比现在要秀美。这几年，阿东湾河河水涨了，河谷就不如从前那样宽了。"

班从未见过阿东湾河谷以前的美景，看到现在的景色，已感到非常优美了。她沿着河岸散步，回望来路，可看到远处被冰雪覆盖的雪山，时隐时现。

在去达杭丹的一路上，班一直夜宿在他们称之为恩梅开江江畔的营房，现在前往卡格博亚齐山的途中，要在恩梅开江的幼年，即阿东湾河的流水声伴随下酣睡了。

阳光依然美好的傍晚，阿东湾河的岸边，班与阿杜她们，说说笑笑，泼水戏耍。冷得如同冰块一样的水，让手脚都冻麻木了。只能玩一会儿，就赶紧跑到炉子旁取暖。连原先很文静的希达都变得欢快活跃起来。傍晚，帐篷中的火炉生得旺旺的，整个帐篷暖洋洋的。

在格曼营地看到的夜空，浩瀚而美丽，小星星像斑斑点点的钻石，镶嵌在深蓝色的天鹅绒上。在皎洁月光下的阿东湾河，闪闪发光。似圆非圆的月亮，如同卧在深蓝色缎子上的一枚鸭蛋，闪闪发光。要是在卡格博亚齐山宿营的那天，正好是月圆夜，那该多好啊！但是，班不会计算缅历。

"希达！月圆日是哪一天啊？"

问了希达，她也说不清楚。班坐在帐篷门口，喊了一声对面帐篷里的迎伦。

"哎！迎伦！"

"哎！什么事？"

"月亮哪天能圆哪？"

"在卡格博亚齐山脚下安营扎寨夜宿的那天晚上，就是月圆日！"

除了流水声，四周一片寂静。当一边的帐篷与另一边的帐篷里的人，互相大声说话时，声音显得更加响亮，还能听到回声。

班耸了耸肩膀，微微一笑。

"娖班！看你，好像一点都不累！"

躺在帐篷里的希达抬头对班说，班依然自得其乐。

"卡格博亚齐山的夜晚，一定会非常美呐！希达！"

她小声说着，满脸笑容。

眼前一望无际大片被火烧了的荒地，看了让人感到既惋惜又悲哀。这是从格曼营地到阿皮库营地，必经的一个地方。听说，很久以前，这里生长着成排的一大片古老而巨大的松树林，景色极其优美。

"这片地有多少英亩啊？迎伦！"

"有一百英亩左右吧！"

"喔！"

班一时沉默无语。据说，不久之前，有一群路过这儿的猎人，在这片松树林里安营扎寨，煮酥油茶之后没有把火熄灭，火又慢慢重新燃起，引燃了多油脂的这片松树林，一场熊熊大火由此而起，一直燃烧到下了一场大雨，火才慢慢被扑灭。究竟谁是肇事者，是那些打猎人吗？是去中国做生意的当地商人吗？要不，是去采草药的人吗？尽管有这样、那样的种种猜测，但就是始终没有找到肇事者。

走过那块地方之后，班他们每走一小时，就休息一会儿，又再走一小时，继续向前推进。一夜又一夜，在途中搭帐篷休息。

在第二次扎营的阿皮库营地，景色比格曼营地更加美丽，那里有宽广的平地。凡是山水风景，越接近雪山越美。但是，雪山这儿的竹子，海拔越高，枝条越细。那些竹子都是矮矮小小的，一蓬一蓬；而那些松树，却是长得越来越高大，也越来越粗壮。据说，长到最高处，树干变细了，就会流出不易引燃、黑黢黢的松油。到了离格曼营地约十英里的阿皮库营地后的第二天，就又向离此约有七英里远的塔力图营地进发。

这一路上，要穿过多条发源于雪山的河流，其中也包括要通过犹如瀑布那样冲下来的溪流。只是，看到被火烧夷为平地和光秃秃的山包，感到惋惜。路上还看到了高达 20 多英尺、胸径粗壮的松树，简直令人难以置信，也惊叹不已。

对班来说，这样的旅行，就如同在梦境一般。路并不像游山玩水的旅行那么好走，山路崎岖，随时会面临危险，还要经受住寒冷的考验，也会有胆战心惊的场面。但是……现在她并没有将其看成"麻烦"，反而将它们视为快乐。

一路上，走多了，就会累得喘不过气来。就想听听迎伦讲曼比亚故事，由此也感到轻松了许多。

"迎伦！"

"哎！什么事，说！"

"再讲讲曼比亚的故事吧！"

"有一天，村民们认为曼比亚会骗人，就把他抓起来，装进一只笼子里，悬挂在村外的树上。"

　　　　　　　　　　　　　　　　等待花开之时

"唔！"

"这时，就看到了从中国贩运货物回来的一些商人，这些商人都说他们长途跋涉，感到眼睛疼痛。他们看到挂在树上的曼比亚，就问，嗨！你在树上干什么呢？"

"唔！那曼比亚怎么回答呀？"

"我的眼睛痛，正晒太阳来治疗呢！"

于是，那些感到眼痛的商人就说，那我们也都眼痛，也都想治治呢。曼比亚就说，想让我治好眼痛，就先把我从树上放下。于是商人把曼比亚从树上放下，一到了地上，曼比亚就将商人装进笼子，挂到树上，拿了商人们的东西逃跑了。"

班小声笑了笑，想起了奶奶在月夜讲过的一些故事的情景，既浮想联翩，又怀念不已。

有时边听故事边走路，遇到要穿过密集的藤蔓和矮树丛，就得各自清除自己面前的草丛，开出一条路来。班把短发拢扎在脑后，戴上头套，又包上挡风头巾。她贴身穿了防寒内衣，外面又套了一件宽松、红色的防雪上衣，蓝色的裤子，红色的登山鞋，就像一个小男孩那样活泼轻快。这真让人怀疑现在这个走在路上的姗娪班，还是几年前那个有点呆滞、麻木的姗娪班吗？曾经一度每当有想去卡格博亚齐雪山的念头时，就认为这仅仅是一种幻想，"根本不可能"。可是，现在的姗娪班已经走在了梦境之路，重新回到了童年听故事的夜晚，与让班感到暖心、令她鼓舞的人一起，朝着卡格博亚齐山前进。

班现在可以一跃跨过小溪流，就像小时候在故乡小村跑跑跳跳一般，对倒在地上挡住去路的大树干，也会轻盈一跨而过。也能从迎伦手中接过砍刀，对藤蔓和矮树丛一阵猛砍，弄得浑身大汗。看来班的身体也健壮了许多，心理上也比以前坚强了。姗娅班已不再是一个只会花美金在宾馆水疗馆享受才能获得精神放松的人了，也不再只一味纠缠于过去的辛酸往事上了，而是学会了从坏事中找出积极的成分并自得其乐。她已经远离过去那种人在尽情享受而心却如同坠入地狱般的日子。过去，依赖空调来换取外部的新鲜空气，现在，仰望天空，就感到心情舒畅。要感恩大自然赐予的月光和星光，让人们有机会考察这个世界上自然界生生不息的河川、山峦，从而学会爱护和珍惜它们。也正是在这样的环境下，自己才有了充足的睡眠，早晨在小鸟的啼鸣声中，含笑醒来。

在河面狭窄、但水流异常湍急的塔力图河畔扎营睡了一夜之后，就朝着要扎营夜宿第四个夜晚的雅山丹营地进发，脚步却越走越轻快了。伊洛瓦底江的幼年——阿东湾河，已被远远抛在身后，沿着与阿东湾河的支流、名叫目郎湾河并行的路，继续前行。班对河流的发源地很感兴趣，就问迎伦：

"嗨！迎伦！"

"嗯！"

"据我所知，阿东湾河是恩梅开江的初生乳名，是吗？等阿东湾河长大以后，就成了南德迈江，以后不是变成了恩梅开江的吗？"

"是的。但是，流入阿东湾河的还有一些支流呐，从卡格博亚齐雪山流下来的阿滩本湾河和从北端雪山流下来的雅山湾河汇合到一起，才变成了阿东湾河的。"

"唔！那这可怎么记它们的名称哪？"

班就记住这两条河都是阿东湾河的同胞兄弟。

"前面的营地叫雅山丹营地，从这个营地再往前走就会走到两河交汇的地方。过了两河交汇处，运气好的话，就可看到卡格博亚齐雪山了！"

卡格博亚齐这个词儿，让班的心怦然跳动，兴奋起来，同时也想起了曾用手指着卡格博亚齐山图片的大叔来。

听他讲，从前来这边的人很少，所以一路上，可以看到很多野兽。据说有小熊猫、羚牛和麝等。听有个挑夫说，一次在与一个猎人一起进山时，因为猎人打着了一只小熊猫，还吃了它的肉。听了，班既震惊又惋惜，深深叹了口气。

宿营地，生起火炉，炊烟袅袅，野兽们都不敢靠近。但是有时在远处，偶尔能看到一些野山羊。有时在地上还会看到野兽留下的足迹，迎伦总会低头认真辨认，会说这是羚牛的足迹。班一心想看到它们，但总是不见踪影。

在扎营夜宿第四天的雅山丹营地，景色异常秀美。靠近营地的目朗湾河清澈而冰凉。对于这个地区的河水，班不想称之为清澈而凉爽，只能将其称之为清冷或者冰冷。因为河水既清澈又冰冷，让人感到它快要冻成冰了。迎伦说，"此地已经到达海拔9000英尺"，班一听就耸了耸肩膀，而希达则"哇"的一声。之后，班和希达都为四周的美景惊叹。在山峦间峡谷低洼处，随处开满了白色、红色的山杜鹃花，雪山竹、松树几乎像是排着队似的展示着各自的优美姿态，简直让人目不暇接，百看不腻。此外，这一带四周都可隐隐约约看到一些比较低的雪山，气候冷得使手脚快冻麻木了。穿上了全套贴身防寒服，手套、袜子、帽子、耳套、围巾等，已是全副武装了，可还是让人感到寒冷异常，不得不快去烤火取暖。

"站着不动太冷，我宁愿一直走路！"

希达边说边站在火炉旁，寸步不离。

明天要是运气好，就可以看到卡格博亚齐雪山了。

这天夜里看到的月亮，似乎离人很近。因为是月圆日的前一天，这月亮看起来已很圆了。

班一直在回想已走过的路，并估摸着前面要走的路。在长满层层苔藓的地上，为了防止滑倒，她拉着迎伦的手一起走在如同一条条蛇缠绕在一起盘根错节的树根上；为了防止被太阳暴晒，走上有林木遮挡的小道；目光所及，树身和岩石峭壁上都长满了层层苔藓；还有发出哗哗流水声的山川溪流，跨越倒伏堵住道路的树木，这一切如同在梦境一般，连自己都不敢相信。

明天就会看到的卡格博亚齐雪山，将会以何等的色彩，来迎接班一行呢？是被大雪全部覆盖的一片雪白吗？还是如岩石般的深褐色哪？又会不会是白雪覆盖了一半，半黑半白的呢？也可能有蓝色的，绿色的，甚至有时会泛出红色来呢？

班躺在帐篷里，从还没有拉上拉链的帐篷窗口，向外呆呆地望着月夜的景色。只见月光下，可以清晰看到山杜鹃花和松树，还可模模糊糊看到高度较低的雪山上的矮竹林。

扎营地在山丘峡谷里的小平坝。山丘上，一片片松林和山杜鹃花环绕在营地周围，即将满月的月亮，就像挂在松树树梢的灯笼一般。

虽然是在海拔 9000 英尺的高原上，风却依然是柔柔的，空气中弥漫着常青树湿润的气息，不知其中是不是富含负氧离子，所以呼吸非常顺畅。

帐篷在月光下静悄悄。总共四顶帐篷。最靠边的，是挑夫的帐篷，然后就是迎伦的帐篷，他的旁边是班和希达的帐篷，另一边，是阿杜和阿堆的帐篷。班正在想是否大家都睡了呢，就在这时，迎伦的帐篷里传来了声音。

"我们大家一起来许个愿，祈愿明天是个大晴天！"

迎伦的话音一落，从阿杜她们的帐篷里传来了争先恐后的声音："愿明天天晴！明天天好！"班也微笑着从内心发出了祝愿。今天的旅程中，只下了一会儿毛毛雨，一整天都是好天。只有晴天，才能看到卡格博亚齐雪山。班想起了迎伦曾经说过的话，只有天气好，运气也好，才能看到卡格博亚齐雪山。要是天气不好，就到不了能看到卡格博亚齐雪山的地方，只得扭头往回走。

人无法驾驭的天气能雾开云散吗？天空会放晴让我们有机会都看到卡格博亚齐雪山吗？

"娩班！你很兴奋吗？"

以为她已睡着的希达，自己还没睡着，便问了她一句。坐在窗边发呆的班回头看了希达一眼，笑了笑说：

"当然兴奋啦！明天要是运气好，就有机会看到卡格博亚齐雪山啦！"

"那你仅仅是因为能看到卡格博亚齐雪山这一点而高兴吗？"

月光下，可看出希达开玩笑的样子。班笑而不答。其实，她自己也说不清楚，那么让自己开心的，究竟是什么原因呢？是秀美的山川吗？是那些美丽的山杜鹃花吗？月光吗？是让人心情激动的全新经历吗？无比清澈的河水吗？雪山吗？这些全不是，而是因为超越这一切的某种新的感受吗？

过了一会儿，希达传出了均匀的呼吸声睡着了。月光穿过窗口照射到帐篷中，四周除了潺潺的流水声，一片静谧，天更蓝了，月光更明亮了。

想到明天一早就得起床，不能再陶醉在月色之中了，而且也越来越感到寒冷，正打算把帐篷的窗拉上的时候，发现对面帐篷的窗还开着呢，看到月光下，迎伦炯炯有神的双眼。他们俩在月光下不声不响面对面，双方的目光互相缠绵了一会儿。之后，几乎在同时，轻轻关上了窗。

"喔！太美啦！"

姗娲班忽然看到眼前大片一望无际的冰原，激动得情不自禁叫了起来。无边无际的冰原令人觉得不可思议，她愣愣地看着出神。

不久之前，自己在路上还呼吸困难，喘不过气来。已经走到了海拔 10000 英尺左右的高度，双腿沉重，迈不开步，只好走走歇歇。不要说像班这样从无此种经历的人，就连有过此种经历的迎伦、阿堆他们，两腿也显得沉重，不得不放慢脚步，不时要停停歇歇，行进缓慢。此后渐渐习惯，呼吸也顺畅了。再后来……开始看到这儿一堆冰，那儿一堆雪，一会儿跨越岩石，一会儿跨越冰雪。四周是个广袤天地，风不大，但很冷。

运气很好，碧空如洗。蔚蓝色天空下，一切都显得明亮清晰。

"我们运气太好了，亚希！冰雪也不怎么堵路。要是就这样，我们是能够走到看见雪山的地方的。这样的季节里，一直可以走到能看见雪山的地方，可以说是太难得了。"

迎伦站在班的身边，看着大片冰原说。班雀跃欢喜，快步跑上坡度不大的冰原，但是跑不了多久。在开阔平坦的冰原上，班她们排着队向前迈进。迎伦第一个冲在前头，班紧随其后，再后面就是希达、阿杜和阿堆她们，挑夫们也慢慢跟随而来。

这儿的冰原非常辽阔，一望无际，让人感到走不到头。一些松树似乎被埋在了冰雪底下，只露出树梢，支棱在那里，照样吐出了新枝嫩叶。冰雪间还能看到一簇簇的山杜鹃花。班她们个个都兴高采烈起来。阿杜高声唱起了《希达》这首歌，阿堆紧随其后也唱了起来。希达也小声跟着哼哼，想必是她想起了小脸蛋堆满笑容的伦康了。

喔！令人难以置信的旅行。对于体会不到这次旅行情趣的人来说，也许以为这样的快乐莫名其妙，但是，对班而言，不仅享受到了这种旅行的快乐，还体会到了生命的意义。

大片宽广的平原上，白色、灰色、蓝色以及绿黑色混杂在一起，但班不停晃动的红围巾、红保暖衣和红鞋子显得十分抢眼，其余一切，都与冰雪混杂一起，染上铅灰色。就像松树被冰雪覆盖一般，人们的喘气声又被兴奋的欢乐声所盖过。不久，又看到了被冰雪覆盖的两河交汇处。发源于雪山的河流，愣是从冰原下挣扎着冲出，却似乎力不从心，水势不猛。只有到了雨季，冰雪自然融化，江河才会铆足劲冲出崇山峻岭，汇入伊洛瓦底江。

走过江河交汇处不久，终于看到了在清澈蔚蓝色的天空下高高耸立，巍峨巨大的山脉！

"看！这就是卡格博亚齐山，亚希！"

"喔！卡格博亚齐……卡格博亚齐……"

它叫卡格博亚齐！我叫亚希！合起来就是卡格博亚齐山！班想到此，首先是内心无比高兴，接着小声笑了笑。之后，她目不转睛盯着蓝天下参差不齐、高耸入云、巍峨无比、白雪皑皑的雪山山峰，不觉汗毛微微竖起，害怕起来。大山与自己过去见过的一切山迥然不同，它让人产生神秘感，瞬间产生了敬畏的心理。最明显的感觉，它对自己似乎有一种诱惑力。伴随着深深奇妙感的同时，还略带着点恐惧心理，自己感到热血沸腾，心跳加快。

海拔 15000 多英尺高的卡格博亚齐雪山，以奇异深邃的姿态迎接了班。雪白的大山有时感觉好像是碧绿色的，其实好像是蓝色的。就在她犹豫不决难以确定它究竟是什么颜色的那一刻，突然似乎有一道红色一闪而过。不过，最后她认为白色确定无疑。

迎伦拿着班的相机，不停地在照。他既拍了卡格博亚齐雪山，也拍了亚希，还拍了卡格博亚齐雪山和亚希在一起的照片。一路上，只有他一个人在拍照。班往往是沉浸在优美的景色中，或者气喘吁吁，忘记照相了。

迎伦拍完照后就站在班的身旁。与班一起正抬头仰望卡格博亚齐山之际，只见山顶云在积聚，雾气上升，慢慢模糊起来。班想起她看过的一本书中曾讲到，卡格博亚齐山的美丽，是不会长久示人的。想等一等，再看一次卡格博亚齐山的真容，但是，高耸刺入苍穹的卡格博亚齐山顶，湮没在一片云雾缭绕之中，模模糊糊，再也看不清楚了。

班呆呆地看着站在身旁的迎伦，他的视线也转向了她。他终于满足了他很看重的一个人的心愿了，他的双眼露出一种满足感，他和颜悦色，双眼炯炯有神，嘴边也始终挂着笑容。

"谢谢你！迎伦！"

"我也要感谢你！亚希！"

对班道谢之后，他径自带头向前走去。他并没有说明他为什么要感谢她，班也没追问。

班他们所踩踏的冰面，还是很坚硬结实的。据说，刚开始下雪结冰，一踩上去就会塌陷下去。

那天晚上，帐篷扎在能看到卡格博亚齐山的地方。这个营地是班他们这趟旅行的最后一站。由于有冰雪阻断，营地未能设在离山脚更近的地方。

迎伦用挑夫们从上个营地捡来的木柴，准备生火。由于木柴受潮，火烧得不旺。为了让火烧得旺一些，他就把阿堆拾来的松树断枝都扔了进去，这时才蹿起了火苗。

到了夜间，卡格博亚齐雪山在月光下清晰可见。月圆夜的月光下，放眼望去，整个冰原雪白一片，冰原四周的雪山，也因月光闪耀着白光。满天星星，在深蓝色的天空中忽闪忽闪，天空如此之接近，似乎伸手可及，圆圆的月亮，巨大且近在咫尺，好像伸手就可揽入怀中。

上半夜，班她们都围坐在火炉旁，一边高高兴兴地吃着喝着，一边谈笑着，看上去，似乎都忘记了长途跋涉的疲劳。阿杜抬头看看月亮，唱起了"希达之歌"。阿堆却缠着迎伦，求他再讲曼比亚的故事。

迎伦看着阿堆笑了笑。

"这一回，我给你们讲一个与你们生活贴近的故事。有一个像你们那种额头盘了背带，顶了个水罐的小姑娘，见了曼比亚就说，曼比亚大叔，你也来骗我一次试试。曼比亚却说，今天，太阳和月亮在吵架，我就没法骗你了。于是顶着水罐的小姑娘就抬头朝天上看，这样，水罐就从头上滑落摔破了。我可不想让你们见到曼比亚！"

笑声在冰原上空扩散，清脆而响亮。炉火也慢慢旺了起来。班只是微笑着，静静地待着。伤心常常是从忧心焦灼开始，发展到极端的伤心就是沉闷不语。快乐也是从兴奋高兴开始，达到兴高采烈以后也会让人安静下来思考。有时真正的快乐是不声不响的。一时的冲动，恍惚之间产生的兴奋快乐，就如点着火的稻草，一会儿工夫就熄灭了，而心底充满满足感的那种快乐，却像谷糠火一般，看起来不旺，却能长久不灭。而现在的班，既像着了火的稻草一般，雀跃欢呼，又像谷糠火一般，慢慢燃烧，悠长地快乐着。

班的思绪也全都回到了美好的童年生活。她曾看到过她奶奶，也是在这样的月圆夜翩翩起舞，也是在这样的月圆夜，她向奶奶学跳舞，和小朋友们一起跳过舞。那是多么的开心啊！为什么要忘记这些开心事哪？为什么再也不能重新获得这样的快乐呢？为什么总是去想那些令人烦恼的事啊！

看来，一个人，为了自己生活的快乐，在应该顾及自己的地方就该顾及自己，而应该对人做出报答的地方，也应该大度做出报答。但是，需要分清楚，哪些地方该顾及自己，哪些地方又应报答别人。现在，班把她最亲密的一丝情感牵挂放在一边，自己一个人自由自在进行这趟旅行，为的是寻找自己的快乐，这是一种顾及自己的行为，她已经获得了自己生活中的乐趣。这样，就没有什么可后悔的了，也不必再为阿妈之死而自责。这就是自由自在！姗娩班再也不会一心沉迷于那种感情用事、无自由可言的狭隘生活状态中了。

月亮渐渐爬高，雪山似乎也更洁白了。大家都已进入梦乡，但班却仍没有睡意，她一个人坐在帐篷的窗口边，欣赏着这明月之夜。就在这时，耳旁好像又隐隐约约听到了庆祝目瑙纵歌节之夜的击鼓声，又好像看到月光下，奶奶戴着银手镯的纤细手指在空中婀娜舞动。

之后，姗娩班怀着如同童年时那样快乐的心情，走出了帐篷。

雪山环绕着低洼的平地，洒满月光的夜晚，比达杭丹的夜晚更美，也比雅山丹的夜晚更美，更比故乡村子的景色优美。

姗娩班站直身子，仰望着明月，缓缓踮起脚，伸出双手朝向月儿，转身一圈。从卡格博亚齐山吹过来的阵阵风声，恰如为舞蹈伴奏的绝佳音乐，这是多么美妙啊！在如此皎洁的月光下，班真想跳舞。要像蝴蝶飞舞，鸟儿飞翔、鱼儿戏水游动那样跳起舞来，就像登阳的舞姿那样，欢腾雀跃舞动起来。那股被压抑多年想尽情舞动的心情，与月光和雪花融合一起，猛然释放，迅速传导到了班的手指尖和脚趾尖。班情不自禁地抬起了脚，双手向月亮，伸放自如，模仿着飞翔的动作。就在她缓慢舞动的时候，突然乐曲声打破了宁静的夜晚。

随着乐曲声又听到了歌声，正是为舞蹈配乐的那种令人兴奋欲舞的"喔……呀，喔……呀"纵情欢快的歌声。这就是目瑙对歌！

班很惊讶地回头向歌声传来的方向看，只见迎伦手里拿着手机，笑眯眯，目不转睛地看着她跳舞。他一手拿着播放歌曲的手机，另一只手则在示意班继续跳舞。一开始，班还有点羞涩，舞姿还有点生硬。接着，那种愉快、想跳舞的欲望再也抑制不住，在月光下，班的手随着歌声欢快地舞动起来。这时，迎伦把他的手机放进了夹克衫口袋里，双手也展开舞动，与班一起翩翩起舞。噢……班想，这是你们的阿舒兰舞吧！他们俩的舞姿有飞翔、直线移动，还有转身，开始动作还不太协调，跳着跳着，就愈来愈整齐协调起来。正当班和迎伦兴高采烈舞动时，帐篷里的 LED 灯突然都亮了起来，门也打开了。希达、阿杜和阿堆都走出了帐篷，一开始，只是惊讶和大笑，接着，她们也都加入，与班一起跳起舞来。

喔！这是一个多么美丽动人的夜晚！多么奇妙的夜晚！多么快乐愉悦的夜晚！人们怎么也不会想到，月光下，在雪山环抱的卡格博亚齐雪山脚下，竟会有藏族人、亚旺族人和克钦族人一起欢快地跳着舞，人们也不会想到，他们竟会像重回童年一般再次一起度过一段欢乐的时光。

就像近处的篝火给人们带来温暖一般，跳舞也温暖了人们。

在月光、星光下看到迎伦的双眼，清澈而有神，而且好像有某种吸引力，与班的目光再次长久对视缠绵。

月光下，这个奇妙的夜晚，在音乐的伴奏下，人们欢呼雀跃之际，天空开始飘起了雪花。

返程途中，阴雨多于晴天。常常是绵绵细雨，卡格博亚齐山被云雾笼罩，看不见了。

月圆日之后的四天，班一行回到了达杭丹。在达杭丹休息了五天，就为返回葡萄镇做准备。五天，得到了很好的休整。

这几天雪从达杭丹开始撤退，天气不再那么寒冷。班十分留恋那些喜爱希达老师的孩子们常挂在嘴边的"老师雄西爱"（我爱老师！）的话音，同样，也留恋雪山间幽静小村的景色。除此之外，还有哪些东西让她留恋不舍的呢？

离开达杭丹前两天的那个晚上，班看到小屋前麦田里有迎伦的身影，那晚的月光不算明亮。

班走到麦田里，坐在以往常坐的圆木柱上，并与他保持一定距离。想必他是来向班告别的。这一次，并不是为他要出差而来告别，而是他向即将离别的班告别了。但是，迎伦啊！你何必这么早就来告别呢，明天告别还不迟呢！

"亚希！"

　　　　　　　　　　等待花开之时

"唔！说啊！迎伦！"

"你玩得很高兴，是吗？"

"唔！特别高兴。"

"你要是仅仅为了寻找快乐而来，以后可别到雪山这儿来，亚希！"

他说话声有点急促又带点喘，让听的人感到伤心。班一下子忍不住想放声大哭，但是……她忍住了。他说了那句话后，默默无语。除了潺潺流水声外，听不到其他声音的达杭丹之夜，在朦胧月光下，显得令人伤感而寂静。难道班是一个只为自己快乐而利用别人的人吗？喔！恐怕也不是这种情况吧！自己只是产生了一种真正的感觉，跟着感觉走，顺势而为而已，那也许就是我的不是。

"要想寻找快乐，不要到雪山这边来找，也别到外面什么地方去找，亚希！在外面寻找到的快乐，那只是一会儿的事！没有了它们，你就会感到不快乐。其实真正的快乐就在自己内心。我是什么也不依赖，只靠自己努力让自己快乐。你也不要依赖别的什么，要努力让自己快乐。下次，要是想寻找快乐，就别再到雪山来找！亚希！"

他把那句话又重复了一遍，班尽力控制着不让自己落泪，仰望着天空。深蓝色天空，点缀着稀疏的星星。班怎么回答呢？难道班没有什么可说的吗？那倒也不是，有话要讲，可没有说出口。

"让我送你到板南定吧！亚希！"

"别啊！"

不让他送的话一说出口，班不由得感到痛楚。她不愿让他为自己再劳累了，迎伦啊！

"你已经很累了，迎伦！我不想让你再那么受累。去卡格博亚齐雪山之前，你不是已出了一趟差吗？再说，我有希达学生的家长陪送，没什么不放心的。我在为下山准备的那几天，已让一位去葡萄镇的学生家长转告了哥丰沙尔，他会到板南定来接我的。然后……"

班没有再接下去说，只是抬头看着他。朦胧的光线下，班感到了他双眼传导出的伤感气氛。

"再说，我还在想，以后不依赖别人，自己进行这样的旅行。人嘛，有时候是要有点不依赖人的自立勇气的，不是吗？还需要有点历练。"

他没有再说什么，静默了片刻。

那天晚上，他回去了，班回到屋里，开始收拾行李。班的手微微颤抖，也许是天气太冷的缘故吧。

班收拾好东西，就上床了。侧身躺着的希达，转过身子面朝班。原来希达还没睡着……

"娆班……"

"嗯……"

班躺到希达的身旁，嗯了一声。

"你……是不是爱上迎伦啦？"

班没有回答希达的问题。希达没有继续追问。两个人静静躺着。一会儿，班在黑暗中睁着眼说：

"说到爱，看来是一种原始的心理。希达！它就像是不受法律规范的原始行为一般，无论何时何地，在怎么样的情况下，也不管是哪个民族，爱的心理是无法限制，也是无法阻挡的。但是，只有理智的潜意识控制了原始的心理，这样的爱才是高尚而纯洁的。"

除去从希达那儿听到一声叹息外，再也没有听到什么回应。黑暗中，班用手指抹去了涌出的眼泪，她可不想让希达看到自己流泪。

"我在患抑郁症的那段时间，既不懂得什么叫爱，也不懂得什么叫不爱。对什么事都无法作出明确的决断。后来我为了自己能安下神来，除了我的亲人，拒不接触其他任何人。当不知道该抓住什么才能让自己活着的时候，为了自己解脱，曾一度想选择一死了之！"

希达把一只手放在班的肩膀上，轻轻抚摸着。

"我现在内心平静，对什么事都分得清，希达！什么是可以依靠的，什么是美的，什么是能够成为爱情的，什么是不能够成为爱情的，什么是爱情，什么又不是爱情……"

班说话的声音渐渐变小变弱，她停顿了一下，两眼朝黑暗凝视了一会儿又说："看来，女人应该要区分爱情和不是爱情，同样，也得要对该不该表达爱意作出决断，希达呀！另外，我不想只为自己继续活着而去找一个丈夫作为靠山，也不会只顾一时的内心冲动，就立刻草率地确定爱情关系！"

班嘀咕着，闭上了带有些许泪水的双眼。

那天晚上藏族小村没下雪，唯有阿东湾河的潺潺流水声，令人怀恋，响彻全村。

第二天午后，班和希达一起到村里挨家挨户去告别。回来时，走到村头索桥，沿着小路散步。黄昏的晚霞，使阿东湾河波光粼粼。索桥上飘扬着藏族彩旗，哗哗作响。可爱的小村，在金光灿灿的晚霞中静悄悄。班即将告别雪山映衬下，那一望无垠、绿油油的麦田，这让她的内心油然生出一丝怀恋。

她曾与迎伦一起在麦田间散过步，一起欢笑过，自由自在地蹦蹦跳跳过。还曾躲藏在远处的山林边，等待着试图偷窥从未见过的锦鸡和褐马鸡。那里还有长着苔藓和寄生兰的巨大山石。从那儿往下俯视，就会看到刚到村子时，迎伦使劲跳上的大山石，他亲手摘下了寄生在大石块上的一兜兰花。

"娲班！河里有学生在洗澡，我先下去看一下，你是跟我一块儿下去，还是自己先回去？"

"我就在这儿等你！"

希达沿着河岸往下走，班留在桥头等着。几条狗在班身边转悠，见了班也不吼叫，温顺地站着看她，过一会儿，还会摇动尾巴在班身边徘徊。班忍不住要笑，现在，它们已对班很温顺了。这样说来，迎伦！它们不希望自己离开这儿啰，可自己终究要离开了。

刚才到迎伦家去告别时，迎伦的妈和姐殷勤招待，迎伦却少言寡语。尽管他强颜欢笑，却显得无精打采。班轻轻叹息了一下，正站在桥头，呆望着数天来已很熟悉而又平静的阿东湾河河面。就在这时，一阵大风刮过，藏族彩旗被风吹得哗哗作响。班抬头朝发出声响的方向瞧，可是因阳光晃眼，看不清楚什么。她想起有人说迎伦也在桥上挂了彩旗，又想起这是阿杜说过的。迎伦会在彩旗上写些什么呢？彩旗上他的祝福语，也会如口中说出的话那样随风传递出去吗？她正想着，只见挂在索桥上哗啦啦作响的彩旗，有的已被风吹落，飘落到班站立地方的近处。

班捡起不远处地上的三四面彩旗，看看旗上究竟写了些什么，因为是藏文，班看不懂。但有一面彩旗上，写的像是缅文，便拾起来看。

亲爱的亚希！

祝你永远快乐！

祝一生平安！

祝万事如意！

班低头看到了十分常见朴素的三句祝福语，她拿着彩旗的手有些颤抖。你虽然没有亲口说出这些祝福的话，但是就像你已亲口对我说过那样，从达杭丹吹拂过来清新的风已送到了我的耳中，迎伦！我会像你祝福的那样，快乐，平安！我已去过卡格博亚齐山了。

"娩班啊！咱们得回去了！"

听到了希达走上河岸时的说话声。班赶紧把彩旗叠好，塞进了保暖衣口袋里。她与希达一起往回走时，太阳已经落山，四周开始阴暗起来。

回到屋子后，班耐心地把粘附在那些柴火棒上的兰花取下，准备明天带走。

那天晚上，迎伦拿着一个小包来了。这是最后告别的夜晚！他十分开心地微笑着，把他带来的小包递给了班。

"这是我爷爷送给我奶奶的礼物！亚希！是亚旺族传统服装。这上衣的下摆边、袖口和筒裙边，都是用兰花茎纤维编织而成，还没装饰上银铑锣，是最古老的兰花服装。这兰花是我爷爷亲手采摘来给我奶奶编织这套服装的。我想送给你穿合适，我奶奶跟你的个儿差不多，比较矮小，你穿了正合适。"

班把包解开，见到用兰花茎纤维编织成的衣服，抚摸着衣服黄颜色的滚边，这是一种多么美丽的想象啊！能得到这样一套服装，真是太感谢你了，迎伦啊！

班手捧这套服装，坐在平时常坐的圆木柱上。呀！今天晚上的达杭丹，飘起了雪花，好像早了些！他也像平时一般，坐在班的身旁。班对他说："谢谢你了！"他没有接话，只是坐着点了点头。这是个月光暗淡的夜晚，但这是个宽广的平坝，朦胧中还有些光亮。

"我可不可以有时候给你写写信哪？亚希！比如，我要是看到了你想看到的锦鸡的时候，行吗？"

班轻声笑了笑。

"现在这样的年代，你还写信？"

"我觉得在纸上写信才过瘾！"

班又小声笑笑。班心里也想说，能在纸上看到他写的字，才会过瘾。

那天晚上，他们俩在麦田究竟坐了多长时间，谁也不知道。在黑暗中仍隐约可看到周围的雪山。可爱的藏族小村，被水流声拥抱，被轻雾笼罩。

雾愈来愈浓，他站起身，班也随之站起，抬头看着他的脸。看不太清楚，但依稀可看到他湿润的眼眶。

"一想起我能帮助你满足了你的两个心愿，我很开心。但是，亚希！下一次要是你再有什么心愿的话，那我只能祝福了，也许就无能为力了，我们相隔得实在太遥远了，对吗？"

真想不让他说出这样的话，但是，现在，她要说出口的话声音可能会有点嘶哑，她不想让他听到这样的声音。

"祝你永远快乐！亚希！"

他低下头看着班的脸说这句话。班尽力控制着自己的声音，平静地说：

"也祝你永远快乐！迎伦！"

她说这句话时，几乎要失声痛哭，她想伸手把他额头发际的雪花拂去，但班的手没伸到他的头发上，却把自己脖子上挂着的翡翠白鸽坠子取下来，伸手塞给了他。

"我一定会在合适的场合穿上你赠送的珍贵的服装，你也戴上我给你的礼物——翡翠白鸽坠子吧！"

他点了点头，还小声地说了声"谢谢"。此后，班站在那里，一直愣愣地看着他渐渐远去的背影。

本应少雾的季节，却又浓雾密布，使小村四周一片朦胧。

姗娧班回去的旅程跟来时不同了。不像来时那样，七天的旅程，迎伦每天采摘一枝寄生兰送给她。她将迎伦送的兰花挂在双肩包后的带子上。

来的时候，柔弱、爱依赖别人的姗娧班，现在对长途跋涉已不再嘀咕埋怨了。连比现在的路更艰险的卡格博亚齐山都去过了，也就没有什么可害怕、退缩难走的路了。悬崖峭壁也好，峭壁上的索桥也好，都能毫不犹豫地走过去。站在藏族彩旗飘扬的桥头挥手告别的学生和他们背后的迎伦好像又在眼前若隐若现，这时自己加快了脚步，踏着难走的路，努力驱除头脑中的印象。

　　　　　　　　　　　　等待花开之时

每当精疲力竭时，就咬咬牙让自己挺住，这样，也就慢慢适应了。

走过了曾与迎伦一起漫步过的阿东湾河和相枯湾河交汇处的德尊丹村。在那里，蝴蝶曾从自己的手上，转而停留在他的肩头。与梦中相似的桥，还有他缠绵的双眼曾使自己开始一阵心动的旺西旺入口处的索桥，以及在悬崖绝壁下深不可测的深渊中，令人胆战心惊的汹涌咆哮流淌的独龙江，这一切都在雾气朦胧中晃动着，远远地留在了身后。

班尽力振作精神走过了这一段艰难的路程。无论是旅途还是生活，现在，自己已不想找个人作为依靠而使自己不用操心，也不想给被自己依赖的人添麻烦。自己只想以自由自在、不依赖别人的心态，专注地享受真诚的爱。

经过这次返程旅行，班的身心似乎都变得坚强起来。就像变成了一个新人：能够真正驾驭自己心态的新人；一个分得清什么是爱情、什么不是爱情的新人；一个以自由自在、不依赖别人的心态，勇敢面对生活的新人；一个已经懂得所谓快乐，并不在于外部而只存在于自己内心的新人！

班不想把自己内心一度软弱无助时抓住过的稻草，也贴上爱情的标签；也不想由于美丽山水风景的助力，在不设防的情况下容易产生的一时冲动，就随随便便确定为爱情。只有建立了自由、独立、沉稳而成熟的心态之后，才会真正享受到持久、稳定、高尚、纯洁而无需依赖和期许的真爱。

现在，班变得勇敢、自信了。已经随时准备好在不依赖别人的情况下继续过好自己的生活了。

顺着恩梅开江一天又一天地下行。恩梅开江的幼年和同胞兄弟，也就是伊洛瓦底江的源头故乡，也渐渐远去，留在了身后。不久就将踏上伊洛瓦底江流经的地方了。

姗娧班跳越了水流声哗哗的小溪和小渠，快步登上了山丘，跨过长满苔藓的大石块。从卡格博亚齐山起向下四处流淌的小河、小川、支流和小溪，与姗娧班一起，顺流而下，到达了下游地区。

就像每条河的宽窄大小和流速不同一样，每条江河的水流声也千差万别。有平缓流淌的河，也有轰隆轰隆滚滚而下的河。如同江河流过的大地情况有差别，又像人们的基本生活情况以及生活经历不同一般，江河的流速和水声也各不相同。

用自己的标准去衡量别人的人生，可能会以为别人的人生并不快活，但如果用别人的标准去衡量别人的人生，也许是快乐的。这么一想，也就懂得了快乐与否是无法只用同一个标准去衡量的道理了，因而她也就想通了，自己的快乐，只能发自自己内心。

此次旅行的归程中，班转变了对人生的看法。她一天又一天走过了漫漫长路，江河的流水声伴随着她，度过了一夜又一夜。那个看起来矮小、柔弱娇嫩的姗娧班，现在变得成熟了。即使没有了生活上奢侈的享受，她也会活得快乐。在自身无力抗拒的山林以及狂暴的江河威力下，她可以抑制自己的私欲，随遇

　　　　　　　　　　　　等待花开之时

而安，感到满足。

在度过了一天又一天的漫漫旅程后，第八天的下午，班他们终于到了坐落在山间洼地、烟雾缭绕的板南定小城。

他们沿着一条被各色不知名的小花环绕的小路走着，看到了浓雾中在来时住过的营房。

在营房前站着两个男子。班正想辨认他们是谁的时候，一眼看到了哥丰沙尔。

那么还有一位会是谁呢？

班仔细辨认，又往前走近了些。

"班！"

就在听到文静呼唤声的同时，雾霾中她渐渐看清朝她走来的正是哥定苗刚。

"班，听说你连卡格博亚齐山都去过了，比我强啦！我最远才到板南定呐！"

坐在车前哥丰沙尔身旁的定苗刚大夫，稍许转过头来朝后座说。他们的车已渐渐远离了板南定。

汽车挡风玻璃上的雨刷子，快速左右摆动着，但还是敌不过瓢泼大雨，视野经常模糊不清，汽车只能以中速行驶。坐在车后座位上的班和希达莎尔老师静静坐着，也许她们仍感旅途劳顿。

他到板南定来接她，让班感到有点意外。定苗刚并不想告诉班，一个多月来，他是多么的不放心。欣扬打电话告诉他班回板南定的日子，从不请假的他向医院请了假，赶到葡萄镇来，这一点他也不想告诉班。他只是对她说，碰巧医院有点公事，顺便来板南定。想到昨天下午，班旅途劳顿，该早点睡觉休息，未能好好说说话，所以想在回去的途中跟她聊聊，但班却闭口不言。

他心里虽然有些不想说的话，但也有一些事想要说说。

"告诉你一个好消息。"

定苗刚转过头来对班说，班用平静而稳重的口吻说："好啊！老师，请讲！"

"2月14日，议会通过了麻醉品法修正法，规定现在因药用而染上毒瘾的人，不会被判刑坐牢了。因为这些人是属于因医病而染毒，这对人是一种安慰，对人的身心健康都有好处。在这一过程中，如果这些人又重新吸毒，那就由社会福利部门出面，给予他们一定的处分。"

"老师！听到这一消息我很高兴啊！"

班由于心里高兴，说话的声音，有点颤抖。这样，对于漂泊躲避的龙山弟来说，她可稍许放心些了。

"班！我也感到很高兴！我们这些心理医生为了废除这条法律规定，不知做过多少努力。小青年仅仅因偶然服用了麻醉品，就被判五至十年的监禁，等他们出狱后，很难医治好心理创伤。这样，也就会断送了原本要为我们国家的未来效力的青年人。我们并没有把他们看成坏人、傻瓜，而是把他们视为慢性神经系统病患者，他们有权来治病。现在，我希望他们有勇气来医院或诊所治疗。"

定苗刚向班说这些话的时候，他似乎在眼前看到了年轻时龙山的脸庞。他真想，有一天与班一起再去帕敢看龙山。

"可能会遇到一个问题，服药者持有的麻醉品的量，以及兜售者手中的量该如何界定，班！如果超过使用者的量，那就是犯法了。这些事，还得出台法规具体细则，进行仔细具体区分。"

"法规细则还没有出台吗？老师！"

"还没出台，班！"

雨越下越大了，他瞧了一下阴沉的公路路面，接着又说：

"目前，我们最需要的是康复中心和基础设施，我们医院里没有地方安排想接受戒毒的女孩子，染上毒瘾的女孩子不是也很多嘛！"

"是呀，老师！我在哥莫那儿干活的时候，就见过好多，真让人悲哀。"

"凡是染上毒瘾的人，即使戒了，他们的身心依然无法正常重新融入社会，班！要使他们的生活重归正常，只靠两三周的药物治疗是不够的，至少要花三个月到一年的时间，在康复中心培训、治疗。不这样，即使戒了，重新染毒的比例极大！"

定苗刚边对班说，边又想起了人一旦染毒后是多么的可怕。人一旦染毒，其毒瘾的后果是极其恶劣的。他们明知吸毒会死，会遭罪，会蹲大狱等等，但依然会不顾一切，吸食毒品。这是一种极其可怕的瘾头呐。

"前面还有很长的路要走，班！我们现在能够做的是让他们戒毒，使他们重返正常生活。要帮助、接纳他们，这与大众息息相关，十分需要周围社会环境的理解。像哥莫他们这样的组织，就是进行宣传教育，要人们远离毒品。至于对推销毒品的渠道，则要用法律手段进行惩治和管控，这是那些负有管理责任的人的事了。"

定苗刚对班说话的时候，想到班一定会想起龙山而心里不好受，但是看到班的脸上似乎并无焦虑的样子，一切依然平静。

虽然由于一路上班是坐在他的背后，看不清班的面容，但在离开板南定时，他看到班镇静自若的模样，感到有点惊讶。从班的面容看，她心情轻松，充满自信，双眼也是那样淡定而清澈。有些倦容，那是因旅途疲劳所致。班真的像他原先期待的那样，已完全变了个人了吗？

定苗刚通过汽车后视镜又看了一眼班，然后又看到了坐在班身旁的女教师希达莎尔的脸，却让他心里有些难过而叹息了一下。他想起曾听班说过希达莎尔和伦康的爱情故事。得了疟疾的伦康，在玉石矿区被封锁很多天后，因疟疾病菌进入大脑而去世的消息，可不能对希达莎尔说，在班的面前也很难启齿，大家还在路上，没有到葡萄镇，更是不好说了。

后来他所讲的消息都是很轻松的。

"班！你不在家时，对你家的荷花池我可是很关照的喔！快来葡萄前我去看了看，满池开满了荷花！"

"谢谢老师！"

"你这次还带了许多寄生兰回来，恐怕要给这些兰花搭个架子。"

"好的，老师！我自己来弄！"

此后，车里又恢复了宁静。雨刷子左右滑动时，发出叽叽嘎嘎的声响，看来该换新的了。

"这雨真大，但是有一点好处，今天下了大雨，明天葡萄镇准会是一片蓝天。"

定苗刚自言自语说。明天要是葡萄镇四周都能显现雪山的话，想叫上班一起去能看到全部山峦的亚旺目瑙广场玩，那儿虽然看不到卡格博亚齐山，但却能让她看到葡萄镇最美的景色。

葡萄镇的早晨，晴朗而美丽。亚旺目瑙广场中心漆着白、红、蓝三色的目瑙柱，在晨曦下，明亮醒目。亚旺目瑙广场四周，雪山环绕，一片洁白。

班正在眺望远处的雪山。他站立的地方，正好看到她一侧的脸。她一头短发，脖子看起来稍长，脸细嫩而清秀。她的双眼镇定而光彩夺目，这是他以前从未见过的一双眼睛，她真是完全变了一个人！

在这次旅行前，她总有一种要依赖人的眼神，除了自卑，没有自信外，还有焦虑忧愁的神态，有时还可看出她悲哀的情绪，而现在这双眼充满自信。她看他时，虽然目光依然温馨无比，但却已没有了那种依恋不舍之情。

如果她仅仅是一个被他爱上了的姑娘，从一个男人本身的感情来说，会让他感到有点悲哀，然而，对他来说，她还是他的一位患者。患者病情好转，自己有什么理由不高兴呢！一个男人爱上一个女人，这种爱可能还有某种自私的成分，而一个医生对于一个患者的爱心是无私心可言的，是不掺杂任何个人私情的！

昨晚去欣扬家，看到欣扬正在看班拍的一些照片，他也凑过去看了，之后他感到有些后悔。

在风景优美的照片中，常常出现一个男子，班只要与他在一起，就看上去很精神兴奋的样子，像换了个人似的。对此，他不该心胸狭窄。假使她精神稳定，能分清什么是情爱，什么不是情爱，那就应对她心理健康方面的进步感到高兴。对凡事能改善班心理健康的人和事，非但不该妒忌，还必须感激。

曾帮助过一个由于种种原因本来不会走路的人，使他重新站立起来学会走路，于是就想让此人永远留在自己身边，那是不恰当的。看到她能无需自己的帮助，走得离自己越来越远，不管有怎么样的感受，对此自己也只能感到满意。

她出发旅行前，自己曾希望她回来时变成一个新人。现在，她果真变成一个新人回来了，自己只有满意才对。看到一个已经可以不再依附自己的新人回来了，那是一个大夫莫大的成就！

等待花开之时

他不想为自己放手让她去进行这次旅行而后悔。

现在，她自己已经完全能够正确面对喜怒哀乐以及一切社会现实，看来已无需再有人与她共同应对了。

凭一个男人的直觉，一些几乎快要脱口而出的话，已被一个医生的满意心情冲得无影无踪。

他十分珍惜当医生这样一份崇高的职业，只有一个医生的意志才能战胜一个男人的意志。他不想成为凭借男人的意志，滥用医生道德操守的那种人。

班正向远处眺望，他走到她身旁。她就像一只巴不得长上翅膀飞向远方雪山的小鸟一般，一直在眺望遥远的山峦。

"很美，是不是？班！"

他这么一问，她便转身对他微微一笑。

"好美！老师，来的时候，没到过这个地方。"

她边说边与他面对面站着，似乎有些话想说的样子。

"非常感谢老师！"

他凝视着班。她的道谢，也可能包含了要与他告别的意思。

"班……现在可以不依赖任何人，独立生活了！老师，诚心诚意感谢您啊！"

在她那种依恋的目光下，自己曾经一度有过某种期待，对此他自己也感到有些羞愧，其实应该为她高兴才是。在不再有依赖他人的想法之后，如果有一天，她真爱上了一个人，那个人又准备接受她的爱，那情况又会怎么样呢？哎，定苗刚啊！但愿你别这么想了！

"如果我当初走投无路寻找想依赖的人，而曾经使老师您心里有了负担，那我现在诚心诚意向老师道歉，原谅我吧！老师！"

他笑容可掬，点了点头，还轻轻地摸了摸她的头。

你就自由自在地飞翔吧！小蝴蝶呀，在清澈的水边歇息吧！在青山绿水间飞翔吧！在芳香扑鼻的花朵上翩翩起舞吧！快快乐乐飞向远方，别再回来！小蝴蝶啊！

尾　声

2018 年 7 月

密支那市

2018 年 7 月的一个清晨，姗娖班站在恩梅开江、迈立开江和伊洛瓦底江三江汇合处岸边的卵石上，遥望江水，心中浮想联翩。

班心里还想再进行一次旅行，溯恩梅开江而上，到达它的源头雪山的地方。

她好像又听见了恩梅开江强有力的水流声，又想起了曾与希达一起睡时，听着这样的水流声，希达泪眼婆娑的情景。听说，希达曾深爱的自己童年的好友、懒人伦康，并不是因瞌睡死在阴暗狭小的玉石矿坑道里，而是因本国自己人之间打仗，矿井被封锁，染上疟疾而去世的。即使伦康死时他颈脖上的小白鸽会飞，也不可能侥幸飞离这块土地。在枪声、炮声、炸弹声隆隆，战火纷飞之地，小白鸽又怎能幸免呢？

假使只有伊洛瓦底江能把有情人的信息，流到哪里送到哪里，那但愿伊洛瓦底江能不知疲倦地将因战乱而分离的有情人的信息送到要送达的地方。看来，伊洛瓦底江冲击、流淌过的礁石、卵石，也会同她一起呜咽，就是江边的沙子也会强烈呼唤国内和平。但是，和平只是像旋风中随风飘荡的小小树叶、尘土那样，稍纵即逝，想抓也抓不住，虽想努力抓住，它却只会随风远去。

　　　　　　　　　　　　等待花开之时

班双脚站在冰凉的卵石上，又想念起了龙山。

龙山只去过一次戒毒医院，之后又回到他妻子的家，又再次染上毒瘾，他却没有再去戒毒。这段时间，与其老婆日子过得还算快乐。尽管以自己的标准去衡量龙山与他老婆不般配，但般配不般配，对龙山来说，只要他感到快乐，也就不会有什么烦恼了。

江边吹来微风，班沿着江岸步行，似乎听到了恩梅开江的呢喃细语。恩梅开江是从其源头，带着话语一路快跑而来，投入迈立开江的怀抱来休息的吗？恩梅开江的呢喃细语中，是否还夹带着"亲爱的亚希"之类的悄悄话呢？

放荡不羁的恩梅开江汹涌奔腾而来，迎接它的是让它温顺下来的迈立开江，这要感谢迈立开江。只有与迈立开江汇合之后，恩梅开江才作为伊洛瓦底江，平静地向南流去。

现在，班十分急切地想让自己的情况一切变好，但这种急切的心情并没有使她懵懂莽撞，看起来，她已懂得凡事都要适可而止。

班看了一下表，走上江岸。拉珊正在烤鱼店那儿向她挥手，班也挥手示意，向泊车处走去。

班因为要给拉珊他们上学的孩子送校服和练习本，才来密松的。因为刚才已同他们说了不少话，彼此就只是远远挥挥手道别了。

回来时，她又去万莫战争避难营看了一下。见到了卢曼，顺便把捐赠的东西送去了。

车开过勃拉明廷桥，看到汽车挡风玻璃下仪表板上放着的报纸头版上，一只衔着橄榄枝的和平鸽和"二十一世纪彬龙会议"的大字标题，在阳光下显得异常醒目。

明天，她要去参加多少年来人们期盼、梦寐以求的实现国内和平进程大会，为此，她还要去首都内比都。

"定苗……你得请客，你要调到仰光去工作啦！调令都来了，你妈肯定也会高兴哪！"

戒毒专科医院里，大家一起巡查病房时，娩露大姐对定苗刚大夫说。定苗刚边笑边回答说："当然要请客，大姐，您放心！"说完拿起一本病历本来查看。

"这个病人才出院两个月，定苗，记得吗？"

大姐凑近他，小声问道。他抬头朝病人扫了一眼，回答说："我记得，大姐！"这种反反复复进出医院的病人，对他们医院来说，司空见惯。

前不久，听说总统办公厅下设了毒品专门信息举报司，之后又听说零零星星缴获了一些毒品。究竟是毒品打败法律，还是法律战胜毒品，无人知晓。

他真诚希望，他们医院和其他精神病医院里以及社会上吸毒的人会越来越少。

但是，依目前情况看，他们医院里的病人依然熙熙攘攘。

定苗刚大夫沿着医院的走廊走着，远远看到铁纱窗外，每天下午来的病人聚集在广场，天开始下起了蒙蒙细雨。

七月雨季时的密支那戒毒专科医院，依旧人头攒动。

这所医院的每一个病区和每一间病房里，都能看到苍白憔悴的面容，呆滞的眼神。老旧但依然整洁的走廊上，可听到病人沉重而拖沓的脚步声。

一踏进医院，就可看到医院大门的一面墙上有一幅巨大的画，画面上前写着"麻醉品，害死人"几个大字，下方画着一堆骷髅。每天早上，在此巨幅画下，能看到数以百计各个年龄段、表情各异的男男女女在排队等候，他们是来喝美沙酮的。

每天下午，在医院中央的空地上，还能听到排队的戒毒病人，在大声宣读戒毒保证词。

经过定苗刚大夫团队负责的病房时，从走廊的入口处，传来了一声重重的关铁门的声音，这以后，医院又寂静无声了。

下午夕阳西下，走出医院要回家时，雨刚停，在晚霞的余辉下，能看到医院中央广场上排着队的许多吸毒者。

他走过广场旁走廊的时候，听到了他们在齐声朗读保证词。

"我们，决不再吸毒！

我们彼此以亲人相待，决不打架滋事！

我们保证决不偷拿别人的东西和食品！

如果违反，甘愿受罚！"

尾声

他们的朗读声飘散开去，留在了身后。每次听到这种朗读声，他都感到痛心。

不管怎样高声宣读保证词，他们依然会再次来到此地。

无论他们怎样声嘶力竭地保证，那白粉还会像魔鬼附身一般，他们依旧可能干出一切罪恶勾当。

定苗刚连连叹气，走过门诊部，正打算往外走时，来到了医院前面，目光忽然转向那张长条椅的一个座位处，猛然间，怦然心动，心中一时空荡荡的。

过去某个时候，曾经有一只白色小蝴蝶在此停歇过。

2018 年 7 月 11 日
内比都

缅甸联邦和平大会二十一世纪第三届彬龙会议，在内比都议会大厦第二大厅隆重开幕。高大宽敞、庄重的大厅里，各民族代表齐聚一堂。

姗娆班作为协助这届会议召开的民间社会组织的一员，以观察员身份出席了彬龙会议。

班身穿庄重的民族服装，它黑红两色相间、兰花茎纤维镶边。这套服装是在战争中失去儿子的迎伦奶奶生前穿过的服装，要是这套服装上真是附有奶奶的英魂，那也许在一定程度上可告慰奶奶的在天之灵了。

大会开幕式结束后，班从她所在的三层沿楼梯走向楼下宽敞的大厅。

从楼梯上往下看，但见许多官员在集体合影。他们周围也围着许多人。在人群中，她看到了那位大叔。

班正呆呆地看着已认不出自己的大叔的时候，却看见了从另一侧楼梯下楼的吴通达，原来，吴通达也来参加会议了。他当之无愧，理应参会。在这样的日子里，也许他又会想起自己的奶奶了。

班仿佛也看到了可爱的童年发小、家乡小村的朋友，还有许多战争避难营的人们。

因为大厅很宽敞，吴通达没看到班。他与朋友们交谈正欢，班也就没机会与他打招呼了。

她从一圈圈围着记者的中间穿过，走过了大叔身旁。很想与大叔打个招呼，还想告诉他，班也去过卡格博亚齐雪山了，还想对他表示感谢，想送给大叔一个翡翠白鸽坠子。

班想在大会正式开始前，先到大厅外去一下。正向泊车处走去时，抬头望了望天空，只见蔚蓝色天空中一只小鸟飞过。

这……是白鸽吗？

它有没有衔着橄榄枝啊？

但愿小鸽子飞越战乱之地毫发无伤，小鸽子啊！别把橄榄枝丢下喔！小鸽子啊！但愿你始终在做着和平之梦！小鸽子！

和平大会结束后，班回到密支那的第二天，她收到了一封航空信。

她从邮差手中接过信封，好奇地看了看，然后笑了笑，之后仔细打开。

亚希：

我想念你，就给你写这封信。

为什么想起你呢，因为很想让你看到一直没有机会看到的锦鸡和雪山褐马鸡，终于在我们不久前出差的途中看到了……

刚过去的五月，我们去了甘兰山进行科学考察……在沿线我们架设了 80 台红外相机，亚希……

天气非常寒冷，在一望无际的冰原上，从清晨六点到下午五点，整天徒步走着。为了架设 80 台相机，花了整整 17 天，一天都没休息。在海拔 12000 英尺安营扎寨，爬到 16000 英尺高处去架设相机。因为下大雨，顷刻间就变成了冰。这样，地上是冰，上面也是冰，浑身冻得瑟瑟发抖。要是脚踩到冰窟窿里，冰碴进了鞋里，那情况就更糟糕了。亚希！有时候手也会冻得麻木了，动弹不得，必须马上回营地烤火才能恢复活动。要是遇上雨天，这一天就只能架设一台相机。

要找到架设相机的合适地点，也是很难的。亚希！在到处是冰雪的冰原上，要拍到按其自然本性来回活动的野生动物的照片，谈何容易！因此，就要找到冰雪融化后它们可能经过的路径处架设相机。

亚希！给你讲一个令人好笑的事！我们这次外出前，突然发现我的太阳眼镜找不到了，就只好向阿堆借了一副眼镜，因为不戴太阳镜是不成的，大白天在冰原上，不戴太阳镜，用不了两三天，眼睛就什么也看不见了。阿堆借给我的太阳镜，我戴了正合适，亚希！你知道什么原因吗？原来，她买错了眼镜，错把男式眼镜当作女式眼镜了。

班低声笑了笑又继续往下看信。

有一天，用望远镜东看西看，突然看到了雪山褐马鸡，真让人高兴哪！不觉就想起了你。它全身亮绿色，而尾翼是白色的，非常漂亮啊，亚希！因为距离很远，就没法拍照。

这次旅途中，还看到了麝的足迹，它的足迹有点像山羊的，亚希！它生活在10000英尺的高原上，所以要看到它们的足迹也是很不容易的，等取回相机，估计就能看到麝了。我曾经对你说过，羚牛啦，麝啦都灭绝了，现在我可以修正这个话了！但是，亚希！有些打猎的，想要麝香，就会去射杀雄麝，取下麝香，然后把它的身子丢弃，真是太可惜了！但这又有什么办法呢！

亚希！我们只能用嘴去劝阻，不可能到山林间到处巡视啊！

这次17天的旅程，我非常累！不过，回程时，我倒是休息过来了，因为终于看到了你很想看到的锦鸡啦！好漂亮啊！亚希！

羽毛红黑两色混杂在一起，看起来真是太漂亮了！尾巴长长的。它在地上走，一看到我，就飞走了！但是，我总算抢拍到了照片，随信寄去，也让你看看。

班随手拿起旁边的信封，感到有个稍硬的东西，抽出来一看，正是锦鸡的照片，正如他所说的，非常漂亮！

哦！还有一件事要跟你说，我正在复习功课，准备十年级考试，我还想续我的梦！亚希。

好啦！信写得太长了。

祝你快乐！亚希！

迎伦

信看完了，可班还在笑。然后她把信叠好放回信封里，朝阳台走去。

她站在阳台上，向远处望去，马路上没有什么人，只看到了紧闭的大门、宁静的诊所以及那座小矮楼。诊所前的白色长椅上落满了被风雨刮下来的枯枝败叶。

等待花开之时

冬天已过去，房前围墙上的十二月花已不再开花。

目光转向院子一角的荷花池，她看到不远处已架好了一个寄生兰花架。

龙山弟喜爱的荷花池，已长满绿油油的荷叶，荷叶间已冒出了白色的花苞。要感谢照顾这些花的人。她多么想在某一天清晨，又能听到龙山欢快地跑上楼的声音。

垂挂在兰花架上的兰花含苞待放，生机盎然，要是这些兰花果真能开放，她会激动而高兴。

无论是荷花、兰花，还是和平之花，都必须有等待它们绚丽绽放的时间，它们总会在某一时间怒放的！

但愿它们能早日绽放！

看来为了等待希望之花真正绽放，就要平心静气，真心诚意。

但愿等待花开的时间不要太长久了！

（全书完）

译名对照表

曼德勒	မန္တလေး
姗娩班	ဆိုင်းထွယ်ပန်
帕敢	ဖားကန့်
龙山	လုံဆိုင်း
努巴	နူးဘာ
克钦邦	ကချင်ပြည်နယ်
莫宁（孟养）	မိုးညှင်း
新加坡	စင်ကာပူ
密支那	မြစ်ကြီးနား
康楠	ခေါင်နန်း
郭加	ကောဂျာ
万莫	ဝိုင်းမော်
索昂	ဆွတ်အောင်
伦康	လွမ်းခေါင်
希达莎尔	ဇီတာဆာရ်
定苗刚	သင်မြတ်ကောင်း
奈文大夫	ဒေါက်တာနေဝင်း
娩露大夫	ဒေါက်တာထွယ်လှ

446

梭莫奈	စိုးမိုးနိုင်
丁奈大夫	ဒေါက်တာသင့်နိုင်
德奈	တနိုင်း
西大铺	စီတာပူ
伊洛瓦底江	ရောဝတီ
倩瑞	ချန်းဆွေ
南赛	နမ့်ဆန်
邦迎	ဘောင်ယိမ်း
宝姗	ဘောက်ဆန်
绍绍	ဇော်ဇော်
哥莫	ကိုမိုး
沙玛杜瓦信瓦瑙	ဆမားဒူဝါဆင်ငါးနော်
昂山将军	ဗိုလ်ချုပ်အောင်ဆန်း
密松	မြစ်ဆုံ
恩梅开江	မေခမြစ်
迈立开江	မလိခမြစ်
拉咱城	လိုင်ဇာ
卡格博亚齐雪山	ခါကာဘိုရာဇီရေခဲတောင်
拉珊	လဆန်
葡萄镇	ပူတာအိုမြို့
佳亚告	ဂျာရာကော့
登阳	ဒိန်ယောင့်

乔蓬山	ကျော်ဘွန်တောင်
孟莫	မိုးမောက်
因道基	အင်းတော်ကြီး
高当	ကော့သောင်း
达杭丹	ဒဟွန်ဒမ်း
吴通达	ဦးထွန်းသိုက်
孟密	မိုးမိတ်
绍迈将军	ဗိုလ်ချုပ်ဇော်မိုင်
乐蒙度江	လမုန်တူးကျိုင်
吴绍合亚	ဦးဇောင်းဟရား
钦纽中将	ဒုတိယဗိုလ်ချုပ်ကြီးခင်ညွန့်
塞目村	ဆိပ်မူရွာ
玛蒙村	မမုံရွာ
迪达古法师寺院	သီတဂူဆရာတော်ကျောင်း
南姆迪	နမ္မတီး
阿萨姆邦	အာသံနယ်
孟加拉邦	ဘင်္ဂလာနယ်
雷多公路	လီဒိုးလမ်း
八莫	ဗန်းမော်
八拐山脉	ပတ်ကွိုင်တောင်တန်း
嘎迈	ကာမိုင်း
哥巴仰晓	ကိုဘရန်ရှောင်

雾潞河	ဉ်ရုချောင်း
赛当村	ဆိုင်းတောင်ရွာ
喜马拉雅	ဟိမဝန္တာ
蓬甘亚希山	ဖုန်ကန်ရာဇီ
龙克犹马丁山	လုန်ခရုမာဒင်ရာဇီ
欣扬	ရှင်းရမ်
哥佩扬	ကိုဖေရမ်
姆拉西迪村	မူလာရှီဒီရွာ
南敦河	နမ့်ထွမ်ချောင်း
目堆亚希	မဒွယ်ရာဇီ
布当村	ပူတောင်ရွာ
姆拉河	မူလာချောင်း
板南定	ပန်နန်းဒင်
哥昂缪温	ကိုအောင်မျိုးဝင်း
哥丰沙尔	ကိုဖုန်ဆားရံ
考蓓	ခေါ်ဗေး
玛塔	မာထား
阿杜	အဒူး
特苏图村	တဆူထူရွာ
塔拉图村	ထလာထုရွာ
阿堆	အဒွယ်
迎伦	ရိန်လွန်း

马钱堡	မချမ်းဘော့
额瓦村	ငါဝါရွာ
万非山	ဝိုင်ဖီတောင်
南德迈江	နမ့်တမိုင်မြစ်
杨跃	ရန်ရွှေ
塔力图	ထလီထူ
南妮拉卡山	နမ့်နီးလာခါတောင်
独龙江	ထရိန်ချောင်း
格皖村	ကဝိုင်ရွာ
德尊丹	ဒဇုန်ဒမ်း
阿东湾河	အဒုံးဝမ်မြစ်
相枯湾河	ရှန်ခူးဝမ်မြစ်
克仰村	ခရောင်ရွာ
隆扎坦河	လုံဆာထန်ချောင်း
塔力图河	တလီထူချောင်း
阿滩本湾河	အထန်းဘွမ်ဝမ်မြစ်
目瑙纵歌节	မနောပွဲ
内比都	နေပြည်တော်
克钦独立军	KIA
克钦独立组织	KIO